U0607427

紫慶文集

（第十冊）

魏際昌 著◎方勇 主編

人民出版社

目　録

一、易類一種

二、書類七種

三、禮類三種

四、小學類五種

一、易類一種

1. 論《周易》

前　缺

第16页

朝天问卦，占卜吉凶，这本来是奴隶主贵族欺骗人民吓唬老百姓的一种神道设教的手法，他们的根据是制造谣言说他们都是上帝的儿子（天子）得到上帝的特殊保护，所以事无大小都须向上帝请示（通过"巫祝"去干），有了结果便决定照执行。一部《周易》（简称为《易》也叫《易经》）就是它的贞卜文的总集，相传是三位"圣人"的杰作：伏羲画卦，文王重卦，孔子作"十翼"，也有说，"爻辞"是周公的手笔，那就要添"四圣"了。单就孔子而言，作没作过"十翼"虽然还不能肯定，但是，让他再多活几年，到了五十岁认真钻研一下《易》经，就可以少犯错误的话，他是说过的；也有关于他刻苦学习《易》经，都把联缀书简的皮线翻断了三次的记载；再结合着他到了五十岁真的懂得了命运所在的自白，可以认定他不仅对《周易》下过工夫而且确实心领神会到弥合无间的境地了，就是说，吃透了它那假借上帝意旨摆布劳动人民的着数。

(20×19=380)　　河北大学稿纸

第 17 页

《周易》这本书的等级观念特别严重。所谓"大人""君子""圣人"都说的是奴隶主贵族统治者。他们"生而知之""应天顺人"，全是具备"美德"而以位登"九五"的角色。甚至以上古威力无穷的大爬虫"龙"来象征当时最高的统治者。说它"德而正中"，位登"九五"的"上治"正是"利见大人"的"飞龙"。而"小人"以下的"刑人""臣妾""童仆"则属于被统治阶级。他们连起码的生活权益都不准有，同样的事，在"君子"身上便"利贞"，临到"小人"就"吝"，顶多是"无咎"。《系辞》说："天尊地卑，乾坤定矣；卑高以陈，贵贱位矣"。社会地位的高下贵贱是由"天意"铁定了的，非人力所能改变。"圣人"的了不起，就在于他们精通《易》道，说话、办事都照着它的指示去干，因为《易》是"神之所为"。

如果我们再对照着《诗·大雅》中的"皇矣上帝，临下有赫，监观四方"（《皇矣》）

(20×19=380) 河北大学稿纸

"有命自天，命此文王"（《大明》）"於万斯年，受天之祜"（《下武》）和《书》中的"天乃锡禹洪范九畴"（《洪范》）"今天其命哲，命吉凶，命历年（《召诰》）之类的"替天行道"上帝保佑的话，就会更加清楚经过孔子手订的这些奴隶主贵族统治者御用的官书，在"天命"上也就是神道上如何地拼命鼓吹大作文章了。而且他还不止是"装神"还要"闹鬼"，"神"为"上帝"为须"郊天"求福，"鬼"为"人神"亦应"庙享"追远。孔子不是说吗，"鬼神之为德，其盛矣乎"。不信奉它可不得了。"祭如在，祭神如神在，吾不与祭如不祭"，心诚则灵，派人代办都不顶了。这还有什么可说的呢。"天"是有意志的，要怕它对于命运的决定；"鬼"是有威灵的，要追念这种祖德宗功。"天命玄鸟，降而生商"（殷的祖先·契，生有玄鸟之瑞）"厥初生民，实维姜嫄"（周的祖先·姜嫄，也有踩了上帝脚印遂产下后稷的传说）；只要我们查看

(20×19=380)　　河北大学稿纸

中　缺

第 83 页

成书的贞卜文：①《周易》和它的"十翼"

《易经》的原名是《易》，也叫《周易》，《汉书·艺文志》："《易经》十二篇"颜師古注曰："上下经及《十翼》，故十二篇"。从西汉末年一直到现在，没有什么大的改变。

《周易》十二篇，可以分为两部分。其上下篇可以称为"经"（贞卜的主文）其"十翼"（"彖"上下、"象"上下，"系"上下，加上"文言""说卦""序卦"和"杂卦，则是所谓"传"）（对于主文作的各种解释。）

经的内容包括"卦""爻"两种符号和卦辞爻辞两种说明的文字，共六十四卦，三百八十四爻。每卦都有它的形象、名称、和说明本卦性質的卦辞。卦有六爻，爻分为"一"和"--"，也有爻辞说明这一爻在本卦中的性質。例如：

保地印1971.9　　（15×20=300）

"☰，'乾'元、亨、利、貞，初九，潛龍勿用。"☰，就是卦象，乾，是它的卦名，"元亨利貞"便是它的卦辭了。初九是"乾卦"的第一个阳爻（卦在爻都从下往上数）的爻名，"潛龍勿用"則是這一爻的爻辞。

经的上下篇都是這样构成的。它大概是周初的东西。《系辞》说："易之兴也，其当殷之末世，周之盛德邪？"，爻辞也涉及一些古代传说的故事，它的时间也不会晚于西周。因此，我们設想，此书之所以名为《周易》是有道理的。

至于《易传》，大概是从战国到西汉初年的关于解释《易经》的著作的选辑，绝不能出于一时一人之手。认为它是孔子所作，就更有问题了。孔子只说过："假我数年，卒以学易"

第85页

和攻读《易经》韦编三绝的传说，未闻其它。（《论语》也只是他的弟子或再传弟子所辑录，《春秋》不过是经他编排"笔削"了的《鲁史》）。

注释《周易》的人很多，有"汉学"（注重象数）"宋学"（注重义理）之分，他们是代表着两种思想体系的，就不止是注解上的态度和方法的不同了。近人研究《周易》的，以高亨的《周易古经今注》为最精到，可以作为《易经》读本。

原本的卦辞爻辞，多一半是奴隶主们生活经验的总结，间以历史故事的传述，某些内容也具有素朴的哲学思想，不应该单纯把它看做是占卜吉凶祸福的卦文。而神乎其神地说得它天玄地妙使人摸不着头脑的搞法，也是不能允许的。

保地印1971.9　　(15×20=300)

第 86 页

首先应该明确的是：这里头的等级观念特别严重。所谓"①大人""君子""圣人"都说的是奴隶贵族奴隶共主。他们都是"生而知之""应天顺人"具备"君德"可以"位登九五"的人物。而"②仁""义""忠""信"则是他们鼓惑奴隶巩固政权的道德标准，自亦昭然若揭。只要一看开宗明义的乾卦就非常清楚了。

注：①《周易》相传是三位"圣人"的杰作：伏羲画卦，文王（姬昌）重卦，孔子作《十翼》。也有说"爻辞"是周公（姬旦）的手笔，那就要说"四圣"了。伏羲画卦在书中是有明文的，《系辞下第八》云：古者包牺氏之王天下也，仰则观象于天，俯则观法于地，观鸟兽之文，与地之宜，近取诸身，远取诸物，于是始作八卦。

保地印1971.9　（15×20=300）

第 61 页

以通神明之德，以类万物之情。这当然是
一种传说。
㈣殷周之世，已经有了国家刑政的成立，
从而知道阶级在事实上也必然是存在的。
除了"天子""王侯"等极为明显的政治
身分（或称号）以外，还有一般的比较
抽象的社会上的阶级，那就是"大人"
"君子"和"小人"。据《周易》中单举"
大人"的十一处，"君子"十三处，"小
人"四处。此外"大人"与"小人"对举
的一处，"君子"与"小人"对举的六处
。全书中合计"大人"十二见，"君子"
十九见，"小人"十一见。详观谈及它们
的情况，可以断定"大人""君子"是属于
统治阶级的，而"小人"以下"刑人""

保地印1971.10　　（15×20=300）

第 88 页

臣妾"、"童僕"之类的属于被统治阶级，甚至包括视同劳动工具的奴隶在内。

③"德"，可以说是《易传》里头的奴隶主贵族统治阶级安排出来的最高的道德法则，从天到地从人到己，所谓"圣德"的统一着是，

换朝天问卦，占卜吉凶，这本来是奴隶主贵族欺骗人民吓唬老百姓的一种"神道设教"维护治权的手法？他们的本领正是制造谣言自抬身价，譬如说自己是上帝的儿子（天子）得到上帝的特殊保护，所以，事无大小都须向上帝请示（通过豢养的巫祝去干），"朕兆"一现便须遵照执行，谁也不能违抗，其实是在闹鬼，一部《周易》就是它的卜文的总集，内容如何不问可知。

保地印1971.10　（15×20=300）

(一)暴露它的思想性

第 89 页

1.[1]"仁""义"，只是"大人"统治的手法

[2]安土敦乎仁，故能爱。（《周易·系辞上第七》）"宽以居之，仁以行之。（《乾传第一》）

[3]显诸仁，藏诸用。（仝上）系辞上第七》）

[4]天地之大德曰生，[5]圣人之大宝曰位。何以守位曰仁[6]，何以聚人曰财[3]，理财正辞，禁民为非曰义[7]。（《周易·系辞下第八》）

[8]立人之道，曰"仁"与"义"。（《周易·说卦第九》）

[9]直，其正也，方，其义也，君子敬以直内，义以方外，敬义立而德不孤，直方大，不习无不利，则不疑其所行也（《周易·上经·乾传第一》）

[10]元者，善之长也。亨者，嘉之会也，利者，义之和也。贞者，事之干也。君子体仁，足

保地印1971.9　（15×20=300）

第50页

以長人，嘉会足以合礼，利物，足以和义，貞固，足以幹事，君子行此四德者，故曰：乾，元亨利貞。（《周易·上经·乾卦第一》）。

註：①《周易》与《诗》《书》相同，也谈"仁""义"，但，都是"大人"的"德化"。"小人"則是"不耻不仁，不畏不义"的（《系辞下》）。

②安土重迁，利于生产，不使流离失所，还可以有飯吃，争为人心所向，呼而叫做"仁爱"。所以知道它是"大人"统治的手法。

③"衣被万物"的"仁慈"行为（所谓"恩赐"者是）必须明君大步地摆出来，可是不能让被安排的对象知道它的"妙用"。

④"生"，养育万物，天地有"好生之德"。

⑤"位"，掌握权力的名义，"大宝"，最高统治者的地位，帝王之类。

保地印1971.10　（15×20=300）

⑥"仁民爱物"，才能够巩固自己的统治地位。否则自"小人"以下便要起来造反了。

⑦財，物资，为生活所必需，有財始有用，给了土地，可以从事生产，人便会多起来。

⑧物資要管理，号令須严明，禁止老百姓为非作歹，這是符合统治阶级的利益的，此类措施，就称为"义"了。义者，宜也。

⑧"立人之道"，统治人民的办法。一个是表示"惠爱"的"仁"，一个是"判断事理"的"义"。两者交相为用，缺一不可。

⑨直，不邪。方，正派。义，不苟取。徬里徬外捨己从人，群众关系好起来就不至于孤立了，这样，遇事便可以勇往直前无不胜利。这自然是奴隶贵族统治阶级的道德标准。

⑩元，天之体性，生長万物，所以为最大的

第 52 页

德行。嘉，美也，意谓天能通畅万物使其丰盛。利，裨益庶物，叫它们各得其所，贞，中正，无私，行动有成。说这些地方就包蕴着"仁""礼""和""义"的道理，人应该法"天"，以行其"德"，而具备这种資格的却必须是"圣人""大人""君子"，因为他们不只是"与天地合德"的，而且能够"先天而天弗违，后天而奉天时"的。因为天有意志，人是受命于天的。

《周易》甚至以上古威力无穷的大爬虫"龙"来象征当时最高的统治者，说它是"德而正中""君德"的所在。位登"九五"的"上治"正是"利见大人"的"飞龙"。直到二千年后不久以前的清代，还在以"真龙天子"作为皇帝的同义词呢。

保地印1971.10　　（15×20＝300）

第 53 页

二.保存本性,顺从天理,就可以光大德业

成性存存,道义之门。(《周易·系辞上第七》)

注:"性",生而具有的原始禀赋,存谓保存不使迷失。它的意思是:生不失性,全始全终,此乃通向义行的门路。已经具有"性善论"的味道了。自然,这个"性",同样不是普通人物所能"成""存"的。因为它是"圣人"赖以"崇德广业"的根本。奴隶主贵族统治阶级得天独厚的"贤能"。

和顺于道德而理于义,穷理尽性以至于命。(《周易·说卦第九》)

注:道德,只是"圣人"才能具有的东西,所以才须力求"和顺"。理,治也。再从政事上着眼,就能穷究万物深妙之理,天

保地印1971.10 (15×20=300)

第94页

知尽生灵所禀之本性，还有个不断新精明举擢胜利的呼。真是道地的主观唯心论。

昔者圣人之作易也，将以顺性命之理。（《周易·说卦第九》）

注："性命之理"，天地生长万物性命的道理，一阴一阳之谓，不能违背必须顺从。从而爱惠的"仁"与裁析的"义"的这种人性，也就必然要随之而生了。天、地、人三才既立，"性命之理"便告完成。于是"圣人"凭借《周易》以加强统治阶级政权的目的，也就达到。

保地印1971.10　　（15×20=300）

第 55 页

①五."君子"得天独厚""小人"遭受压迫的事例:

②九三,公用亨于天子,小人弗克。象曰:公用亨于天子,小人害也。(《周易:上经:需传第二》)开国承家,小人勿用。必乱邦也。

初六,②童观,小人无咎,君子吝。象曰:初六童观,小人道也。(《周易:上经:随传第三》)

上九,②硕果不食,君子得舆,小人剥庐。象曰:君子得舆,民所载也,小人剥庐,终不可用也。(仝上)

③遯,亨,小利貞。彖曰:遯亨,遯而亨也。刚当位而应,与时行也。小利貞,浸而長也。遯之时义大矣哉!象曰:天下有山,遯。君子以远小人,不恶而严。(《周易:下经:咸传第四》)

保地印1971.9 (15×20=300)

第 96 页

⑥九四：好遯，君子吉，小人否。象曰：君子好遯，小人否也。

⑦九三：小人用壮，君子用罔。貞厉，羝羊触藩，羸其角。象曰：小人用壮，君子罔也。（《周易：下经：咸传第四》）

⑧六五：君子维有解，吉。有孚于小人。象曰：君子有解，小人退也。（《周易：下经：咸传第四》）

⑨初六：鸿渐于干，小子厉有言，无咎。象曰：小子之厉，义无咎也（《周易：下经：夬传第五》）

⑩小人不耻不仁，不畏不义，不见利不劝，不威不惩，小惩而大诫，此小人之福也。《易》曰：屦校灭趾，无咎，此之谓也。

⑪善不积不足以成名，恶不积不足以灭身

保地印1971.9　（15×20=300）

、小人以小善为无益，而弗为也，以小恶为无伤，而弗去也，故恶积而不可掩，罪大而不可解。《易》曰：何校灭耳，凶。（《周易·系辞下第八》）

注：①贞卜同得一卦，但其爻辞却不相同，对"君子"多是吉利，对"小人"常是凶险。这就说明蓍连标卦这个玩艺儿都是奴隶贵族统治阶级御用之物，它的欺骗性非常之大。

②公用，任命。亨，通于，来自。弗克，不能成为。这是说，此卦虽好，可是能够从天子那里取得高官厚禄的却只能会是"君子"；至于"小人"则与此相反，不但没好处还要有祸害。因为他们无"德"无"能"。试问：这不是弄神弄鬼吗？

第98页

⑥童观，小童似的从旁观看。柔顺，无能为力。咎，过错。吝，鄙陋。这是指宗庙之祭"盥礼"而言的，所谓"王道"之大政者是。因此，"小人"采取旁观的态度是没什么问题的；如果"君子"也这样，那就不该本末转坐了。

⑦硕果，巨大的果实。硕音shou。舆，子車。剥，夺取。庐，房舍。硕果等词都是代言政治的功效的，是在讲："君子"去干必能庇荫人民予以惠爱；"小人"得手便要自私自利叫老百姓连住处都没有的。很明显这是认为必须把印把子掌握在奴隶主贵族的手里的一种谰言。

⑧遯音dùn，躲藏。彖音tuàn，为《周易》"十翼"之一，也是帮助解释卦象的。此言

保地印1971.10　（15×20=300）

如果"小人"至道，"用"非其时，则以隐退、躲避不与同流为佳，所以谓之"小利贞"。这是阵线分明以退为进的政治态度。《周易》的作者歧视"小人"于此可见。

⑥此乃更进一步地说明"君子"远离"小人"之"吉"。至于"小人"则还称他们有所欲恋不能毅然舍弃，所以不如印好，谈不上"吉"，阶级偏见何其厉害乃尔。

⑦"壮"，雄壮，不谦逊。罔，罗网。贞厉，其用必危。羝音dī，牡羊。藩，篱障。羸音yíng，缠绕。这个卦是在说："小人"横冲直撞毫无忌惮之人，正是"君子"设置网罗使其陷入之所，叫"小人"的遭际如同撞入网中的牡羊一样，缠住双角不能再动。用心真够恶毒。

⑧维，语辞。解，排除危难。孚，信服。"君子"出于既在其政位又谋其政，有权力镇压"小人"一流的被统治者及其奴隶，使着他们屈服、信奉，这便是卦文的真义。

⑨鸿，水鸟，干，涯岸。"小子"视同"小人"。这也是以"飞鸿"比"君子"说尽管"君子"在不得其位之际，会受到"小子"的诽谤，但是因为我们是统治阶级，政权在我们手里，有点儿流言蜚语影响不了什么，故有"无咎"之断。

⑩下边这两节就更露骨了，奴隶主贵族统治阶级的狰狞面目了，他们竟说"小人"是大坏蛋，不仁不义唯利是图，不镇压不行，"小惩而大诫"反而是造福他们的事。否则便要"恶积""罪大"直到自己毁灭方止。

保地印1971.10 （15×20=300）

第 101 页

①4."圣人",神化了的最高统治者与"大人"同义。

②亢之为言也,知进而不知退,知存而不知亡,知得而不知丧,其唯圣人乎!知进退存亡而不失其正者,其唯圣人乎!(《周易·上经·乾传第一》)

③天地感而万物化生,圣人感人心而天下和平。观其所感,而天地万物之情可见矣。(《周易·下经·咸传第四》)

日月得天而能久照,四时变化而能久成,圣人久于其道而天下化成。(同上)

④"易"其至矣乎!夫"易",圣人所以崇德而广业也。知崇礼卑,崇效天,卑法地,天地设位而"易"行乎其中矣。(《周易·系辞上第七》)

"易"有圣人之道四焉:以言者尚其辞,

保地印1971.9　　(15×20=300)

以动者尚其变，以制器者尚其象，以卜筮者尚其占。（《周易·系辞上第七》）

夫"易"开物成务，冒天下之道，如斯而已者也。是故，圣人以通天下之志，以定天下之业，以断天下之疑。（仝上）

备物致用，立成器以为天下利，莫大乎圣人。

⑤是故，天生神物，圣人则之，天地变化，圣人效之，天垂象，见吉凶，圣人象之。河出图，洛出书，圣人则之。

圣人立象以尽意，设卦以尽情伪，系辞焉以尽其言，变而通之以尽利，鼓之舞之以尽神。

。是故，夫"象"圣人有以见天下之赜，而拟诸其形容，象其物宜，是故谓之"象"，圣人有以见天下之动，而观其会通，以行其典礼

第103页

，系辞焉以见其吉凶，是故谓之"爻"。（仝上）。

天地以顺动，故日月不过，而四时不忒，圣人以顺动，则刑罚清而民服，豫之时义大矣哉。（《周易·上经·需传第二》）

夫大人者，与天地合其德，与日月合其明，与四时合其序，与鬼神合其吉凶，先天而天弗违，后天而奉天时。天且弗违，而况于人乎？况于鬼神乎？（《周易》上经·乾传第一》）

注：由《周易》里头的"圣人"是"德配天地"位居帝王的奴隶贵族统治阶级代表人物，它不只是一个抽象的称谓而已。（连孔子这个无冕之王，所谓"素王"者，都不够比）。

第104页

地站在奴隶贵族统治阶级的立场，不顾成败利钝地去维护与巩固他们的政权的。而且是高高在上的怎么不都正大。

③感，应也，感必同类，"圣人"是说体天地感物化生的非常人物，所以能够照顾到本阶级（奴隶主贵族统治阶级）的利益去从事统治而使天下太平的。并且知道随时变易以期永久。知日月的久照岁时的久成。

④"天尊地卑，乾坤定矣；卑高以陈，贵贱位矣"（《周易：系辞》）言下贵贱的社会地位在这里头原本就确定了的，同时还是"天意"非人力所能改变，"圣人"的了不起，就在于他们效法天地以临人事、"崇德广业"稳坐"堂皇"，崇，增高。

保地印1971.10　　（15×20＝300）

中　缺

《史记》说孔子晚而喜《易》，序"彖、系、象、说卦、文言"读《易》韦编三绝，曰：假我数年，若是，我于《易》则彬彬矣"《论语谶》：孔子读《易》，韦编三绝，铁挝三折。郑玄说孔子作"十翼"即"上彖、下彖、上象、下象、上下系辞、文言、说卦、序卦、杂卦是也。按文章之体，凡"说"与"序"皆肇于"十翼"。而《文心雕龙》即推称孔子《文言》。《绪论》之外，其《丽辞篇》又曰："《易》之文系，圣人之妙思也。序乾四德，则句句相衔，龙虎类感，则字字相俪，乾坤易简，则宛转相承。日月往来则隔行悬合，虽句字或殊，而偶意一也。故美文实肇于孔子矣。阮元《文韵说》曰：孔子自名其言《易》者曰文，此千古文章之祖，《文言》固有韵矣，而亦有平仄声音焉。即知"潜、燥、龙、虎、睹，上下八句何等声

（15×20=300）　保地印1971.10　107

章：无论"龙虎"二句，不可颠倒。若改为"龙虎"燥湿，即无声音矣。无论"其德、其明、其吉凶"四句，不可错乱。若倒"不知退"于"不知亡、不知丧"之后，即无声音矣。此岂圣人天成暗合，全不由于思至哉？又《文言说》曰："《文言》不但多用韵，抑且多用偶。即如"乐行忧违"偶也，"長人合礼"偶也，"和義干事"偶也，"庸言庸行"偶也，"闲邪善世"偶也，"进德修业"偶也，"知至知终"偶也，"上位下位"偶也，"同声同气"偶也，"水

保地印1971.10　（15×20=300）

湿火燥"偶也，"云龙风虎"偶也，"本天本地"偶也，"无位无民"偶也，"勿用在田"偶也，"潜藏文明"偶也，"道革位德"偶也，"偕极天則"偶也，"隐見行成"偶也，"学聚问辨"偶也，"宽居仁行"偶也。……凡偶皆文也。于物两色相偶而交错之，乃得名曰"文"，"文"即象其形也……孔子以用韵比偶之法，错综其言而自名曰"文"。知"云龙风虎"一节乃千古宫商翰藻

保地印1971.10　（15×20=300）

奇偶之祖。其释文也特别地精萃，知

《乾文言》（节录）："元者，善之長也。亨者，嘉之会也。利者，义之和也。貞者，事之干也。君子体仁足以長人，嘉会足以合礼，利物足以和义，貞固足以干事。君子行此四德者，故曰："乾元亨利貞"。

初九曰：潛龙勿用，何謂也？子曰：龙德而隐者也，不易乎世，不成乎名，遯世无闷，不見是而无闷，乐則行之，忧則違之，確乎其不可拔，潛龙也。九二曰：見龙在田，利見大人，何謂也？子曰：龙德而中正者也，庸言之信，庸行之謹，闲邪存其誠，善世而不伐，德博而化。《易》曰：見龙在田，利見大人，君德也。九五曰："飞龙在天，利見大人"何謂也？子曰：同声相应，同气相求，水流濕，火就燥，云从龙，风从虎，圣人作而万物睹，本乎天者亲上，本乎地者亲下，則各从其类也。上九曰：亢龙有悔，何謂也？子曰：貴而无位，高而无民，賢人在下位而无辅，是以动而有悔也。

後　缺

二、書類七種

1.《尚書》總論

前　缺

第 11 页

⑥有，自夸，人生贵谦虚，自己说好不行。纵有才能，也不能自吹自擂，否则什么事都办不成，还落一个没有修养。

⑦每作一件事，要先有充分的准备，有了准备就不怕弄错了。

⑧宠，爱近。侮，慢待。不要开放宠幸的门路以免招受侮慢。

⑨文过饰非，反而要出大毛病。

⑩所作所为全照上面说的去办，这个政事就会修明，搞得好。

这可能是中国的最早的"好人政府"的样板，因为它任人惟贤，开明统治。

保地印1971.9　　（15×20=300）

第 12 页

3.诛除暴虐，这个行动是"应天顺人"的

今商王受[2]，弗敬上天，降灾下民，[3]沈湎冒色，敢行暴虐，罪人以族[4]，官人以世，[5]惟宫室台榭陂池侈服，以残害于尔万姓。[6]焚炙忠良，刳剔孕妇。[7]皇天震怒。

受有臣亿万，惟亿万心。予有臣三千，惟一心。[8]商罪贯盈，天命诛之，予弗顺天，[9]厥罪惟钧，

[10]天矜于民，民之所欲，天必从之。（《周书·泰誓》上）

[11]我闻吉人为善，惟日不足，凶人为不善，亦惟日不足。今商王受，[12]力行无度，[13]播弃犁老，昵比罪人。[14]淫酗肆虐，臣下化之。[15]朋家作仇，胁权相灭，[16]无辜籲天，秽德彰闻。[17]惟天惠民，惟辟奉天。

保地印1971.9　　（15×20=300）

惟受[18]罪浮于桀。[19]剥丧元良，贼虐谏辅，[20]謂己有天命，謂敬不足行，謂祭无益，謂暴无伤。[21]厥监惟不遠，在彼夏王。[22]其以予乂民。

[23]受有亿兆夷人，离心离德。予有[24]乱臣十人，同心同德。虽有[25]周亲，不如仁人。[26]天视自我民视，天听自我民听。[27]百姓有过，在予一人。（《周书：泰誓》中）

今商王受，[28]狎侮五常，荒怠弗敬。自绝于天，结怨于民。[29]斮朝涉之胫，[30]剖贤人之心。作威杀戮，[31]毒痡四海。崇信[32]姦回，放黜师保。屏弃典刑，[33]囚奴正士，[34]郊社不修，宗庙不享。作奇技淫巧以悦妇人。上帝弗顺，[35]祝降时丧。[36]爾其孜孜，奉予一人，恭行天罰。古人有言曰：抚我则后，虐我则仇。独夫受，洪惟作威，乃汝世仇。树德务滋，除恶务本，肆予小子，誕

第 14 页

以尔众士，殄歼乃仇。（《周书·泰誓》下）

古人有言曰：牝鸡无晨，牝鸡之晨，惟家之索。今商王受，惟妇言是用。昏弃厥肆祀弗答，昏弃厥遗王父母弟不迪。乃惟四方之多罪逋逃，是崇是長，是信是使。是以为大夫卿士，俾暴虐于百姓，以奸宄于商邑。今予发，惟恭行天之罰。（《周书·泰誓》下）

注：①《泰誓》三篇，乃周武王姬发讨伐殷纣的誓师词，此中极言纣王的荒淫残暴危害臣工的种种罪行，借以突出自己的代天行罰救民于水火之中的义行德政，这样才能够师出有名夺取天下的最高统治权么。端木赐说：“纣之不善不如是之甚也，是以君子恶居下流，天下之恶皆歸焉”（《論語·子張》）足征大奴隶主间的夺权斗争

保地印1971.9 （15×20=300）

不但非常激烈，而且也要以"吊民伐罪"为口号的。

② 受，纣王名。

③ 沈湎，酗嗜酒浆，湎音mian，沈迷。人被酒困头脑昏乱。冒色，冒乱女色。

④ 一人有罪，刑及家族，父母妻子兄弟俱不能免。

⑤ 陂音pō，蓄水的池塘。土筑的平台，修有木廊杆的叫做榭，榭音xiè，服饰过于奢靡的谓之服侈。这些都是劳民伤财，浪费人力物力的事。

⑥ 炮烙没有犯罪的臣下。解剖怀了孕的妇女。，刳音kū，挖空。剔音tī，清除，摘取。

⑦ 皇天，上帝。震怒，大怒。

⑧ 商纣的罪行，已经恶贯满盈。贯，一贯，

保地印1971.9　　（15×20=300）

第 16 页

盈，满也。

⑨与纣同罪。

⑩矜，怜悯，上天可怜人民受苦，会按照大家的心愿，除掉残暴的纣王。

⑪好人办好事，是没完没了的，只怕时间不够，坏人做坏事，也是一样。吉人，好人。凶人，恶人、坏人。

⑫无法无天的干得没完没了，毫无限度。

⑬犁老，上岁数的老年人。播弃，丢到一边漫不为礼。昵音nì，亲近。罪人，逃避四方不务正业的小人。

⑭淫酗，耍酒疯，酗音xun，以酒为凶。淫，乱，过甚。肆，放纵。虐，残暴。

⑮结党营私，依仗权势互相倾轧，自手毁灭。

⑯吁天，呼天叫冤。无辜，没有罪的老百姓。

保地印1971.9　　（15×20＝300）

第 17 页

秽德，丑恶的行为。彰闻，到处传播，家喻户晓。

⑰言君临天下者，是根据天意办事，惠爱人民。

⑱浮，超过。桀，夏桀。

⑲剥，伤害。贼，杀掉。元良，宰辅。大臣谏辅，谏议，指摘政治得失的朝臣。

⑳说自己有上天保佑，别人奈何不了。

㉑不必向更远的时代去找这样的坏样板。

㉒乂音yì，治也。

㉓夷人，平人，凡人。

㉔乱，治也，乱臣，辅佐武王治理天下的大臣。

㉕周，至也，周亲，最亲近的戚属。

㉖这还是说，上天根据老百姓的意见办事。

保地印1971.9　　(15×20=300)

第18页

27 老百姓如果发生问题有了过错，其罪在我，因为没能教养好他们。

28 五常，仁、义、礼、智、信的德行。狎侮，轻慢。荒怠怠惰，不敬天地神明。

29 冬天，见晨间涉水的人耐寒，斮其腿骨查视。斮音zhuó，斩断。

30 比干忠谏，说他的心房跟别人不一样，剖开来瞧看。

31 痡音pū，病害。

32 回，邪恶。黜，音chù，革除。

33 箕子被囚禁为奴，只是由于他敢指摘殷纣的暴行。

34 不祭天地，不敬祖宗，不修，不扫治。不享，不祭祀。

35 祝，断。天恶商受无道，所以给予丧亡之

保地印1971.9　（15×20=300）

诛。

36 孜孜，重言，勤奋，不怠惰。

夏桀、商纣，是自古以来最为暴虐的人物，这从孟轲的一段批判，可以概见：

齐宣王问曰：“汤放桀，武王伐纣，有诸？”孟子对曰：“于传有之”。曰：“臣弑其君可乎？”曰：“贼仁者谓之贼，贼义者谓之残，残贼之人谓之一夫，闻诛一夫纣矣，未闻弑君也。”（《孟子·梁惠王》）

杀的是残害人民的独夫，不是什么君上，这话最有代表性。因为，象这样的暴君，人民对他是蓄有着誓不两立的情绪的。所谓“时日曷丧，予及汝偕亡。”（《尚书·汤誓》）者，即指此类。这里只举信而有徵的殷纣为例。《夏书》从略。

4、"慎德""崇俭""亲贤""安人"以保家邦

[2]呜呼！[3]明王慎德，[4]四夷咸宾。无有远迩[5]，毕献方物，惟服食器用。[6]王乃昭德之，致于异姓之邦，无替厥服。分宝玉于伯叔之国，[7]时庸展亲。

[8]人不易物，惟德其物。[9]德盛不狎侮。狎侮君子，[10]罔以尽人心；狎侮小人，罔以尽其力。[11]不役耳目，百度惟贞。[12]玩人丧德，玩物丧志。[13]志以道宁，言以道接。

[14]不作无益害有益，功乃成，不贵异物贱用物，民乃足。[15]犬马非其土性不畜。[16]珍禽奇兽，不育于国。不宝远物，[17]则远人格。[18]所宝惟贤，则迩人安。

呜呼！[19]夙夜罔或不勤，[20]不矜细行，终累大德。为山九仞[21]，功亏一篑。允迪兹，生民保厥

着，惟乃世王。(《周书：旅獒》)

注：①以继炎(周武王)为首的来自西方的大权来主贵族统治阶级，在灭纣代殷以后，为了长期保有他们的最高统治权不断修明政教。

②呜呼，赞叹之词。

③明王，英明的王，指武王继炎而言，慎德，谨修德政以怀柔远人。

④四夷，当日中国边疆的少数民族，一般的提法是：东夷、西戎，南蛮，北狄。宾，内向，贡服。咸，全都。

⑤迩，近也。不论远近，都向周朝进贡地方的特产。

⑥昭德，宣示德化，送给异姓诸侯(按如姜齐，杞宋之国。)无替厥服，使其不废弛政务职守之意。

保地印1971.9　　(15×20=300)

第 22 页

⑦表示按时关怀百姓宰肉（姬家诸侯）。

⑧人情往来以恩德为重，并不单纯依靠物质的报偿。因此，有德物始贵，无德则物贱。

⑨盛德不自敬，毫无狎易侮慢之可言。狎音xiá，过分亲近态度不庄重。通常叫做：狎昵（nì）。

⑩罔音wǎng，不能，无法。无法使人尽心竭力地工作、劳动。

⑪不以声（音乐）色（女性）自娱，则凡百措施，都会合于法度，政治修明。

⑫以人为戏弄的对象就会丧失德行，以器物为玩弄的对象就会丧失意志。

⑬在心为志，发声为言，都应该一一合于道德。

⑭游（畋猎、武狩）观（大兴土木建筑宫室）

保地印1971.9 （15×20=300）

和珍宝珠玉罕见的器物，都是不但无益而且有害的东西。惟有不迷恋这些才能够使治理成功，民用充足。

⑮牲畜必须本土上生长的，否则不好使用。

⑯育，养。珍禽奇兽，供赏玩的罕见美丽的动物。

⑰远人格，格，至也，不侵夺这种异族的财物，他们自然会内向来朝的。

⑱只要宝贵重视的是贤人，则国内的人民也就安居乐业了。

⑲夙音 sù，早起。

⑳细行，小过失，矜音 jīn，持谨，注意。不拘小节的结果，会积累成大问题，犯大错误。

㉑仞音 rèn，古代八尺为仞。为山，堆山。篑音 kuì，古时盛土的筐。允迪兹，照此办理。

第24页

5. 征诛叛逆，武力绥靖的诰文

予惟小子[2]，若涉渊水[4]，予惟往求朕攸济[5]。敷贲[6]，敷前人受命[7]，兹不忘大功[8]。予不敢闭于天降威[9]！用宁王遗我大宝龟[10]，绍天明[11]。即命曰[12]：有大艰于西土[13]，西土人亦不静。越兹蠢[14]，殷小腆[15]，诞敢纪其叙[16]。天降威，知我国有疵[17]，民不康，曰：'予复'[18]，反鄙我周邦[19]。《周书·大诰》

注释①《大诰》，诰，音gāo、文告，晓示、《说文》告也。徐锴曰："以文言告晓之也"。大诰，陈大道以诰天下，说明征讨之义。

②周武王姬发打垮了商王纣代有天下以后，把纣的儿子武庚分封在殷商的故地，并叫他的两个兄弟管叔鲜、蔡叔度去做监国。可是武王死了成王即位之初，管蔡却协同武庚造起反来，周公奉成王之命，兴师东

保地印1971.10　　(15×20=300)

征，并作了这篇文告。我们引用的只是其中的一小段。②小子，成王年幼，故自己谦称。③涉，赤脚过河，渊，深的水。意思是说治理国家非常困难，好象徒步过深水一样。④予，朕音zèn，都是第一人称代名词的我。这句话是说：我只希望得到能够帮助我渡过难关的人。⑤敷贲，发布文告，敷音fū，贲音bēn。⑥前人，指他的祖先，文王和武王。受命，就是接受了天帝的意旨。⑦大功，得有天下的最大功绩。⑧闭，封塞，置之不理。天降威，天帝显示下来威灵，做国王的应该有所警惕。⑨用，因此。宁王，旧说指周文王。宝龟，占卜用的龟甲。绍，接受。天明，天帝的指示。⑩天帝告给我们说。⑪大艰，极大的困难。西土，周邦。不静，不安定。⑭现在果然蠢动起来。⑮腆音tiǎn，提腆腆，殷人，即指武庚等人，说他们的国势死灰复燃有所增益。⑯诞音dàn，荒唐。纪，接续。大意是：竟敢大胆地妄想复辟，再续亡殷。⑰疵音chi，毛病，缺点错误。此指管蔡的叛乱而言，因为他们是自己人。⑱予，武庚自称。复，恢复殷的统治。⑲鄙，图谋。

我们看这里不是事事称天命念念不忘祖德吗？马克思说：“相当长的时期以来，人们一直用迷信来说明历史，而我们现在是用历史来说明迷信”（《马恩全集》第一卷《论犹太人问题》425页），周人殷人的敬祖与敬神一样，全是迷信。

第 27 页

6、填抚四国、讨伐四夷：

今我曷敢多诰[2]，我惟大降尔四国民命[3]，尔曷不忱裕[4]之于尔多方？尔曷不夹介乂我周王[5]，享天之命？今尔尚宅尔宅[6]，畋尔田[7]，尔曷不惠王熙天之命[8]？尔乃屡[illegible]不静，尔心未爱。尔乃不大宅天命[9]，尔乃屑播天命。尔乃自作不典[10]，图忱于正[11]。我唯时其教告之，我惟时其战要囚之[12]，至于再，至于三。乃有不用我降尔命，我乃其大罚殛之[13]。非我有周秉德不康宁[14]，乃惟尔自速辜[15]！（《周书·多方》）

注释：①据东汉注释家郑玄说，这一篇乃是周公奉成王之命征伐淮夷和奄国（今山东曲阜县附近）回京以后向诸侯发布的命令。"多方"犹言四方，指各地的诸侯。

②曷：何。通用。诰：训示、命令。③尔：华

保地印1971.10　　（15×20＝300）

第28页

二人称代名辞，你，多数时是你们。④忱裕，劝导之意。⑤乂音yi，治理。这句话译述来是：你们为什么不从旁辅佐我周王来共同接受天帝的意旨。⑥宅尔宅，安居在你们的房子里。⑦畋音tian，治理田地。⑧惠，顺从，熙，光大。⑨宅，度，认真地考虑一下上天的命令。⑩不典，不照法典办事。⑪忱，信任。正，上级首長。⑫囚，监禁。⑬大罚，最严厉的处罚；殛音ji，杀戮。⑭有周，即周室，有为冠词，无实义。集德，具有的威信。⑮速，招致。辜音gū，罪过。两句话的大意是：并非我们周朝不想太平无事，而是你们制造麻烦自讨苦吃。按这只是《多方》中的一段文字中の提天命，可见神道设教之深广。

保地印1971.10　（15×20＝300）

(二)《尚书》的释名 和它的主要篇的

《虞书、夏书、商书》周书》的

诂训：

《尚书》：《艺文类聚》引《春秋说题辞》云：尚者，上也，上世帝王之遗书也。又云：《尚书》者，二帝之迹，三王之义，所以推期运明受命之际。《尚书璇玑钤》云：《尚书篇题号》：尚者，上也，上天垂文象，布节度。书者，如也，如天行也。又云：书，务以天言之，此皆今文之说。《论衡·正说篇》：《尚书》者，以为上古帝王之书，或以为上所为，下所书。又《须颂篇》：或说《尚书》曰：尚者，上也。上所为下所书也。下者谁也？曰：臣子也。王充所引，亦是今文之说。《释名·释书契》云：《尚书》：尚，上也，以尧为上古，而书其时事也。其义大同。郑玄《书赞》云：孔子尊而命之曰：《尚书》。尚者，上也，尊而重之若天书然，故曰《尚书》。引《璇玑钤》云：因而谓之《书》，加"尚"以尊之，此古文说，伪本之今文说。唯云孔子加"尚"耳。

(四)《虞书》 《尧典》虽曰唐事，本以虞史所录，故谓之《虞书》。郑玄云：舜之美事在于尧时是也。马融、郑玄《别录题》皆曰《虞夏书》，以虞夏同科，虽虞事亦连夏。郑序以为虞夏书廿篇，《商书》四十篇，《周书》四十篇，赞云：三科之条，五家之教，是虞、夏同科也。据此，题《虞夏书》是也。郑古文，其所谓"三科"者，虞夏一科，商一科，周一科，谓作三书之时代也。《尧典》《皋陶谟》《禹贡》三篇，或曰"虞史"记之，或曰："夏史"记之，莫能别异，故相承谓之《虞夏书》，"商史"所记为《商书》，"周史"所记为《周书》，古文例也。五家者，唐一家、虞一家、夏一家、商一家、周一家，五家之教，犹言五代之书。《尧典》为《唐书》，《皋陶谟》为《虞书》，《禹贡》以下为《夏书》，《汤誓》《盘庚》以下为《商书》，《牧誓》以下为《周书》，今文例也。

中　缺

的五十七篇是伪孔的古文。

2、张霸的百二篇，虽然也是古文，却浅陋草率，跟孔安国的《古文尚书》不是一类。

3、《古文尚书》有贾（逵）马（融）郑（玄）等人的训诂、传注、通释，独重当世。

以上是《尚书》的文字、篇目，以及传授训释者的简单情况。

其次，《书》是讲说"政事"的，和《小序》是依托的，《五行传》是附会的，也已久成定论。于是学家聚讼的，还有："今文""古文""错简""禹贡山水""洪范畴数"等几个主要问题。我们认为关于"古、今"文的看法，清代汉学家王先谦的判断最有说服力。他在《尚书孔传参正》的"序例"里说：

"今文者无定之称，因时代而异。秦汉

20×15=300　　第38页

今文是谓隶书。《隋书经籍志》今字《尚书》十四卷（《孔安国传》，案隋世已有今字，盖刘焯炫等所为）已包所改以为今文，则今之楷书是也。周代以仓颉所作为古文，籀书为今文；秦则李斯小篆为今文；其改用隶书在始皇焚书之际。伏生当汉文时，年九十余，上溯为秦博士，当方壮强，所习《尚书》应从篆体，未必尚是古文原本，乱定之后，发壁出以教齐鲁，亦早乃作今文，非必欧阳、夏侯，始以今文读之也。《艺文志》云：六体者，古文、奇字、篆书、隶书、缪书、虫书。颜注古文谓孔子壁中书。《志》又云：《史籀篇》者，周时史官教学童书也，与孔氏壁中古文异体。《说文序》云：宣王太史籀著大

20×15=300　　第39页

篆十五篇，与古文或异。至孔子书《六经》，左丘明述《春秋传》，皆以古文，盖古文乃书之本文。如今所摹钟鼎款识篆，则周代通俗文字与古文两体并行。《汉志》云"异体"，《说文》云"或异"，虽变古不全异也。孔子以古文书《六经》不用异字，盖尊经之意。安国以今文读《尚书》，其古文真本固在，实有专家通人传授不失其本来，而以为与今文博士无异，然古文遂失其名。

《法言·问神篇》云："昔之说《书》者序以百"，《汉书·艺文志》云："故《书》之所起远矣，至孔子纂焉，上断于尧，下讫于秦，凡百篇。"《论衡·正说篇》引俗儒说云（俗儒谓今文博士）"《尚书》二十九

20×15=300　　第40页

篇，直至孔安国书出，方知有百篇之目。《汉书·刘歆传》：歆《移太常博士书》云：往者缀学之士，保残守缺，以《尚书》为备；臣瓒注：当时学者，谓《尚书》惟有廿八篇（除序言之），不知本有百篇。《书》疏云：郑序以为《虞夏书》廿篇，《商书》四十篇，《周书》四十篇，是百篇之说，在孔壁书出后，壁书止多十六篇，云百篇者，当是据序知之。然《史记·本纪、世家》所云："作某篇者"五十余条，其文字说解，与古文书序多异，是今文书序据此已不止廿九篇，至《大传》之有"九共""帝告"佚文，《史记》之有"汤征""汤诰"佚文，及《书》文之见于《孟》《荀》《礼记》《左传》所有，皆不

20×15＝300　　第41页

止廿九篇之明证，皆古之以《尚书》为备，非方已守残之成见，非真不知有百篇也。

自贾、马、许、郑，皆大儒，何以必舍今从古？反复推绎，汉时以字多称，乃知今文学生时兴行，不免讹俗；诸君好古，故鄙弃今学也。但今文有讹俗，亦好以古文参考，古文无说解，仍兼采三家所长，庶为尽善。乃诸君诋谋今文，别张帜志，尊崇古文，微显不常，至清华得窥其隙，伪造孔安国传，后人误信之，而东汉古文与西汉今文同归于尽。

这把"今、古"文《尚书》的由来及其分别论证得可谓精详。但，不管是那十家，基本上都是以伏生的廿八篇为依而有增删，包括郑玄在内，他虽然也是"舍今从古"的大注疏家，却同样不坐《尚书》逸篇作训，可证。两方，老实地说，安国之《书》，到底有许多不可索解之处，其彰明较著者如：

①《禹贡》注"瀍水出河南北山"，"积石山在金城西南羌中"两条，地名皆在孔安国以后（见梅鷟《尚书考异》）。

②《书序》"东海驹骊、扶余、馯貊之属"，驹骊王朱蒙，至汉元帝建昭二年始建国，安国武帝时人，亦不及见。（朱彝尊《经义考》）。

③《泰誓》"虽有周亲，不如仁人"，与所注《论语》相反。（阎若璩《尚书古文疏证》）。

孔传之伪证，自南宋朱熹到清人阎若璩，论辩已详，这里就不一一列举了。

20×15=300　　第43页

（三）今文二十八篇《尚书》的考订：

"六经"问题的难于解决的无过于《尚书》，我们今天不打算纠缠于聚讼千古的今古文之争，也不愿意一篇一篇地去考订张霸百二篇、杜林的漆书、和东晋梅赜（也有人说是王肃）百篇的真伪，只想就众所周知的伏生廿八篇合以《大誓》为对象，暴露《尚书》在武帝（公元前一四一至前八十年）时代的面目。

就是所谓伏生口授的这廿八篇《尚书》，跟孔子时所整理过的已相去甚远，在这一点上是与《诗》大不相同的。《诗》被称为"三百"在孔墨时已成了惯语，《论语》所引用的《诗》，也大体上与今日所见者差不多。《书》就不一样了。末篇的"尧曰"是毫不相干的，"高宗亮闇"见于《无逸》，可是"孝乎惟孝"

20×15=300　　第44页

就无有了。此外，传今的《左传》引用的《诗》《书》尤多。关于《诗》的，与今所见的"三百篇"无异。《书》则除《盘庚》《康诰》以外，几乎全在今所见的"廿八篇"之外。《吕氏春秋》亦然。只有《洪范》例外。兹以《左传》引《书》之"杜注"为例：

①"隐六"：《商书》曰："恶之易也，如火之燎于原，不可乡迩，其犹可扑灭"。杜曰："《商书·盘庚》"。按今《盘庚》无"恶之易也"句。

②"庄八"：《夏书》曰："皋陶迈种德，德乃降"。杜曰："《夏书》，逸书也"。

③"僖五"：故《周书》曰："皇天无亲，惟德是辅"。又曰："黍稷非馨，明德惟馨"。又曰："民不易物，惟德繁物"。

20×15=300　第45页

杜曰："逸书"。
④"僖廿三"：《周书》有之，"乃大明服"
杜曰："《周书·康诰》"。
⑤"僖廿四"：《夏书》曰："地平天成"
称也。杜曰："《夏书》，逸书"。
⑥"僖廿七"："《夏书》曰："赋纳以言，
明试以功，车服以庸"。杜曰："《尚书》
·虞夏书也"。按此三言在伪孔《益稷》中。
⑦"文五"：商书曰："沈渐刚克，高明柔
克"。杜曰："此在《洪范》今谓之《周书》"
⑧"文七"：《夏书》曰："戒之用休，董
之用威，劝之以九歌，勿使坏"。杜曰："逸书"。
⑨"宣六"：《周书》曰："殪戎殷"。杜
曰："《周书·康诰》也"。
⑩"宣十五"：《周书》所谓："庸庸，祗祗"

20×15=300　　第96页

者，谓此物也夫。杜曰："《周书·康诰》"。

⑪"成二"：《周书》曰："明德慎罚"。杜曰："《周书·康诰》"。

⑫"成十六"：《周书》曰："惟命不于常"，有德之谓。杜曰："《周书·康诰》"。

⑬"成十六"：《夏书》曰："怨岂在明，不见是图"。杜曰："逸书也"。

⑭"襄十三"：《周书》曰："一人有庆，兆民赖之，其宁惟永"。杜曰："《周书·吕刑》也"。

⑮"襄廿一"：《夏书》曰："念兹在兹，释兹在兹，名言兹在兹，允出兹在兹，惟帝念功"。杜曰："逸书"也。

⑯"襄廿三"：《夏书》曰："念兹在兹"。杜曰："逸书也"。

20×15=300　　第47页

⑰"襄廿六年"：《夏书》曰："与其杀不辜，宁失不经。"杜曰："逸书也。"

⑱"襄卅一年"：《太誓》云："民之所欲，天必从之。"杜曰："今《尚书·大誓》无此文，故诸儒疑之。"

⑲"襄卅一年"：《周书》数文王之德曰："大国畏其力，小国怀其德。"杜曰："逸书。"

⑳"昭十四年"：《夏书》曰："昏、墨、贼，杀。"皋陶之刑也。杜曰："逸书。"

㉑"哀六年"：《夏书》曰："惟彼陶唐，帅彼天常，有此冀方，今失其行，乱其纪纲，乃灭而亡。"又曰："允出兹在兹。"杜曰："逸书。"

㉒"哀十一年"：《盘庚之诰》曰："其有颠越不共，则劓殄无遗育，无俾易种于兹邑。"

20×15=300　　第 45 页

杜曰："《盘庚》《商书》也。"按今本《盘庚》作"乃有不吉不迪，颠越不恭，暂遇奸宄，我乃劓殄灭之，无遗育，无俾易种于兹新邑"。

按就是这八篇也不能当作一个系统去看待，不特宋人（包括朱熹在内）早已有此说法，即是更早的文学家如西汉的扬雄，中唐的韩愈也都有过《虞夏书》"浑浑"《殷盘》《周诰》"佶屈聱牙"之议。即是说，在文字的结构上显然不是同类之作；怎么可以认为"号称"古文"的梅赜《尚书》反尔容易读解，甚至作为《虞夏书》的《尧典》《禹贡》，也比《周诰》的文辞，更接近于后代的呢？东晋古文辨伪的工作，早已完成于清人阎若璩、惠定宇两人之手，这里不去说它了。我们现在要去钻研

20×15=300　　　　第 49 页

的，乃是传今的廿八篇，到底如何。

让我们以《周书》为主先分析一下从《大诰》《康诰》《酒诰》《梓材》《召诰》《洛诰》《多士》《无逸》《君奭》《多方》《立政》和《顾命》（《康王之诰》）这十二篇基本上是“诰诫”体裁的文字，它们正是所谓“佶屈聱牙”之作，可是从形式到语法完全一贯，尽管我们还不能全部解释得了。这却无害其为炳炳朗朗的文章。问题只在于篆隶之变，传写讹误，加之西周语法和字义，多为东周的人所不能懂。如《大诰》中“宁王”之“宁”字，本为“文”字，即其一例。清人吴大澂考证过：《书·文侯之命》“追孝于前文人”《诗·江汉》“告于文王”毛传云：文人，文德之人也。“潍县陈寿卿编修介祺芝”令

20×15=300 第50页

仲斜"亦云："其用追孝于皇考己伯，用侃喜前文人。"知"前文人"三字为周时习见语。乃《大诰》误"文"为"宁"，曰："予曷其不于前宁人图功攸终"，曰："予曷其不于前宁人攸受休毕"，曰："天亦惟休于前宁人"，曰："率宁人有指疆土"。"前宁人"实"前文人"之误。盖周古文文字从心者或作"□"、或作"□"，或又作"□""□"，壁中古文《大诰》篇，其"文"字必与"宁"字相似，汉儒遂误释为"宁"。其实《大诰》乃武王伐殷大诰天下之文，"宁王"即"文王"，"宁考"即"文考"，"民献有十夫"即武王之"乱臣十人"也。"宁王遗我大宝龟"，郑注："受命曰宁王"，此不得其解而强为之说。

20×15=300　　第51页

也，既以"寧考"为"武王"，遂以《大诰》为"成王之诰"，不見古器，不识真古文，安知"寧"字为"文"字之误哉！

《周诰》之许多篇中，均得金文之助以重作校对者类此（一字之差，居然使着史料差錯了一辈人，明是武王发的文告，硬说是成王的，岂不危险！）再如《文侯之命》自称"闵予小子嗣"一例，王引之曰：

古天子于诸侯无称字者，《康诰》《酒诰》《梓材》三篇："王若曰：小子封""王曰：封"；定四年《左传》引蔡仲命书云："王曰：胡"；又引"践土之盟"载书云：王若曰："晉重、鲁申、卫武、蔡甲午、郑捷、齐潘、宋王臣、莒期，皆称其名，其它则称伯父、伯舅、叔父、叔舅而

20×15=300 第52页

已，未有称字者也。"（《经义述闻》卷廿三）

此篇全无记事的上下字，除篇末缺少"对扬王休，用作宝彝"一套传统的尾辞以外，几与《师訇簋》《毛公鼎》的内容全无二致。纯是一篇彝器铭词。

上面所说的十二篇《周诰》在当时是怎么会来的呢？可以用《左定四年传》祝佗的话作为证明：

"昔武王克商，成王定之，""分鲁公以殷民六族：条氏、徐氏、萧氏、索氏、长勺氏、尾勺氏，使帅其宗氏，辑其分族，将其类丑，以法则周公，用即命于周，是使之职事于鲁，以昭周公之明德。

分康叔以殷民七族：陶氏、施氏、繁氏

20×15=300　　第63页

錡氏、樊氏、饑氏、終葵氏、封畛土、略自武父以南，及圃田之北竟，取于有閻之之土，以共王職，啓以商政，疆以周索（《左傳·定公四年》所記）。

分唐叔以懷姓九宗（唐之遺民，九宗一姓），職官五正，命以唐誥，而封于夏虛，啓以夏政，疆以戎索（太原近戎而寒，不与中国同，故以戎法）。

晉文公为踐土之盟，其載书云：王若曰：晉重（文公）、魯申（僖公）、衛武（叔武）、蔡甲午（莊侯）、鄭捷（文公）、齊潘（昭公）、宋王臣（成公）、莒期（兹丕公，舉之宗盟，异姓为后），藏在周府，可覆視也。

第二部分 纪言、史的典籍：

（四）《尚书》在中国散文中的历史地位：

《尚书》在中国散文发展史上可以说有下列的几种特点：

（一）《尚书》是中国的第一部散文集子，历代贵族统治阶级（包括奴隶社会和封建社会的）御用的官书，有时甚至被抬高到"经典"的地位，特别是以孔丘为代表的儒家，是这样看待它的。

（二）《尚书》的篇章，流传于各个时代的并不一样（从《左传》《吕览》所引证的《尚书》文句各有不同可说明了这一点。它跟《诗》在秦以前已有"三百篇"的代称，迥乎不同）。因此，也说明着它的编订，决非出自一人之手。

（三）《尚书》的文字虽然"佶屈聱牙"，可是它的内容却是：历史、政治、经济、文化、军

20×15=300　　第55页

军事、地理、什么都有，尽管它们记载的东西，简单、粗略，还有许多是经过后人加工润饰过的，而自《殷盘》《周诰》以下的文字却大体可信。

（四）《尚书》是按着"二帝"（尧、舜）"三王"（夏禹、商汤、周文武）的时代排列下来的。《虞书》最少（只有五篇），《周书》最多（凡卅二篇），而冠"尧典"于《虞书》，殿《泰誓》于《周书》，则颇见"承前启后"之意。

（五）《尚书》的篇名甚为繁琐：①有冠以人名的如《尧典》《大禹谟》《益稷》《汤誓》《仲虺之诰》《微子之命》《伊训》等廿八篇即是。这里应该解释清楚的为"典、谟、训、诰、命、誓"六类文体的涵义：

①"典，范也"，言帝尧、帝舜之政可为

20×15=300　　第 56 页

帝王为治的典范，因而尊之为高文典策的。

②"谟，谋也"。嘉谋良猷，经过执行实践，获得成功，那么，主事的人便该受到表扬，因以名之。于是标之以"大禹、皋陶"之名。

③"训，导也"，用导太甲之流的君王，遵循祖训，纠正错误，以重归于正，饮水思源，不能不以任立明篇。

④"诰，告也"，告戒臣民下属，使之对某种事物，或是行为，瞭解其目的要求，以期共同爱護，所以正任，带上君王宰执之名以昭珍重。

⑤"命，令也"，君上发布命令，任人行事，必须使受命者，明白，感谢其所付托之重，始能永志不忘，完成任务。

⑥"誓，戒言也"，多半为发兵征讨时的宣言檄文，一申暴露敌人的罪恶，一申表示自己的正

20×15=300 第57页

4.

大，"顺天而行"，以求全胜，因而揭示主名，本极重要。

以上大类篇目，都可以说是我国最早的"公文程式"，尤其是关于以上对下所颁发的"下行文"的规格或模式，使人感觉着它们的特点是：提名道姓，语气生硬，板着面孔训人，绝没有回旋的余地。如："曰放勋"，"乃命羲和"，"帝曰：往，钦哉！"（放勋，尧名；羲氏、和氏，世掌天文之官）《尧典》"帝曰：咨四岳"，"帝曰：俞，咨禹，汝平水土"（帝，虞舜；俞、咨，均告语之辞）《舜典》，"帝曰：来，禹，汝亦昌言"（陈述谈说的话）《益稷》。这还是对于自己的臣工百僚说的话呢（包括要把最高统治权让与的人在内），至于敌对分子，那就讲得更厉害了："天用剿绝其命

20×15=300　　第 58 页

"（剿绝、消灭）《甘誓》。"先时者，杀无赦（先时，不按时节令办事。无赦，不宽罪）《胤征》。"有夏多罪，天命殛之（殛，诛杀）"《汤誓》。而且每当征伐之时，亦是对于自家的部队、百姓，也要说狠话："弗用命，戮于社（社，社主也。戮，杀），予则孥戮汝（孥，子也。非但己身，还有子弟）《甘誓》。"尔不从誓言，予则孥戮汝，罔有攸赦"（无所赦免）《汤誓》。"不迪，有显戮（迪，前进。显戮，斩首示众）《泰誓》。"尔所弗勖，其于尔躬有戮（勖，勉。躬，本身）。无论夏、商、周，那一代，都是这样的，不听命令的就"杀无赦"。

②其次，是以事物名篇的，这也是各色各样的都有：如《五子之歌》，是夏启的五个儿子

20×15=300　　第 59 页

6

因悲愤于太康失国，所作的讽咏。《胤征》是胤侯奉仲康之命往征"湎淫"之羲和而作。《武成》是征发伐商成功，歸而偃武修文之辞。《洪范》是武王命箕子讲述天地彝伦大法的。《旅獒》因西戎献獒（大犬）而陈述义以诫王之怀柔异国的。《金縢》为周公代武王请命之书，事毕藏之于密匮者。《梓材》，告康叔以为政之道，如梓人治材一般。《多士》，洛陽下都成周落事，周公以王命告语众士。《无逸》，周公恐成王流于逸豫，因言祖德宗功以励之。《多方》，成王伐奄歸至宗周，晓谕天下诸侯。《立政》，周公致政成王，勉以治国之方。《顾命》成王临终命召公、毕公所交付的遗嘱。《吕刑》，穆王命司寇吕侯作刑法。

這些篇章里的文字、语气，虽然艰"典、

20×15=300　第 60 页

7

谟、训、诰、命、誓"的无大差异，多半是摆出了"天王老子"的架势，发号指令、安排人事的，但有的内容却丰富得多，如《五子之歌》里竟有五首类似诗词的韵文，而且是表示哀怨与控诉的；《胤征》之目的不在讨伐，"刀枪入库，马放南山"才是它的主旨；《洪范》就不消说了，简直是中国最早的政治、经济论文，讲得有条不紊，头头是道；《旅獒》，牵涉到安抚四夷的外交政策；《金縢》则是舍身救主的前所未有的新体文；《梓材》，以比励精图治的勤劳，使之能传永久；《无逸》，颇合忠义而可消愁，使为政者不可贪图享受安逸的教言；《多方》《立政》自然，《顾命》之为遗嘱，给百代君王开创了死亡前安排后事的先例；《吕刑》，几乎可以称为中国第一篇"刑章"了

20×15=300　第 61 页

另外，还有一类篇名是只提人名不附任何说解的，如《益稷》之为舜二臣之名与大禹同條，以之名篇乃是重视之意。同理，《太甲》《盘庚》虽为君王，可是一个肯于改过迁善，一个迁都救民，都不是简单的人物，所以也就以之名篇了。同这略有不同的是单名一字之外又加上一两字的动词状语的，如《禹贡》是说的夏禹制定了九州的贡法，《伊训》是伊尹诱导太甲使其遵循祖宗成法以为大业，故以名篇。如同《君奭》之为崇扬辅佐成王治国有成的召公，《君陈》之为表扬能于周公之后又治成周东郊，以及《君牙》之为穆王的大司徒，他在内政上很有办法一样，等均在以篇名以示郑重。而《说命》，使傅说为商相，《微子之命》是周武王承微子为宋公，以顯殷人，《蔡仲之命》是训

20×15=300　第 62 页

蔡叔的儿子继之诸侯，以示罪不及孥。《毕命》是康王使毕公保釐东郊而敕之之"人命"，穆王命伯冏为太仆正，盖谨左右侍从之官而有《冏命》等等，都是派令一类的形式了。

就中，"《咸有一德》"等不著主名，而泛言（君臣）同心同德以治天下。《武成》说，武功既成，须修文治。《立政》，戒成王勿急忽，要精勤。《周官》，述周室设官分职用人之法，则是不言而喻的"诰、训"文字。而《甘誓》《牧誓》《费誓》等，是以誓师的地名作为署了散文的篇名的，也应该交待一下。

（六）《尚书》的篇章结构，从形式上说，还有其它的许多特色：

①每篇之首，都有一个主文（或者叫它作"提纲"、"由头"亦可），然后根据着它叙述下

弃，绝不旁骛，也可以说是抓住纲目作文章吧。如：

昔在帝尧，聪明文思，光宅天下（昔，古也。尧，唐帝名，马融云：谥也。此言圣德之远著也）。将逊于位，让于虞舜（逊，遁也。老而使之摄政，遂禅位给他），作《尧典》（言尧可为百代常行之道也）《尧典》。

按"禅让"之说，前人否定之者多矣。舜继尧，禹继舜，到底出于"禅让"还是"篡夺"？实际上已无可考据。我们根据传说或后来追记的书面文字，只知道"尧、舜"两帝，均以国传其臣，禹始传子。而且夏禹启的得以继承，也是其说不一的。《孟子·万章》谓，禹初荐益，死后"民不归益而归启"。《韩非子·

20×15=300　第645页

外储说下》則言：禹死传位于益，啓之人相与攻益而立啓。《晋书·束皙传》引"汲冢"书又说：禹死后，益干啓位，而啓杀之。这都是周末人的记载，就這样的不同了。所以清人崔述说：上古无传子之事（《上古考信录》），汉人亦有：五帝官天下，三王家天下之说（刘向《说苑》），是則传賢不传子的惯例，是由夏啓破坏的了，故孟子时有"至于禹而德衰"之议（《孟子·万章》）。

这些姑且认为是题外的话吧，因为我们在这里要解决的是《尚书》篇章结构上的问题，并不是《尧典》提纲上的"禅让"也。于是我们认为后来的《春秋》《左氏传》就采用的是这种笔法：以《春秋》为纲，而《左氏传》充实之以史事的本末。再举例：

20×15=300　第65页

12

皋陶矢厥谟(矢，陈也)，禹成厥功(陈其功绩)，帝舜申之(重美曰申)，作《大禹谟》《皋陶谟》(禹谟九功，皋陶谟九德)，《益稷》(凡三篇)《大禹谟》，谟，谋也，禹称"大"，大其功也。)《大禹谟》

这里就不止是本文的"由来"，而且"一星串三地说及了《皋陶谟》《益稷》，不过皋陶称"谟"而益、稷次之，只合名以命篇而已。

"誓"也是一样。《甘誓》云：

启与有扈战于甘之野，作《甘誓》(夏启所以伐有扈之罪)，甘誓(甘，有扈郊地名)，将战先誓。

所言都是交战之前，宣布敌人罪状，告以军令赏罚之事。

20×15=300　　66

13

（七）《尚书》在"语录""问答"的使用上也是开了散文的先例的。因为在奴隶的和封建的最高统治者阶层里，一般的是"左史记言、右史记事"的。那么上下的问答，或是君王单方面的话，记了下来，便自然不乏"曰"字下面的文字了。因之，"于""嗟""呜呼"一类的语气感叹词，和"哉"这样的语助词，"我""朕""尔""汝"等第一、二人称的代名词，也就经常地被使用着了。贵族统治阶级御用的史官是这样，追及文权下放到了士大夫的手里，又怎么能不"依样画葫芦"呢：春秋战国的诸子，特别是《论语》《孟子》两书，便发展得更加"适用自如"了。当然，历史散文如《国语》《国策》之流，记人记事，绘声绘神之处，也是不待说的。

20×15=300　　67 页

（八）

歌辞：《尚书·舜典》里有命夔典乐之言，并且提示了诗歌之所以产生及其与音乐之关系："诗言志，歌永言（言志以导其歌，咏之以长其言），声依永，律和声（声谓五声，宫、商、角、徵、羽；律谓六律、六吕，十二月之音气。言当依声律以和乐）。以使"八音克谐，无相夺伦"并作歌曰：

敕天之命，惟时惟几（敕，正也，奉天命以临民，重在顺时慎微）。

股肱喜哉！元首起哉！百工熙哉（元首，君也，股肱，臣也。臣能喜乐尽忠，君之治功乃起，百官之业乃广）！帝舜先歌：

元首明哉！股肱良哉！庶事康哉（赓续作歌，先君后臣，众心乃安）！

20×15＝300　　第68页

、元首丛脞哉！股肱惰哉！万事堕哉（丛脞细碎无大略，君如此，则臣懈惰，万事无成，所以申戒）！

这虽然不是帝舜之歌，但亦无害其为先秦之作。而且就其三阕全叠，四言一句，以句尾助词"哉"字补足音节声，极与《诗》体相近。再看《五子之歌》：

皇祖有训，民可近，不可下，民惟邦本，本固邦宁（近谓亲之，下谓失分）言人君当固民以安国）。予视天下，愚夫愚妇，一能胜予（言能畏敬小民，故得众心。一人三失，怨岂在明，不见是图（三失，过非一也，不见是谋备其微），予临兆民，懔乎若朽索之驭六马（十万曰亿，十亿曰兆，极言其多。懔，危惧之貌。朽，腐也）

20×15=300 第69页

为人上者，奈何不敬！（能敬，則不殆；在上不殆，則高而不危）

训有之："内作色荒，外作禽荒（作，为也。迷乱曰荒。色，女色；禽，鸟兽）甘酒嗜音，峻宇雕墙（甘，嗜，无厌足。峻，高大；雕，饰画。），有一于此，未或不亡（此六者，弃德之君必有其一，有一必亡，况兼有乎？）

惟彼陶唐，有此冀方（陶唐，帝尧氏，都冀州，统天下四方），今失厥道，乱其纪纲，乃底灭亡（言失尧之道，乱其法制，自致灭亡）！

明明我祖，万邦之君，有典有則，貽厥子孙（君万国为天子，典谓经籍，則，法也，貽，遗也），关石和钧，王府則有，

20×15=300　　第 70 页

荒坠厥绪，覆宗绝祀。

呜呼曷归！予怀之悲。（曷，何也。怀，思也）万姓仇予，予将畴依（仇，怨也。言当依靠谁来恢复国家呢？），郁陶乎予心，颜厚有忸怩（郁陶，哀思。颜厚，色愧。忸怩，心惭于仁人贤士）。弗慎厥德，虽悔可追？（言人君行已不慎其德以速祸败，虽欲改悔，其可追及乎？言无益也）

本体以四言为主，而且音调铿锵，词义精美，这好象《诗经》纸体的姊妹篇，更不应该是夏代之作也。其二"训有"之词，特别脍炙人口，经常为后人引用于散文之中（其一之"民为邦本"二句亦然）。

还有一点，在《金縢》中提到了周公曾作《鸱鸮》之诗以感悟成王，可与《三百篇》参证。

20×15=300　第21页

（九）引用前人的格言成语，以加强说明事理的力量，这个手法也是由《尚书》创始的。而且还在《商书》里就有：

迟任有言曰："人惟求旧，器非求旧，惟新。"（孔安国传：迟任，古贤人，言人贵旧，器贵新）。

"人以熟为宝"，到今天还有类似的话流传下来，这是因为不互相认识难以共事，也"老战友"之所以可贵也。

古人有言曰："牝鸡无晨，牝鸡之晨，惟家之索"（言无鸡无晨鸣之道。索，尽也。喻妇人知外事，雌代雄鸣则家尽；妇夺夫政则国亡）。（《周书》牧誓）

这是武王姬发在揭发殷纣无道说：也是依据自己所提出的比喻，自然是充满着重男轻女的

20×15=300　第 72 页

思想，并将商代灭亡的责任，都[illegible]推到婦女身上的说法，不足为训。

古人有言曰："人无于水监，当于民监"（《周书·酒诰》）。監，照視。言古聖賢有言，視水可見己形，視民行事可見政治的成敗。

我聞曰："古之人，犹胥训告，胥保惠，胥教诲（以古之君臣，虽君明臣良，犹相道告，相安顺，相教诲以义方）；民无或胥诪张为幻（诪张，诳也，君臣以道相正，故下民不相欺诳幻惑）。"這是周公直引用前人互相劝勉之言，以励成王，使之努力奋图進取，但更重要的，还是他的"敬天法祖"尊重前朝的政治思想。

周公曰："呜呼！我聞曰：昔在殷王中

20×15=300　第13页

宗（太戊也，殷之中世，尊其德，故称宗）
严恭寅畏，天命自度，（言太戊能严恭自
畏，敬畏天命，恪遵法度也）治民祗惧，
不敢荒宁（为政敬慎畏惧，不敢荒怠自安），
肆中宗之享国，七十有五年（以敬畏之故，
得寿考之福）。其在高宗时，旧劳于外，
爰暨小人（武丁，其父乃小乙也。使之久
居民间劳动，与小人出入同事），作其即
位，乃或亮阴，三年不言，其惟不言，言乃
雍，不敢荒宁（三年不言，言其孝行至着。
雍，和也，丧毕发言，天下和靖，他也效
法中宗，不敢荒怠自安），嘉靖殷邦，至
于小大，无时或怨（善谋殷国，至于小大
之政，无人说其非是者），肆高宗之享国，
五十有九年，

20×15=300　　第74页

（十）关于引用譬喻的：《三百篇》的许多作品中是讲求"以此物比彼物"的"比"法的，而且比得非常之妙；如把贪残的奴隶主统治者比做"硕鼠"（《魏风：硕鼠》），把背叛祖国为虎作伥的管蔡比做"蝃蝀"（《鄘风：蝃蝀》）都是。《尚书》里也不是没有"比物"之句的，如

①若朽索之驭六马（《商书：五子之歌》）。用已经腐朽了的缰绳来拴驾六匹大马，如何能够不危险呢？以比失德之君临民，终必败亡也。

若颠木之有由蘖（仝上《盘庚》），言迁来新都能使人民复生，就象已经倒枯了的树木再长了幼枝一样。

若网在纲，有条而不紊（同上），好象

20×15＝300　第75页

网子穿上了纲绳似的，一点儿也不紊乱。

若火之燎于原，不可向迩。（仝上）象是荒草甸子发生了野火一般，令人难于接近，不易扑救。

心之忧危，若蹈虎尾，涉于春冰（《周书·君牙》）。那种心惊胆战的样子，好象踩了虎尾巴怕被吃掉，走在解冻的春冰上怕陷落下去似的。

这些比方，不都是匠心独运非常贴切的吗？所以就为此后的散文作者开辟了一条用具体的事物说明抽象的道理的路子。还有成组使用的例子：

若金，用汝作砺（铜须经过磨砺，才能成为器皿）；若济巨川，用汝作舟楫（没有船只渡不了江河）；若岁大旱，用汝作

20×15=300　　第76页

雨（霖，三日雨也，可以解除旱灾）。……若药弗瞑眩，厥疾弗瘳（如果吃了药没有反应，那是治不了病的）。若跣弗视地，厥足用伤（如同赤脚行路，不看着地面会伤了脚）。（《商书：说命》）

這是殷高宗命傅说作相一文里的几个喻譬，说得明白浅近。《周书：梓材》里也有一段：

若稽田，既勤敷菑，惟其陈修，为厥疆畎（此言为君监民，必须象农民精心治田勤于劳作一样以施教化），若作室家，既勤垣墉，惟其涂塈茨（又如工匠修建房屋一样，打好了墙垣，还须盖上细草）。若作梓材，既勤樸斲，惟其涂丹雘（木工制造家具，须先斲削成形以后再涂上油漆，才称完善）。

20×15=300 第 27 页

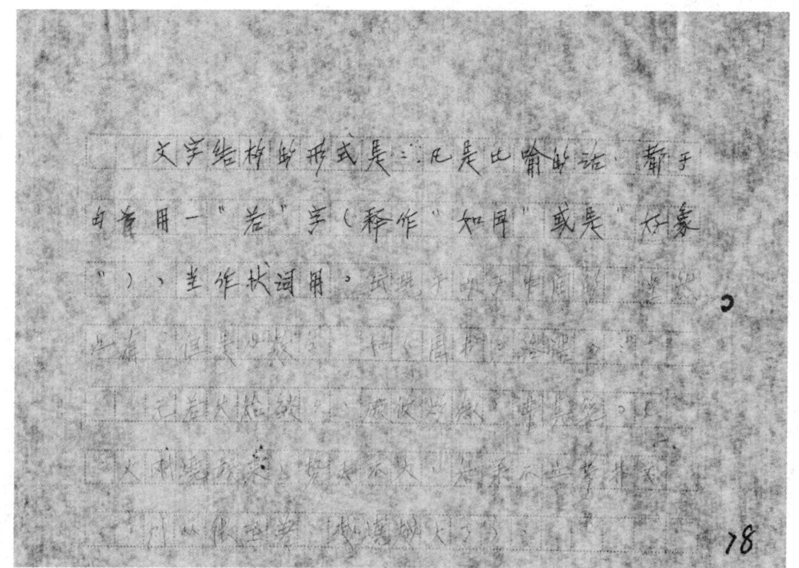

文字结构的形式是：凡是比喻的话，都于的前用一"若"字（释作"如同"或是"好象"），当作状词用。

78

(十一)关于使用"重言"的："重言"所以在重语气，并使之接近于"形象化"，这在《三百篇》中是经常见到的词汇，它在《尚书》里也不是罕有的。如：

"汤汤"洪水方割（汤汤，流貌。洪，大。割，害也。言大水在四处处为害。）"荡荡"怀山襄陵，"浩浩"滔天（荡荡，言水奔突有所涤除。怀，包。襄，上也，包山上陵，浩浩盛大，象漫了天空似的）。这里的"汤汤""荡荡""浩浩"都是形容大水状态的"重言。（《尧典》）

宾于四门，四门"穆穆"（穆穆，美也。舜宾迎于四方之门，皆有美德，以其无凶人也。）（《舜典》），"穆穆"，即重言。

"济济"有众，咸听朕言。（济济，众盛之

20×15=300　　79

貌）《大禹谟》。"齐齐"重言。

"夔夔齐栗"（仝上）"夔夔"重言，悚惧之貌。

"兢兢业业"（《皋陶谟》）"兢兢，戒惧；业业，危惧。"两者都是重言又是联用的。

启"呱呱"而泣（《益稷》）启，禹子也，呱呱，小儿泣声。

"明明"我祖（《五子之歌》）"明明"重言，最为光明的意思。

"栗栗"危惧，若将陨于深渊。（《汤诰》）。"栗栗"危心，重言。若坠深渊，危惧之甚。

小大"战战"，罔不惧于非辜（《仲虺之诰》）"战战"畏惧也，重言。都怕非罪见

20×15=300　第 80 页

"杀。

百姓"懔懔"，若崩厥角（《泰誓》）"懔懔"叠言，危惧不安。崩，摧也，角，额头。）

尔其"孜孜"，奉予一人（《泰誓》下）。"孜孜"叠言，勤勉不怠。都听我的。

无偏无党，王道"荡荡"，无党无偏，王道"平平"。（《洪范》）荡荡，开阔。平平，坦正，两者俱是叠言。

"眇眇"予末小子。（《周书·顾命》）"眇眇"叠言，微小已极之意。

"番番良士（番音波，番番叠言，武勇之状）《周书·秦誓》）

惟截截善谝言。（仝上）"截截"叠言马融云："辞语截削省要也"。

20×15=300　第81页

"昧昧"我思之（仝上）。"昧昧"奄奄，昏而不明。

断断猗无他技，其心休休焉（仝上）。"断断、休休"都是重言。"断断"专一也。"休休"，乐善也。"猗"语助词。

（十二）从史学观点上说，对此书虽不编年，可是跨多朝大多代，虽无多人的纪传，可是重点人物（主要是帝王将相的）的事迹也不在少，一些诰，虽无史书之名却有许多史料史论，作为后来史家的素材，无论是编年史的还是断代史的，都是一样的。换言之，谓为最早的上古史书，以及"本纪"（帝王的）"世家"（诸侯的）"列传"（大夫卿的）的滥觞，也没什么不可以。再者，二帝三王和他们的卿相的言行，基本上都记载到这里了呀么。

20×15＝300　　82

2.《尚书》篇名释义(《益稷》至《大誥》)

《益稷》：孔安国曰："禹称其人，因以名篇"。按王先谦云："帝曰：来，禹汝亦昌言"以下，本《皋陶谟》文，自梅氏古文云其伪孔序》云：伏生以《益稷》合于《皋陶谟》，时人因之，合为二篇。《书序》云：皋陶矢厥谟，禹成厥功，帝舜申之，作《大禹、皋陶谟》《益稷》。刘逢禄云：此今书也，其言皆禹、皋之言，故以"谟"名之。所述兼益、稷之功，真以名系之，则至略然，以是知"典""谟"皆完书也。阎若璩云：《益稷》据《书序》原名《弃稷》，马、郑、王本皆然，盖别有一书，中多载后稷之言，或弃之言，是以扬雄亲见之。其《法言·孝至篇》云：或问忠言嘉谟，曰：言合稷弃之谓忠，谟合皋陶之谓嘉。

《禹贡》：孔安国曰：禹制九州贡法。《大

20×15=300　　第　页

传》云：《禹贡》可以观事。《史记·夏本纪》：禹乃行相地宜所有以贡，及山川之便利。又《河渠书》：以别九州，随山浚川，任土作贡。《汉书·地理志》：尧遭洪水，怀山襄陵，天下分绝为十二州，使禹治之，水土既平，更制九州，列五服，任土作贡。《盐铁论》文学》曰：禹平水土，定九州，四方各以土地所生贡献。《书疏》：禹制贡法，故以《禹贡》名篇。

《甘誓》：孔安国云：甘，有扈郊地名，将战先誓。《史记·夏本纪》：启即天子之位，有扈氏不服，启伐之，大战于甘，将战，作《甘誓》。《淮南·齐俗训》：昔有扈氏为义而亡。高诱注：有扈，夏启之庶兄也，以尧、舜举贤，禹独与子，故伐启，启亡之。高用今文说，与《史记》合。

《五子之歌》：孔安国云：启之五子，因以名篇。按此梅赜古文之二。《史记·夏本纪》：帝太康失国，昆弟五人须于洛汭，作《五子之歌》。《书序》"失国"作"失邦"，此今古文之异，而其说则同。

《胤征》：孔安国云："奉辞伐罪曰征"。此梅氏古文之三。《夏本纪》：太康崩，中康立，是为帝中康。帝中康时，羲和湎淫，废时乱日，胤往征之，作《胤征》，今古文说同。

《商书》：《书疏》引郑玄云：契始封商，汤遂以商为有天下之号。《殷本纪》：殷契佐禹治水有功，封于商，赐姓子氏，盖为郑玄所本。后又称殷者，以盘庚迁殷故，然不舍弃商号。

《汤誓》：孔安国云：戒誓其士众。《史记

20×15=300

《殷本纪》：当是时，夏桀为虐政、淫荒，而诸侯昆吾氏为乱，汤乃兴师，率诸侯，伊尹从汤，汤自把钺以伐昆吾，遂伐桀，以告令师，作《汤誓》。《书序》：伊尹相汤伐桀，升自陑，遂与桀战于鸣条之野，作《汤誓》。今古文说同。《白虎通·谥篇》：汤死后，世称成汤，以两言为谥也。《风俗通·皇霸篇》：汤者，攘也，昌也，言其攘除不轨，改夏为商，成就王道，天下炽盛，文武皆以其所长，克扶国之谓王，制杀生威之谓王，王者往也，为天下所归往也。

《仲虺之诰》：孔安国云：仲虺臣名，以诸侯相天子会同曰"诰"。王先谦曰：此梅氏古文之四。《殷纪》：汤乃践天子位，平定海内，至于泰卷，陶中𤰞作诰。《书序》：汤归自夏，至于大坰，仲虺作诰。今、古文说同。《史记》用今文，而中罍皆古字，段氏谓伏生书中亦有古文是也。"

《汤诰》：孔安国曰：以伐桀大义告天下。王先谦曰：此梅氏古文之五。《殷纪》：既绌夏命，还亳作《汤诰》。《书序》：汤既黜夏命，还亳作《汤诰》。《殷纪》载《汤诰》语，与伪古文异。

《伊训》：作"训"以教道太甲。孔安国说。王先谦曰：此梅氏古文之六。据《殷本纪》云：汤崩，太子太丁未立而卒，立太丁弟外丙，三年崩，立外丙弟中壬，四年崩。伊尹乃立太丁子太甲，成汤嫡长孙也。帝太甲元年，伊尹作《伊训》，作《肆命》，作《徂后》（三篇亡）。《书序》：成汤既没，太甲元年，伊尹作《伊

20×15=300　　第　页

训》《肆命》《徂后》，以太甲元年系成汤既没之下，与《孟子》《史记》不合。"序"亦伪也。

《太甲》：孔安国曰：戒太甲，故以名篇。王先谦曰：此梅氏古文之七。《殷本纪》：帝太甲既立，三年不明，暴虐，不遵汤法，乱德，于是伊尹放之于桐宫。三年，伊尹摄行政当国，以朝诸侯。帝太甲居桐宫三年，悔过自责，反善，于是伊尹迺迎帝太甲而授之政。帝太甲修德，诸侯咸归殷，百姓以宁。伊尹嘉之，迺作《太甲训》三篇。《书序》：太甲既立，不明，伊尹放诸桐，三年，复归于亳，思庸，伊尹作《太甲》三篇。

《咸有一德》：孔安国曰：归政之后，恐其不一，故以戒之。王先谦曰：此梅氏古文之十

20×15=300　第　页

。《殷本纪》：伊尹作《咸有一德》，在汤作《汤诰》。姚际恒云：盖是伊尹与汤，如虞之君臣作"明良喜起"歌，相似。故曰：《咸有一德》，但此不为歌而为文耳。诸经传记于伊尹并无告归致仕之事，作伪者见《书序》并无可据，盖窃取伊尹复政一节，取配周公复政时咸有一德。本序尹在汤朝，赞襄于汤者，移入太甲朝，陈戒于太甲，与赞襄于汤曰："咸有一德"者同德之助，陈交泰之休，于义可也。若陈戒于太甲而曰："咸有一德"，则是矜功伐善，且对其孙而追述与其祖为一德，岂复人臣事君之体。郑玄注："吉"当为"告"，古文"告"字之误也。尹告，伊尹之告也。《书序》以为《咸有一德》，今亡（《逸书》有此，当康成时，已亡也。）此古文说。

20×15=300　第　页

《盘庚》：孔安国曰：盘庚，殷王名，殷质以名篇。按《左哀十一年传》，引此经为《盘庚之诰》，释文引马（融）云：盘庚，祖乙曾孙，祖丁之子。不言《盘庚诰》何，非但录其"诰"也，取其徙而立功，故以《盘庚》名篇。《殷本纪》：帝阳甲崩，弟盘庚立，是为帝盘庚。帝盘庚之时，殷已都河北，盘庚渡河南，复居成汤之故居，迺五迁无定处，殷民咨胥相怨不欲徙。盘庚乃告谕诸侯大臣曰：昔高后成汤与尔之先祖，俱定天下，法则可修，舍而弗勉，何以成德，乃遂涉河南治亳，行汤之政，然后百姓由宁，殷道复兴，诸侯来朝，以其遵成汤之德也。帝盘庚崩，弟小辛立，是为帝小辛。殷复衰，百姓思盘庚，迺作《盘庚》三篇。《书序》：盘庚五迁，将治亳，殷民咨胥怨，作《盘庚》三篇，不言何时何人所作。王先谦曰：百姓思盘庚而作《盘庚》三篇，所全者，盘庚之政也。其上篇述盘庚迁殷、以常旧服、正法度，即所谓盘庚之政也，此作书之本指。其中下二篇，则取盘庚于始迁之时，告诫其民之语，附益之，故虽三篇而伏生止作一篇也。是故盘庚三篇，宜仍伏生之旧，合为一篇，而其文则从《史记》。

《说命》：孔安国曰：始求得而命之。王先谦曰：此梅氏古文之十一。《殷纪》：帝武丁即位，思复兴殷而未得其佐，三年不言，政事决定于冢宰，以观国风。武丁夜梦得圣人，名曰说，以梦所见视群臣百吏，皆非也，于是乃使百工营求之野，得说于傅险中。是时，说为胥靡，筑于傅险。见于武丁，武丁曰：是也，

20×15=300 第 页

得而与之语，果圣人，举以为相，殷国大治，故遂以傅险姓之，号曰傅说。《书序》：高宗梦得说，使百工营求诸野，得诸傅岩，作《说命》三篇，今古文说同。

《高宗肜日》：孔安国曰：祭之明日又祭，殷曰肜，周曰绎。《殷纪》云：帝武丁祭成汤，明日有飞雉登鼎耳而呴，武丁惧，祖己曰：王勿忧，先修政事。武丁修政行德，天下咸欢，殷道复兴。帝武丁崩，子帝祖庚立，祖己嘉武丁之以祥雉为德，立其庙为高宗，遂作《高宗肜日》及训。《书序》：高宗祭成汤，有飞雉升鼎耳而雊，祖己训诸王，作《高宗肜日》，《高宗之训》。

《西伯戡黎》：《书序》：殷始咎周，周人乘黎，祖伊恐，奔告于受，作《西伯戡黎》。

20×15=300　第　页

《释文》：黎，国名。《尚书大传》作"耆"。云：文王一年质虞芮，二年伐邘，三年伐密须，四年伐畎夷，纣乃囚之，四友献宝乃得免于虎口，出而伐耆，又云：五年之初，得散宜生等献宝而释文王，文王出则克耆，六年伐崇而称王，王先谦曰：《大传》《史记》皆今文说，戡黎之年，先后互异，则真矣，故移所传之不同也。

《微子》：孔安国曰："微"，圻内国名，子爵，为纣卿士，去无道。《史记·殷本纪》：纣愈淫乱不止，微子数谏不听，乃与太师、少师谋，遂去。比干强谏纣，纣杀比干，囚箕子，殷之太师、少师，乃持其祭、乐器奔周。《宋微子世家》：微子度纣终不可谏，欲死之，及去，未能自决，乃问于太师、少师云云，武王克殷，微子乃持其祭器造于军门，武王乃释微子，复其位如故。《书序》：殷既错天命，微子作诰父师、少师。

《周书·泰誓》：孔安国曰：大会以誓众。王先谦曰：此孔氏古文之十四，说详《书序》。姚际恒云："伐书五誓"，皆誓当时告众人之言，后人亦藉以见一代兵制，非徒互诋敌国如后世檄文也。亦有畧数敌罪如《甘、汤、牧》诸誓。今《泰誓》绝口不及军政，惟张目疾首，洗垢索瘢，若恐不尽，古必无然矣！

《牧誓》：孔安国曰：至牧野而誓众。《史记·鲁周公世家》：武王九年，东伐，至盟津，周公辅行。十一年，伐纣至牧野，周公佐武王，作《牧誓》。《书序》：武王戎车三百两，虎贲三百人，与受战于牧野，作《牧誓》。

20×15=300　　第　　页

《武成》：孔安国曰：文王受命，有此武功，成于克商。王先谦曰：此梅氏古文之十七。《周纪》：武王乃罢兵西归，行狩，记政事，作《武成》。《书序》：武王伐殷，往伐，归兽，识其政事，作《武成》。"兽"是"狩"借字，今、古文说同，详见《书序》。

《洪范》：孔安国曰："洪，大"，"范，法也"，言天地之大法。《书序》：武王胜殷，杀受，立武庚，以箕子归，作《洪范》。《大传》云：《鸿范》可以观度。《汉书·梅福传》：箕子佯狂于殷，而为周陈《洪范》，箕子非疏其家而畔亲也，不可为言也。今文"鸿，洪"同章通用。

《旅獒》：孔安国曰：因獒而陈其义。王先谦曰：此梅氏古文之十八。"释文""獒"字

20×15=300　　第　页

云：作豪，酋，豪也。孔疏引郑云："獒"读曰豪，西戎无君名，强大有政者为酋豪，国人遣其酋豪来献，见于周。按云：古书字多假借，安国书中原有《旅獒篇》，郑亲从马讲习，知不得读以本字，盖从篇中大与义定之也，伪孔以马、郑不识獒字乎？按犬之四尺曰獒，以大为异，此乃西旅之长致贡其獒，太保因陈贡獒之义以训谏王。

《金縢》：孔安国曰：遂以所藏为篇名。《书序》：武王有疾，周公作《金縢》。按此篇自"武王有疾"至"藏其策金縢匮中"并见《鲁周公世家》

《大诰》：孔安国曰：陈大道以诰天下，遂以名篇。《周纪》云：初管、蔡畔周，周公讨之，三年而毕定，故初作《大诰》，次作《微

20×15=300　第　页

子之命》。《鲁世家》：周公于是卒相成王，而使其子伯禽代就封于鲁。管、蔡、武庚等果率淮夷而反，周公乃奉成王命兴师东伐，作《大诰》。《书序》：武王崩，三监及淮夷叛，周公相成王，将黜殷，作《大诰》。今

20×15=300　第　页

3.《尚書·盤庚》譯文

商朝的第廿代帝王盘庚带了他的臣民，从黄河以北把都城重搬设在他的老祖宗汤王的旧地亳城以后，老百姓不喜欢这个地方，他便叫来许多贵戚近臣一道对老百姓讲说自己的看法道："王我来到这个新都城，乃是我们的老祖宗早已安居过的地方，这都是为了爱护你们这些老百姓，免得都让大水伤害了的原故。如果救护不了你们，让你们生存下去，即使占卜过了又有什么用呢？按照我们先王的办法，总是照着天意不敢永久安住在一个地方的，从立国到现在已经搬了五个地方了，那么，不继续根据水患的情况，迁移下去，还能谈得上是继承了先王的伟大功业吗？如同已经枯倒了的树木再有了萌芽一般，上天原是要使我们的生命在

20×15=300

这个新城市继延下去的。这样，才能称是复兴了先王的大业安定了四方的人民。

盘庚发觉了老百姓又不安于新都邑，是因为群臣的浮言所动，便想用祖宗行之已久的法度来整饬一下，于是告诫群臣说："我所发表的规定老百姓的，无论是谁也不许隐瞒起来。"因而把臣下都召集到朝廷上来，这样说啦："你们来，好生听我的训话：我所以告诫你们，是为了要你们去掉私心，不可傲慢放肆安于逸乐。先王总是考虑任用世家旧臣，叫他们共图国事的，先王当日是公开的这样宣告的。我自然也要照样去做，什么都不隐瞒。先王的旧臣不说越轨的话，因此人民的行动也都从化起来。如今你们编造出来许多莫明其妙的话，用以惑乱听闻，我真不懂得这是想要干什么！

20×15=300

5

我遵循先王之道办事，并没有犯什么错误，你们却把我对老百姓的好意隐藏起来，一点儿也不害怕我，实则我的威严如烈火一样的厉害，不过没有爆发，才使你们这样的放肆。"

"如同网子结在纲绳上一样，方可条理顺遂毫不紊乱，也要象农民的尽力耕作以后，才会大有收成。你们如果能够除去私心，把实实在在的好处给与人民和你们的亲戚朋友，不是才敢自己说一句满意的话：对人民积了大德呀！倘若你们不怕远方近处的人民都因为你们而遭受了大的祸害，如同懒惰的农民贪图安逸，不肯劳动，不去生产，那就没有什么粮食可以收获了。你们总是不把我的好话传达给人民，这是你们自找的祸害，害了人民，也害了自己！你们既然率领人民做了坏事，这些痛苦当然由

20×15=300

4

你们自己去承受。到了那个时候，就是后悔也来不及了！你们应该知道，连一般小民都懂得要坐心我所告诫的话，不敢乱讲，何况我是掌握着你们的生杀大权的人，你们倒不畏惧！你们有话，何不先向我说，而去煽动群众对迁徙。罪恶是容易滋长的，正如燎原的大火，当它燃烧起来已经无法接近以后，怎么还能扑灭呢？如果真的到了这个地步，那可是你们大家咎由自取，可不是我的过失！”

古来的贤人迟任说得好：“用人应该专选世家旧臣，不象家具一样是新的好”。我的先王和你们的祖先，都共同过着安乐、劳苦的生活，我怎么肯动用非分的刑罚呢！你们若能世世继续你们的业绩，我决不会遮掩你们的好处。现在我要大祭先王，你们的祖先也会跟着同

20×15=300　　第　页

事，你们是由于作善而获得福利，还是因为作恶而受到灾祸，都有先王和你们的祖先来处理，我可不敢拔用非分的赏赉。”

我可以告诉你们：办事是真够困难的，当如射箭必须中了靶子的才称是好。你们可不能轻慢岁数大的老年人，也不要欺侮少年人，使他们安居下来。你们但每人力，听我一个人的思谋调遣。不论远近亲疏我都一例看待：用刑罚来惩办罪行，用爵赏来奖励善行。国家治理得好，是你们大家的功劳；国家治理得不好，那是我一个人的失罚之过。可转达我所告诫的话，认真做好你们的岗位工作，从今以后，别再造作浮言了，否则陷身于法

20×15＝300

4.《尚書》釋文(《微子之命》至《梓材》)

前　缺

作　文　纸

《微子之命》

孔传：称其本号以名篇。《史记·宋微子世家》：周公既承成王命，诛武庚，杀管叔，放蔡叔，乃命微子开代殷后，奉其先祀，作《微子之命》以申之，国于宋。《书序》：成王既黜殷命，杀武庚，命微子启代殷后，作《微子之命》。《史记》启作开。今古文异。

"王若曰：猷殷王元子，惟稽古崇德象贤，统承先王，修其礼物，作宾于王家，与国咸休，永世无穷。呜呼！乃祖成汤，克齐圣广渊，皇天眷佑，诞受厥命。抚民以宽，除其邪虐，功加于时，德垂后裔。尔惟践修厥猷，旧有令闻，恪慎克孝，肃恭神人。予嘉乃德，曰笃不忘。上帝时歆，下民祗协，庸建尔于上公，尹兹东夏。钦哉往敷乃训，慎乃服命，率由典常，以蕃王室。弘乃烈祖，律乃有民，永绥厥位，毗予一人。世世享德，万邦作式，俾我有周无斁。呜呼往哉！惟休，无替朕命。

孔传：微子，帝乙元子，故顺其本而称之。

天津市第三制本厂　80.1　　16开　20×20=400

作　文　纸

惟考古典崇尚德象贤之意，言今法之。（今大
《太誓》：惟稽古立功立事。《左文二年传》：
谓之崇德。《士冠礼》：继世以立诸侯，象贤
也）二王之后，各修其典礼，正朔服色，与时
王并通三统，为时王宾客，与时偕美，长世无
竟。汝祖成汤，能齐德惟圣，达广大深远，希
流后世。大天眷顾汤，佑助之，大受天命。抚
民以宽政，放桀邪虐，汤之德也。（《礼》：祭
法：汤以宽治民，而除其虐，《国语》同）立
功加于当时，德泽垂及后世（裔，末也）。汝
微子能践汤德，久有善誉，昭闻远近。（《左
文元年传》：践修旧好。《诗》：令闻不已）
，敬慎能孝，严恭神人。故我善汝德，谓厚不
可忘。（《盘庚》：恪谨天命。《左传》：子
木曰：能歆神人。《左僖十二年传》：王命管
仲曰：予嘉乃勋，应乃懿德，谓督不忘）孝恭
之人，祭祀则神歆享，施令则人敬和，用是封
汝立于上公之位，正此东方华夏之国（宋在京
师东。《诗》：上帝居歆。《多方》：尹尔多
方。）敬汝为君之德，往临人，布汝教训，慎

天津市第三制本厂　80.1　　16开　20×20＝400

中　缺

作　文　纸

《康诰》：

孔传：命康王之诰。康，圻（音祈，畿也，王畿千里为圻）内国名，叔，封字）。《史记·卫世家》：周公旦以成王命，兴师伐殷，杀武庚禄父、管叔，放蔡叔，以武庚殷遗民封康叔为卫君，居河淇间故商墟。周公旦惧康叔齿少，乃申告康叔曰：必求殷之贤人君子长者，问其先殷所以兴所以亡。而务爱民。告以纣所以亡者以淫于酒，酒之失妇人是用，故纣之乱自此始。为《梓材》示君子可法则，故谓之《康诰》《酒诰》《梓材》以命之。《书序》：成王既伐管叔蔡叔，以殷余民封康叔，作《康诰》《酒诰》《梓材》，今古文说并同。"索引"隐宋忠曰：康叔从康徙封卫，畿内之康，不知所在。疏又引郑云：康，谥号，江云："《逸周书》"谥法解"：温柔好乐曰康，安乐抚民曰康，令民安乐曰康。此三谥皆与康叔之行相似。故郑以康为谥。《史记》：载康叔封冉季载皆少，未得封，是至武王时，康叔未有国，及武王崩即有流言之变，周公东征时未遑封康

天津市第三制本厂　80.1　　16开　20×20＝400

叔也。三监诛而以其地封康叔，则始封即卫国，何尝有康国乎？郑说是。皮云：康乃谥号，而以之名篇者，史公合别《康诰》《酒诰》《梓材》之义，以为爱民篇之《康诰》，则康当取爱民为义。《康诰篇》云：用康保民，用康乂民，迪吉康，康乃心，康字甚多，疑康叔即以此为号，如成王生号成王之比，遂没而因以为谥也。

“惟三月，哉生魄。周公初基作新大邑于东国洛，四方民大和会。侯甸男邦采卫百工播民和见士于周。周公咸勤，乃洪大诰治。

此言周公摄政七年三月始生月光之际（哉，《尔雅·释诂》始也。《说文》霸，月始生霸然也。朏，月未盛之明也，从月出。）周公命民初造基址，作王城大都邑于东国，洛汭居天下土中，四方之民大和悦而集会。大传周传云：周公将作礼乐，优游之三年不能作。君子耻其言而不见从，耻其行而不见随，将大作恐天下莫我知也，恐将小作恐不能扬父祖功业德

作　文　纸

叅，然后营洛以观天下之心，于是四方诸侯率其群党，各攻位于其庭。周公曰：示之以力役且犹至，况导之以礼乐乎？然后敢作礼乐。《书》曰：作新邑于东国洛，四方民大和会，此之谓也。章潢存云：经言大邑，指王都言；新邑指下都。王都起四年三月，成于五年二月；下都起五年三月乙卯，成于六年。此郑玄善于推伏生年数，略合经史。

又"五服"诸侯服五百里。侯服去王城千里，甸服千五百里，男服去王城二千里，采服二千五百里，卫服三千里。"大传"云：周公摄政四年，建侯卫。《国语·周语》：侯卫宾服，韦昭注，此总言之也，侯，侯圻，卫，卫圻，言自侯圻至卫圻，其间凡五圻。五圻者，侯圻之外曰甸圻，甸圻之外曰男圻，男圻之外曰采圻，采圻之外曰卫圻。《周书·康诰》曰：侯甸男采卫是也。《周礼·职方氏》：辨九服之邦国，方千里曰王畿，其外方五百里曰侯服，又其外方五百里曰甸服，又其外方五百里曰男服，又其外方五里百曰采服，又其外方五百

天津市第三制本厂　80.1　　16开　20×20=400

作文纸

里曰卫服，又其外方五百里曰蛮服，又其外方五百里曰夷服，又其外方五百里曰镇服，又其外方五百里曰藩服。蛮服以内为中国，蛮服亦谓之要服。书疏引郑玄云：不是要服者，近于役多而恒闲暇。九服于大司马职为九畿，亦曰九近。畿、圻、近，三字通，邦字居中，以贯上下。工官播布土功，百官遍布民皆和悦。

　　五服之人，周公皆予劳勉，爰乃用大封，命大诰以治道。郑玄以洪为代言，周公代成王诰也。按《尔雅·释诂》：洪，代也，（涉作共）古字通。

　　“王若曰：孟侯，朕其弟，小子封。”

　　周公称成王命顺康叔之德，命为孟侯。孟，長也。五侯之長，谓方伯，使康叔为之。言王使我命其弟封，封，康叔名，称小子，明当受教训。作《康诰》时，成王年十八，呼之与俱诰康叔也。“大传畧说”云：天子太子年十八曰孟侯。孟侯者，于四方诸侯来朝迎于郊者，问其所不知也。问之人民之所好恶，土地所生美珍怪异，山川之所有无，及父在时皆知之。“

天津市第三制本厂　80.1　　16开　20×20=400

礼记·文王世子》：仲尼曰：昔者周公摄政，践阼而治，抗世子法于伯禽，所以善成王也。又云：成王幼，不能莅阼，以为世子则无为也，是故抗世子法于伯禽，使之与成王居，欲令成王之知父子君臣长幼之义也。是周公居摄时以世子礼教成王，则呼成王为孟侯，不足异也。伏生为传《尚书》之鼻祖，《大传》所说，是未经秦火时所受于先师之遗文，盖自七十子以来，递有师承者，不可疑也。

又《史记·五帝纪》解"四门穆穆"云：诸侯远方宾客皆敬。"集解"引马融云：四门，四方之门，诸侯群臣朝者，舜宾迎之，皆有美德也。宾迎四方诸侯，正太子迎侯之义，盖尧将禅舜，先使舜居太子之职，自唐虞至殷，其制皆然。封康叔在居摄四年，未制周礼，故循殷制呼成王为孟侯。其后周公制礼，损益前代，无复此制，所以《仪礼》无太子迎侯之文。后人不知有此义，惟伏生见古书识其制耳。周公摄政称天子，见《逸周书·明堂解》《礼记·明堂位》诸书，《荀子》《说苑》《淮南》《

作　文　纸

论衡》《史记》《大传》，皆有居位践阼之文。此"王若曰"实居摄称王，民无二王，公称王，则成王止可称世子。古者世子之称，系于今君亦系于先君。成王少未堪为君，周公摄位，故奉成王为太子。其云"孟侯"者，周公使成王迎诸侯，非周公以王为侯也。考之《史记·卫世家》：封康叔为卫君，不言何爵。后皆称伯，至顷侯厚赂周夷王，夷王命卫为侯，始称侯，是卫初封时乃伯爵非侯爵。而伏郑以为成王者，其义不可易矣。周公封康叔必呼成王者，成王为太子主迎诸侯，则封诸侯亦太子之所有事，故公并戒成王。赵岐注《孟子》以《康诰》为周公戒成王及康叔封而作，岐用今文说，盖今文亦知是。

"惟乃丕显考文王，克明德慎罚，不敢侮鳏寡，庸庸祗祗威威，显民，用肇造我区夏，越我一二邦以修，我西土惟时怙冒，闻于上帝，帝休。天乃大命文王，殪戎殷，越厥邦厥民惟时叙，乃寡兄勖，肆汝小子封，在兹东土。

天津市第三制本厂　80.1　　16开　20×20=400

作文纸

孔传云：惟汝大明父文王，能显用俊德，慎去刑罚，以为教首，惠恤穷民，不慢鳏夫寡妇，用可用，敬可敬，刑可刑，明此道以示民。用此明德慎罚之道，始为政于我区域诸夏，故于我一二邦，皆以修治，我西土岐周，惟是怙恃文王之道，故其政教冒被四表，上闻于天，天美其治。天美文王，乃大命之杀兵殷，大受其王命，谓三分天下有其二以授武王。"《大传》云：天之命文王，非谆谆然有声音也。文王在位而天下大服，施政而物皆听命则行，禁则止，动摇而不逆天之道，故曰天乃大命文王，文王受命一年，断虞芮之质，二年伐于，三年伐密须，四年伐畎夷，五年伐耆，六年伐崇，七年而崩。《论衡·初禀篇》：天乃大命文王。所谓大命者，非天乃命文王也，圣人动作天命之意也，与天合同，若天使之矣。《书》方激劝康叔，勉使为善，故言文王行道，上闻于天，天乃大命之也。《左宣六年传》注：殪，尽也。《康诰》言武王以兵伐殷，尽灭之。）[illegible]其国，于其民，惟是汝序，皆文王教。

第三制本厂　80.1　　16开　20×20=400

中　缺

作文纸

《酒诰》

孔传：康叔监殷民，殷民化纣嗜酒，故以戒酒诰。《史记·卫世家》周公申告康叔，告以纣所以亡者，以淫于酒，酒之失妇人是用，故纣之乱自此始。又"书序"云：申以商乱，酒故是告。此因书非一篇，故云申告。皮锡瑞云：或谓武王封叔于康时已作诰，成王徙卫，乃取武王封叔于康之诰以申之。或又谓《康诰》作于武王，《酒诰》《梓材》作于成王，故三家与马融作"成王若曰"。不知《周本纪》云：作《康诰》《酒诰》《梓材》，其事在周公之篇。《卫世家》亦云：故谓之《康诰》《酒诰》《梓材》以命之，是三篇皆周公一时所作。此篇独独云"成王若曰"，盖旧史之文如此，非别有异义也。扬子《法言·问神篇》：昔之说书者，序以百，而《酒诰》之篇俄空焉，今亡夫！《酒诰》与《康诰》同一序，扬疑别有序而亡之，故有俄空之叹。周公以成王命诰康叔，恢其义而言之，敬令明施大教命于妹国（地名，纣所都朝歌以北，地在今河南省淇县东北）。

天津市第三制本厂　80.1　　16开　20×20=400

中　缺

作　文　纸

《梓材》：

孔传：告康叔以为政之道，亦如梓人治材。《史记·卫世家》：周公惧康叔齿少，为《梓材》示康叔可法则。张守节《正义》云：若梓人为材，君子观为法则也。梓，匠人也。《大传》云：伯禽与康叔见周公，三见而三笞之。康叔有骇色，谓伯禽曰：有商子者，贤人也，与子见之。乃见商子而问焉。商子曰：南山之阳有木焉，名乔（一作桥），二三子往观之。见乔实交交然而上，反以告商子。商子曰：乔者，父道也。南山之阴有木焉，名杍（一作梓），二三子复往观之。见杍实晋晋然而俯（郑注：晋晋，肃然），反以告商子，商子曰：杍者，子道也。二三子明日见周公，入门而趋，登堂而跪。周公仰拂其首，劳而食之曰：尔安见君子乎？二子以实告。周公曰：君子哉！商子也。此书亦见《说苑·建本篇》《论衡·谴告篇》《世说新语·排调注》，《文选》王文宪序注，《御览》"宗亲七"引，略同。唯《史记》于此篇不载其文，而云为《梓材》示君子可法则。

天津市第三制本厂　80.1　　16开　20×20=400

後　缺

5. 見於《周書》中的周公(《金滕》)

作文纸

見于《周书》中的周公

一、《金滕》：

①"武王有疾，周公作《金滕》：既克商，二年，王有疾，弗豫，二公曰：我其为王穆卜（二公：太公、召公也，穆卜：卜求吉凶。周公说：未可以戚我先王），周公乃自以为功（以请命于先王为己事、愿为武王的替身），为三坛同墠（坛筑土，墠除地，凡太王、王季、文王，故为三坛），为坛于南方北面，周公立焉（君南面，臣北面，周公北面立），植璧秉珪，乃告太王、王季、文王（璧以礼神，植，置也。置于三王之座，周公秉桓珪以为贽，告谓祝辞），史乃册祝曰：惟尔元孙某，遘厉虐疾（史为册书祝辞。元孙某为武王讳也，臣讳君，故曰某，厉，危，虐，暴），若尔三王，是有丕子之责于天，以旦代某之身（丕子，大子也。死生有命，不可请代，圣人叙臣子之心以垂世教，又按《白虎通》云：天子疾曰不豫，言不复豫政也。诸侯曰负子，子，民也。言忧民不复子之也），予仁若考，能多材多艺，能事鬼

天津市第三制本厂 80.1　　16开 20×20=400

作　文　纸

神（予，周公自称能顺父考，又多材多艺能事鬼神。言可以代武王之死。）乃元孙旦不若旦多材多艺，不能事鬼神。"

㊃"公归，乃纳册于金縢之匮中。王翼日乃瘳（从壇归）。翼，明日，瘳，差也。郑玄云：縢，束也。凡藏秘书藏之于匮，必以緘其表。翼，今人作翊。翊即翼字，《说文》有翊无翼。

"武王既丧，管叔及其群弟乃流言于国。"（武王死，周公摄政，其弟管叔蔡叔霍叔，乃放言于国，以诬周公，以惑成王。不直言死称丧者，何也？孝子之心不忍言也。按此出《白虎通义》"崩薨篇"：丧者，何谓也？丧者，亡也。人死谓之丧，何言其丧亡？不可复得见也。《诗谱》疏引郑玄云：管，国名，叔字。周公兄，武王弟，封于管，群弟蔡叔霍叔。武王崩，周公免丧，欲居摄，小人不知天命而非之，故流公将不利于孺子之言于京师。武王既往，乃岁十二月崩镐，建于岐周。周公立相天子，三叔及殷东徐奄及熊盈以畔。又云九年夏六月，葬武王于毕。

天津市第三制本厂　80.1　　16开　20×20＝400

③《五經異义》引古文《尚书》说：成王即位，年十三，明年葬武王于毕。成王年十四，周公冠之而后征，东征三年，任营洛，制礼乐而致政，成王年十九。王肃以为：文王年十五而生武王，九十七而終，时受命九年，武王八十三矣。十三年伐纣，明年有疾，时年八十八矣，九十三而崩，以冬十二月，其明年称元年，周公摄政，遭流言，作《大诰》而东征，二年克殷杀管蔡，三年而任，制礼作乐，出入四年，至六年而成，七年营洛邑，作《康诰》《召诰》《洛诰》，致政成王。然则文王崩之年成王已三岁，武王八十而后有成王，武王崩，成王已十三，周公摄政七年致政，成王年十八。郑玄以为：武王崩时成王年十岁，服丧三年，居东三年，成王年十五，迎周公反而居摄，居摄四年，封康叔作《康诰》，是成王年十八也。

"曰：公将不利于孺子（三叔以周公大圣，有次立之势，遂生流言。孺，稚也，稚子，成王），周公乃告二公曰：我之弗辟，我无以告我先王！（辟，法也。告召公太公，言我不以

作　文　纸

流言三叔，则我无以成周道，告我先王。按《史记·鲁世家》云：周公乃告太公望、召公奭曰：我之所以弗辟而摄行政者，恐天下畔周，无以告我先王太王、王季、文王，三王之忧劳天下也久矣。于今而后成。武王早终，成王少，将以成周，我所以为之如此，于是卒相成王，而使其子伯禽代就封于鲁。

因马子近读“辟”为“避”，训为“避位”。子郑谓，避居东都。《诗·豳风·七月》疏引郑云：我今不避孺子而去，我先王以谦让为德，我反有欲位之谤，无以告于先王，言愧无辞也。《公羊传》云：古者周公东征，则西国怨，西征则东国怨。又云：周公何以不之鲁，欲天下之一乎周也，盖圣人所在，朝觐讼狱讴歌者皆往公，岂得避流言而出奔乎？

汪中曰：周公念社稷新造，旋遭大丧，自以王室懿亲，身为冢宰，践祚而治，以镇天下，而三叔觊主少国疑，遂肆恶言，继率拒命，周公秉国之钧，征伐自己，恭行天罚，以执有罪，诚不得已也。洎管叔既经，蔡霍流放，虽

天津市第三制本厂　80.1　　16开　20×20＝400

任重刑，犹悼同气，是故发《鸱鸮》之耿于，轉"零雨"而兴悲（見《诗·东山》），言文声哀，仁至义尽。若流言一至，公即避位，舍万乘之国而为匹夫，以逃于野，一死士之力足以制之，是岂不为之寒心哉！公之既去，此二年中，宗庙之事竟将谁属？使二公可代，则周公亦将不摄，况管蔡能以流言間公，其不能以流言間二公乎？至成王之立，朝野奂然，三叔称兵动摇王室，及宗臣释位，国釁已生，乃還視不动，待至三年而后反，非其理也。故使摄位之举，自公创始，失非其播，是之谓揽浮言、多播，大权多歉，仓皇窜伏，若恐不及，王躬国父，其奈谁何，是之谓悉。居东二年，东征又三年，民亦既夷，王年亦长，比其反也，乃更居摄，是之谓贪。且公之摄位，卿士牧伯下及士庶，其谁不知，而云罪人周公臣屬与知摄者，此又私党阴谋之说，不可以诬周公也（孔传参正所引）。

⑤"周公居东二年，则罪人斯得（周公既告二公，遂东征之，二年之中，罪人此得），王先谦

引郑云：史不书东征而曰居东、不作管蔡而曰罪人、缘周公之心为讳辞。按《鲁世家》：管蔡武庚等，果率淮夷而反，周公乃奉成王命东伐，作《大诰》，遂诛管叔，杀武庚，放蔡叔，收殷余民，宁淮夷东土。二年而毕定。《世家》所言，乃依经文述事者也。"大传"云：周公摄政一年救乱，二年克殷以居东，即是东征。不只与《史记》合，亦与《论衡：恢国篇》所言周成王时，管蔡悖乱，周公东征合，皆今文说也。《逸周书：作雒解》：二年，又作师旅，临卫攻殷，殷大震溃，降辟三叔，王子禄父北奔（武庚、禄父並非一人）。管叔经而卒，乃囚蔡叔于郭凌（亦作郭邻，《逸周书》凌作邻，乡遂之地，并时中国之外地名）凡所征熊盈族十有七国。

⑥《诗》豳疏引郑云：居东者，出处东国待罪，以须君之察己。《鸱鸮》疏引郑云：罪人，周公之属党，与知居摄者，周公出，皆奔，今二年，尽为成王所得，谓之罪人，史书，成王意也。罪其属党，言将罪之、此古文家说。

作　文　纸

《论衡·感类篇》云：古文家以武王崩，周公居摄，管蔡流言，王意狐疑周公，周公奔楚，故天大雷雨以悟成王。《史记·蒙恬传》：恬曰：昔周成王初立，未离襁褓，周公旦负王以朝，卒定天下。及成王有病甚殆，公旦自揃其爪以沈于河，曰：王未有识，是旦执事，有罪殃，旦受其不祥。乃书而藏之记府。及王能治国，有贼臣言周公旦欲为乱久矣，王若不备，必有大事。王乃大怒，周公旦走而奔于楚。成王观于记府，得周公旦沈书，乃流涕曰：孰谓周公旦欲为乱乎！杀言之者而反周公旦。恬时，百篇之书未焚，必亲见之而为此说。《鲁世家》亦云：初成王少时病，周公乃自揃其爪沈之河，以祝于神曰：王少，未有识，奸神命者，乃旦也。亦藏其策于府。成王病有瘳。及成王用事，人或谮周公，周公奔楚，成王发府见周公祷书，乃泣反周公。此史公亲从孔安国问，故载入《世家》者。

"于后，公乃为诗以贻王，名之曰《鸱鸮》，王亦未敢诮公"。（成王信流言而疑周公，

作 文 纸

故周公既诛三监，而作诗解所以宜诛之意以贻王，王犹未悟，故欲让公而不敢。（按：此古文经言也）。今文"名"作"命"，"诮"作"训"。《鲁世家》云：唐叔得禾，异母同颖，献之成王，成王命唐叔以馈周公于东土，作《馈禾》。周公既受命"嘉禾"，天子命作《嘉禾》，东土以集，周公归报成王，乃为诗贻王，命之曰《鸱鸮》，王亦未敢训周公。训一作诮，训与顺通。《鸱鸮》诗言：绸缪牖户，即喻成周作礼乐之志，成王未敢自任，故亦未敢顺公志也。《诗·豳风》谱疏《鸱鸮》疏引郑玄云：于二年后也。贻作怡，怡，悦也。周公伤其属党无罪将死，恐其刑滥，又破其家，不敢正言，故作《鸱鸮》之诗以贻王。今《豳风·鸱鸮》也。《鬻子》：亦成王，成王非周公，意未解，今又为罪人言，欲让之，推其恩亲，故未敢。"秋，大熟未获，天大雷电以风，禾尽偃，大木斯拔，邦人大恐，王与大夫尽弁，以启"金縢之书，乃得周公所自以为功，代武王之说。二公及王，乃问诸史与百执事，对曰：信，

天津市第三制本厂 80.1 16开 20×20=400

噫！公命我，勿敢言。王执书以泣曰：其勿穆卜，昔公勤劳王家，惟予冲人弗及知，今天动威以彰周公之德，惟朕小子，其新逆，我国家礼亦宜之。王出郊，天乃雨反风，禾则尽起，二公命邦人，凡大木所偃，尽起而筑之，岁则大熟”。孔传，电作雨，当此之时，周公死，公群说之，以为成王狐疑于周公，欲以天子礼葬公，公人臣也。欲以大臣礼葬公，公有王功，狐疑于葬周公之间，天大雷雨，动怒示变以彰圣功。古文家以武王崩，周公居摄，管蔡流言，王意狐疑周公，周公奔楚，故天大雷雨以悟成王。夫一雷一雨之变，或以为葬疑，或以为信谗，二家未可审。按《论衡》雷电作雷雨，邦人作国人。《感类篇》雷雨字凡廿余见，王充习今文，故引今文说，辨驳甚多，而于古文家不置一词也。《鲁世家》亦云：成王七年周公营洛邑，还政成王，人或谮周公，周公奔楚，成王发府，见周公为已祷书，乃泣反周公，周公作《多士》《无逸》《周官》《立政》，百姓悦，周公致政封鲁，三年之后老于丰。

6.《尚書·吕刑》節釋

作文纸

《吕刑》：《史记·匈奴传》"周道衰，而穆王伐犬戎，得四白狼四白鹿以归。自是之后，荒服不至，于是周遂作甫刑辟"。辟，法也。修刑之辟，犹言甫刑之辟也。"大传"云：甫刑可以观诫。《盐铁论·诏圣篇》："御史曰：故森萌而甫刑作。吕刑后为甫侯，故或称"甫刑。其文曰：

"度作刑，以诘四方"，传云：度时世所宜训，作赎刑以治天下四方之君民"。度，量度也，"译文"云：度，法度也。《大司寇》贾云：量度轻重之刑也。诘，大宰刑典以诘邦国，注以诘为禁。大司寇佐王刑邦国，诘四方，注，以诘为谨，布宪以诘四方邦国。《周礼》注见，谨亦禁也。

"惟作五虐之刑曰法，杀戮无辜，爰始淫为劓刵椓黥"注云：三苗之主顽凶，若民敢行虐刑以杀戮无罪，于是始大为截人耳鼻，椓阴黥面以加无辜，故曰五虐。《书疏》引郑云：刵，断耳，劓，截鼻，椓谓椓破阴，黥谓羁黥人面。王鸣盛云：墨劓剕.

天津市第三制本厂　80.1　　16开　20×20＝400

作文纸

宫、大辟五刑。据郑《尧典》"司刑"等注，谓虞夏及周皆用之，莫民之刑墨与之同，但皋陶用其罪，而民不犯；莫民用罚深刻，特弃于皋陶耳；非谓皋陶竟不用刑也。《说文》"斀"，去阴之刑也。《御览·刑法七》"宫割"下引《尚书》刑德放曰：宫者，女子淫乱，执置宫中不得出；丈夫淫，割去其势，先宫后割，依《甫刑》。《文王世子》郑注：宫、割、膑、墨、劓、刖，皆以刀锯刺割人体也。又曰：宫割淫刑也。

"伯夷降典，折民惟刑"注云：伯夷下典礼敎民，而断以法。王先谦曰：《墨子》引《书》作"哲民惟刑"，是郑用《墨子》义也，言伯夷下典礼以为教，所以开明民心者，兼用刑也。"大传"云：孔子曰：古之刑者省之，今之刑者繁之。其教古者有礼，然后有刑，是以刑省也；今也反是，无礼而齐之以刑，是以繁也。《书》曰伯夷降典礼，折民以刑，谓有礼然后有刑也。陈云：此引《书》改动本也，伏生于

天津市第三制本厂 80.1　　16开 20×20=400

《甫刑》传疏言：《礼》曰：吴越之俗，其刑重而不胜，由无礼也。中国之教，其刑重而胜，由有礼也。又曰：有罪者惧，无罪者耻，民近礼矣。疏云：《世本》：伯夷作五刑，是伯夷有作刑之文，伯夷典礼而兼作刑，所谓出于礼者，入于刑也。《汉书·刑法志》：《书》云：伯夷降典，悊民惟刑，言制礼以止刑，犹堤之防溢水也。颜注：悊，知也。言伯夷下礼法以导民，民习知礼，然后用刑也。

"士制百姓于刑之中，以教祗德"：孔氏传云：言伯夷道民典礼，断之以法，皋陶作士制百官于刑之中，助成道化以教万民为敬德。

"故乃明于刑之中，率乂于民棐彝"，注言：天下皆勉立德，故乃能明于用刑之中正，循道以治于民，辅成常教。

"典狱非讫于威，惟讫于富"。言尧时主狱有威有德有恕，非绝于威，惟绝于富，世治，货赂不行。

作　文　纸

“王曰嗟！四方司政典狱，非尔惟作天牧”

注云：主政典狱，谓诸侯也。非汝惟为天牧民乎？言任重是汝，当承天意以恤民。

“今尔何监？非时伯夷播刑之迪”，注言，当视是伯夷布刑之道而法之。《礼·缁衣》子曰：政之不行也，教之不成也，爵禄不足劝也，刑罚不足耻也，故上不可以亵刑而轻爵。郑注，播犹施也，迪，道也，言施刑之道。

“罔择吉人观于五刑之中，惟时庶威夺货”

言苗民无肯选择善人使观视五刑之中正，惟是众为威虐者任之，以夺取人货，所以为乱。吉，善也。

“断制五刑以乱无辜，上帝不蠲（洁也）降咎于苗”。注：苗民任夺货奸人，断制五刑，以乱加无罪，天不洁其所为，故下咎罪，谓诛之。

“惟敬五刑，以成三德”言先戒以劳谦之德，次教以惟敬五刑，所以成刚柔正直之三德也。“三德”《洪范》：正直、刚克、柔克

天津市第三制本厂　80.1　　16开　20×20=400

作文纸

是也。

"王曰：吁！来，有邦有土，告尔祥刑"注：吁，叹也。有国土诸侯，告尔以善用刑之道。今文"邦"作"国"。凡古文作邦，今文多作国。《墨子·尚贤下》引《书》亦作"有国有土"。《释文》：吁，字作于。于，於也。《墨子》作於。於音乌，叹词。亦作[illegible]。汉隶字士、土不分，祥当为详。蔡注：不详，谓不当用刑之理。

"何敬非刑，何度非及？"言何所敬，非五刑乎？何所度，非世之轻重所宜乎？王先谦曰："言择人而敬刑，则失世又无不得宜也。"

"两造具备，师听五辞"注：两谓囚证。造，至也。两至具备，则众狱官共听其入五刑之辞。《周礼·大司寇》：以两造禁民讼。郑注：造，至也。使讼者两至。《诗·节南山》传：具，俱也。师，士师。小宰郑注：听，平治也。两至俱备其情实，士师平治其讼辞。言五辞者，入于五刑各有辞。

天津市第三制本厂　80.1　　16开　20×20=400

作　文　纸

"五辞简孚，正于五刑"：言五辞简核，信有罪验，则正之于五刑。《王制》郑注：简，诚也。五辞诚实信有罪，乃正之于五刑，定其罪。

"五刑不简，正于五罚"，不简核，谓不应五刑，当正五罚，出金赎罪。盖有所疑害而陷于罪，忌实无定，是所犯非其诚故云不简。《尧典》金作赎刑，孔注：忌善为恶，使出金罚赎罪。　罚

"五罚不服，正于五过"：不服，不应赎也，正于五过从，赦免。五罚不服，则其人必有所恃，欲挟私侥倖免，故不服，宜察其是五过否，知非五过，然后赦之，如是五过，必正其罚。

"五过之疵，惟官惟反，惟内惟货，惟来"，言五过之所病：或尝同官位，或诈反囚辞，或内亲用事，或行货枉法，或旧相往来，皆病所在。按《释诂》：疵，病也。官谓挟威势，反训如《孟子》：恶声至，必反之之反，谓报恩怨，内谓从中，制货

天津市第三制本厂　80.1　　16开　20×20=400

作 文 纸

谓行贿。来谓暱请。孙云：官狱内狱者，举其重也。官狱谓贵官之狱，内狱谓中贵狱，或谓交明，或接服急罢也。王先谦曰：来作求者，"释文"来，马本作求云：有求，请赇也。《说文》赇，以货物枉法相谢也。孙云：上文有货此又云求者，盖货为勒索货贿，赇则以财干请也。

"其罪惟均，其审克之"言以疵所在出入人罪，使在五过，罪与犯法者同，其当清治察，能使之不行。《史记》"集解"引子云：此乎枉法之律也。江云：克，任也。听狱之吏，其详审任之。

"五刑之疑有赦，五罚之疑有赦，其审克之"言刑疑赦从罚，罚疑赦从免，其当清察，能得其理。五刑五罚之疑，皆有赦也。《书》疏引郑云：不言五过之疑有赦者，过不赦也。《礼记》曰：凡执禁以齐众者不赦过。按郑引《王制》文：执禁齐众，谓有司所以禁民为非。五过之疵，枉法乱政不可赦。

天津市第三制本厂 80.1　　16开 20×20=400

"简孚有众，惟貌有稽"言简核诚信，有合众心，惟察其貌，有所考合，重刑之至。简，诚也。《广雅·释诂》：貌，治也。《史记》作讯。孙云：《周礼·大司寇》以三刺断庶民狱讼之中：一曰讯群臣，二曰讯群吏，三曰讯万民。盖欲其诚信有众，必用三讯之法，与万民共治之也。王先谦曰："小宰"先郑注：稽犹计也。合也。言欲诚信有众，惟讯治之下众议皆合，则无不允当矣。按有类于今日之"仲裁"。

"无简不听，具严天威"言无简核诚信不听理，其狱皆当严敬天威，无轻用刑。孙云：言无诚，则非疑狱亦不可轻出人罪。严，敬也。皆当敬天威，无轻用刑。

"墨辟疑赦，其罚百锾，阅实其罪"。按刻其额而涅之曰墨刑，疑则赦从罚。六两曰锾，锾，黄铁也。阅实其罪，使与罚各相当。又，墨即黥，先刻其面，以墨窒之。辟，罪也。犯黥罪者，疑则赦而不罚，其罚者百锾，必简阅其实也。"大传"云：非

事而事之，出入不以道义，而诵不详之辞者，其刑墨。《白虎通》云：墨者，法火之胜，全墨其额也。盖古罚用铜以为兵器

"劓辟疑赦，其罚惟倍，阅实其罪"。言截鼻之刑也。倍百为二百锾。"大传"云：触易君命，革舆服制度，奸轨、盗攘伤人者，其刑劓。《白虎通》云：劓者，法木之穿土，劓墨者何？其下刑者也。劓者，劓其鼻也。

"剕辟疑赦，其罚倍差，阅实其罪。"刖足曰剕，字亦作膑。倍差谓倍之又半为五百锾。"大传"云："决关梁，逾城郭，而略盗者，其刑膑。《白虎通》云：膑者法金之刻木，膑者，脱其膑也。

"宫辟疑赦，其罚六百锾，阅实其罪"，宫淫刑者也，男子割势，妇人幽闭，次死之刑。序五刑，先轻转至重者，事之宜。"大传"云："男女不以义交者，其刑宫。《白虎通》云："宫者，法土之壅水，女子淫，执置宫中不得出也。丈夫淫，割其

作文纸

势。

"大辟疑赦，其罚千锾，阅实其罪"，死刑也。五刑疑，各入罚，不降相因，古之制也。"大传"云：降畔寇贼，劫略夺攘，矫虔者，其刑死。

"墨罚之属千，劓罚之属千，剕罚之属五百，宫罚之属三百，大辟之罚，其属二百，五刑之属三千"。别言罚属，合言刑属，明刑罚同属，互见其义以相备。按《汉书·刑法志》：昔周之法，建三典以刑邦国，诘四方。一曰刑新邦用轻典，二曰刑平邦用中典，三曰刑乱邦用重典。五刑：墨罪五百，劓罪五百，宫罪五百，刖罪五百，杀罪五百，所谓刑平邦用中典也。《甫刑》各刑之条律均多于平邦中典五百章，所谓刑乱邦用重典者也。江云：《周礼》司刑属各五百，合二千五百，此云三千者，罪之条目历时辄增，同罪而犯之者，情各各异，则一条析之数条，此时去周公时，百有余年，宜其多于《周礼》也。然墨劓倍

天津市第三制本厂 80.1　　16开 20×20=400

作文纸

于其初，宫与大辟皆減身，以是差之，故为轻矣，此穆王详刑之志也。

"上下比罪，无僭乱辞，勿用不行"。言上下比方其罪，无听僭乱之辞以自疑，勿用折狱不可行。按《礼·王制》云：凡听五刑，必察小大之比以成之是也。郑注：小大犹轻重，已行故事曰比。疏云：比，例也。上下比与小大比同义。上比下比，期当其罪，无差乱其辞，使轻重失实。僭，差也。勿用不行者，既更定五刑之科条，则旧时之科条必有所更革，革即不行之谓也。若仍用之，刑罚不信，民无所措手足矣，故戒以勿用也。

惟察惟法，其审克之"。言当清察罪人之辞，附以法理，其当详审能之。"大传"云：听狱之术，大略有三：治必宽，宽之术在于察，察之术在于义。是故听而不宽是乱也，宽而不察是慢也。古之听讼者，言不越情，情不越义，是故听民之术：怒必畏，畏思义。

天津市第三制本厂 80.1　　16开 20×20＝400

三、禮類三種

1. 且說《儀禮》：最早的"禮經"

1《仪礼》 作文——手稿

且说《仪礼》：最早的《礼经》

古人谈论"礼经"，从来就是聚讼纷纭莫衷一是的。大体说来：由于《仪礼》艰深，能够通读的人不多，所以争议较少。《礼记》纂自汉儒，增减损益之处，班班可考，也用不到大事论辩。惟有《周礼》一书，学者喜欢标奇立异各不相让。其实，"大司乐"章，远在战国之初魏文侯时已见，西汉之河间献王刘德，但言缺《冬官》一篇，没有说简策次第紊乱。[illegible]而可证，加以审考补的人，都是实为，故此根据古本使"三礼"并立，是没有什么问题的。特别是，《周礼》经过后汉经学大师郑玄和李唐的贾公彦、孔颖达等相继注疏以后名物度数考释精详，真是信而可徵不必非议的先秦典籍了（以上所言，可以参证《四库全书总目提要：经部礼类一》）。现在让我们先着手[illegible]从《仪礼》剖析起，看看这三部书究竟是那一种，在古代文献上，尤其是散文发展上，对于我们的用场较多，影响也大。

《仪礼》虽已残缺，止有：《冠礼》、《昏

天津市教[illegible] 16开 20X[illegible]

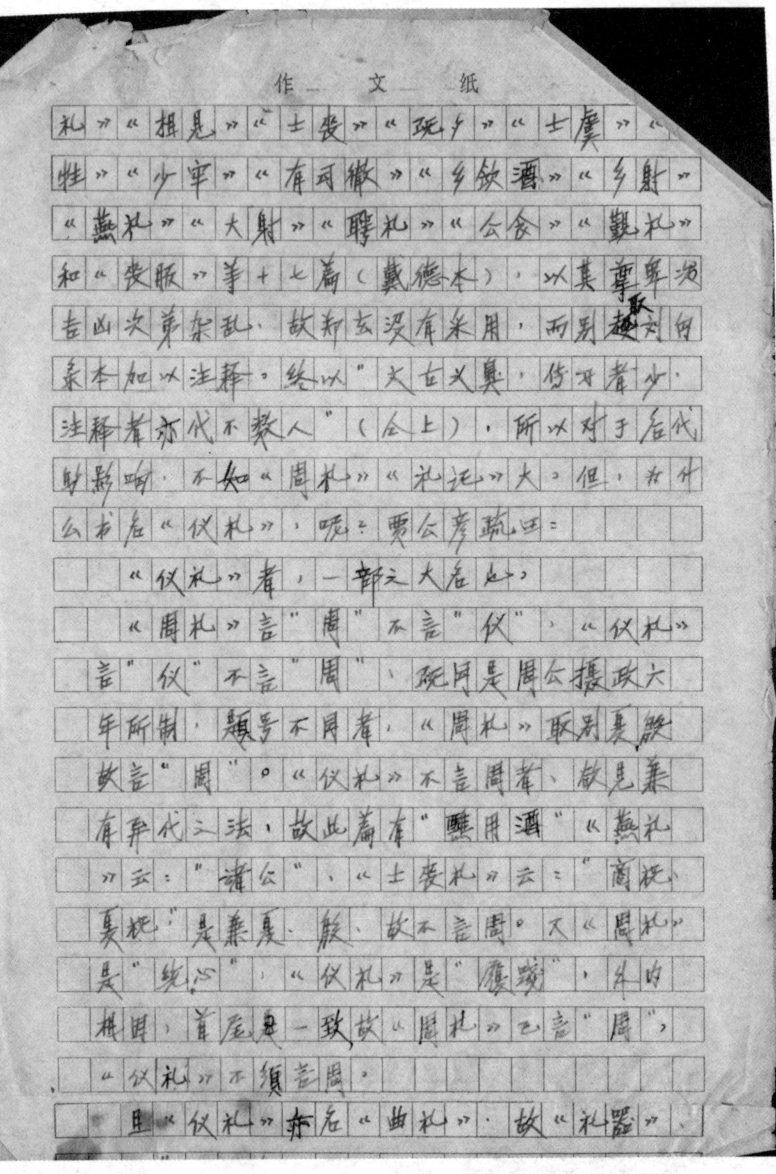

作文纸

礼》《相见》《士丧》《既夕》《士虞》《特牲》《少牢》《有司彻》《乡饮酒》《乡射》《燕礼》《大射》《聘礼》《公食》《觐礼》和《丧服》等十七篇（戴德本），以其尊卑为吉凶次第杂乱，故郑玄没有采用，而别取刘向录本加以注释。然以"文古义奥，传习者少，注释者亦代不数人"（仝上），所以对于后代的影响，不如《周礼》《礼记》大。但，为什么书名《仪礼》，呢？贾公彦疏曰：

《仪礼》者，一部之大名也，

《周礼》言"周"不言"仪"，《仪礼》言"仪"不言"周"，既同是周公摄政六年所制，题号不同者，《周礼》取别夏殷，故言"周"。《仪礼》不言周者，欲见兼有异代之法，故此篇有"醴用酒"《燕礼》云："诸公"、《士丧礼》云："商祝、夏祝"，是兼夏、殷，故不言周。又《周礼》是"统心"，《仪礼》是"履践"，外内相因，首尾是一致，故《周礼》已言"周"，《仪礼》不须言周。

且《仪礼》亦名《曲礼》，故《礼器》、

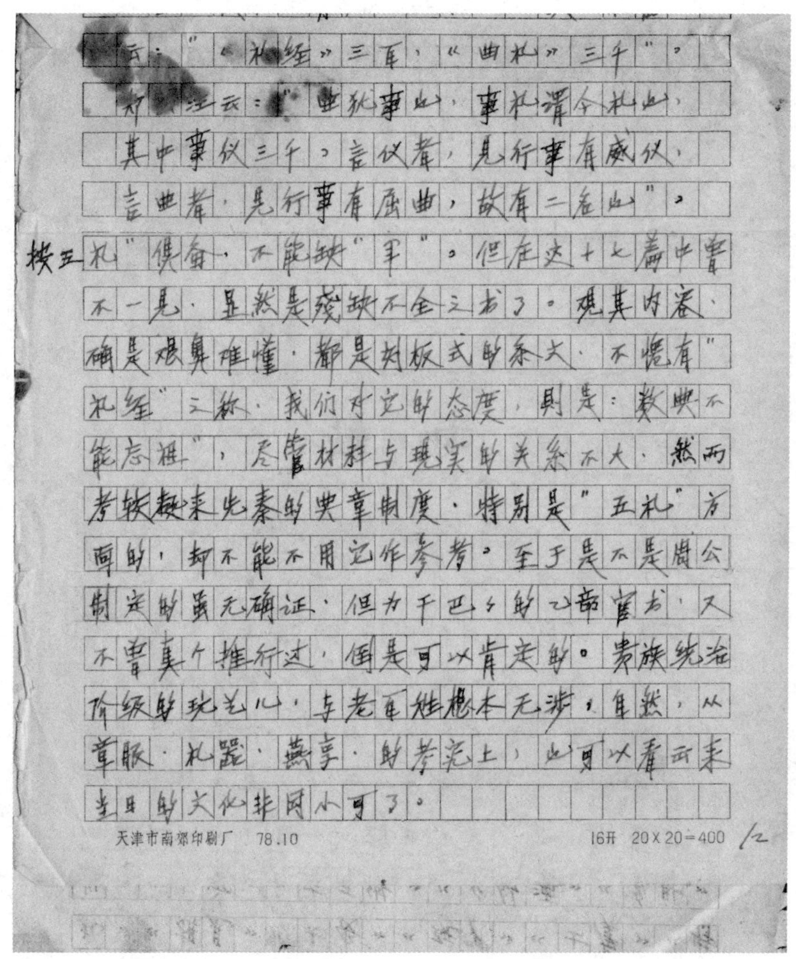

云：“《礼经》三百，《曲礼》三千”。

郑注云：“曲犹事也，事礼谓今礼也，其中事仪三千。言仪者，见行事有威仪，言曲者，见行事有屈曲，故有二名也”。

楼五礼”俱备，不能缺“半”。但在这十七篇中實不一见，显然是残缺不全之书了。观其内容，确是艰奥难懂，都是刻板式的条文，不愧有“礼经”之称。我们对它的态度，则是：“数典不能忘祖”，尽管材料与现实的关系不大，然而考较起来先秦的典章制度，特别是“五礼”方面的，却不能不用它作参考。至于是不是周公制定的虽无确证，但为千百年的一部官书，又不曾真个推行过，倒是可以肯定的。贵族统治阶级的玩艺儿，与老百姓根本无涉；自然，从章服、礼器、燕享、的考究上，也可以看出来当日的文化非同小可了。

天津市南郊印刷厂 78.10　　16开 20×20=400　/2

中　缺

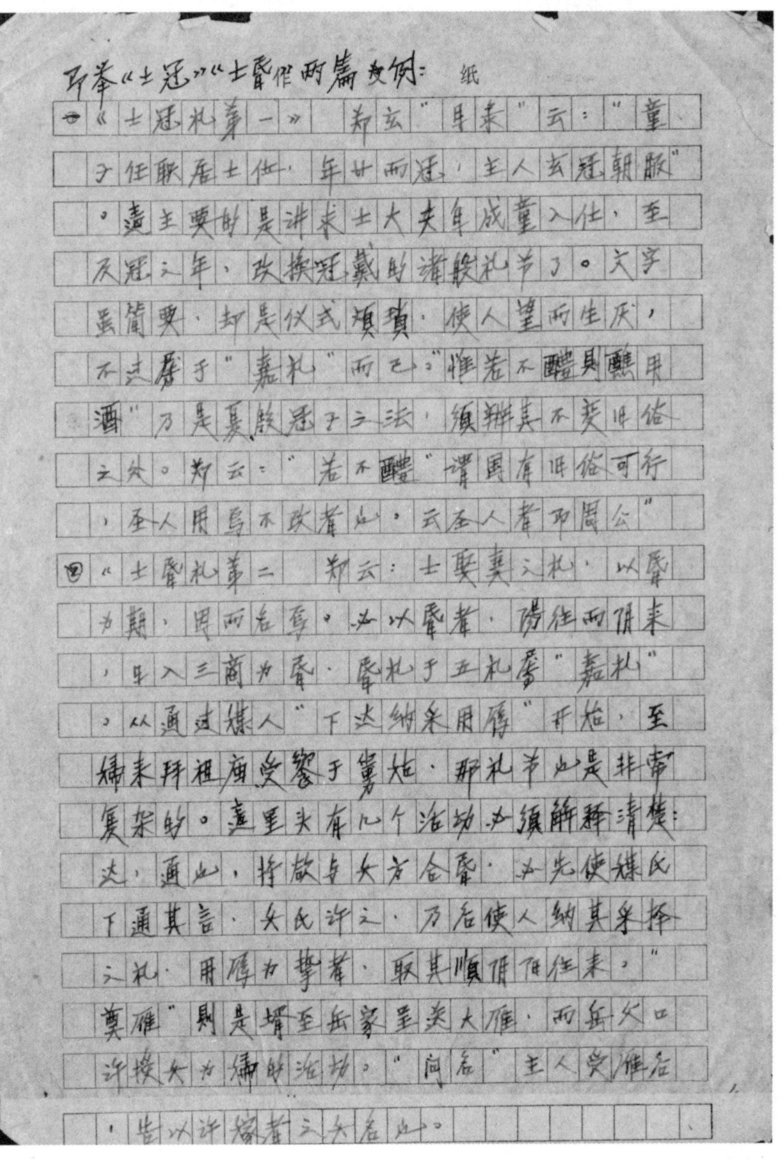

即举《士冠》《士昏》两篇为例： 纸

㊀《士冠礼第一》 郑玄"目录"云："童子任职居士位，年廿而冠，主人玄冠朝服"。这主要的是讲求士大夫自成童入仕，至及冠之年，改换冠戴的诸般礼节了。文字虽简要，却是仪式烦琐，使人望而生厌，不过属于"嘉礼"而已。"惟若不醴，则醮用酒"乃是夏殷冠子之法，须辨其不变旧俗之处。郑云："若不醴"谓国有旧俗可行，圣人用焉不改者也，云圣人者即周公"

㊁《士昏礼第二 郑云：士娶妻之礼，以昏为期，因而名焉。必以昏者，阳往而阴来，日入三商为昏。昏礼于五礼属"嘉礼"，从通过媒人"下达纳采用雁"开始，至妇来拜祖庙受飨于舅姑，那礼节也是非常复杂的。这里头有几个活动必须解释清楚：达，通也，将欲与女方合昏，必先使媒氏下通其言，女氏许之，乃后使人纳其采择之礼，用雁为挚者，取其顺阴阳往来。"奠雁"则是婿至岳家呈送大雁，而岳父口许接女为妇的活动。"问名"主人受雁后，告以许嫁者之女名也。

後　缺

2.《周禮》：中國最早的“百科全書”

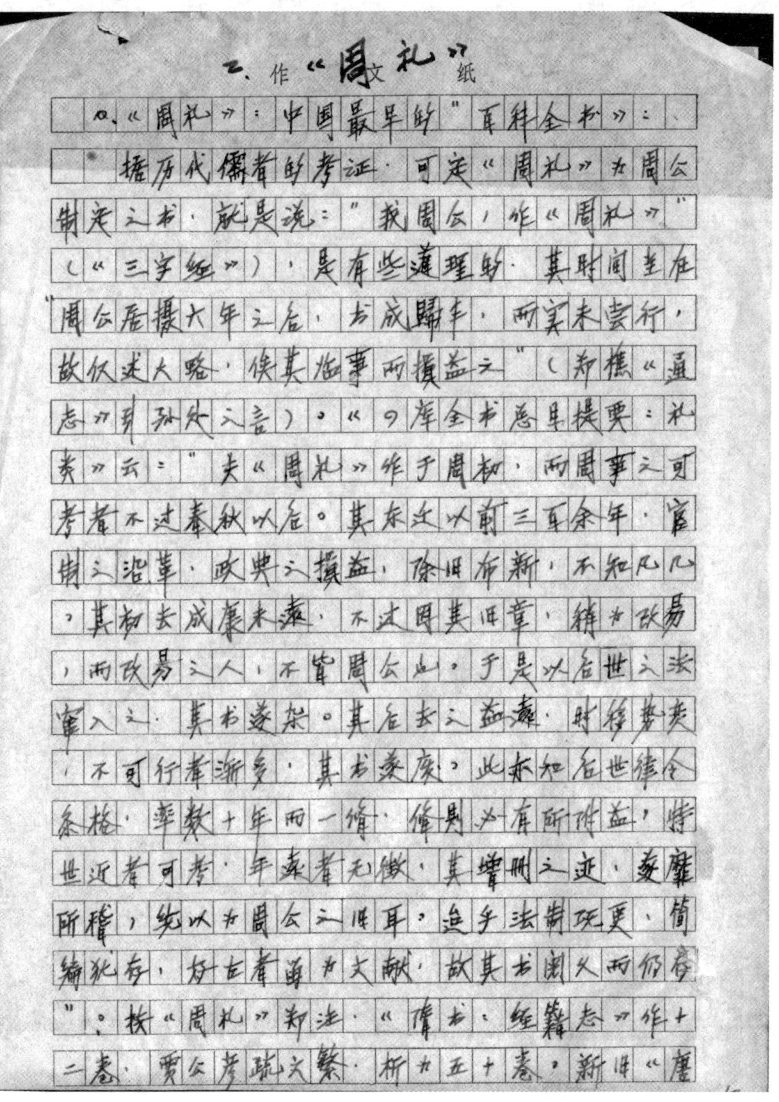

二、作《周礼》文纸

2、《周礼》：中国最早的“百科全书”：

据历代儒者的考证，可定《周礼》为周公制定之书，就是说：“我周公，作《周礼》”（《三字经》），是有些道理的。其时间当在“周公居摄六年之后，书成归丰，而实未尝行，故仅述大略，俟其临事而损益之”（郑樵《通志》引孙处之言）。《四库全书总目提要·礼类》云：“夫《周礼》作于周初，而周事之可考者不过春秋以后。其东迁以前三百余年，官制之沿革，政典之损益，除旧布新，不知凡几，其初去成康未远，不过因其旧章，稍为改易，而改易之人，不皆周公也。于是以后世之法窜入之，其书遂杂。其后去之益远，时移势变，不可行者渐多，其书遂废。此亦如后世律令条格，率数十年而一修，修则必有所附益，特世近者可考，年远者无征，其增删之迹，遂靡所稽，统以为周公之旧耳。迨乎法制既更，简编犹存，好古者遂以为大典，故其书阅久而仍存”。按《周礼》郑注，《隋书·经籍志》作十二卷，贾公彦疏文繁，析为五十卷。新旧《唐

志”并同。今本四十二卷，不知何人所併，郑玄于“三礼”之学，本为专门，故其注释，特别精当。按此书共有《天官冢宰》《地官司徒》《春官宗伯》《夏官司马》《秋官司寇》和《冬官考工》等六大编。既是周代的“官书”，大篇篇不离“官”字，讲的也是“官制”，故有《周官》之称。除《考工》之外，每章开篇都有：

惟王建国（建，立也。周公居摄而作六典之职，谓之《周礼》。营邑于土中，七年，致政成王，以此礼授之，使居雒邑治天下），辨正方位（辨，别也。郑司农云：别四方，正君臣之位），体国经野（体犹分也，经谓为之里数。国谓城中，野是郊外），设官分职（郑司农云：置冢宰、司徒、宗伯、司马、司寇、司空，各有所职而百事举），以为民极（极，中也。令天下之人各得其所）， 14

中　缺

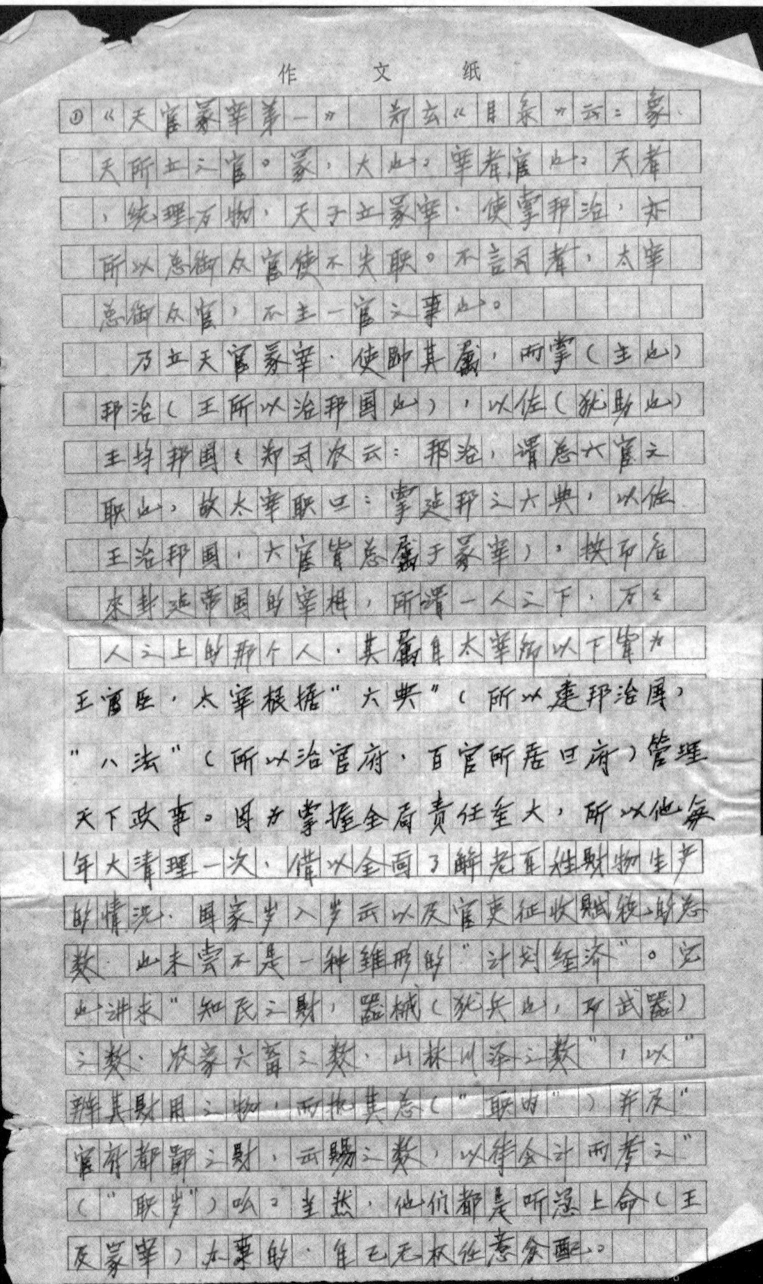

作 文 纸

①《天官冢宰第一》 郑玄《目录》云：冢，天所立之官。冢，大也；宰者官也；天者，统理万物，天子立冢宰，使掌邦治，亦所以总御众官使不失职。不言司者，太宰总御众官，不主一官之事也。

乃立天官冢宰，使帅其属，而掌（主也）邦治（王所以治邦国也），以佐（犹助也）王均邦国（郑司农云：邦治，谓总六官之职也，故太宰职曰：掌建邦之六典，以佐王治邦国，六官皆总属于冢宰），相当后来封建帝国的宰相，所谓一人之下，万万人之上的那个人。其属自太宰卿以下皆为王官臣，太宰根据"六典"（所以建邦治国）"八法"（所以治官府，百官所居曰府）管理天下政事。因为掌握全面责任重大，所以他每年大清理一次，借以全面了解老百姓财物生产的情况、国家岁入岁出以及官吏征收赋税的总数，也未尝不是一种雏形的"计划经济"。它也讲求"知民之财，器械（犹兵也，即武器）之数、农家六畜之数、山林川泽之数"，以"辨其财用之物，而执其总（"职内"）并及"官府都鄙之财，出赐之数，以待会计而考之"（"职岁"）呢。当然，他们都是听从上命（王及冢宰）办事的，自己无权任意分配。

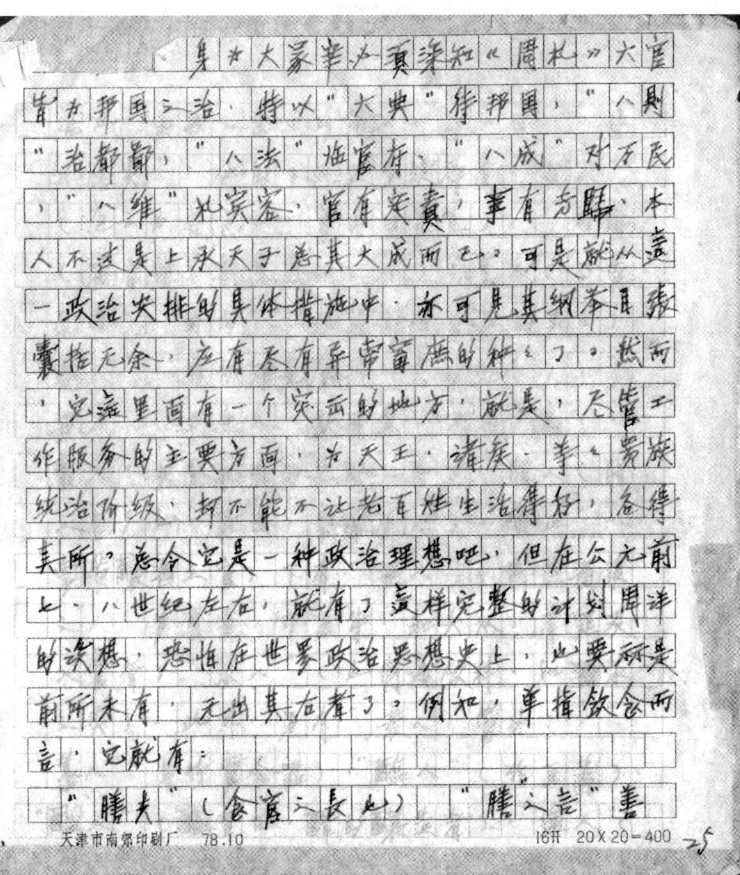
、是々大冢宰之职掌知《周礼》大宰掌方邦国之治，特以"大典"佐邦国，"八则""治都鄙，"八法"临官府、"八成"对万民，"八维"礼宾客，官有定责，事有专职，本人不过是上承天子总其大成而已。可是就从这一政治安排的具体措施中，亦可见其纲举目张，囊括无余，应有尽有，异常富庶的种种了。然而，它这里面有一个突出的地方，就是，尽管工作服务的主要方面，为天王、诸侯、等等贵族统治阶级，却不能不让老百姓生活得好，各得其所。总令它是一种政治理想吧，但在公元前七、八世纪左右，就有了这样完整的计划周详的设想，恐怕在世界政治思想史上，也要称是前所未有，无出其右者了。例如，单指饮食而言，它就有：

　"膳夫"（食官之长也）　"膳之言"善

天津市南郊印刷厂　78.10　　　16开　20X20=400　25

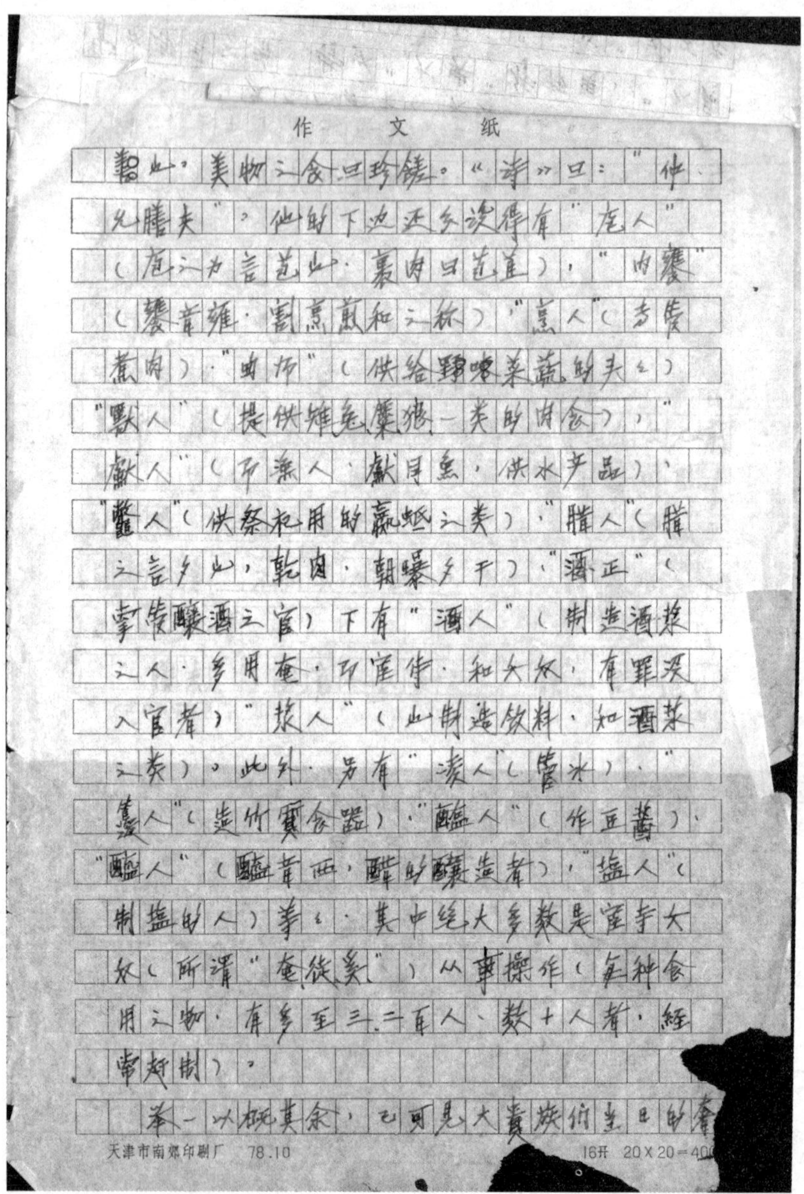

作　文　纸

羞也。美物之食曰珍馐。《诗》曰："仲允膳夫"。他的下边还多设得有"庖人"（庖之为言苞也，裹肉曰苞苴），"内饔"（饔音雍，割烹煎和之称），"烹人"（专管煮肉），"甸师"（供给野味菜蔬的夫役）"兽人"（提供雉兔麋狼一类的肉食），"獻人"（即渔人，獻月鱼，供水产品），"鳖人"（供祭祀用的蠃蚳之类），"腊人"（腊之言夕也，乾肉，朝曝夕干），"酒正"（掌管酿酒之官）下有"酒人"（制造酒浆之人，多用奄，即宦竖，和女奴，有罪没入官者）"浆人"（也制造饮料，如酒浆之类）。此外，另有"凌人"（管冰），"笾人"（造竹质食器），"醢人"（作豆酱），"醯人"（醯音西，醋的酿造者），"盐人"（制盐的人）等等。其中绝大多数是宦竖女奴（所谓"奄徒奚"）从事操作（每种食用之物，有多至三二百人、数十人者，经常封制）。

举一以概其余，已可见大贵族们生日的奢

天津市南郊印刷厂　78.10　　16开　20×20＝400

6

作　文　纸

靡、排场、及物資之丰富、人工之技巧了。外人不是说："吃在中国呀"，原来是古已有之的烹调技术啦。"王，日一举，鼎，十有二、物皆有俎"，按郑注：凡"牢鼎九：牛、羊、豕、鱼、腊、腸、胃、等充之，陪鼎三：肤、鲜鱼、鲜腊实之，还要以"乐"侑（犹劝也）食，就是说，饮食要与乐相伴，这还只是每日的"朝食"（正餐），还有燕筵祭祀之礼，珍馐美味，食不厌精，那就更讲究了，如"庖人"所掌的"六畜、六牲、六禽"（始养之为畜，将用之曰牲。郑司农云：六兽：麋、鹿、熊、麕、野豕、兔；六禽：雁、鹑、鷃、雉、鸠、鸽），而且是"辨其名物"分季节食用的，如"春行羔豚（音屯，小猪），夏行腒（音居，鸟肉干）鱐（音肃，鱼干），秋行犊（音独，小牛）麛（音迷，小鹿），冬行鱻（音鲜，生鱼）羽（雁，山，鲜禽肉），在"香、臊（豕膏，音骚）膻（音羶，羊肉味），腥（音星，鸡肉味）"的香味上，是不能不讲求的，它和夜里嗥叫的牛，長毛羊已经打结了的，腿里已经没毛的犬，和鸣

天津市南郊印刷厂　78.10　　16开　20×20=400　27

作　文　纸

嗓声沙哑、肤色变坏的鸟，眼睛失神经常打眨的猪，脊背已黑行走散脚的马，它们的肉必然恶臭，绝对不能入膳。这就叫人更加明白，为什么孔子也特别主张："食不厌精，脍（音快，细切肉）不厌细"，"食饐（音异，烂肉）而肉败（腐坏）不食，色恶不食，臭恶不食……不时不食"，"祭肉不出三日，出三日不食之矣"（《论语·乡党》）啦。亦步亦趋，远有师承，不止是自家饮食经验的总结。

另外值得提出的，是这时中国的医学已经非常发达了，他们：

聚毒药（药恒多毒，对症下药，以毒攻毒）以共医事。"医师"之下又分：

"食医"　掌管饮食，膳馐酱珍俱使调和，借以加强营养，减少疾病，例如：春宜温食，夏宜热（熟）食，秋食宜凉，冬饮宜寒，还各配之以酸（春）苦（夏）辛（秋）咸（冬），以及牛宜稌（音涂，粳米），羊宜黍（黏米），豕宜稷（音季，黄米），犬宜粱（粘米），雁宜麦（面食），鱼宜

天津市南郊印刷厂　78.10　　16开　20×20=400　28

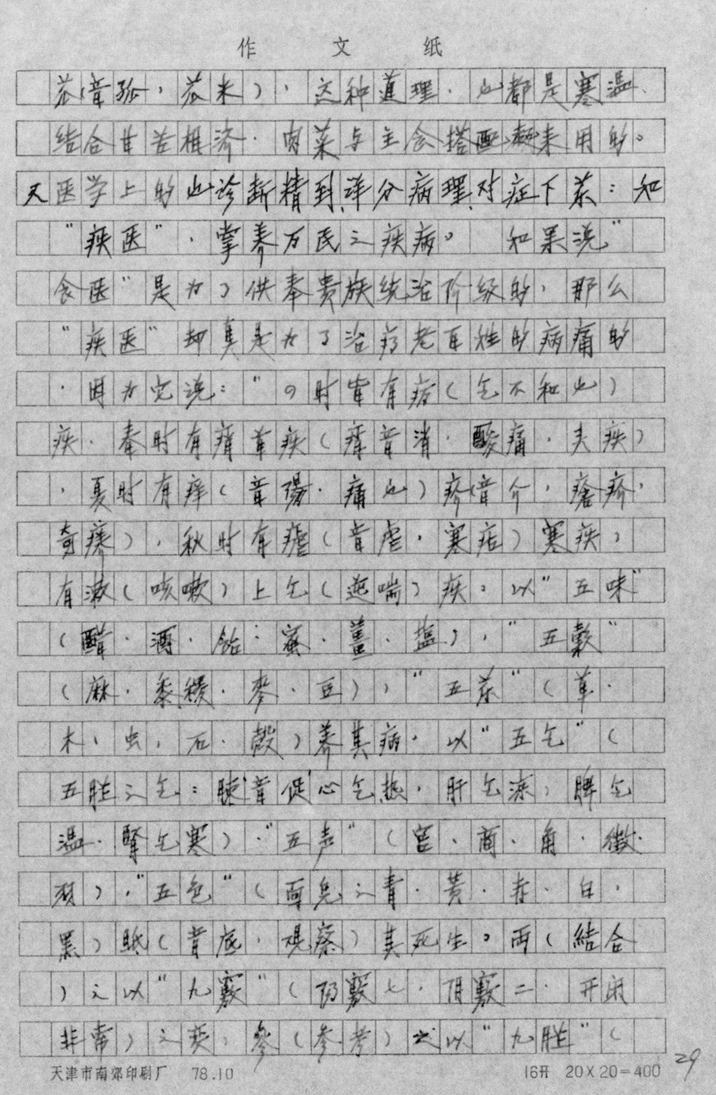

作文纸

药（音孩，药米），这种道理，也都是寒温
结合甘苦相济，荤菜与主食搭配起来用的。
天医学上的也诊断精到，详分病理，对症下药：如
"疾医"，掌养万民之疾病。 如果说"
食医"是为了供奉贵族统治阶级的，那么
"疾医"却真是为了治疗老百姓的病痛的
。因为它说："四时皆有疠（气不和也）
疾，春时有痟首疾（痟音消，酸痛，头疾）
，夏时有痒（音阳，痛也）疥（音介，疮疥，
奇痒），秋时有疟（音虐，寒疟）寒疾，
有嗽（咳嗽）上气（逆喘）疾。以"五味"
（醋、酒、饴、蜜、姜、盐），"五谷"
（麻、黍稷、麦、豆），"五药"（草、
木、虫、石、谷）养其病，以"五气"（
五脏之气：[illegible]音促心气热，肝气凉，脾气
温，肾气寒），"五声"（宫、商、角、徵、
羽），"五色"（面色之青、黄、赤、白、
黑）眡（音底，观察）其死生。两（结合
）之以"九窍"（阳窍七，阴窍二，开闭
非常）之变，参（参考）之以"九脏"（

天津市南郊印刷厂　78.10　　16开　20×20=400　29

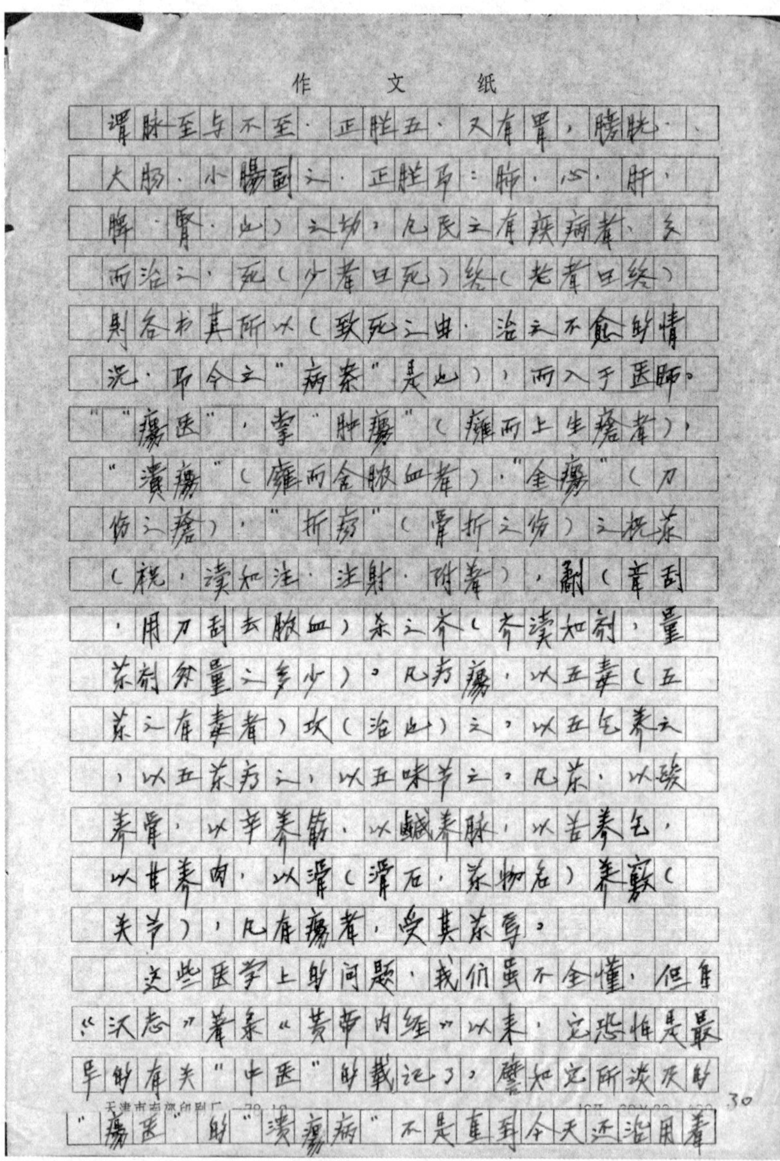
作　文　纸

谓脉至与不至。正脏五，又有胃，膀胱、大肠、小肠副之。正脏即：肺、心、肝、脾、肾，也）之动；凡民之有疾病者，分而治之。死（少者曰死）终（老者曰终）则各书其所以（致死之由，治之不愈的情况。即今之"病案"是也），而入于医师。"疡医"，掌"肿疡"（痈而上生疮者），"溃疡"（痈而含脓血者），"金疡"（刀伤之疮），"折疡"（骨折之伤）之祝药（祝，读如注，注射，附着），劀（音刮，用刀刮去脓血）杀之齐（齐读如剂，量药剂分量之多少）。凡疗疡，以五毒（五药之有毒者）攻（治也）之，以五气养之，以五药疗之，以五味节之。凡药，以酸养骨，以辛养筋，以咸养脉，以苦养气，以甘养肉，以滑（滑石，药物名）养窍（关节），凡有疡者，受其药焉。

　　这些医学上的问题，我们虽不全懂，但自《汉志》著录《黄帝内经》以来，它恐怕是最早的有关"中医"的载记了，譬如它所谈及的"疡医"的"溃疡病"不是直到今天还沿用着

天津市南郊印刷厂 79.10　　30

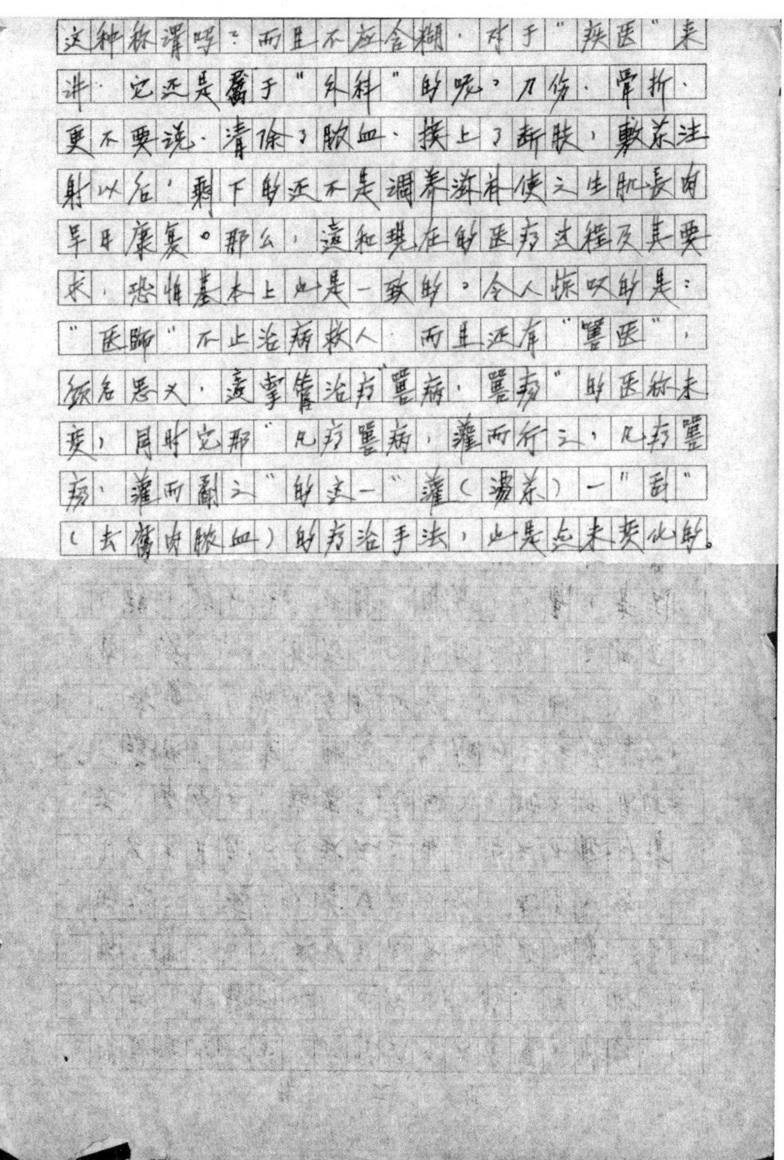
这种称谓呀：而且不应含糊，对于"疡医"来讲，它还是属于"外科"的呢？刀伤、骨折，更不要说，清除了脓血、接上了断肢，敷药注射以后，剩下的还不是调养滋补使之生肌长肉早日康复。那么，这和现在的医疗过程及其要求，恐怕基本上也是一致的。令人惊叹的是："医师"不止治病救人，而且还有"兽医"，顾名思义，这掌管治疗兽病，兽疡"的医称来实，同时它那"凡疗兽病，灌而行之，凡疗兽疡，灌而劀之"的这一"灌（汤药）一"劀"（去腐肉脓血）的疗治手法，也是点未变化的。

中　缺

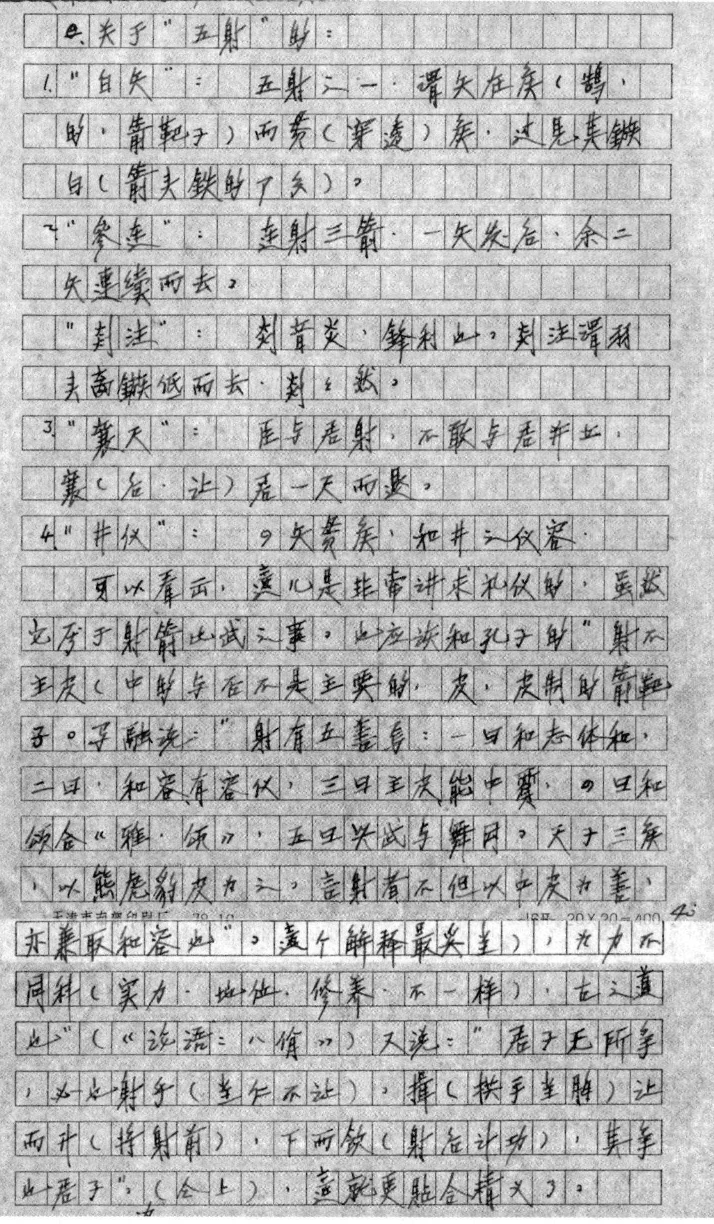

二、关于"五射"的：

1."白矢"：　五射之一。谓矢在侯（鹄、的、箭靶子）而贯（穿透）侯，过见其镞白（箭头铁的尖头）。

2."参连"：　连射三箭，一矢先后，余二矢连续而去。

"剡注"：　剡音炎，锋利也。剡注谓羽头高镞低而去，剡剡然。

3."襄尺"：　臣与君射，不敢与君并立，襄（后、让）君一尺而退。

4."井仪"：　四矢贯侯，如井之仪容。

可以看出，这儿是非常讲求礼仪的，虽然它属于射箭比武之事。也应该和孔子的"射不主皮（中的与否不是主要的，皮，皮制的箭靶子。马融说："射有五善焉：一曰和志体和，二曰和容有容仪，三曰主皮能中质，四曰和颂合《雅·颂》，五曰兴武与舞同。天子三侯，以熊虎豹皮为之。言射者不但以中皮为善，亦兼取和容也"。这个解释最完美），为力不同科（实力、地位、修养不一样），古之道也"（《论语·八佾》）又说："君子无所争，必也射乎（当仁不让）！揖（拱手当胸）让而升（将射前），下而饮（射后计功），其争也君子"。（同上），这就更贴合精义了。

中　缺

作文纸

它这里的商贾之事，也有完全的一套办法，主要是在"司市"的掌握之下：

"司市"：掌市（商业区）之治教政刑量（豆、区、升、斛之等）度（丈、尺）禁令

经市：次叙分地（次谓吏所治舍，思次介次也，若市亭然。叙，肆行列也。经界也），按司市之官以次叙二事分地而置之，而以经界其市，使各有处所不相杂乱也。

平市：陈肆辨物，陈列也，谓行列其廛肆而辨其物，物异则市价平，故云市平。

均市：以政令禁物靡。（物靡者易售而无用，禁之则市均。靡谓侈靡也。

行布：商贾阜货（通货曰商，居卖物曰贾，阜犹盛也。布谓泉也。郑司农说）。货物细靡者，人买之多费而无用，反使粗物的买主少而落价，故以政令禁止之。

徵儥：以量度成贾（徵，召也，儥，买也，物有定价则有买主，

止讼：以质剂结信（质剂，券书也，

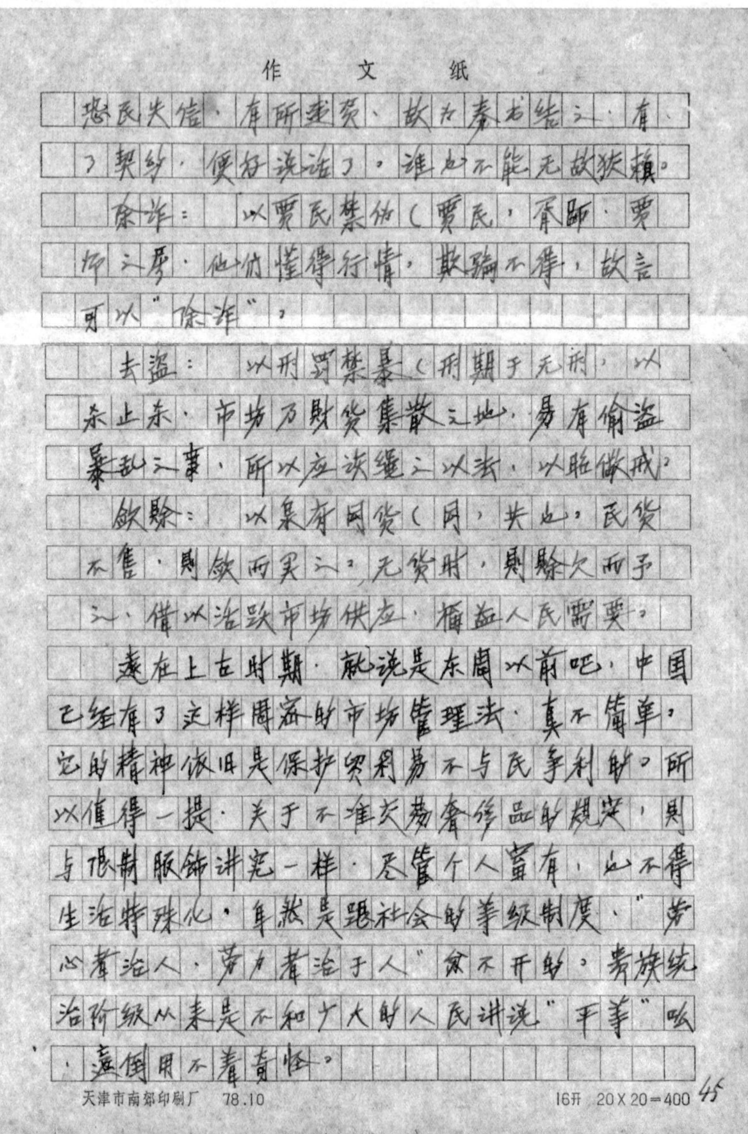
作 文 纸

恐民失信，有所违负，故为券书结之，有了契约，便好说话了。谁也不能无故狡赖。

除诈：以贾民禁伪（贾民，贾师·贾师之属，他们懂得行情，欺骗不得，故言可以"除诈"。

去盗：以刑罚禁暴（刑期于无刑，以杀止杀，市场乃财货集散之地，易有偷盗暴乱之事，所以应该绳之以法，以昭儆戒。

敛赊：以泉府同货（同，共也，民货不售，则敛而买之；无货时，则赊欠而予之，借以活跃市场供应，裨益人民需要。

远在上古时期，就说是东周以前吧，中国已经有了这样周密的市场管理法，真不简单，它的精神依旧是保护贸易不与民争利的。所以值得一提。关于不准交易奢侈品的规定，则与限制服饰讲究一样，尽管个人富有，也不得生活特殊化，自然是跟社会的等级制度、"劳心者治人，劳力者治于人"分不开的。贵族统治阶级从来是不和广大的人民讲说"平等"的，这倒用不着奇怪。

天津市南郊印刷厂 78.10　　16开 20×20=400　45

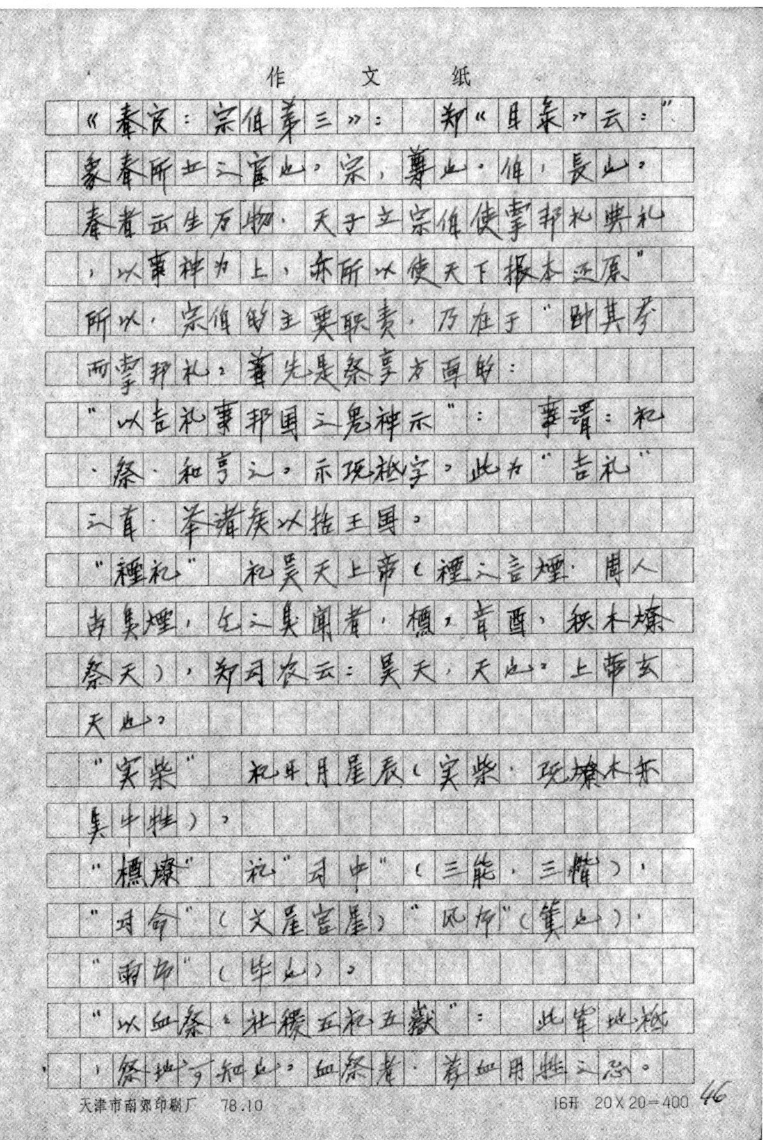

作　文　纸

《春官·宗伯第三》： 郑《目录》云："象春所立之官也。宗，尊也。伯，长也。春者出生万物。天子立宗伯使掌邦礼典礼，以事神为上，亦所以使天下报本返原"所以，宗伯的主要职责，乃在于"帅其属而掌邦礼"，首先是祭享方面的：

"以吉礼事邦国之鬼神示"： 郑谓：祀·祭·和享之。示即祇字。此为"吉礼"之首。举诸侯以括王国。

"禋祀" 祀昊天上帝（禋之言烟。周人尚臭烟，气之臭闻者，槱，音酉，积木燎祭天），郑司农云：昊天，天也。上帝玄天也。

"实柴" 祀日月星辰（实柴，即燎木亦实牛牲）。

"槱燎" 祀"司中"（三能，三階），"司命"（文昌宫星）"风师"（箕也），"雨师"（毕也）。

"以血祭祭社稷五祀五岳"： 此掌地祇，祭地可知也。血祭者，荐血用牲之忽。

天津市南郊印刷厂　78.10　　16开　20X20=400　46

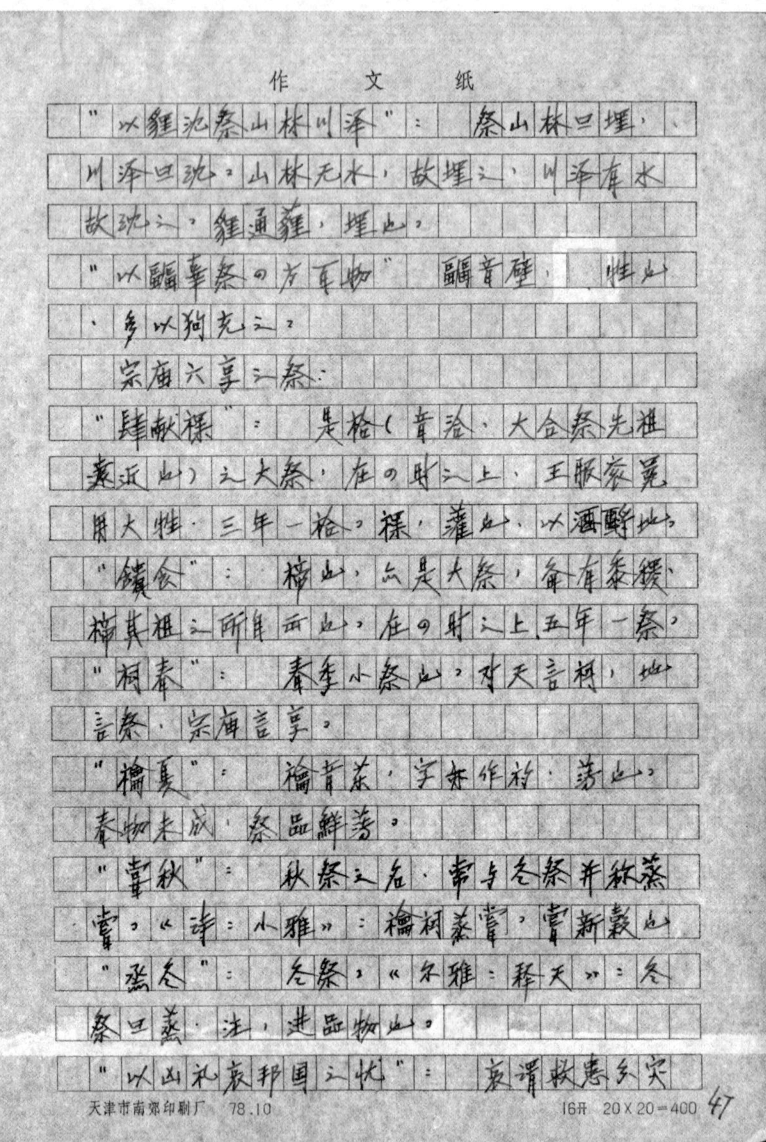

作 文 纸

"以貍沈祭山林川泽"：祭山林曰埋，川泽曰沈。山林无水，故埋之，川泽有水故沈之。貍通薶，埋也。

"以疈辜祭四方百物" 疈音辟，牲也，多以狗充之。

宗庙六享之祭：

"肆献祼"：是祫（音洽，大合祭先祖亲近也）之大祭，在四时之上，王服衮冕用大牲，三年一祫。祼，灌也，以酒酹地。

"馈食"：禘也，亦是大祭，备有黍稷，禘其祖之所自出也。在四时之上，五年一祭。

"祠春"：春季小祭也。对天言祠，地言祭，宗庙言享。

"禴夏"：禴音药，字亦作礿，薄也。春物未成，祭品鲜薄。

"尝秋"：秋祭之名，常与冬祭并称蒸尝。《诗·小雅》：禴祠蒸尝。尝新谷也。

"烝冬"：冬祭。《尔雅·释天》：冬祭曰蒸。注，进品物也。

"以凶礼哀邦国之忧"：哀谓救患分灾

天津市南郊印刷厂 78.10 16开 20X20=400 47

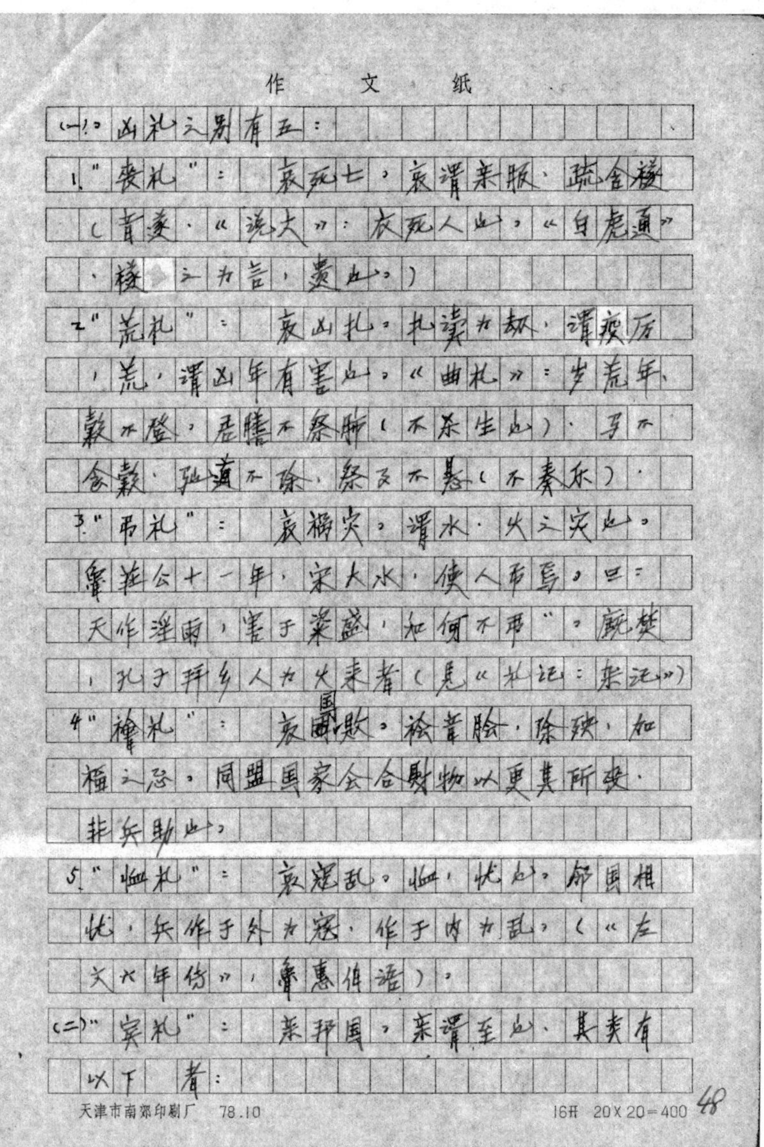
作文纸

(一)凶礼之别有五：

1."丧礼"：哀死亡，哀谓亲服，疏含襚（音遂。《说文》：衣死人也。《白虎通》：襚之为言，遗也。）

2."荒礼"：哀凶札。札读为截，谓疫厉，荒，谓凶年有害也。《曲礼》：岁荒年、谷不登，君膳不祭肺（不杀生也），马不食谷，驰道不除，祭事不悬（不奏乐）。

3."吊礼"：哀祸灾，谓水、火之灾也。鲁庄公十一年，宋大水，使人吊焉，曰："天作淫雨，害于粢盛，如何不吊"。厩焚，孔子拜乡人为火来者（见《礼记·杂记》）

4."禬礼"：哀国败，禬音脍，除殃，加福之忌。同盟国家会合财物以更其所丧，非兵败也。

5."恤礼"：哀寇乱。恤，忧也。邻国相忧，兵作于外为寇，作于内为乱。（《左文六年传》，鲁惠伯语）。

(二)"宾礼"：亲邦国，亲谓至也。其类有以下者：

天津市南郊印刷厂 78.10 16开 20X20=400 48

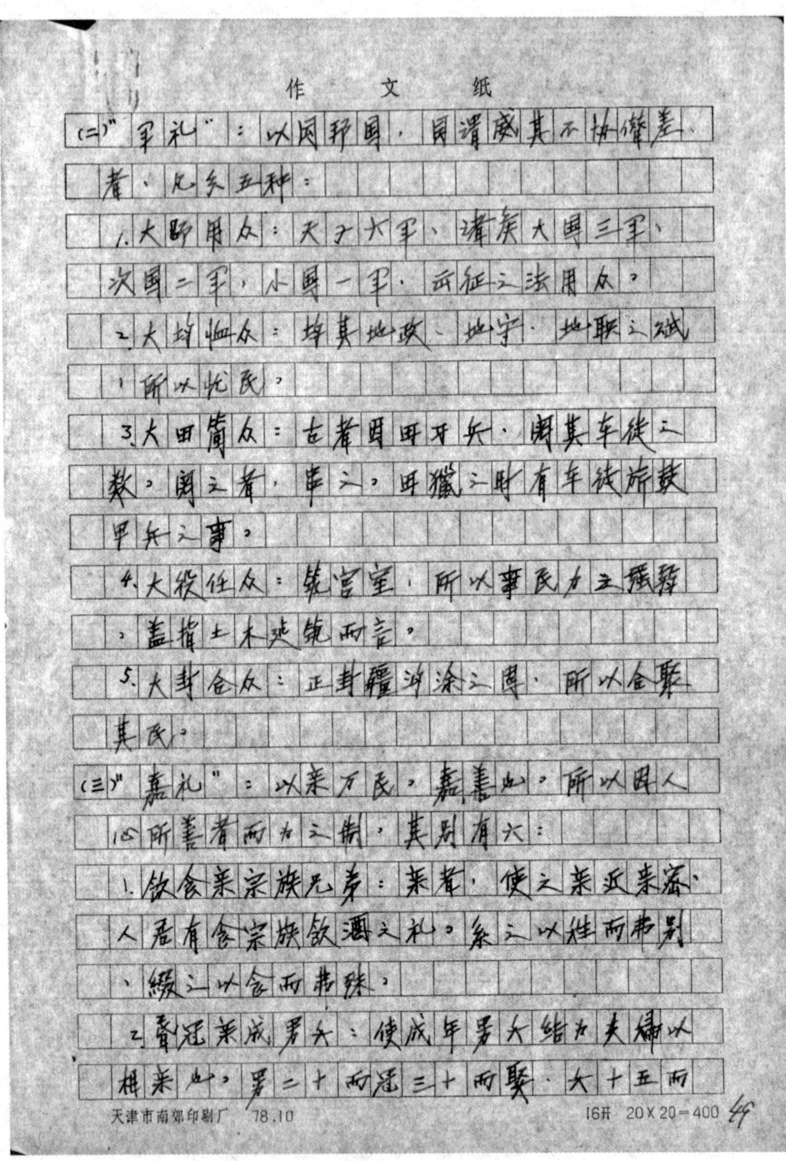

作　文　纸

(二)"军礼"：以同邦国，自谓威其不协僭差、者，凡分五种：

1.大师用众：天子六军，诸侯大国三军，次国二军，小国一军，所征之法用众。

2.大均恤众：均其地政、地守、地职之赋，所以忧民。

3.大田简众：古者因田习兵，阅其车徒之数。阅之者，简之。田猎之时有车徒旗鼓甲兵之事。

4.大役任众：筑宫室，所以事民力之强弱，盖指土木建筑而言。

5.大封合众：正封疆沟涂之固，所以合聚其民。

(三)"嘉礼"：以亲万民。嘉，善也。所以因人心所善者而为之制，其别有六：

1.饮食亲宗族兄弟：亲者，使之亲近亲密，人君有食宗族饮酒之礼。系之以姓而弗别、缀之以食而弗殊。

2.昏冠亲成男女：使成年男女结为夫妇以相亲也。男二十而冠三十而娶，女十五而

天津市南郊印刷厂　78.10　　16开　20×20=400　49

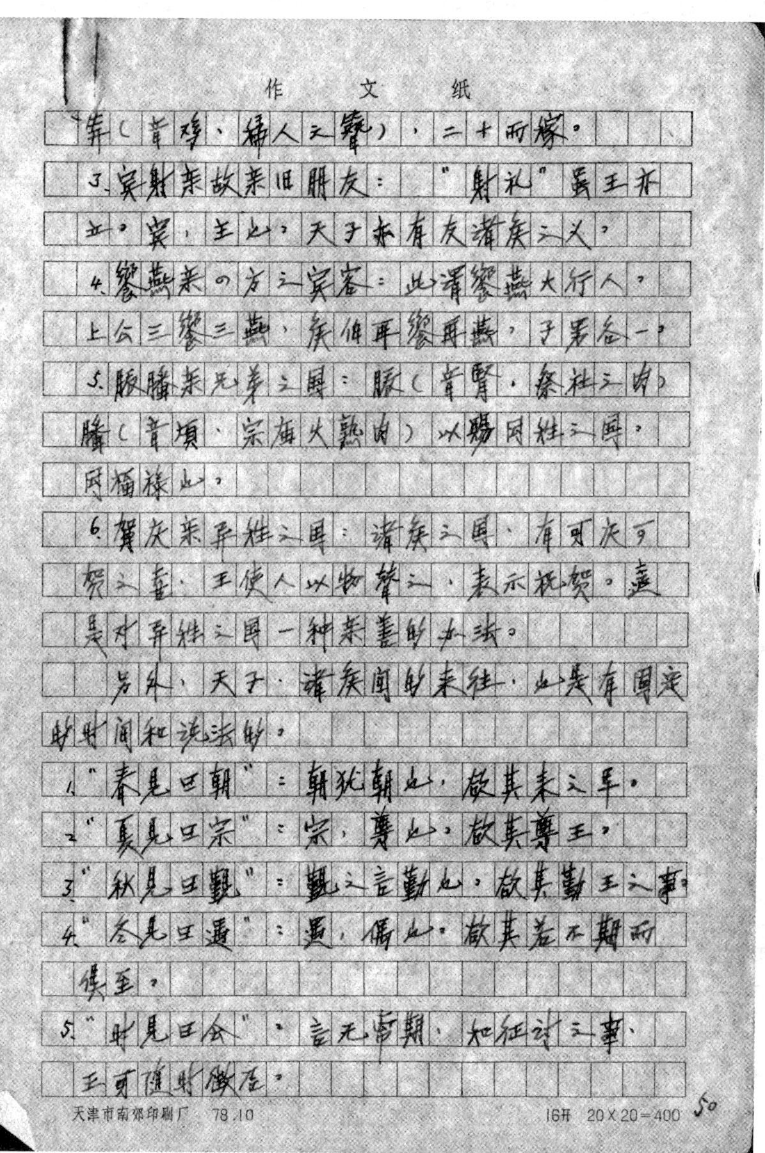

作 文 纸

笄（音鸡、婦人之簪），二十而嫁。

3.宾射亲故亲旧朋友："射礼"虽王亦立。宾，主也，天子亦有友诸侯之义。

4.飨燕亲四方之宾客：此谓飨燕大行人，上公三飨三燕，侯伯再飨再燕，子男各一。

5.脤膰亲兄弟之国：脤（音肾，祭社之肉）膰（音烦、宗庙火熟肉）以赐同姓之国，同福禄也。

6.贺庆亲异姓之国：诸侯之国，有可庆可贺之喜，王使人以物赞之，表示祝贺。这是对异姓之国一种亲善的办法。

另外，天子、诸侯间的来往，也是有固定的时间和说法的。

1."春见曰朝"：朝犹朝也，欲其来之早。

2."夏见曰宗"：宗，尊也，欲其尊王。

3."秋见曰觐"：觐之言勤也，欲其勤王之事。

4."冬见曰遇"：遇，偶也，欲其若不期而俱至。

5."时见曰会"：言无常期，如征讨之事，王可随时徵召。

天津市南郊印刷厂 78.10　　16开 20X20=400　50

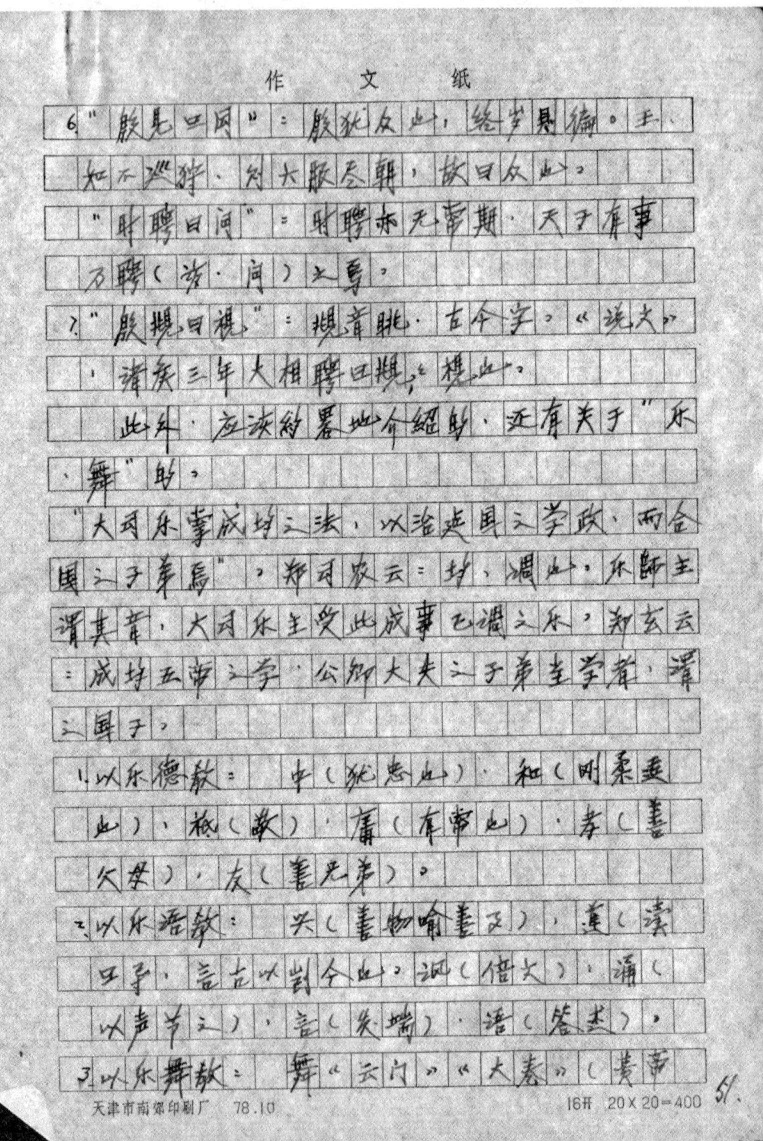

作文纸

6."殷见曰同"：殷犹众也，终岁县编。王如不巡狩、则六服尽朝，故曰众也。

"时聘曰问"：时聘亦无常期，天子有事乃聘（访、问）之焉。

7."殷覜曰视"：覜音眺，古今字。《说文》：诸侯三年大相聘曰覜，覜，视也。

此外，应该约略地介绍的，还有关于"乐、舞"的。

"大司乐掌成均之法，以治建国之学政，而合国之子弟焉"。郑司农云：均，调也。乐师主调其音，大司乐主受此成事已调之乐。郑玄云：成均五帝之学，公卿大夫之子弟当学者，谓之国子。

1.以乐德教：中（犹忠也）、和（刚柔适也）、祗（敬）、庸（有常也）、孝（善父母）、友（善兄弟）。

2.以乐语教：兴（善物喻善事）、道（读曰导，言古以剀今也）、讽（倍文）、诵（以声节之）、言（发端）、语（答述）。

3.以乐舞教：舞《云门》《大卷》（黄帝

天津市南郊印刷厂 78.10　　16开 20×20=400　51.

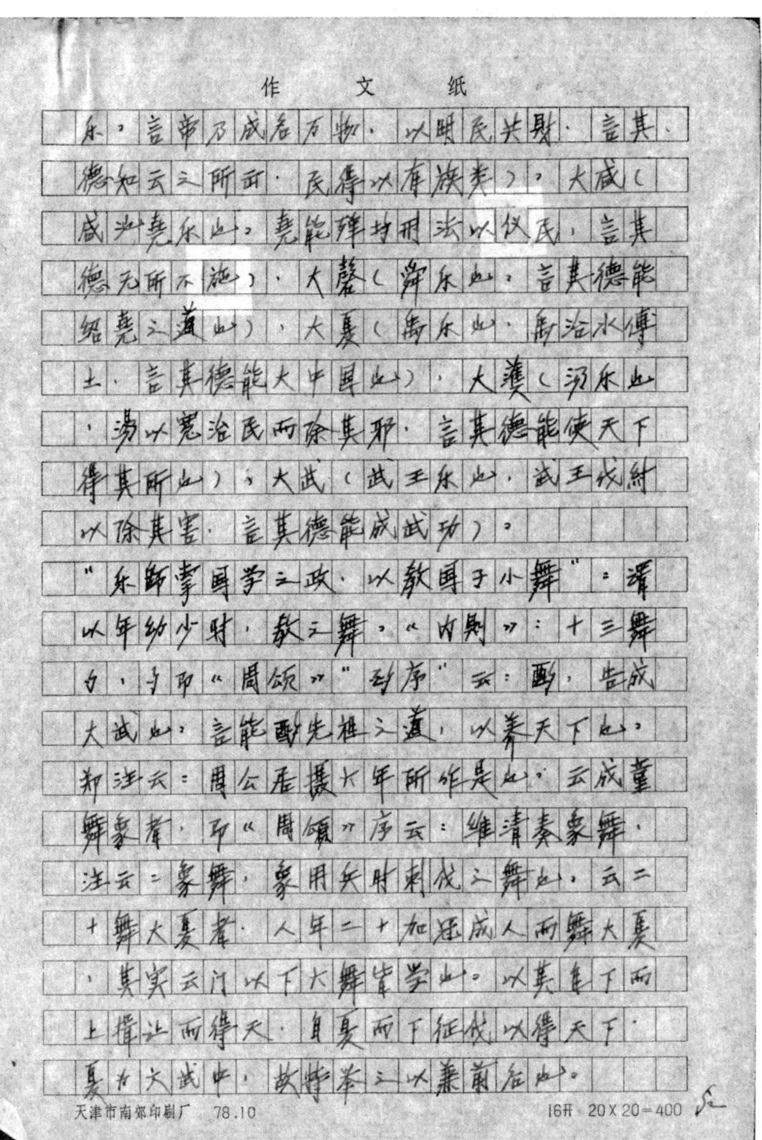

作文纸

乐。言帝乃成养万物，以明民共财，言其德知云之所出，民得以有族类）；大咸（咸池尧乐也，尧能殚均刑法以仪民，言其德无所不施）；大韶（舜乐也，言其德能绍尧之道也）；大夏（禹乐也，禹治水傅土，言其德能大中国也）；大濩（汤乐也，汤以宽治民而除其邪，言其德能使天下得其所也）；大武（武王乐也，武王伐纣以除其害，言其德能成武功）。

"乐师掌国学之政，以教国子小舞"：谓以年幼少时，教之舞。《内则》：十三舞勺，勺即《周颂》"酌序"云：酌，告成大武也，言能酌先祖之道，以养天下也。郑注云：周公居摄六年所作是也。云成童舞象者，即《周颂》序云：维清奏象舞。注云：象舞，象用兵时刺伐之舞也。云二十舞大夏者，人年二十加冠成人而舞大夏，其实云门以下大舞皆学也。以其自下而上揖让而得天，自夏而下征伐以得天下，夏在大武中，故特举之以兼前后也。

天津市南郊印刷厂　78.10　　16开　20×20=400

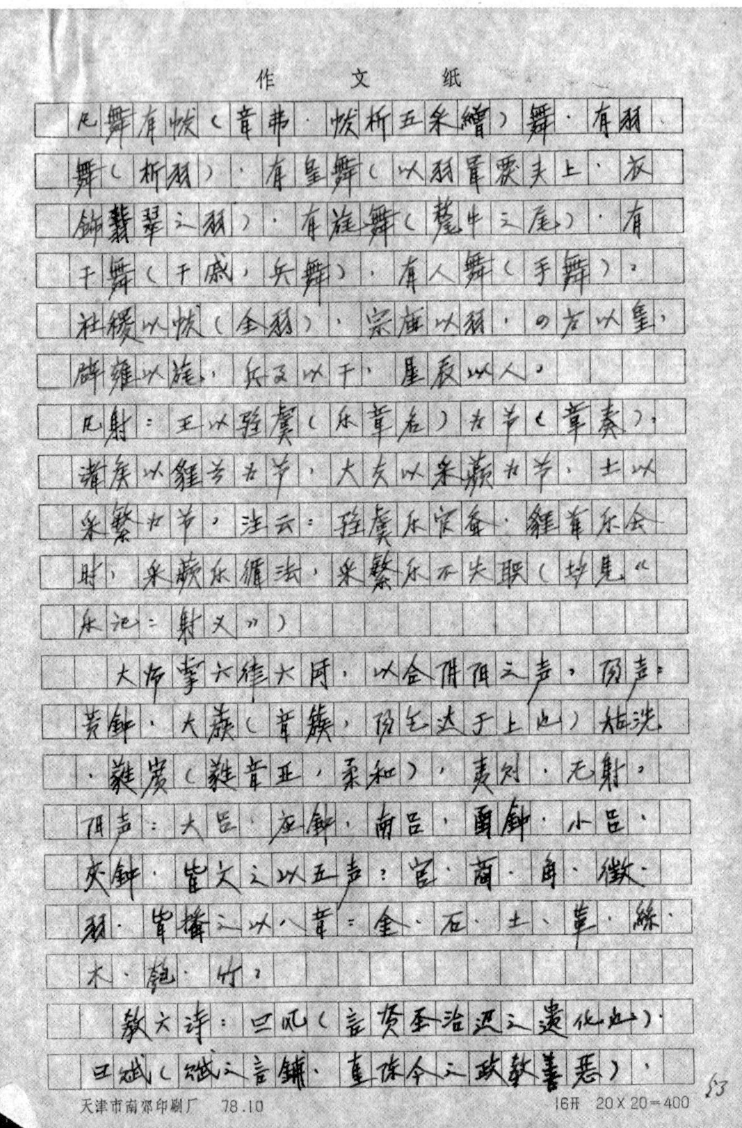

作文纸

凡舞有帗（音弗，帗析五采缯）舞、有羽舞（析羽）、有皇舞（以羽冒覆头上，衣饰翡翠之羽），有旄舞（犛牛之尾），有干舞（干戚，兵舞），有人舞（手舞）。社稷以帗（全羽），宗庙以羽，四方以皇，辟雍以旄，兵事以干，星辰以人。

凡射：王以驺虞（乐章名）为节（章奏），诸侯以狸首为节，大夫以采苹为节，士以采蘩为节。注云：驺虞乐官备，狸首乐会时，采苹乐循法，采蘩乐不失职（参见“乐记：射义”）

大师掌六律六同，以合阴阳之声，阳声：黄钟、大蔟（音簇，阳气达于上也）姑洗、蕤宾（蕤音亚，柔和），夷则、无射。阴声：大吕、应钟、南吕、函钟、小吕、夹钟。皆文之以五声：宫、商、角、徵、羽。皆播之以八音：金、石、土、革、丝、木、匏、竹。

教六诗：曰风（言贤圣治道之遗化也），曰赋（赋之言铺，直陈今之政教善恶），

天津市南郊印刷厂 78.10　　16开 20×20＝400

作文纸

曰比（见今之失，不敢斥言，取比类以言之）。曰兴（见今之美，嫌于媚谀，取善事以喻劝之）。曰雅（正也，言今之正者以为后世法）。曰颂（颂之言诵也容也，诵今之德广以美之）。贾公彦曰：风是十五国风，从《关雎》至《七月》似是总号。其中或有刺责人君，或有褒美主上。若据"二南"正风而言，《周南》是圣人治道遗化，《召南》是贤人治道遗化，自《邶》《鄘》以下是"变风"，非贤圣之至道者也。凡言赋者，直陈君之善恶，更假外物为喻，故云铺陈者也。云比见今之失不敢斥言，取比类以言之，兴见今之美，嫌于媚谀，取善事以劝之者，谓若《关雎》兴后妃之类是也。云雅正也，谓若《鹿鸣》《文王》之类是也。云颂之言诵也容也，凡言颂者，美盛德之形容，以其成功告于神明，谓若《清庙》颂文王之乐歌之类是也。郑司农云，古而自有"风、雅、颂"之名，在周公时不在孔子时，明矣。按贾公彦述

天津市南郊印刷厂 78.10　　16开 20X20=400　54

作文纸

没有弄清楚"诗""乐"之分，故有此言。

其可取处，在于指出"风、雅、颂"之名不自孔子始，远在周公时已有之，虽然是根据郑司农的话提出来的。

"以六德为之本"：凡受教者，必以行为本，故使先有六德以为六诗。六德即"大司徒"职所称之：知、仁、圣、义、忠、和是也。此可与师氏教国子以三德：至德、敏德、孝德参看。

"以六律为之音"：以律视其人为之音，知其宜何歌。盖太师吹律为声，又使其人作声而合之，听人声与律吕之声合，谓之为音。或合宫声，或合商声，或合角、徵羽之声，听其人之声则知宜歌何诗。按此自是以天籁（六律）配人籁（人声）的合乎规格标准的唱和选择法，非必歌诗独然。

它如：小师掌教鼓，磬师掌教磬，笙师掌教竽，镈师掌金奏，以及王礼乐县各有节章之类，又太琐细，关系亦不甚大，这里我们就不去多说了。下面略言"太卜"之职：

天津市南郊印刷厂　78.10　　16开　20X20=400　55

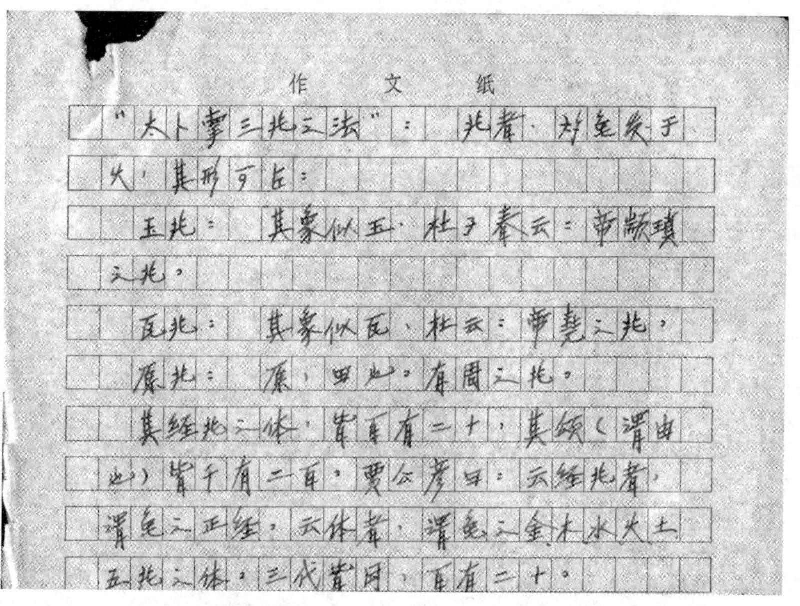

作文纸

"太卜掌三兆之法"：兆者，灼龟发于火，其形可占：

玉兆：其象似玉，杜子春云：帝颛顼之兆。

瓦兆：其象似瓦，杜云：帝尧之兆，

原兆：原，田也，有周之兆。

其经兆之体，皆百有二十，其颂（谓由也）皆千有二百，贾公彦曰：云经兆者，谓龟之正经，云体者，谓龟之金木水火土五兆之体，三代皆同，百有二十。

掌三易之法：易者，揲（音摄，手度物也）蓍（音尸，草也，蓍草）灭易之数，可占者也，其类有三：

"连山"：似山云内气变也。杜子春云：宓戏（按即伏羲）之"易"。

"归藏"：万物莫不归而藏于其中。杜云：黄帝之"易"

"周易"：周普也，言以周者，易以纯天为首，乾为天，天能周匝于四时，故也。

其经卦皆八（乾坤震巽艮离坎兑），其别六十四。 56

按朝天问卦，占卜吉凶，本来是上古的贵族统治者，用以决疑的方法之一（其次便是"占梦"了），事无巨细，都要龟卜，所以它才有许多说法的（这种情况，只要我们翻阅一下传今的贞卜文，便知端的）此些也摆得够齐全，单看专职官吏，即有："大卜"（掌管占卜的全面业务）"卜师"（经手"开龟"的有关工作）"龟人"（分门别类地选择龟甲，以备使用）和"占人"（解说龟兆的吉凶祸福）等等，而且讲的不止周家。例如，我们将会专题介绍的《周易》（简称为《易》，也叫《易经》），就不是一个时期一个人的作品：相传"画卦的是伏羲（☰，乾三连，☷，坤六断之类

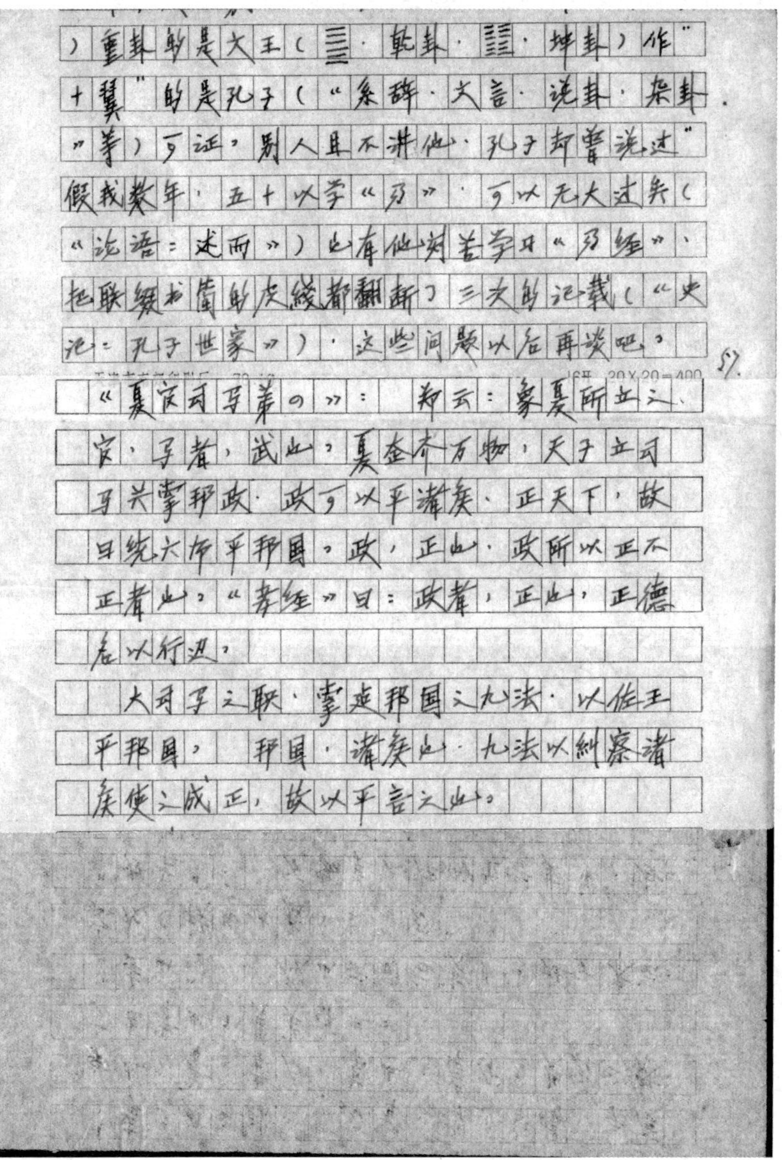

）重卦的是文王（☰·乾卦·☷·坤卦）作"十翼"的是孔子（"彖辞·文言·说卦·杂卦"等）之说，别人且不讲他，孔子却曾说过"假我数年，五十以学《易》，可以无大过矣（《论语：述而》）也有他对着学习《易经》，把联缀书简的皮线都翻断了三次的记载（《史记：孔子世家》），这些问题以后再谈吧。

57.

16开 20×20=400

《夏官司马第四》：郑云：象夏所立之官，马者，武也，夏整齐万物，天子立司马共掌邦政，政可以平诸侯、正天下，故曰统六师平邦国。政，正也，政所以正不正者也。《孝经》曰：政者，正也，正德名以行道。

大司马之职，掌建邦国之九法，以佐王平邦国。 邦国，诸侯也，九法以纠察诸侯使之成正，故以平言之也。

中　缺

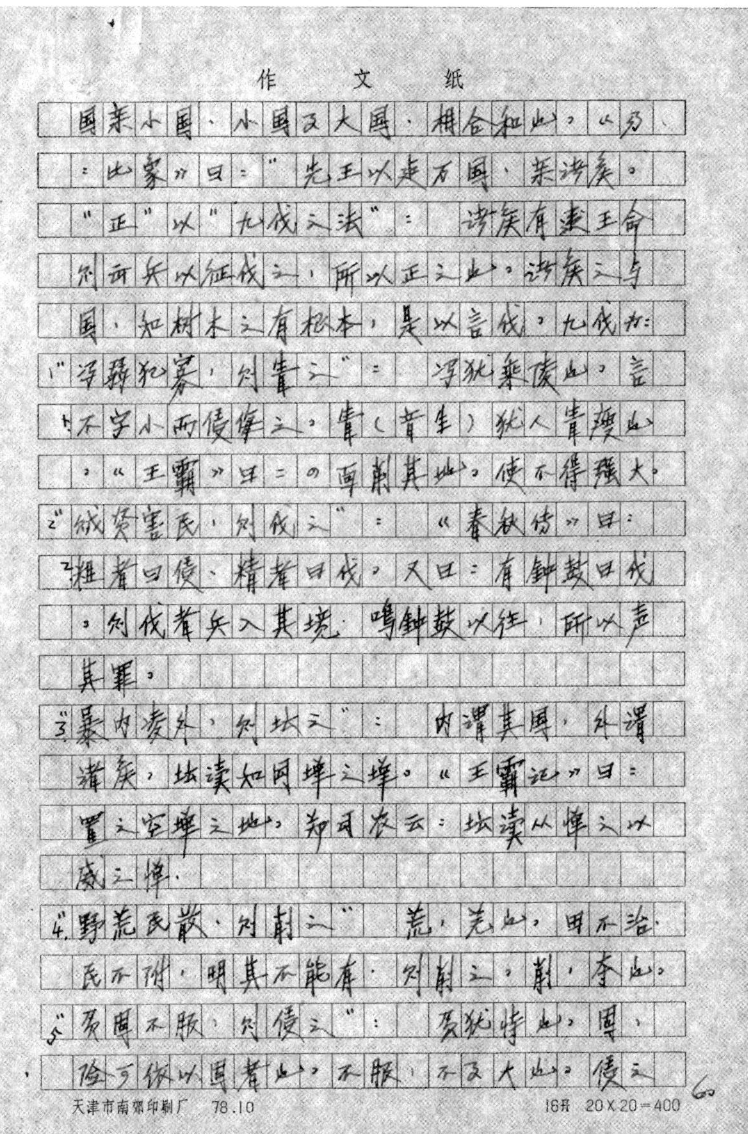

作文纸

国亲小国，小国又大国，相合和也。以易、
比·象》曰：“先王以建万国，亲诸侯。”
“正”以“九伐之法”：诸侯有违王命
则出兵以征伐之，所以正之也。诸侯之与
国，知树木之有根本，是以言伐。九伐者：
1“冯弱犯寡，则眚之”：冯犹乘陵也。言
不字小而侵侮之。眚（音生）犹人眚瘦也
。《王霸》曰：“四面削其地。使不得独大。
2“贼贤害民，则伐之”：《春秋传》曰：
粗者曰侵，精者曰伐。又曰：有钟鼓曰伐
。则伐者兵入其境，鸣钟鼓以往，所以声
其罪。
3“暴内陵外，则坛之”：内谓其国，外谓
诸侯。坛读如同墠之墠。《王霸记》曰：
置之空墠之地。郑司农云：坛读从惮之以
威之惮。
4“野荒民散，则削之”：荒，芜也。田不治，
民不附，明其不能有，则削之。削，夺也。
5“负固不服，则侵之”：负犹恃也。固，
险可依以固者也。不服，不事大也。侵之

天津市南郊印刷厂　78.10　　16开　20×20=400　60

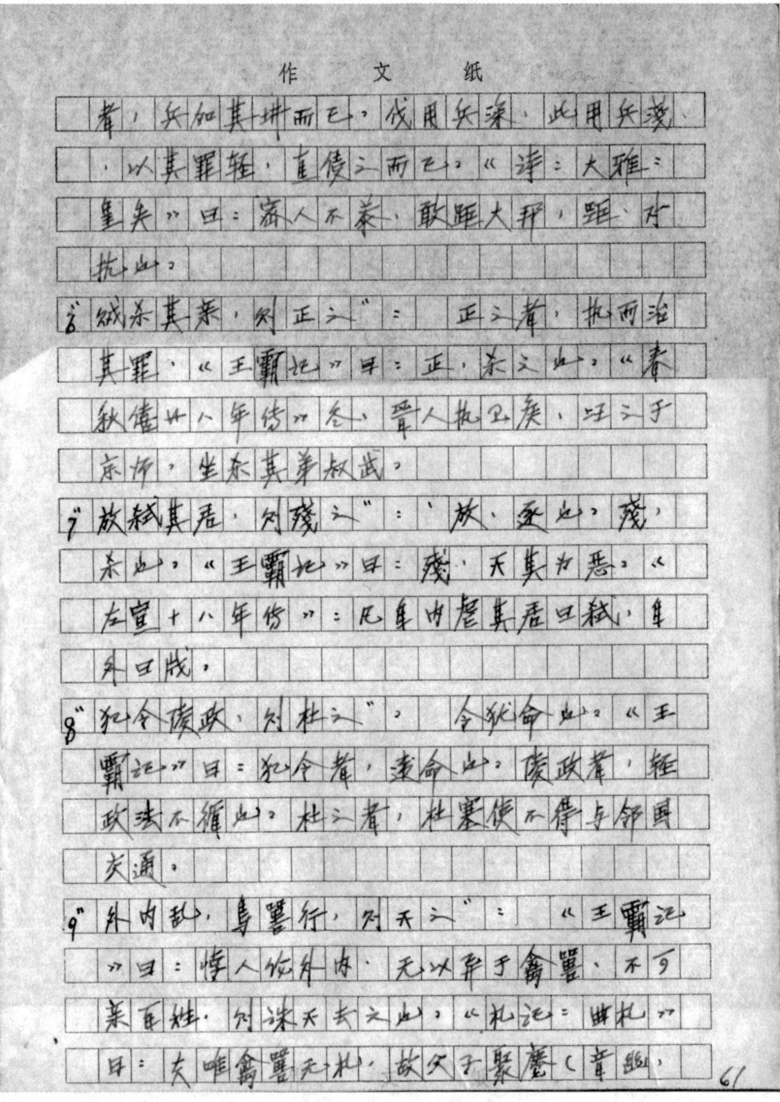

作文纸

者，兵加其城而已。伐用兵深，此用兵浅，以其罪轻，直侵之而已。《诗·大雅·皇矣》曰：密人不恭，敢距大邦。距，犹抗也。

6、贼杀其亲，则正之：正之者，执而治其罪。《王霸记》曰：正，杀之也。《春秋僖廿八年传》冬，晋人执卫侯，归之于京师，坐杀其弟叔武。

7、放弑其君，则残之：放，逐也。残，杀也。《王霸记》曰：残，灭其为恶。《左宣十八年传》：凡自内虐其君曰弑，自外曰戕。

8、犯令陵政，则杜之：令犹命也。《王霸记》曰：犯令者，违命也。陵政者，轻政法不循也。杜之者，杜塞使不得与邻国交通。

9、外内乱，鸟兽行，则灭之：《王霸记》曰：悖人伦外内，无以异于禽兽，不可亲百姓，则诛灭去之也。《礼记·曲礼》曰：夫唯禽兽无礼，故父子聚麀（音幽，

61

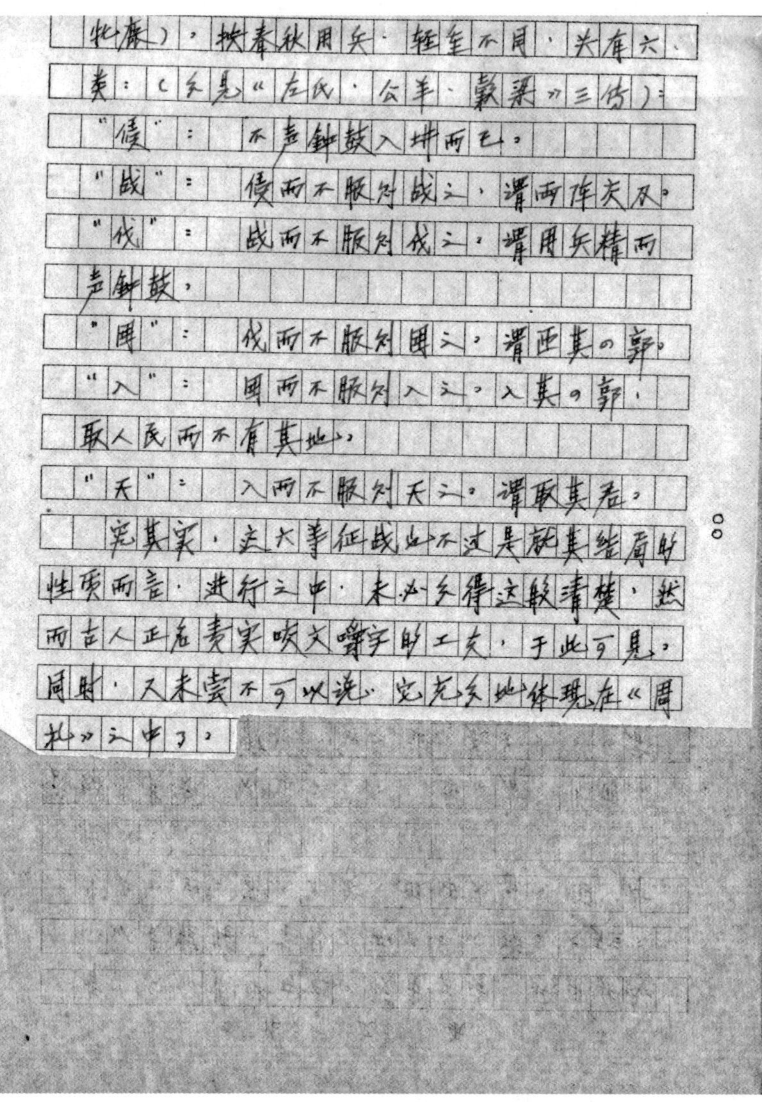

牲畜），按春秋用兵，轻重不同，共有六、类：（参見《左氏、公羊、穀梁》三传）：

"侵"：　不声钟鼓入界而已。

"战"：　侵而不服则战之，谓两阵交及。

"伐"：　战而不服则伐之，谓用兵精而声钟鼓，

"围"：　伐而不服则围之，谓匝其四郭。

"入"：　围而不服则入之，入其四郭，取人民而不有其地，

"灭"：　入而不服则灭之，谓取其君。

究其实，这六者征战也不过是就其结局的性质而言，进行之中，未必分得这般清楚，然而古人正名责实咬文嚼字的工夫，于此可見，同时，又未尝不可以说，它完全地体现在《周礼》之中了。

中　缺

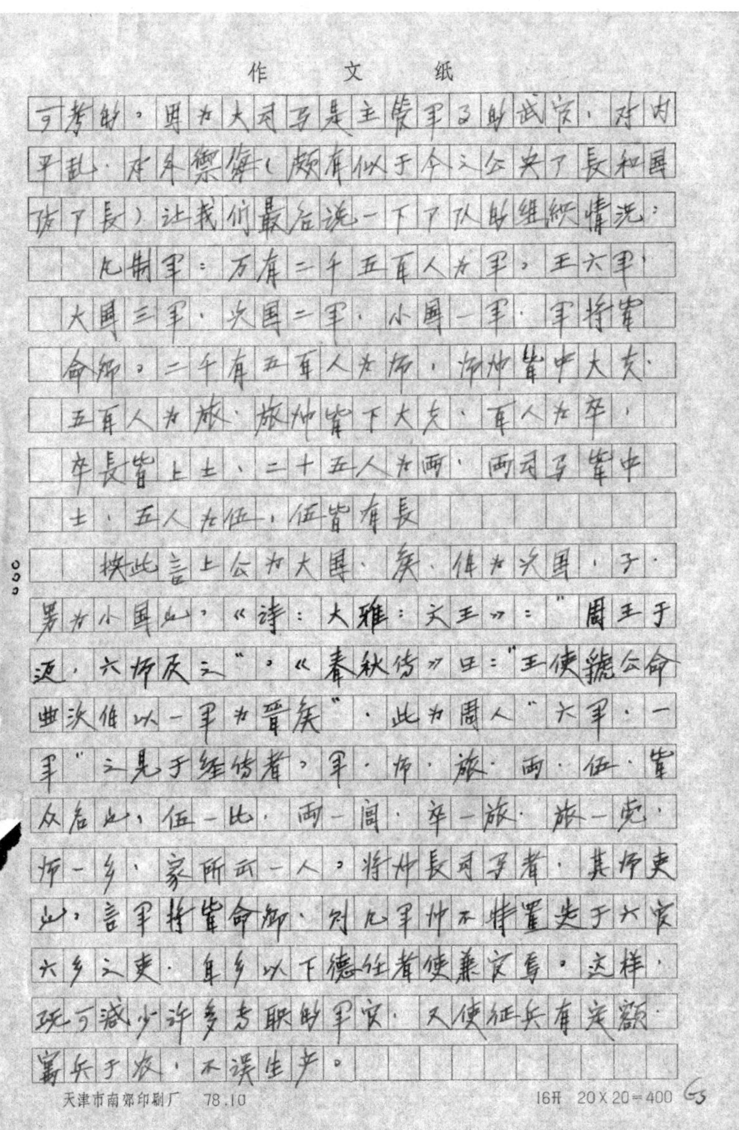

作　文　纸

可考的。因为大司马是主管军事的武官，对内平乱，对外禦侮（颇有似于今之公安部長和国防部長）让我们最后说一下部队的组织情况：

凡制军：万有二千五百人为军，王六军，大国三军，次国二军，小国一军，军将皆命卿。二千有五百人为师，师帅皆中大夫，五百人为旅，旅帅皆下大夫，百人为卒，卒長皆上士，二十五人为两，两司马皆中士，五人为伍，伍皆有長

按此言上公为大国，侯、伯为次国，子、男为小国也。《诗·大雅·文王》："周王于迈，六师及之"。《春秋传》曰："王使虢公命曲沃伯以一军为晋侯"。此为周人"六军、一军"之見于经传者。军、师、旅、两、伍，皆众名也。伍一比，两一闾，卒一旅，旅一党，师一乡，家所出一人。将帅長司马者，其师吏也。言军将皆命卿，则凡军帅不特置，选于六官六乡之吏，自乡以下德任者使兼官焉。这样，既可减少许多专职的军官，又使征兵有定额，寓兵于农，不误生产。

天津市南郊印刷厂　78.10　　16开　20×20＝400　65

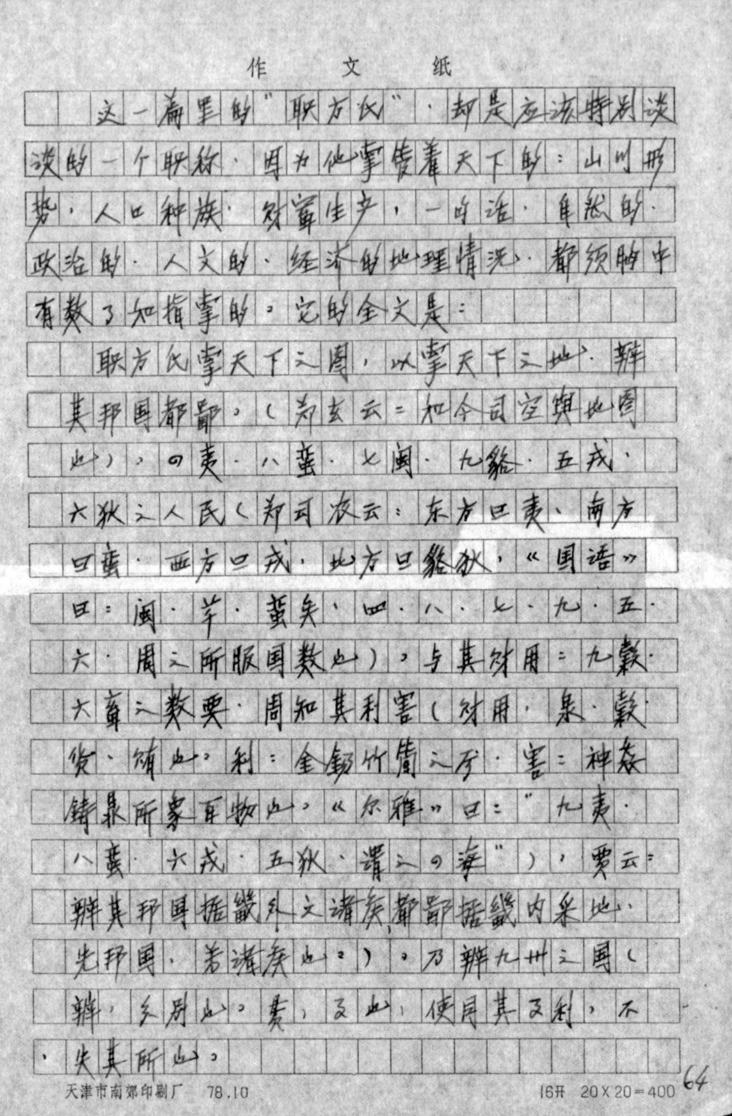
作　文　纸

这一篇里的"职方氏"，却是应该特别谈谈的一个职称，因为他掌管着天下的：山川形势，人口种族，财富生产，一句话，自然的，政治的，人文的，经济的地理情况，都须胸中有数了如指掌的。它的全文是：

职方氏掌天下之图，以掌天下之地，辨其邦国都鄙，（郑玄云：如今司空舆地图也），四夷、八蛮、七闽、九貉、五戎、六狄之人民（郑司农云：东方曰夷、南方曰蛮、西方曰戎、北方曰貉狄，《国语》曰：闽、芈、蛮矣，四、八、七、九、五、六，周之所服国数也），与其财用：九谷、六畜之数要，周知其利害（财用，泉、谷、货、贿也。利：金锡竹箭之属，害：神奸铸鼎所象百物也。《尔雅》曰："九夷、八蛮、六戎、五狄，谓之四海"），贾云：辨其邦国据畿外诸侯，都鄙据畿内采地，先邦国，后诸侯也），乃辨九州之国（辨，犹别也。贯，事也，使同其事利，不失其所也。

天津市南郊印刷厂　78.10　　16开　20×20＝400　64

中　缺

上述《职方》地理已毕。郑玄曰："凡九州及山镇泽薮言"曰"者，以其非一，曰其大者耳。此州界：扬、荆、豫、兖、雍、冀、与《禹贡》同。青州则徐州地也。幽并则青冀之北也。无徐梁。研究中国古地理，《禹贡》《汉书·地理志》《水经注》与此并为要籍。而在山川、物产、人口方面，此又较为详尽。虽然因为它叙述过于简约，不加注释后人无法理解。知"泽薮、川浸"之无甚差别，不必多列，"五男三女"的话总含糊，难于了然之表，坪是。贾公彦云：云"五扰"马牛羊犬豕者，"六扰"中除为缓故去之。"五种"黍稷菽麦稻也者，若据用六谷则兼有菰。若民之要用则去菰。故知是此五者。周公设经，"六扰"之内，"三扰"以上则言扰，"二扰"则指畜名，若三四不满，大者从下次去之。"六薮"之内，"三薮"以上则言"薮"，二者则指薮名，凡九州及山镇泽薮言曰者，以其非一言其大者耳。云此州界扬荆豫兖雍冀与《禹贡》略同者，不失本处，虽有侵处犹有横侵入不得正故云略同，若周之兖州于《禹贡》侵青徐之地。周之青州于《禹贡》侵豫州之地。周之冀州于《

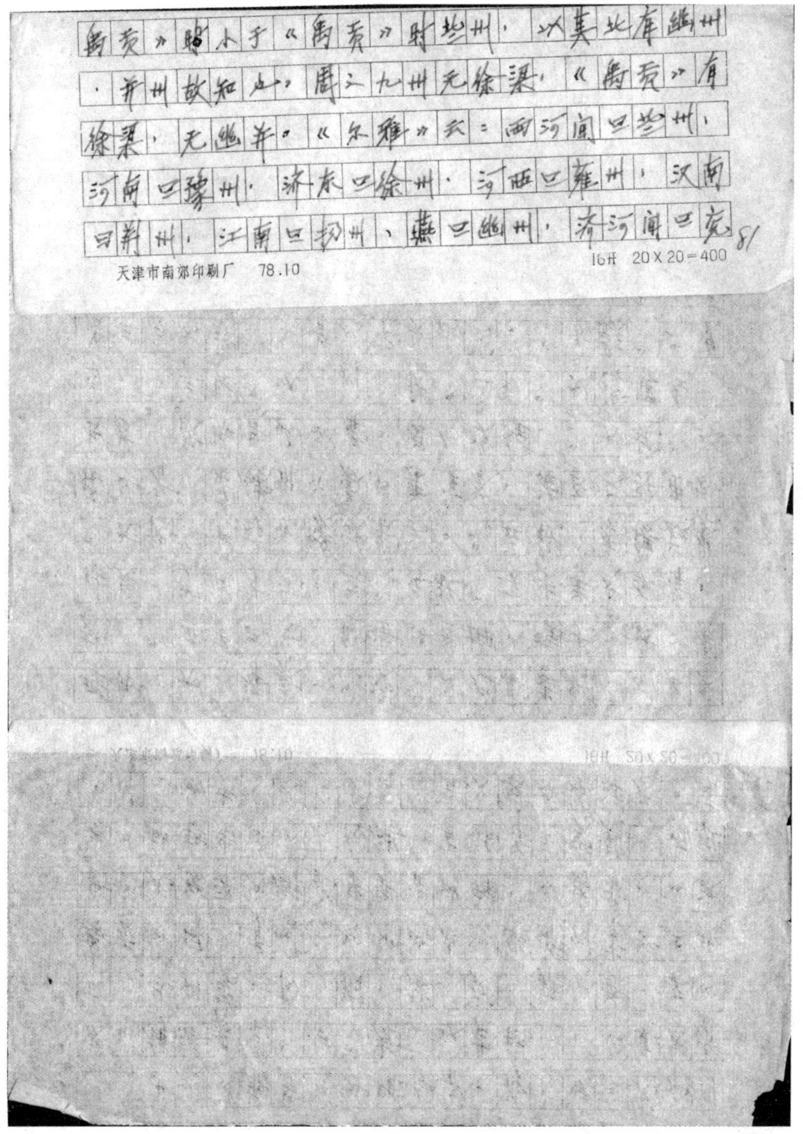

禹贡》略小于《禹贡》时冀州，以其北有幽州

、并州故知也。周之九州无徐梁，《禹贡》有

徐梁，无幽并。《尔雅》云：两河间曰冀州，

河南曰豫州，济东曰徐州，河西曰雍州，汉南

曰荆州，江南曰扬州，燕曰幽州，济河间曰兖 81

天津市南郊印刷厂　78.10　　16开　20X20=400

作文纸

州，齐曰营州，《诗谱》曰：雍梁荆豫徐扬之民咸被其化。数不同者，《禹贡》所云，尧舜法，《尔雅》所云似夏法，《诗谱》所云似殷法，亦与《禹贡》三代不同，是以州名有异。九州之内所有山川，或有解其所处者，至江淮河泲汉洛等不释所出者，此等皆《禹贡》有成文，知彼导洛自熊耳，导渭自鸟鼠，导河自积石，导江自岷山，导淮自桐柏，导汉自嶓冢，有此故不言也。至于《禹贡》虽言，文理不明者此亦辨之，若《禹贡》泾属渭汭，彼直言泾水入渭，不言导之所从，知此之类皆须释其所出也。”此对贾氏又补郑氏之所不足，使吾人益知古人文字简易，古地理则有歧义，穿凿，繁冗，不注不清之种种也。虽然，从另一角度来看，亦可知《周礼》“职方”记载地理，山川，人物的特点，不只是另开生面的，而且比起《禹贡》来，也益是其详尽了。

下面再陈述一下关于“九服之邦国”的，郑玄曰：服，服事天子也，《诗》曰：“侯服于周”。

82

天津市南郊印刷厂 78.10　　16开 20×20=400

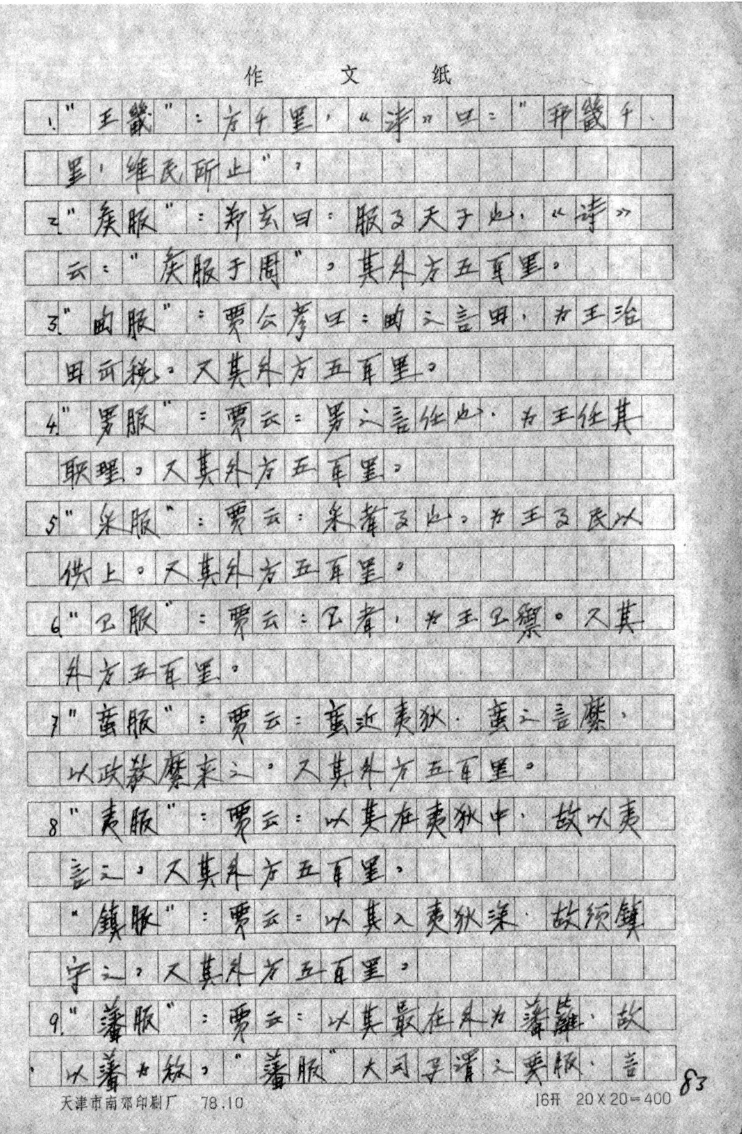

作文纸

1."王畿"：方千里，《诗》曰："邦畿千里，维民所止"。
2."侯服"：郑玄曰：服事天子也。《诗》云："侯服于周"。其外方五百里。
3."甸服"：贾公彦曰：甸之言田，为王治田出税。又其外方五百里。
4."男服"：贾云：男之言任也，为王任其职理。又其外方五百里。
5."采服"：贾云：采者事也。为王事民以供上。又其外方五百里。
6."卫服"：贾云：卫者，为王卫禦。又其外方五百里。
7."蛮服"：贾云：蛮近夷狄，蛮之言縻，以政教縻来之。又其外方五百里。
8."夷服"：贾云：以其在夷狄中，故以夷言之。又其外方五百里。
"镇服"：贾云：以其入夷狄深，故须镇守之。又其外方五百里。
9."蕃服"：贾云：以其最在外为蕃籬，故以蕃为称。"蕃服"大司马谓之要服，言

天津市南郊印刷厂 78.10　　16开 20X20=400　83

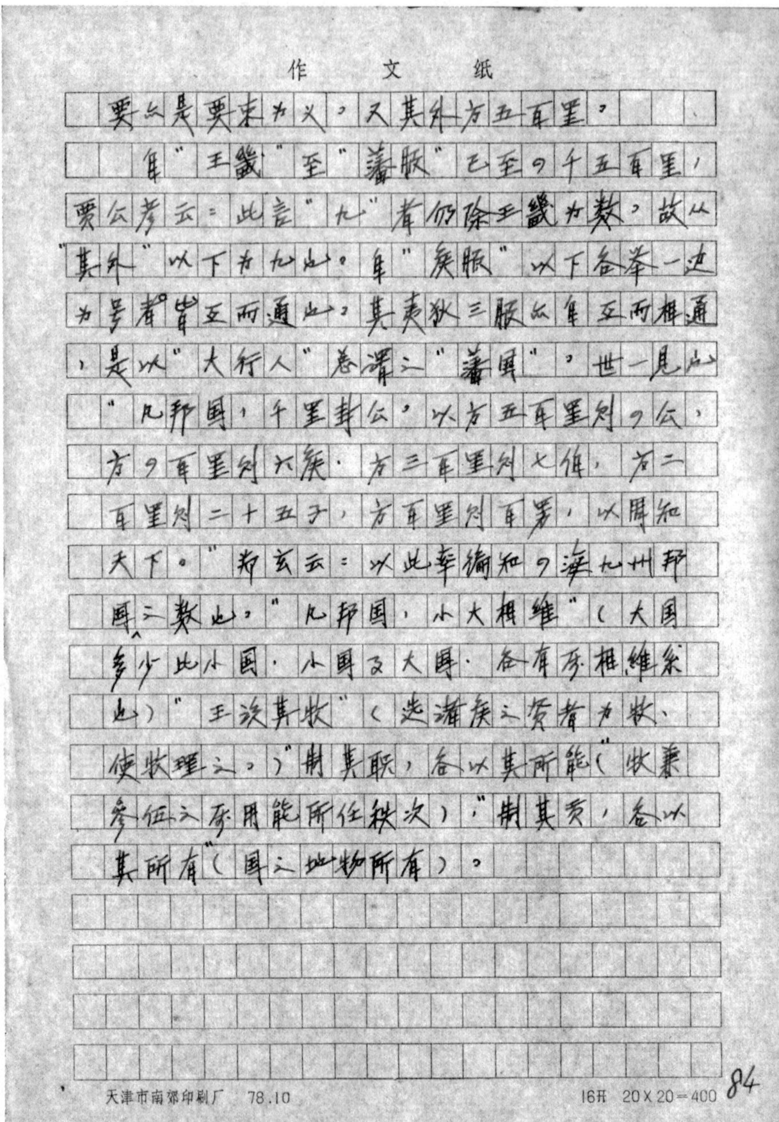

作文纸

要亦是要束为义，又其外方五百里。

自"王畿"至"蕃服"已至四千五百里，贾公彦云：此言"九"者仍除王畿为数，故从"其外"以下为九也。自"侯服"以下各举一边为差者，皆互而通也；其夷狄三服亦自互而相通，是以"大行人"总谓之"蕃国"，世一见也。

"凡邦国，千里封公，以方五百里则四公，方四百里则六侯，方三百里则七伯，方二百里则二十五子，方百里则百男，以周知天下。"郑玄云：以此率遍知四海九州邦国之数也。"凡邦国，小大相维"（大国多少比小国，小国事大国，各有系相维系也）"王设其牧"（选诸侯之贤者为牧，使牧理之。）"制其职，各以其所能"（牧兼参伍之系用能所任职次）；"制其贡，各以其所有"（国之地物所有）。

天津市南郊印刷厂　78.10　　16开　20×20＝400　84

作　文　纸

《秋官司寇》第五：郑玄《目录》云：象秋所
立之官，寇，害也，秋者，遒也。如秋义杀害
收聚敛藏于万物也。天子立司寇，使掌邦刑。
刑者，所以驱耻恶纳人于善道也。按《论语·
为政》云：徒善不足以为政。故其主文言：

乃立秋官司寇，使帅其属而掌邦禁，以
佐王刑邦国。郑玄云：禁，所以防奸者也。
刑，正人之法。《孝经》说曰：刑者侀也。
过出罪施。贾公彦云：刑期于无刑，以杀
止杀，故云，刑，正人之法也。《孝经·
援神契》"五刑章"曰：刑者侀也，过出罪
施者，下侀为着也，行刑者所以着人身体
，过误者云之，实罪者施刑。

"大司寇"：掌建邦之三典，以佐王刑邦国，
诘四方。郑玄注云：典，法也。诘，谨也。
《书》曰：王耗荒度，作详刑以诘四方。
"刑新国用轻典"：郑云：新国者，新辟
地立君之国，用新法者，谓其民未习于教。
"刑平国用中典"：郑云：平国，承平守
成之国也。用中典者，常行之法。

天津市南郊印刷厂　78.10　　16开　20×20=400　85

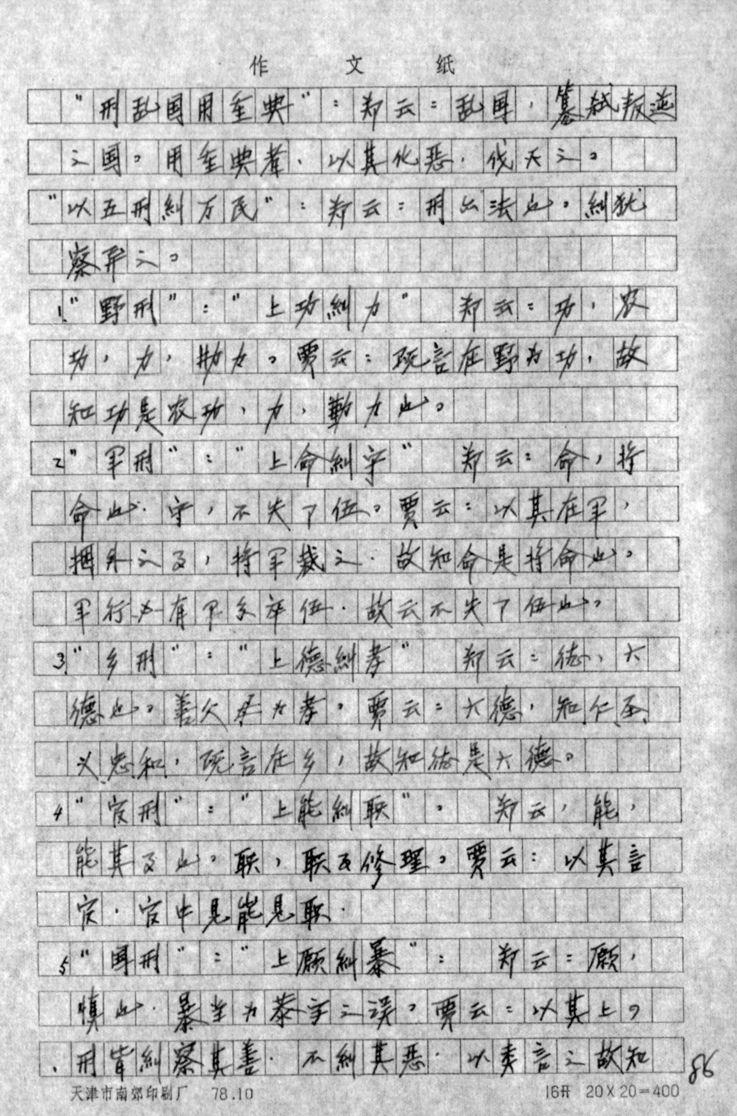
作　文　纸

"刑乱国用重典"：郑云：乱国，篡弑叛逆之国。用重典者，以其化恶，伐灭之。

"以五刑纠万民"：郑云：刑亦法也。纠犹察异之。

1."野刑"："上功纠力" 郑云：功，农功，力，勤力。贾云：既言在野为功，故知功是农功，力，勤力也。

2."军刑"："上命纠守" 郑云：命，将命也。守，不失部伍。贾云：以其在军，摠兵之名，将军裁之。故知命是将命也。军行必有军部卒伍。故云不失部伍也。

3."乡刑"："上德纠孝" 郑云：德，六德也。善父母为孝。贾云：六德，知仁圣义忠和，既言在乡，故知德是六德。

4."官刑"："上能纠职"。郑云，能，能其事也。职，职事修理。贾云：以其言官，官中是能是职。

5."国刑"："上愿纠暴"：郑云：愿，慎也。暴当为恭字之误。贾云：以其上四刑皆纠察其善，不纠其恶，以类言之故知

86

天津市南郊印刷厂　78.10　　16开　20×20=400

作　文　纸

是恭·恭又似暴字·故云字之误。

"凡诸侯之狱讼，以邦典定之"　郑云：邦典，六典也。

"凡卿大夫之狱讼，以邦法定之"　郑云：邦法，八法也。

"凡庶民之狱讼，以邦成弊之"　郑云：邦成，八成也。郑司农云：邦成，谓若今时决事比也，弊之，断其狱讼也。

"小司寇"："掌外朝之政，以致万民而询焉"：

1."询国危"：国危，郑云：兵寇之难。贾云：邻国来侵伐，与国为难者也。

2."询国迁"：郑云：谓徙都改邑也。贾云：若殷之盘庚迁殷之类。

3."询立君"：郑云：谓无冢嗣选于庶也。贾云：冢嗣双言，《内则》谓适后所生最長者为冢，若无冢，适后所生次冢以下，为适，则适者非一，若无適，则于众妾所生择立之，众妾所生非一，是以须与众人共询也。先郑云：致万民，聚万民也，询，谋也。《诗》曰：询于刍荛。《书》曰：87

天津市南郊印刷厂　78.10　16开　20×20=400

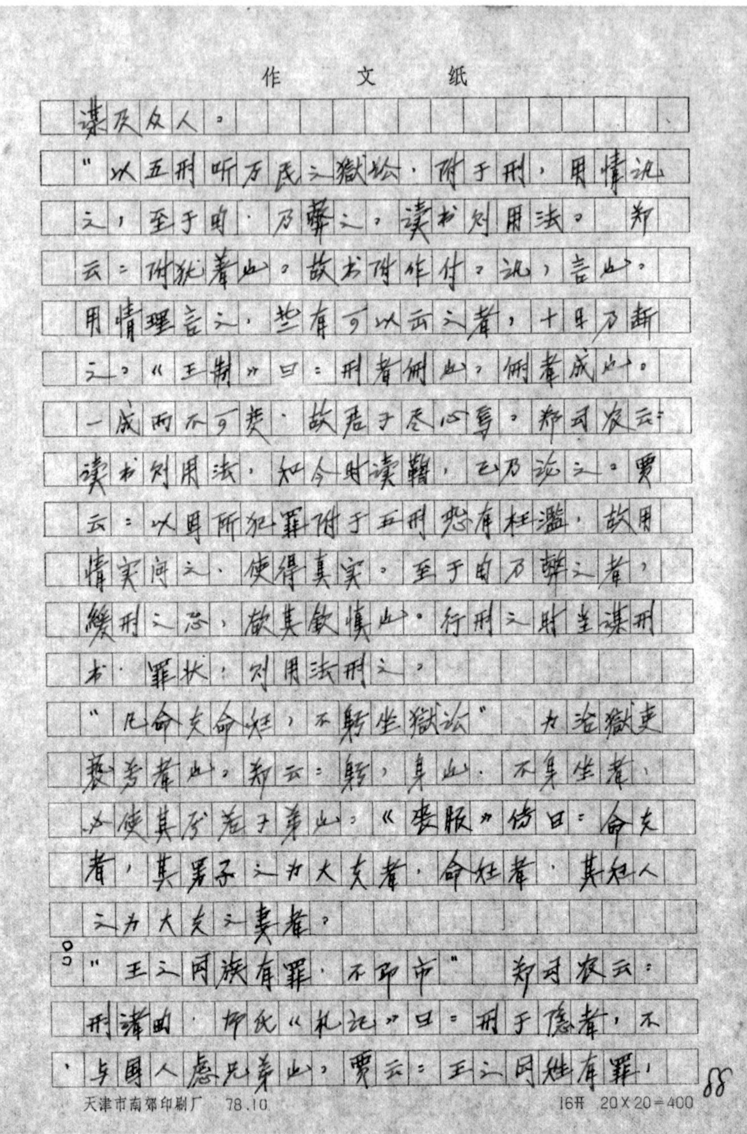

作　文　纸

谋及众人。

"以五刑听万民之狱讼，附于刑，用情讯之，至于旬，乃弊之，读书则用法。"郑云：附犹著也。故书附作付。讯，言也。用情理言之，冀有可以出之者，十日乃断之。《王制》曰：刑者侀也，侀者成也。一成而不可变，故君子尽心焉。郑司农云：读书则用法，如今时读鞫，已乃论之。贾云：以囚所犯罪附于五刑恐有枉滥，故用情实问之，使得真实。至于旬乃弊之者，缓刑之意，欲其钦慎也。行刑之时当读刑书，罪状；则用法刑之。

"凡命夫命妇，不躬坐狱讼" 为治狱吏亵尊者也。郑云：躬，身也。不身坐者，必使其属若子弟也。《丧服》传曰：命夫者，其男子之为大夫者。命妇者，其妇人之为大夫之妻者。

"王之同族有罪，不即市" 郑司农云：刑诸甸师氏。《礼记》曰：刑于隐者，不与国人虑兄弟也。贾云：王之同姓有罪， 88

天津市南郊印刷厂　78.10　　16开　20×20＝400

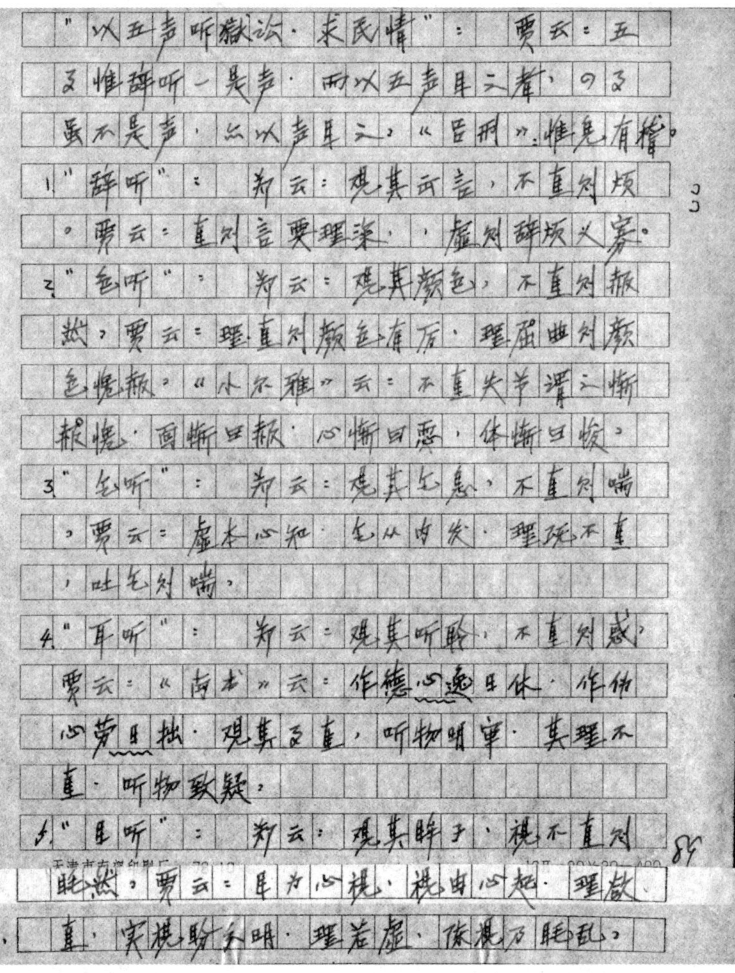

"以五声听狱讼，求民情"：贾云：五又惟辞听一是声，而以五声目之者，四又虽不是声，亦以声目之。《吕刑》：惟貌有稽。

1."辞听"：郑云：观其出言，不直则烦。贾云：直则言要理深，虚则辞烦义寡。

2."色听"：郑云：观其颜色，不直则赧然。贾云：理直则颜色有厉，理屈曲则颜色愧赧。《小尔雅》云：不直失节谓之惭赧愧，面惭曰赧，心惭曰恧，体惭曰逡。

3."气听"：郑云：观其气息，不直则喘。贾云：虚本心知，气从内发，理既不直，吐气则喘。

4."耳听"：郑云：观其听聆，不直则惑。贾云：《尚书》云：作德心逸日休，作伪心劳日拙。观其事直，听物明审，其理不直，听物致疑。

5."目听"：郑云：观其眸子，视不直则眊然。贾云：目为心视，视由心起，理若直，实视盼分明，理若虚，则视乃眊乱。

84

中 缺

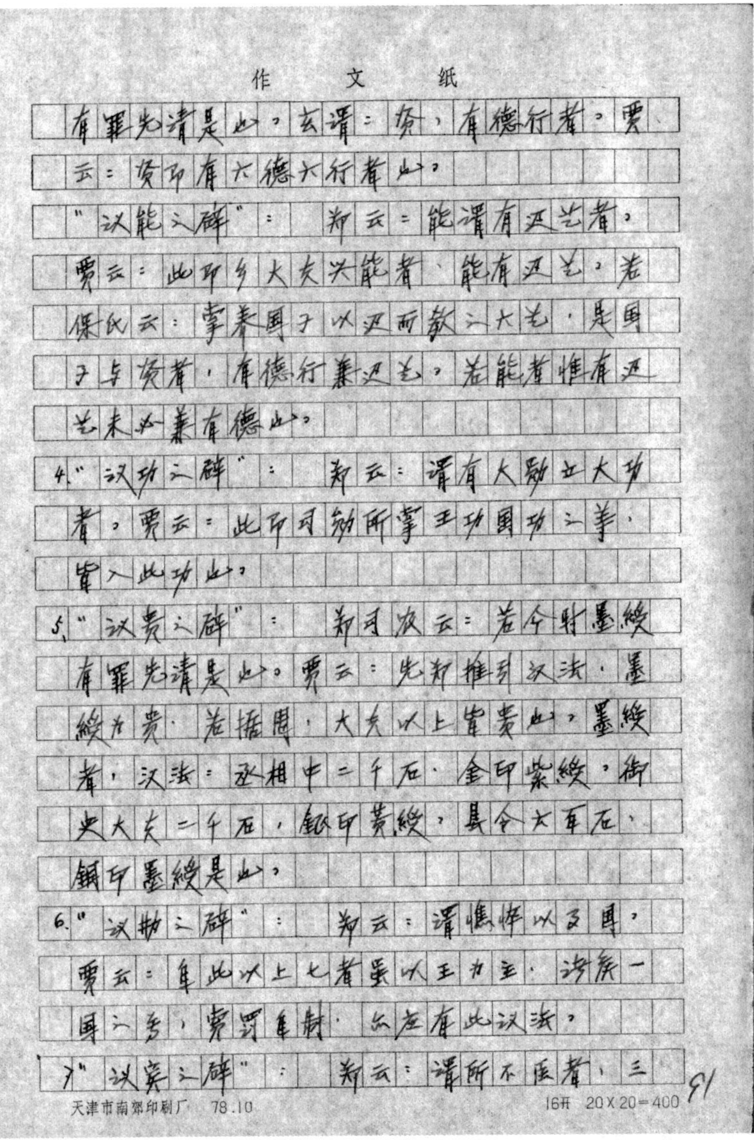
作 文 纸

有罪先请是也。玄谓：贤，有德行者。贾云：贤即有六德六行者也。

"议能之辟"： 郑云：能谓有道艺者。贾云：此即乡大夫兴能者，能有道艺，若保氏云：掌养国子以道，而教之六艺，是国子与贤者，有德行兼道艺，若能者惟有道艺未必兼有德也。

4."议功之辟"： 郑云：谓有大勋立大功者。贾云：此即司勋所掌王功国功之等，皆入此功也。

5."议贵之辟"： 郑司农云：若今时墨绶有罪先请是也。贾云：先郑推引汉法，墨绶为贵，若据周，大夫以上皆贵也。墨绶者，汉法：丞相中二千石，金印紫绶，御史大夫二千石，银印青绶，县令六百石，铜印墨绶是也。

6."议勤之辟"： 郑云：谓憔悴以事国。贾云：自此以上七者虽以王为主，诸侯一国之内，赏罚自专，亦应有此议法。

7."议宾之辟"： 郑云：谓所不臣者，三

天津市南郊印刷厂 78.10 16开 20×20=400 91

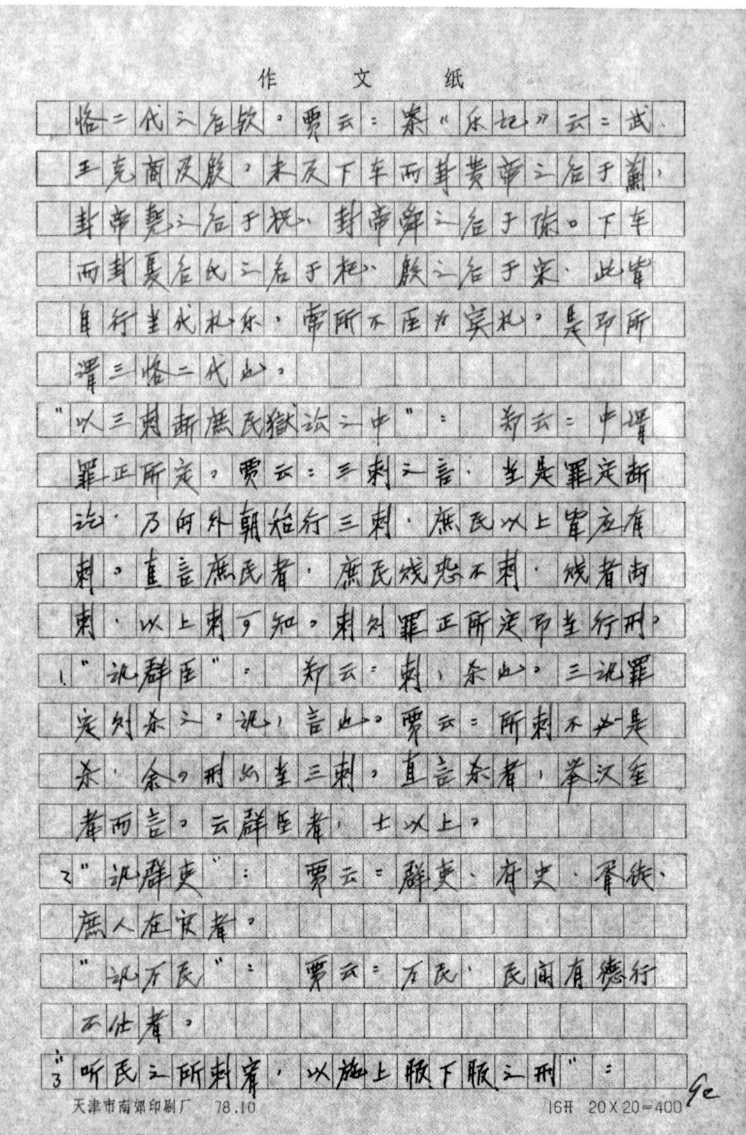

作　文　纸

恪二代之后欤。贾云：案《乐记》云：武王克商反殷，未及下车而封黄帝之后于蓟，封帝尧之后于祝，封帝舜之后于陈。下车而封夏后氏之后于杞，殷之后于宋。此皆自行其礼乐，常所不臣为宾礼。是即所谓三恪二代也。

"以三刺断庶民狱讼之中"：郑云：中谓罪正所定。贾云：三刺之言，并是罪定断讼，乃向外朝始行三刺，庶民以上皆应有刺。直言庶民者，庶民贱恐不刺，贱者尚刺，以上刺可知。刺则罪正所定即来行刑。

1."讯群臣"：郑云：刺，杀也。三讯罪定则杀之。讯，言也。贾云：所刺不必是杀，余之刑亦是三刺。直言杀者，举其重者而言。云群臣者，士以上。

2."讯群吏"：贾云：群吏，府史、胥徒、庶人在官者。

"讯万民"：贾云：万民，民间有德行不仕者。

3"听民之所刺宥，以施上服下服之刑"：

天津市南郊印刷厂　78.10　　16开　20×20=400

90

作文纸

郑云：宥，宽也。民言杀，杀之。言宽，宽之。上服，劓墨也。下服，宫刖也。贾云：劓墨施于面，故为上服。宫刖施于下体，故为下服。凡行刺必先以物规之，知辰服乃行刑，故言服也。

“士师之职，掌国之五禁之法，以左右刑罚”

郑云：左右，助也。助刑罚者，助其禁民为非也。贾云：杀一人使万人惩，是欲不使犯罪，令于刑外预施禁，禁民使不犯刑，是左右助刑罚，无使罪丽于民也”。

1.“宫禁”：郑云：宫，王宫也。贾云：谓皋门也，宫门有符。

2.“官禁”：郑云：官，官府也。贾云：府，官人听及之门。

3.“国禁”：郑云：国，城中也。贾云：王城十二门。

4.“野禁”：郑云：野有田律。

5.“军禁”：郑云：军有夜行之禁。

郑云：古之禁尽亡矣。今宫门有符籍，官府则有无故擅入城门之禁，其确可言者。

93

天津市南郊印刷厂 78.10 16开 20X20=400

作文纸

"以五戒先后刑罚，毋使罪丽于民"：

郑云：先后犹左右也。贾云：戒与禁谓典法，对文是所用异，异其名耳。同是告语，使不犯刑罚。

1."誓"，"用之于军旅"：郑云：誓、诰，於《书》则《甘誓》《汤誓》《大诰》《康诰》之属。

2."诰"，"用之于会同"：贾云：凡诰、誓皆因大会乃为之，故用之于军旅用之于会同也。

3."禁"，"用诸田役"：郑云：禁则"军礼"曰：无干车，无自后射此其类也。贾云：降者不杀，奔者不禁，背敌不杀，以仁恩养威之道也。

4."纠"，"用诸国中"：

"宪"，"用诸都鄙"：郑云：纠、宪未详。

"掌士之八成"：郑司农云：八成者，行事有八篇，若今时决事比。贾云：言士者，此八者皆是狱官断事成品式。士师士

作　文　纸

师以下是也。

"邦汋"：郑司农云：汋读酌，酒尊中之酌。国汋者，斟汋盗取国家密事，若今时刺探尚书事。贾云：汉时尚书掌机密，有刺探尚书密事，斟酌私知，故举为况。

1."邦贼"：郑云：为逆乱者。

2."邦谍"：郑云：为异国反间。贾云：异国欲来侵伐，先遣人往间候，取其委曲，反来说之，其言谍谍然，故谓之邦谍。

3."犯邦令"：郑云：干犯冒王教令者。贾云：谓犯邦令不肯依行。

4."挢邦令"：郑云：称诈以有为者。贾云：挢即诈也，谓诈上命营私伪物之类。

"为邦朋"：郑云：朋党相阿使政不平者。故书朋作傰。郑司农云：傰，读如朋友之朋。

5."为邦诬"：郑云：诬罔君臣使事失实。贾云：若君臣相得，政教平美，其有佞臣诬以恶事，致使善政失实者也。

6"若邦凶荒，则以荒辩之法治之"：郑司

天津市南郊印刷厂　78.10　　16开　20×20＝400　93

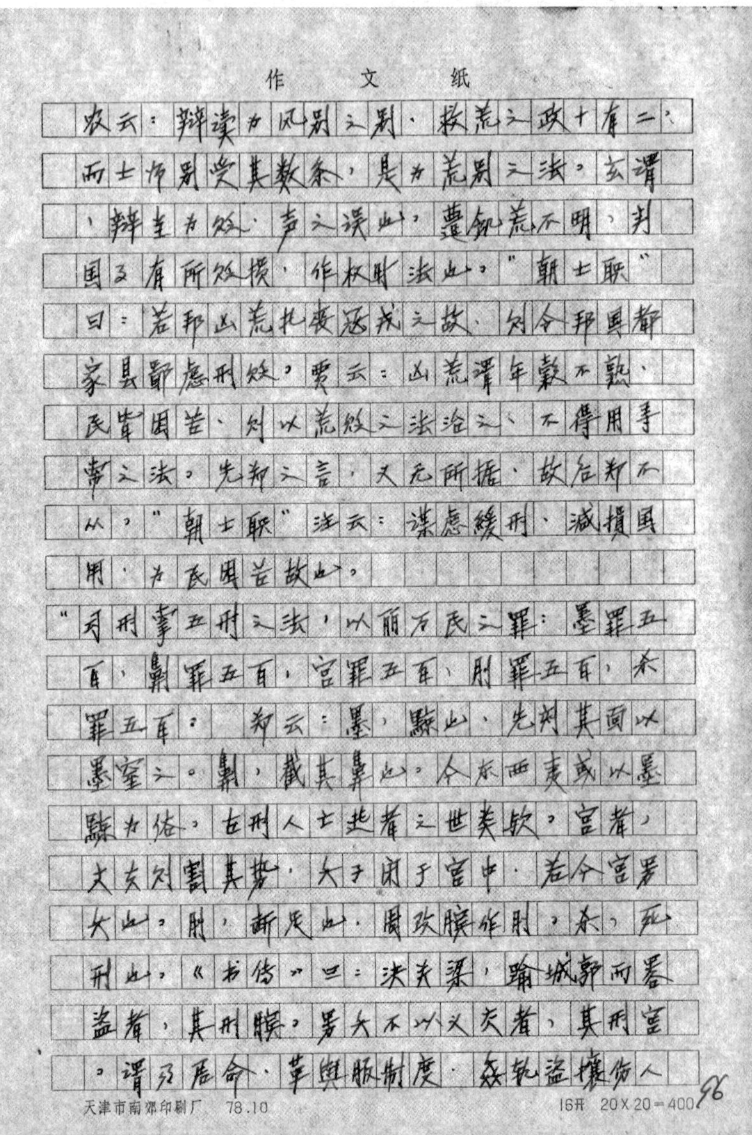

作　文　纸

农云：辨读为风别之别。救荒之政十有二，而士师别受其数条，是为荒别之法。玄谓：辨当为贬，声之误也。遭饥荒则刑罚国事有所贬损，作权时法也。"朝士职"曰：若邦凶荒札丧寇戎之故，则令邦国都家县鄙虑刑贬。贾云：凶荒谓年谷不熟，民皆困苦，则以荒贬之法治之，不得用寻常之法。先郑之言，文无所据，故后郑不从。"朝士职"注云：谋虑缓刑，减损国用，为民困乏故也。

"司刑掌五刑之法，以丽万民之罪：墨罪五百，劓罪五百，宫罪五百，刖罪五百，杀罪五百。"　郑云：墨，黥也，先刻其面以墨窒之。劓，截其鼻也。今东西夷或以墨黥为俗，古刑人亡逃者之世类欤？宫者，丈夫则割其势，女子闭于宫中，若今宦男女也。刖，断足也。周改膑作刖。杀，死刑也。《书传》曰：决关梁，踰城郭而略盗者，其刑膑。男女不以义交者，其刑宫。谓易君命，革舆服制度，奸轨盗攘伤人

天津市南郊印刷厂　78.10　　16开　20X20=400　96

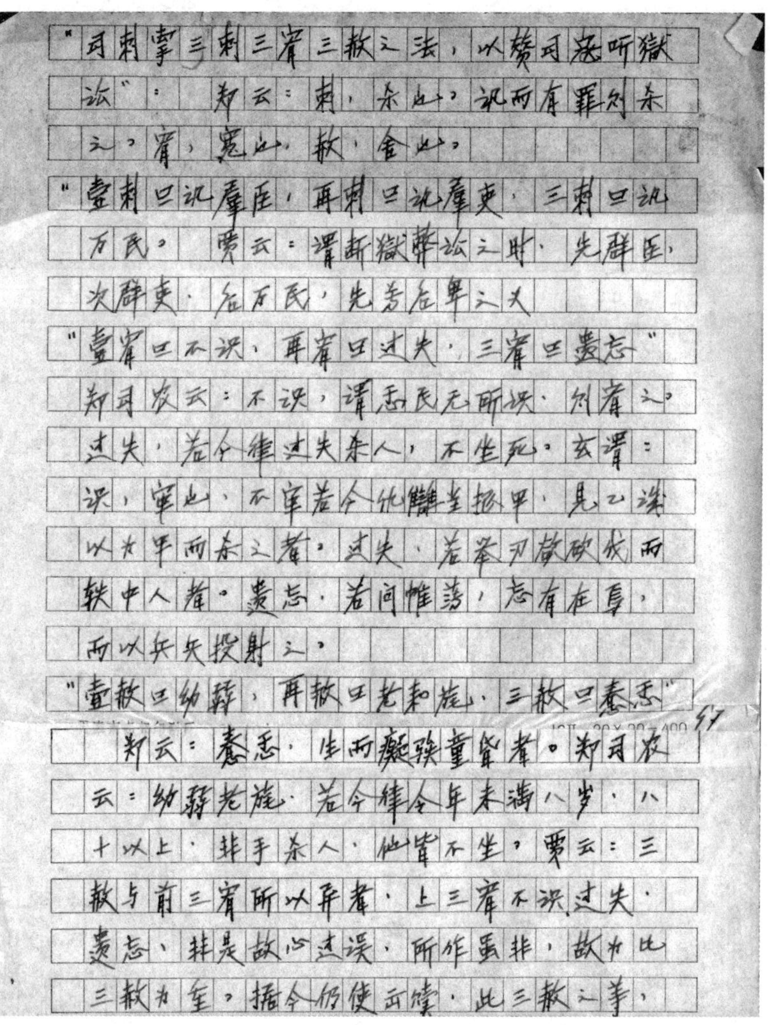
"司刺掌三刺三宥三赦之法，以赞司寇听狱讼"：郑云：刺，杀也。讯而有罪则杀之。宥，宽也。赦，舍也。

"壹刺曰讯群臣，再刺曰讯群吏，三刺曰讯万民。"贾云：谓断狱弊讼之时，先群臣，次群吏，后万民，先尊后卑之义

"壹宥曰不识，再宥曰过失，三宥曰遗忘"郑司农云：不识，谓愚民无所识，则宥之。过失，若今律过失杀人，不坐死。玄谓：识，审也。不审若今仇雠当报甲，见乙，诚以为甲而杀之者。过失，若举刃欲砍伐而轶中人者。遗忘，若间帷薄，忘有在焉，而以兵矢投射之。

"壹赦曰幼弱，再赦曰老旄，三赦曰蠢愚"郑云：蠢愚，生而痴騃童昏者。郑司农云：幼弱老旄，若今律令年未满八岁，八十以上，非手杀人，他皆不坐。贾云：三赦与前三宥所以异者，上三宥不识过失遗忘，非是故心过误，所作虽非，故为此三赦为至，据今仍使出赎。此三赦之等，

也上为轻。今放无赎。又按《礼记·曲礼》云：八十、九十曰耄，七十曰悼，悼与耄虽有罪，不加刑焉，与此先郑义合。又云未满八岁则未龀，是七年者，若八岁已龀，则不免也。

从上述之中国古代刑法看来：既有"总则"又有"诉讼"，层层设官，各有专责，可以说从《周书·吕刑》之后，比较完备的"律书"了，而其总的精神又是：以刑止刑，以杀止杀的：三推六问，宽宥为主，询及庶民，难云专擅。虽然由于时代关系，还有"刑不上大夫"的不平等特点，但在许多因时裁乃照顾情理的具体措施上说，也未尝没有可为后人借鉴之处的，国人尚法，由来久矣，岂让罗马专美于前！即就文字上的简洁，条例规定的明确等方面说，也不能不认为是罕见的。

中　缺

《冬官考工记》第六：郑云：此篇，司空之官也。《司空篇》亡，汉兴，购千金不得，此前世识其事者，记录以备大数尔。贾云：郑目录云：象冬所立官也。是官名司空者，冬闭藏万物，天子立司空使掌邦事，亦所以富立家，使民无空者也。其开篇之主文曰：

"国有六职，百工与居一焉"：郑云：百工司空、事官之属，于天地四时之职，亦处其一焉也。司空掌营城郭，建都邑，立社稷宗庙，造宫室车服器械，监百工者，唐虞以上曰共工。贾云：据"小宰职"云：六曰冬官，其属六十，掌邦事。此百工即其属，六十言百者，举大数耳。但为其篇亡，故六十之官不见记，人以此三十工代之也，言百即据全，则三十工亦一也。

"或坐而论道，或作而行之，或审曲面执，以饬五材，以辨民器，或通四方之珍异以资之，或饬力以长地财，或制丝麻以成之"

郑云：言人德能事业之不同者也。论道，谓谋虑治国之政令也。作，起也。辨犹具

作　文　纸

也。资，取也，操也。郑司农云：审曲面执，审察五材，曲直方面形执之宜以治之。及阴阳之面背是也。《春秋传》曰：天生五材民并用之，谓金木水火土也。故书资作齐，杜子春曰：齐当为资，读如冬资絺绤之资，玄谓此五材：金木皮玉土。贾云：言人德者，坐而论道是也。言人能者，作而行之是也。言人之事，审曲面执是也。言人之业，通四方珍异，饬力以长地财，治丝麻以成之，三者是也。

"坐而论道，谓之王公"：郑云：天子诸侯。贾云：以公为诸侯者，公，君也，诸侯是南面之君，故知是诸侯也。若然，《尚书》"三公"云：论道经邦，燮理阴阳。

"作而行之，谓之士大夫"：郑云：亲受其职，居其官也。贾云：此即谓官府职治职教职之等是也。

"审曲面执以饬五材，以辨民器，谓之百工"郑云：五材各有工，言百，众言之也。贾云：审察之名，用材之法，皆须察审其

天津市南郊印刷厂　78.10　　16开　20X20=400

106

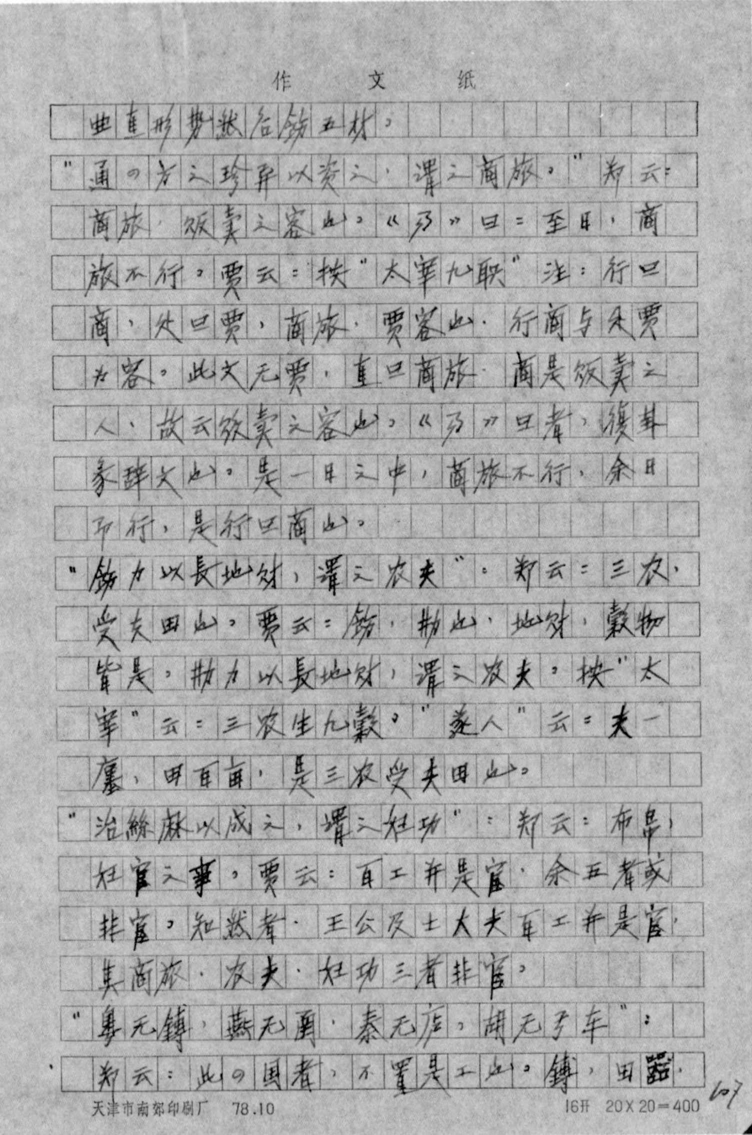

作　文　纸

曲直形势然后饬五材。

"通四方之珍异以资之，谓之商旅。"郑云：商旅，贩卖之客也。《易》曰：至日，商旅不行。贾云：按"太宰九职"注：行曰商，处曰贾，商旅，贾客也。行商与处贾为客。此文无贾，直曰商旅，商是贩卖之人，故云贩卖之客也。《易》曰者，复卦象辞文也。是一日之中，商旅不行，余日即行，是行曰商也。

"饬力以长地财，谓之农夫"。郑云：三农，受夫田也。贾云：饬，勤也，地财，谷物皆是，勤力以长地财，谓之农夫。按"太宰"云：三农生九谷。"遂人"云：夫一廛，田百亩，是三农受夫田也。

"治丝麻以成之，谓之妇功"：郑云：布帛妇官之事。贾云：百工并是官，余五者或非官。知然者，王公及士大夫百工并是官，其商旅、农夫、妇功三者非官。

"粤无镈，燕无函，秦无庐，胡无弓车"：郑云：此四国者，不置是工也。镈，田器

天津市南郊印刷厂　78.10　　16开　20X20=400　107

作文纸

《诗》：待乃镈钱，又曰：其镈斯捎；郑司农云：函，读如国君含垢之含，函，铠也。孟子曰：矢人岂不仁于函人哉。矢人唯恐不伤人，函人唯恐伤人，庐读为纑，谓矛戟柄竹欑柲，或曰：摩鑢之器。胡，今匈奴。

“粤之无镈也，非无镈也，夫人而能为镈也。燕之无函也，非无函也，夫人而能为函也。秦之无庐也，非无庐也，夫人而能为庐也。胡之无弓车也，非无弓车也，夫人而能为弓车也。”郑云：言其丈夫人人皆能作是器，不须国工。粤地涂泥，多草荚，而山出金锡，铸冶之业，田器尤多。燕近强胡，习作甲胄，秦多细木，善作矜柲。匈奴无屋宅，田猎畜牧，逐水草而居，皆知为弓车。贾云：凡置官之法，所以教示在下，上行之，下效之，今一国皆能，不须教示，不置其官，阙在和剑，王府则有，官民足用也。

“知者创物”：郑云：谓始闓端造器物，若

108

天津市南郊印刷厂　78.10　　16开　20×20＝400

作　文　纸

《世本》作者是也。贾云：運用谓之知，通物谓之圣，凡知圣有若六德之知仁，圣义之知圣，则据贤人已下，此言知圣，则睿哲文明之事也。

“巧者述之，守之世，谓之工”：郑云：父子世以相教。贾云：此世谓若《管子》书云：工之子、商之子、四民之业，皆云世者是也。

“百工之事，皆圣人之作也。”郑云：事无非圣人所为也。

“烁金以为刃，凝土以为器，作车以行陆，作舟以行水，此皆圣人之所作也。”郑云：凝，坚也。

“天有时，地有气，材有美，工有巧，合此四者，然后可以为良。”郑云：时，寒温也；气，刚柔也；良，善也。贾云：合和，乃善之意也。云时寒温也者，谓若弓人春液角，夏治筋，秋合三材，冬定体之等是也。

“材美工巧，然而不良，则不时，不得地气

天津市南郊印刷厂　78.10　　16开　20X20=400　109

也"。郑云：不时，不得天时。

"橘踰淮而北为枳，鸜鹆不踰济，貉踰汶则死，此地气然也。"郑云：鸜鹆，鸟也，《春秋》昭二十五年，有鸜鹆来巢，传曰：书所无也。郑司农云：不踰济，无妨于中国有之。貉或为猨，谓善缘木之猨也。汶水在鲁北。贾云：鸜鹆本济西穴处，今乃踰济而东又巢，为昭公将去鲁国。先郑与后郑又同也。貉，先郑依或读为猨，则更为一解。又汶阳田或属齐或属鲁，是齐南鲁北，故云鲁北。

"郑之刀，宋之斤，鲁之削，吴越之剑，迁乎其地而弗能为良，地气然也。"郑云：去此地而作之，则不能使良也。贾云：郑之刀，以此刀之铁移向宋而作斤，宋之斤移向郑而作刀，皆不得为良。

"燕之角，荆之幹，妢胡之笴，吴越之金锡，此材之美者也。"郑云：荆，荆州也。幹，柘也，可以为弓弩之幹。妢胡，胡子之国，在楚旁。笴，矢幹也。《禹贡》：荆州贡

110

作　文　纸

櫄榦栝柏及箘簵楛，故书笴为箭。杜子春云：妢读为焚咸丘之焚，《书》或为邠，妢胡地名也。箭当为笴，读为槀，谓箭槀。贾云：《禹贡》"荆州"注云：櫄榦栝柏四木名。榦栝榦箘竹聆风，楛木类。周之始，肃慎氏贡楛矢石砮。此州中生聆风与楛者众多，三国致之。云妢胡在楚旁者，定四年左氏云：顿子，胡子者是也。若楚旁，则亦属荆州。

"天有时以生，有时以杀，草木有时以生，有时以死。石有时以泐，水有时以凝，有时以泽，此天时也。"郑云：言百工之事皆审其时也。郑司农云：泐读为再扐而后卦之扐，泐谓石解散也。夏时盛暑，大热则然。贾云：此泐谓揲蓍之法，故《易》云：分之为二以象两卦，一以象三，揲之以四，以象四时。

"凡攻木之工七，攻金之工六，攻皮之工五，设色之工五，刮摩之工五，抟埴之工二。"

郑云：攻犹治也。抟之言，拍也。埴，

111

作　文　纸

黏土也。故书七为十，刮作捖。郑司农云：十当为七，捖摩之工，谓玉工也。捖读为刮，其事亦是也。贾云：以手抟黏土以为坯，乃烧之。《尚书·禹贡》云：厥土赤埴坟注云：埴，黏土者也。先郑云：捖读为刮者，舌为声，刀为形，左声右形，刮摩之义，是故读从之也。

"攻木之工：轮、舆、弓、庐、匠、车、梓；攻金之工：筑、冶、凫、栗、段、桃；攻皮之工：函、鲍、韗、韦、裘；设色之工：画、缋、钟、筐、㡛；刮摩之工：玉、楖、雕、矢、磬；抟埴之工：陶、旊。"郑云：事官之属六十，此识其五材三十工，略记其事耳。其曰某人者，以其事名官也。其曰某氏者，官有世功若族有世业，以氏名官者也。庐矛戟矜，柲也。《国语》曰：侏儒扶庐。梓榎属也，故书雕或为舟。郑司农云：轮舆弓庐匠车梓，此七者攻木之工官别名也。《孟子》曰：梓匠轮舆。鲍读为鲍鱼之鲍，书或为鞄。《苍颉篇》有

天津市南郊印刷厂　78.10　　16开　20X20=400　112

作文纸

鮑鞄，韗，读为历运之运。慌，读为芒〻禹迹之芒。楖，读如巾栉之栉，旊，读如甫始之甫，埴，书或为植。杜子春云：雕或为舟，非也。玄谓，旊读如放于此乎之放，挟栗，古栗字。

"有虞氏上陶，夏后氏尚匠，殷人尚梓，周人上舆"。郑云：官各有所尊，王者相变也。舜至质，贵陶器（此其所以有陶唐氏之称也）。甒，大瓦棺是也。禹治洪水，民降丘宅土，卑宫室，尽力乎沟洫而尊匠。汤放桀，疾礼乐之坏而尊梓。武王诛纣，疾上下失其服饰而尊舆。贾云：此陶匠梓舆据上三十工并是官名，又所尊上不同，故云官各有尊王者相变也。《礼记·表记》云：虞夏之文，不胜其质，殷周之质，不胜其文，谓上代质后代文，若以文质再而复而言，则虞又尚重质，故云至质，瓦器又至质，故《礼记·郊特牲》云：器用陶匏，是祭天地之器，则陶器为质也。以代尚质，故用质器也。《禹贡》《论语》多

天津市南郊印刷厂　78.10　　16开　20X20=400　113

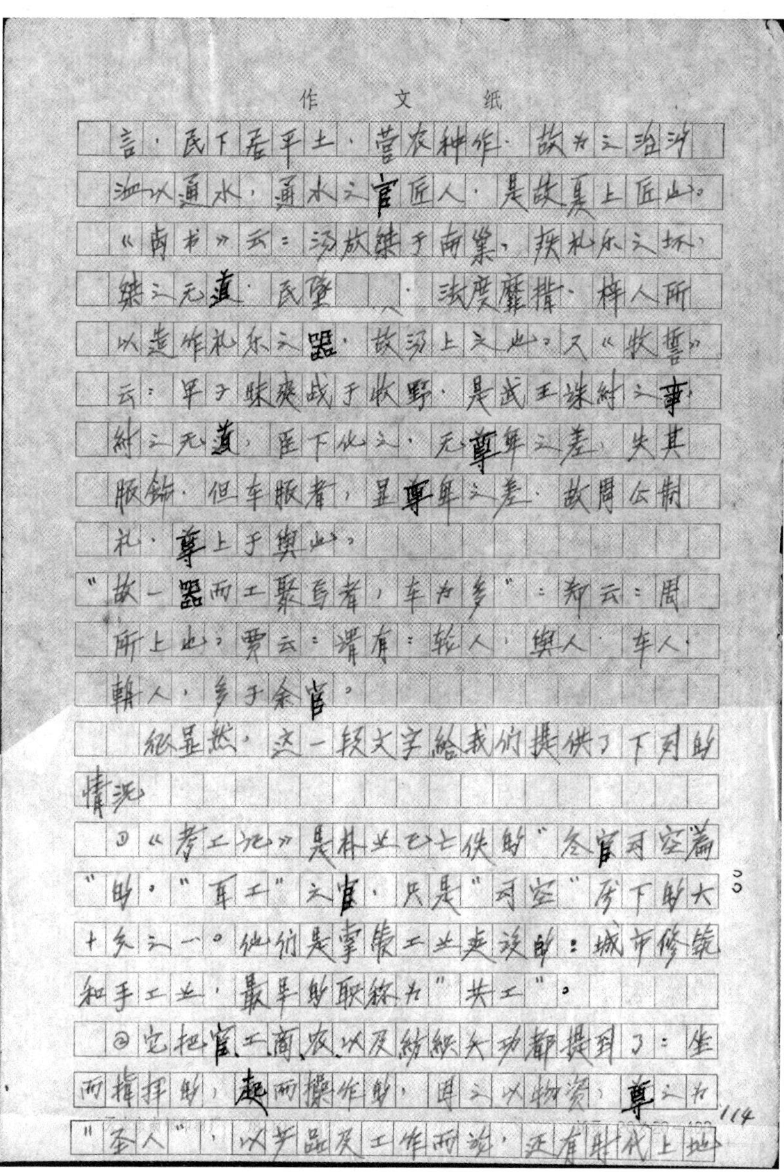

作文纸

言，民下居平土，営农种作，故为之沟洫以通水，通水之官匠人，是故集上匠也。《尚书》云：汤放桀于南巢，挟礼乐之坏，桀之无道，民坠涂炭，法度靡措，梓人所以造作礼乐之器，故汤上之也。又《牧誓》云：甲子昧爽战于牧野，是武王诛纣之事，纣之无道，臣下化之，无尊卑之差，失其服饰，但车服者，是尊卑之差，故周公制礼，尊上于舆也。

"故一器而工聚焉者，车为多"：郑云：周所上也。贾云：谓有：轮人、舆人、车人、辀人，多于余官。

很显然，这一段文字给我们提供了下列的情况：

①《考工记》是补充已亡佚的"冬官司空篇"的，"百工"之官，只是"司空"属下的大十夂之一。他们是掌管工业建设的：城市修筑和手工业，最早的职称为"共工"。

②它把官、工、商、农以及纺织女功都提到了：坐而指挥的，起而操作的，通之以物资，尊之为"圣人"，以其品及工作而论，还有时代上地 114

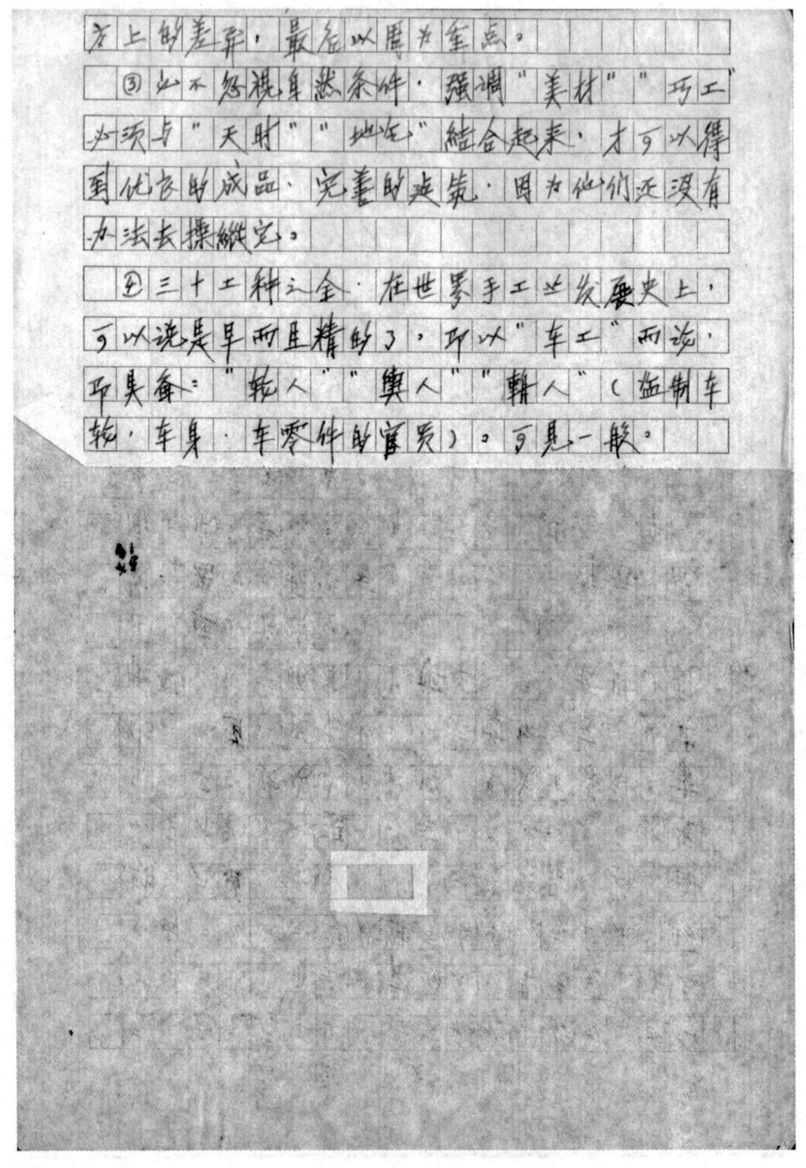
方上的差异，最后以周为重点。

④也不忽视自然条件，强调"美材""巧工"必须与"天时""地气"结合起来，才可以得到优良的成品、完善的建筑。因为他们还没有办法去操纵它。

⑤三十工种之全。在世界手工业发展史上，可以说是早而且精的了，即以"车工"而说，即具备："轮人""舆人""辀人"（监制车轮，车身，车零件的官员）。可见一般。

周代[illegible]的尺寸、材料、规格标准，这里不想详细[illegible]谈了，只以"轮人为轮"一文为例，它说检查车辆性能的要求道：

"凡察车之道，必自载于地者始也，是故察车自轮始"。凡察车之道：欲其朴属而微至，不朴属，无以为完久也；不微至，无以为戚速也。轮已崇，则人不能登也，轮已庳，则于马终古登阤也"。郑云：朴属，犹附着坚固貌也。齐人有名疾为戚者。《春秋传》曰：盖以操之为已戚矣。速，疾也。书或作数。郑司农云：僕，读如子南僕之僕。微至，谓轮至地者少，言其圜甚著地者微耳。著地者微则易转，故不微至无以为戚数。已，大也，甚也。崇，高也。齐人之言终古，犹言常也。阤，阪也。轮庳则难引。

车，既是当时主要的交通工具和战争利器（并非只是为了表示尊卑之差的等级制度的），所以周人非常讲求它的制造，车的运转，依靠车轮，因而"轮人为轮"的责任就特别地大了。他首先要求："斩三材必以其时（三材所以为毂辐牙也。斩之以时，材在阳，则中冬斩之；在阴，则中夏斩之。今世毂用杂榆，辐以檀，牙以橿也。郑云）。

中　缺

作文纸

轂入牙并须直指不邪曲也，牙使牢固抱曲。《老子道德经》云：三十辐，共一轂，当其无，有车之用。注，无有谓空虚，轂中空虚轮得行，舆中空虚人居其上。引之者，证轂为由空乃得利转之义也。先郑读牙为讶，讶，迎也。此车牙亦揉之使两头相迎，故读从之。

"轮敝，三材不失职，谓之完"。郑云：敝尽，而轂辐牙不坳。贾云：各自职任，自相夫持，虽尽不坳，是不失职。

"望而眡其轮，欲其幎尔而下迤也。进而眡之，欲其微至也。无所取之，取诸圜也"郑云：轮谓牙也。幎，均致皃也。进犹行也。微至，至地者少也。非有它也。圜使之然也。郑司农云：微至，书或作危至，故书圜或作员。贾云：望而视之，谓车停止时。下迤者，谓辐轂上轂至，两两相当，正直不旁迤。

"望其辐，欲其揱尔而纖也。进而眡之，欲其肉称也。无所取之，取诸易直也。"

天津市南郊印刷厂　78.10　16开　20X20=400　117

郑云：掣、纤，杀小貌也。肉称，弘杀好也。郑司农云：掣，读为纷容掣参之掣。玄谓如桑螵蛸之蛸。贾云：凡辐皆向毂处大向毂处，小言掣纤，据向牙处小而言也，向毂为称，故为弘杀。掣、蛸，取音同也。

“望其毂，欲其眼也。进而眡之，欲其帱之廉也。无所取之，取诸急也。”郑云：眼，出大貌也。帱幔，毂之革也。革急，则裹木廉隅见。郑司农云：眼读如限切之限。贾云：凡毂初作时隐坎，然后以革鞔之，革急，裹木隐坎见帱粟也，谓以革粟毂也。

“凡揉牙，外不廉而内不挫，旁不肿，谓之用火之善。”郑云：廉，绝也。挫，折也。肿，瘣也。贾云：此说用火揉牙，使之圆正之总，古者车辋屈一木为之，要当木善火齐又得，乃可因而得所也。

“是故规之以眡其圜也，萭之以眡其匡也，县之，以眡其辐之直也，水之以眡其平沈之均也，量其薮以黍，以眡其同也，权之，以眡其轻重之侔也。故可规、可萭、可水、

作　文　纸

可懸，可量，可权也，謂之国工。"郑云：轮中规则圜矣。贾云：谓轮成以绳悬之，中规则不枉也。又轮一转一匝，不交不下，中于萬美，则轮不匡刺。郑云：轮辐三十，上下相值，从旁以绳悬之，中绳则蓄正辐直矣。贾云：两轮俱置水中，观眡四畔入水均否，若平深均，则斵材均矣。郑云，黍背两齐，以量两壶无赢不齐，则圜。贾云：此《律历志》以黍为度量衡之义也。郑云：侔等也，称两轮钧石同，则等矣。轮有轻重，则引之有难易。贾云：以其轮重，非斤两所准拟，故以三十斤曰钧，百二十斤曰石言之也。郑云：国工，国之名工。此言經过度量衡等各种检验，俱合乎规格标准，所以称为上品也。

一车之制，一轮之备，如此精細，可以代表周人手工业的水平了。何况这里面还有力学、物理学，以及铸造学上的应用呢！于是文字清新，亓言有章，众尔要亦小子情啦。其"辅人为辅"（辅，车辕），"筑氏为削"（后之

天津市南郊印刷厂　78.10　　16开　20X20=400　119

作　文　纸

小裁刀）、"冶氏为杀矢"，"桃氏为剑"（冶、桃、二氏，都是监造武器的），以及"函人为甲"（防身的甲胄），"鲍人制革"，"玉人雕琢"、"磬氏为磬"、"陶人为甗"（甗音言，无底甑），等等，皆此之类。我们特别欣赏的，是它那"匠人建国"的"测量方法"，文中说：

"水地以悬"：郑云：于四角立植而悬以水，望其高下，高下既定，乃为位而平地。贾云：此说欲置国城，先当以水平地，欲高下四方皆平乃始营造城郭也。植即柱也，于造城之处，四角立四柱，于柱四畔悬绳以正柱，柱正然后去柱，远以水平之法遥望柱高下，定，即知地之高下，然后平高就下，地乃平也。

"置槷以悬，眡以景"：郑云：槷古文臬，假借字，于所平之地中央，树八尺之臬以悬正之，眡之以其景，将以正四方也。《尔雅》曰：在墙者谓之杙，在地者谓之臬。贾云：此说既得平地，乃于中营治也。槷

作文纸

亦谓柱也。欲取柱之景，先须柱正，欲须柱正，当以繩縣而垂之于柱之四角、四中，以八繩縣之。其繩皆附柱，则其柱正矣。然后眡柱之景，故云眡以景也。《天文志》云：夏日至，立八尺之表。《通卦验》亦云：立八神，树八尺之表，故知树八尺之臬。臬即表也。神即引也，向下引而縣之。云眡之以其景，将以正四方也。

"为規识日出之景，与日入之景"：郑云：日出日入之景，其端则东西正也。又为規以识之者，为其难审也。自日出而画其景端，以至日入。既则为規测景两端之内規之，規之交乃审也。度两交之间，中屈之以指臬，则南北正。贾云：谓于前平地之中央立表讫，乃于日出之时，画记景之端，于日入之时又画记景，以繩测景之两端，则东西正矣。为景两端長短难审，故为規。規景也，两交间正，谓两景间之半度景。两间中屈之以指臬，则南北正，必中屈之者，于夏日至中，漏半于臬，南向

天津市南郊印刷厂　78.10　　16开　20X20=400

北所度之处，于东西景端亦相直，故须中屈之也。

"昼参诸日中之景，夜考之极星，以正朝夕"郑云：日中之景，最短者也。极星谓北辰。贾云：南北正则东西正。"大司徒"云：日至之景，尺有五寸，以其在下临下，故最短也。《尔雅》云：北极谓之北辰，辰时也，天下取正焉，故谓之北辰。极，中也，以居天下之中，故谓之北极也。

这就不止是对于地平之测量了，还有日规计时之法。所以我们才说，先人才智不凡，善于创始，昔日的"土法"，未尝不可以借鉴的。一个新城市的建设岂是小事，然而他们从规划街道市廛，到设计宫室庙庑，都周详缜密，井井有条。搞建筑学的人，实在不应该轻轻地放过，因为它是优秀的遗产。

天津市南郊印刷厂 78.10　16开 20X20=400

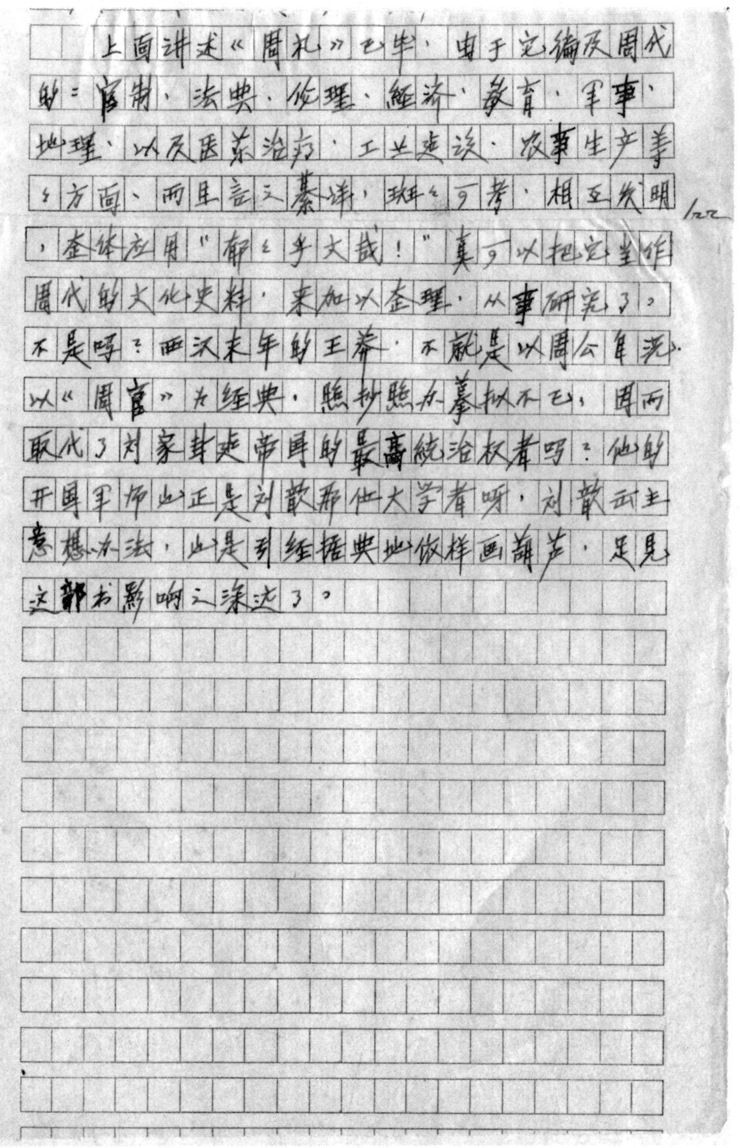

上面讲述《周礼》已毕，由于它徧及周代的：官制、法典、伦理、经济、教育、军事、地理、以及医药治疗、工业建设、农事生产等等方面，而且言之蓁详，斑斑可考，相互发明，整体应用"郁郁乎文哉！"真可以把它当作周代的文化史料，来加以整理，从事研究了。不是吗？西汉末年的王莽，不就是以周公自况以《周官》为经典，照抄照办摹拟不已，因而取代了刘家封建帝国的最高统治权者吗？他的开国军师也正是刘歆那位大学者呀，刘歆出主意想办法，也是引经据典地依样画葫芦，足见这部书影响之深远了。

3.《禮記》

作文纸

3.《礼记》

《礼记》：记"二礼"（按指《仪礼》《周礼》而言）之遗阙，故名《礼记》（陆德明说）。孔颖达曰：夫礼者，经天地，理人伦，本其所起，在天地未分之前。故《礼运》云：夫礼必本于大一。是天地未分之前，已有礼也。礼者，理也，其用以治，则与天地俱兴。故昭廿六年《左传》称：晏子云：礼之可以为国也，久矣，与天地并。但于时质略。物生则自然而有尊卑，若羊羔跪乳，鸿雁飞有行列，岂由教之者哉。是三才既判，尊卑自然而有。又郑玄云：礼者，体也，履也。统之于心曰体，践而行之曰履。礼虽合训体履，实在《周官》为体，《仪礼》为用履。故郑玄又云：然则三百三千，虽混同为礼，至于并立俱存，则曰：此经礼也，此曲礼也，或云：此经文也，此威仪也。是《周礼》《仪礼》有体履之别也。所以《周礼》为体者，《周礼》是立治之本，统之心体以齐正于物，故为体。

孔颖达又云：《礼记》之作，出自孔氏，

天津市南郊印刷厂 78.10　　16开 20X20=400　　124

作　文　纸

至孔子没后，七十二之徒，共撰所闻以为此记，或录旧礼之义，或论变礼所由，或兼记体履，或杂敍得失，故編而录之以为记也。《中庸》是子思伋所作，《緇衣》公孙尼子所撰，郑康成云：《月令》吕不韦所修，卢植云：《王制》谓汉文时博士所录。其余众篇，皆如此例，但未能尽知所记之人也。按，传今之《礼记》凡四十九篇，实戴圣之原书，所谓"小戴礼"是也（别有"大戴记"八十五篇，乃戴德所传）。郑玄《六艺论》云：按《汉书·艺文志》及《儒林传》云：传"礼"者十三家，唯高堂生及五传弟子戴德、戴胜名在也。今"礼"行于世者，戴德、戴圣之学也。又云：戴德传记八十五篇，则大戴礼是也，戴圣传"礼"四十九篇，则此《礼记》是也。現在，让我们择要介紹它的篇目如下：

《曲礼》：陆德明曰：是《仪礼》之旧名，委曲说礼之事。孔颖达引郑《目录》云：名曰"曲礼"者，以其篇记五礼之事：祭祀之说，吉礼也；丧荒去国之说，凶礼也；致贡朝会之说

作文纸

，宾礼也；兵车旌鸿之说，军礼也；事長敬老执贽納女之说，嘉礼也。此于别录屬制度，其开宗明义之言曰："毋不敬（礼主于敬），俨若思（俨，矜莊貌；思，谋虑也），安定辞（审言语也。《易》曰：言语者，君子之机枢），安民哉（如此所以安民。孔云：此明人君立志之本，先当肃心、謹身、慎口之事），它这里边有许多立身行事的至理名言，如：

"临财毋苟得（为伤廉也），临难毋苟免（为伤义也）。"

"敖不可長（敖者，矜慢在心之名；長者，行敖著迹之称），欲不可从（飲食男女，人之大欲存焉。人皆有欲，但不得縱之），志不可满（六情徧睹，在心为志，人皆有之，但不可满。器满則倾，志满則覆），乐不可极（乐主欢心，人所不能免，惟乐极必反，当自知节止）。

"不辞费"（为伤信，君子先行其言而后从之）。

"礼闻来学，不闻往教"（凡学之法，当就师也。

426

天津市南郊印刷厂 78.10 16开 20X20=400

作　文　纸

其师处，北面服膺。不闻往教者，不可以屈师亲来就己，所以尊师道也）。

"礼尚往来，往而不来，非礼也；来而不往，亦非礼也"

下面一大段话，就说得更严重了：

"道德仁义，非礼不成；教训正俗，非礼不备；分争辩讼，非礼不决；君臣上下，父子兄弟，非礼不定；宦学事师，非礼不亲；班朝治军，涖官行法，非礼威严不行；祷祠祭祀，供给鬼神，非礼不诚不庄。是以君子恭敬撙节，退让以明礼。鹦鹉能言，不离飞鸟；猩猩能言，不离禽兽。今人而无礼，虽能言，不亦禽兽之心乎？夫唯禽兽无礼，故父子聚麀（麀音忧，牝鹿，聚，共也），是故圣人作，为礼以教人，使人以有礼，知自别于禽兽。

真够厉害的，"礼"简直是无所不在的，离开它就寸步难行。这不是"非礼勿视，非礼勿听，非礼勿言，非礼勿动"（《论语·颜渊》）的具体规定吗？否则竟与禽兽无异了。这就不只是危言耸听骂骂街完事的啦。封建社会礼教杀人的大害，未尝不是从此等地方发展下来的

作　文　纸

此中的许多情况，至今犹有参考的价值。

再如，有关"写作"的，待人接物的

"毋勦说（勦，袭也。取人之说以为己说）

毋雷同（雷之发声，物无不同时应者。人之言当各由己，摹拟，步趋，则非矣）。

"必则古昔，称先王"（言必有本，本，依据也。则，取法也。如"言必称尧舜"）

"父召无诺"（诺，应辞，不及应声，立刻去办）。

"毋侧听"（窥探人之私也；侧听，耳属于垣之类）。

"毋噭应"（号呼之声），毋淫视（逼近、久停，目光不移），毋怠荒（放散身体），游毋倨（倨，不逊），立毋跛（偏任），坐毋箕（舒展两足，状如箕舌），寝毋伏（伏，覆也），以上诸事，皆为不敬之状。

此类清规戒律甚多，其陈腐的，不足为训

中　缺

作文纸

之言扶），大夫曰孺人（孺之言属），士曰妇人（妇之言服），庶人曰妻（妻之言齐）。

祭祀宗庙所用牺牲的说法：

"牛曰一元大武"（元，头也，武，迹也。牛若肥则脚大，脚大则迹痕大，故云）。

"豕曰刚鬣"（豕肥则毛鬣刚大也，即是肥大的意思）。

"豚曰腯肥"（腯，充满貌）。

"羊曰柔毛"（若羊肥，则毛细而柔弱，亦言其肥泽也）。

"鸡曰翰音"（翰，长也，鸡肥则其鸣声长）

"犬曰羹献"（人将所食羹余以与犬，犬得食之肥，肥可以献祭于鬼神，故云）。

"雉曰疏趾"（趾，足也，雉肥则两足开张，趾相去疏也。）

"兔曰明视"（兔肥则目开而视明也，目精明，肥兔）。

死人的称呼也不一样：

"天子死曰崩"（崩，颠坏之称，山崩地裂

天津市南郊印刷厂 78.10　　16开 20X20=400 130

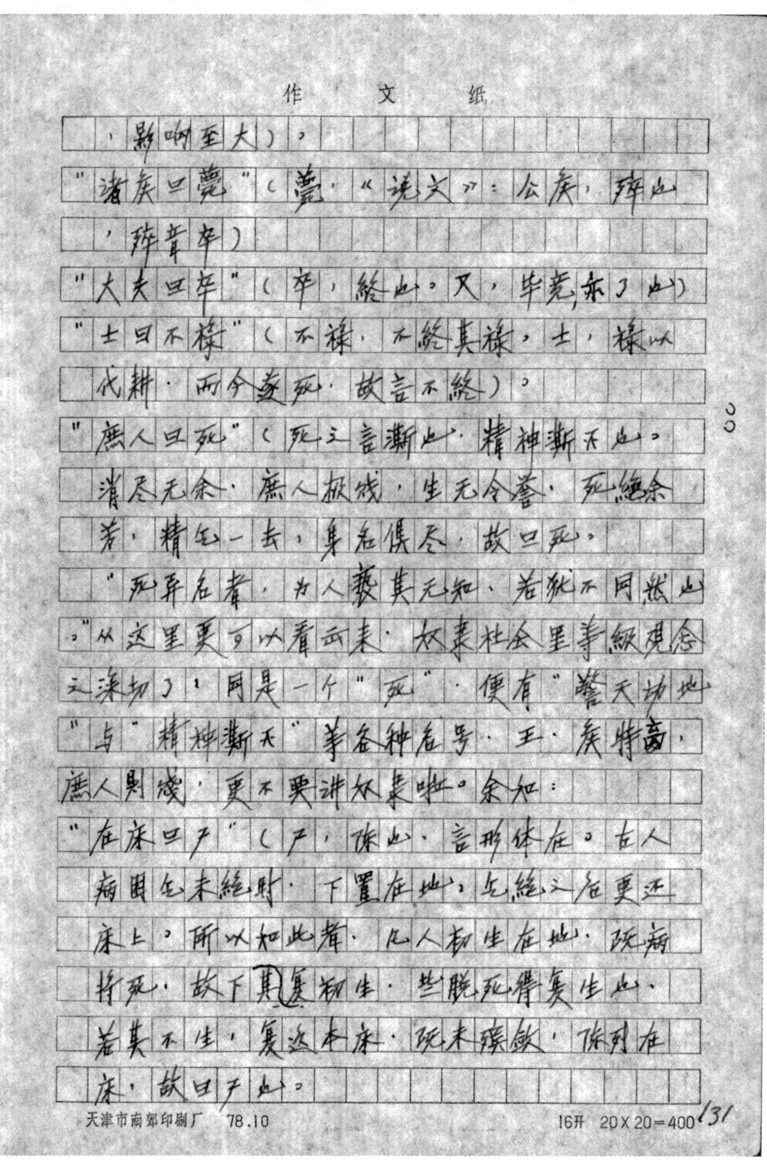

作文纸

，影响至大）。

"诸侯曰薨"（薨，《说文》：公侯，猝也，猝音卒）

"大夫曰卒"（卒，终也。又，毕竟，亦了也）

"士曰不禄"（不禄，不终其禄，士，禄以代耕，而今遽死，故言不终）。

"庶人曰死"（死之言澌也，精神澌灭也。消尽无余，庶人极贱，生无令誉，死绝余芳，精气一去，身名俱尽，故曰死。

"死异名者，为人亵其无知，若犹不同然也。"从这里更可以看出来，奴隶社会里等级观念之深切了！同是一个"死"，便有"惊天动地"与"精神澌灭"等各种名号，王、侯特高，庶人则贱，更不要讲奴隶啦。余如：

"在床曰尸"（尸，陈也，言形体在。古人病困气未绝时，下置在地，气绝之后更还床上。所以如此者，凡人初生在地，既病将死，故下其复初生，冀脱死得复生也。若其不生，复还本床，既未殡敛，陈列在床，故曰尸也。

天津市南郊印刷厂 78.10　　16开 20×20=400 131

中　缺

《檀弓》：陆德明曰：檀弓，鲁人，檀，大丹反，姓也，弓名，以其善于礼，故以名篇。孔引郑《目录》云：檀弓者，以其记人善于礼，故著姓名以显之，姓檀名弓，今山阳有檀氏，此于别录属通论。

此篇行文的特点，在于通过许多具体的事例，说明居礼非礼的种种情况：叙事简洁，论断确切，其说教宣传的办法，胜似干巴巴的条条提示，不知道该是若干倍了，因为它的故事性强，有人物性格，读之印象深刻，而又对症下药，数语破的，简直是短篇记叙文的上品，例如"公仪仲子之丧"的开门见山，单刀直入，"晋献公杀世子申生"的至性天成，念念不忘君国，"曾子易箦"的临终守礼，声声动人，"有子之言似夫子"的错落有致，画龙点睛，"杜蒉扬觯"的剔透玲珑，余味无穷，"公子重耳对秦客"的从容中节，而言有章，以及"晋献文子成室"的善颂善祷，字字入耳美美，真是美不胜收，各有千秋了，论其简明精辟之处，几乎可与《公羊》《穀梁》先后辉映。

另外是：它录列孔子守礼的言行甚多，如："孔子既得合葬于防"以后悲言修墓，"孔子少孤，不知其墓，殡于五父之衢，问于聊曼父之母"始知父墓所在，"孔子哭子路于中庭"，覆醢不忍食其肉，"孔子在卫"说丧以哀戚为本，"颜渊之死"，孔子受祥肉，弹琴散悲而后食之，子路伤贫无以养、葬，孔子告以称家之有无，子张问殷高宗谅阴三年不言，孔子说应有是礼，孔子谓执干戈卫社稷死者宜以礼葬之，"伯高之死"，孔子说定哭之地，并责冉有资以束帛乘马之非，"孔子美卫人送葬者有礼，畜狗死，使子贡以席埋之，孔子助故人

天津市南郊印刷厂 78.10　　16开 20×20=400　133

作文纸

原壤之母丧，曰："亲者毋失其为亲，故者毋失其为故"。这些都是孔子生前的事。及"孔子蚤作"述孔子之死，"孔子之丧"，门人疑所服，子贡言宜为心丧三年，又"孔子之丧"，公西赤为志（谓章识，兼用三王之礼），"孔子之丧，二三子皆绖（绖音迭，麻冠）而出，以示尊师。"鲁哀诔孔丘"称为"尼父"（亦见于《左哀十六年传》），则是他的后事了。凡此种种，统可以为补充孔子生平的参考材料。

孔门弟子：曾子、有子、子夏、子游、子贡、子张和孔伋，关于"丧礼"的记载也不少：曾子曰：朋友之墓，有宿草而不哭焉（丧期而已）。曾子谓子思，执亲丧水浆不入口者七日，子思言止为三日。曾子吊于负夏（卫地）善子游之知礼。曾子之徒，父死，使其哭于馆舍，北面而吊之。曾子与有子说"丧欲速贫，死欲速朽"。曾子言明器与祭器不同，不可混用，曾子说"帷堂"和"小敛"。曾子齐衰（母丧之中）而吊子张之死。曾子称晏子知礼，以其俭也。曾子易箦，守礼而终。曾子之丧

作　文　纸

洛于夔室等凡十余条。它则各有三四则不等，就中，以"子上之母死而不丧"等最能说明问题：

子上（孔子曾孙子思伋之子，名白）之母，死而不丧（其出母也）。

门人问诸子思曰："昔者，子之先君子（指孔鲤而言），丧出母乎？（孔鲤之母亦被出）"曰："然"（礼为出母期服一年）。"子之不使白也丧之，何也？"子思曰："昔者，吾先君子无所失道，道隆则从而隆，道污则从而污（污犹杀也，有隆有杀，进退如礼）。伋则安能？为伋也妻者，是为白也母；不为伋也妻者，是不为白也母"。故孔氏之不丧出母，自子思始也。

只从这一节文字里，就可以看出来：

孔家三代（从孔丘到孔伋），都有被休弃的女人。

孔伋也有弟子，并且写得有《中庸》，但自谓道德修养不及父祖。

天津市南郊印刷厂　78.10　　16开　20X20=400　135

作　文　纸

礼之为物，可以根据情况“隆、杀”变通，特别是丧葬方面的。

孔丘传到孔白已是四世，说明着《礼记》的成书，不会早于西汉。

孔伋在《檀弓》中，还有以下的言论：

先王之制礼也，过之者，俯而就之，不至焉者，跂而及之，故君子之执亲之丧也，水浆不入于口者三日，杖而后能起。

这是子思纠正曾子亲丧，水浆不入口七日之说（以其难于为继也），同时也证明了孔伋及见曾子，还敢跟曾参论辩，而且所见不差。又有和鲁穆公（哀公之曾孙）讨论“为旧君反服”的一段话：

穆公问于子思曰：“为旧君反服（言放逐之臣，为服旧君也），古与？”子思曰：“古之君子，进人以礼，退人以礼，故有旧君反服之礼也。今之君子，进人若将加诸膝，退人若将队诸渊，毋为戎首（为兵主来攻伐曰戎首），不亦善乎？又何反服之礼之有！

天津市南郊印刷厂　78.10　　16开　20X20=400　136

作文纸

此乃子思在说，君臣的关系是相对的，彼此依礼而行，事情就好办。旧君也可以"反服"，否则"寇雠"似的。像如今这样，还有什么可谈的？按鲁缪公对于子思，倒是非常看重的。《孟子·万章》记载得有："缪公之于子思也，亟问，亟馈鼎肉（没完没了的问候和送給養）。子思不悦。于卒也（最后一次），摽（指麾）使者出诸大门之外，北面稽首，再拜而不受，曰：'今而后，知君之犬马畜伋（喂饱了你），盖自是台（役使的小官）无馈也'"。你看，连烦琐的馈赠，子思都不肯收受，别的就更不在话下了。因为孔伋知礼尊君，居于卫时，"有齐寇，或曰：'寇至，盖去诸？'子思曰：'如伋去，君谁与守？'"（仝上《离娄》），所以深为诸侯所敬爱，费惠公就讲："吾于子思，则师之矣"（仝上《万章》），再加上鲁缪公那样的尊重，甚至可以说，他当日的社会地位，已經強參胜相了呢。子思还有一个优点，接受意见，勇于改过：

子思之母死于卫（已嫁之母，姓庶氏），

天津市南郊印刷厂　78.10　　16开　20X20=400　137

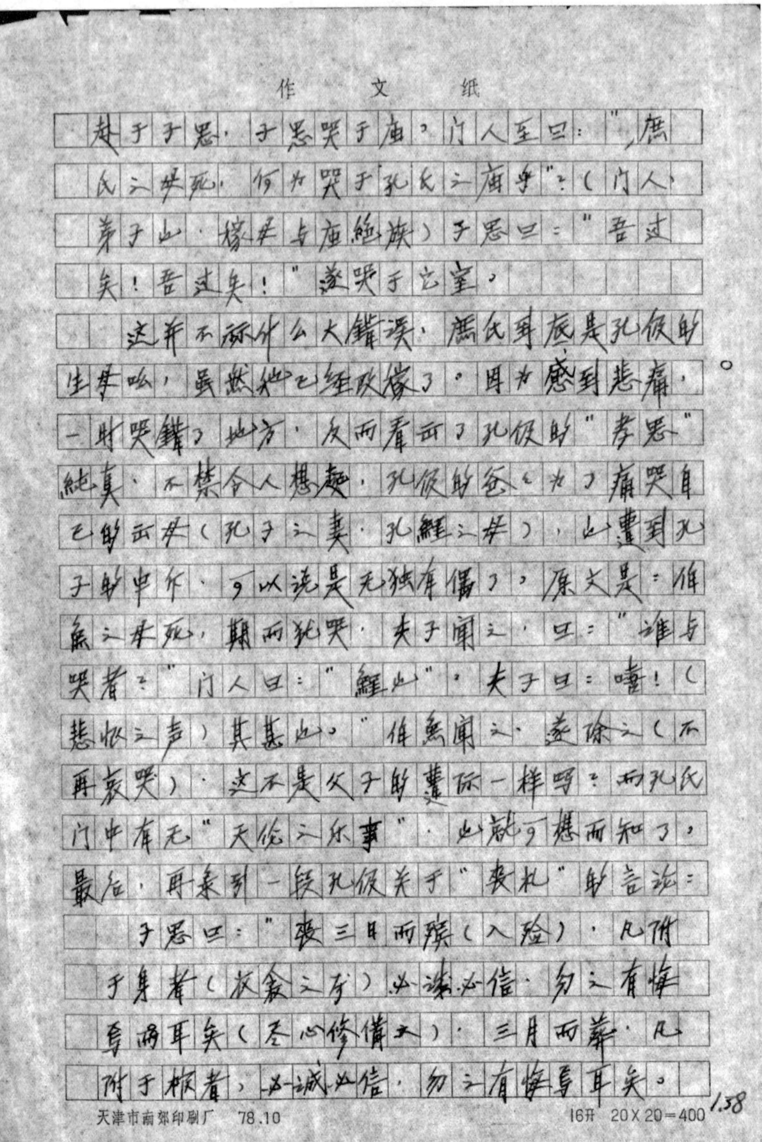

作文纸

赴于子思，子思哭于庙。门人至曰："庶氏之母死，何为哭于孔氏之庙乎？"（门人弟子也。嫁母与庙绝族）子思曰："吾过矣！吾过矣！"遂哭于它室。

这并不算什么大错误，庶氏到底是孔伋的生母呢，虽然她已经改嫁了。因为感到悲痛，一时哭错了地方，反而看出了孔伋的"孝思"纯真，不禁令人想起，孔伋的爸爸为了痛哭自己的出母（孔子之妻，孔鲤之母），也遭到孔子的申斥，可以说是无独有偶了。原文是：伯鱼之母死，期而犹哭，夫子闻之，曰："谁与哭者？"门人曰："鲤也。"夫子曰："嘻！（悲恨之声）其甚也。"伯鱼闻之，遂除之（不再哀哭）。这不是父子的遭际一样吗？而孔氏门中有无"天伦之乐事"，也就可想而知了。最后，再录引一段孔伋关于"丧礼"的言论：

子思曰："丧三日而殡（入殓），凡附于身者（衣衾之属）必诚必信，勿之有悔焉耳矣（尽心修备之）。三月而葬，凡附于棺者，必诚必信，勿之有悔焉耳矣。"

天津市南郊印刷厂 78.10　　16开 20X20=400　138

中　缺

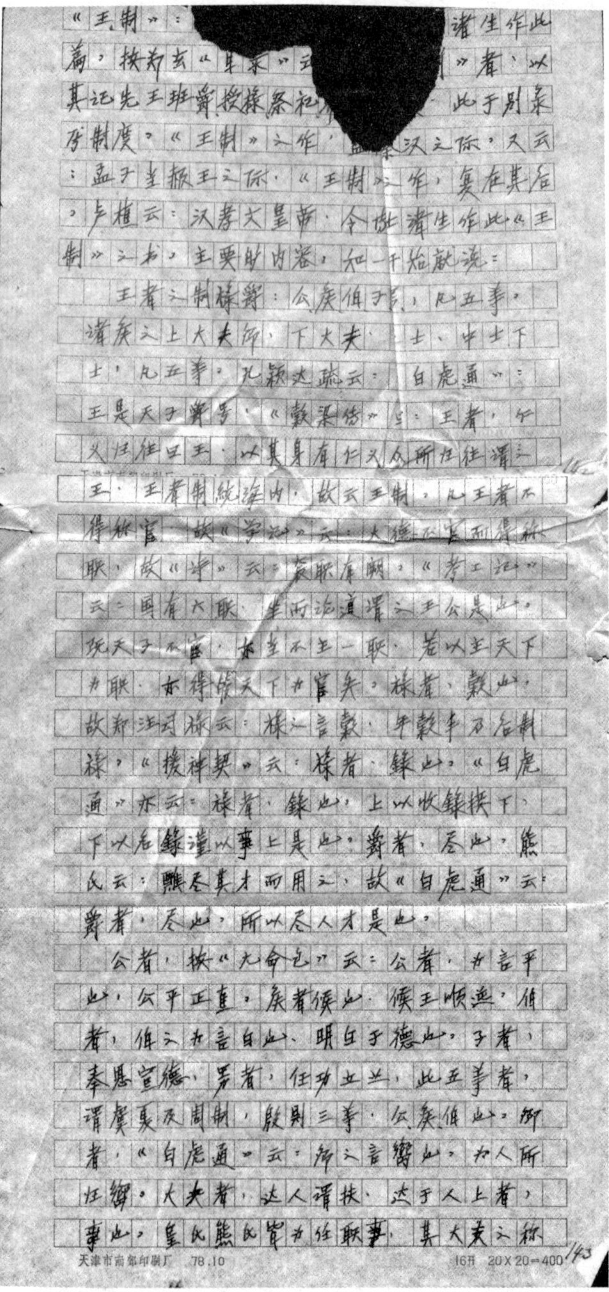

《王制》：[illegible]诸生作此篇，按郑玄《目录》云：[illegible]制》者，以其记先王班爵授禄祭祀[illegible]此于别录属制度。《王制》之作，[illegible]汉之际，又云：孟子当赧王之际，《王制》之作，复在其后。卢植云：汉孝文皇帝令博士诸生作此《王制》之书。主要的内容，如一开始就说：

王者之制禄爵：公侯伯子男，凡五等。诸侯之上大夫卿、下大夫、上士、中士、下士，凡五等。孔颖达疏云：《白虎通》云：王是天子爵号。《穀梁传》曰：王者，仁义归往曰王。以其身有仁义众所归往谓之王。王者制统海内，故云王制。凡王者不得称官。故《学记》云：大德不官而得称职，故《诗》云：衮职有阙。《考工记》云：国有六职，坐而论道谓之王公是也。既天子不官，亦是不主一职，若以主天下为职，亦得称天下之官矣。禄者，穀也，故郑注司禄云：禄之言穀，年穀丰乃后制禄。《援神契》云：禄者，录也。《白虎通》亦云：禄者，录也，上以收录接下，下以名录谨以事上是也。爵者，尽也，熊氏云：醮尽其才而用之，故《白虎通》云：爵者，尽也，所以尽人才是也。

公者，按《元命包》云：公者，为言平也，公平正直。侯者候也，候王顺逆。伯者，伯之为言白也，明白于德也。子者，孳恩宣德。男者，任功立业。此五等者，谓虞夏及周制，殷则三等，公侯伯也。卿者，《白虎通》云：卿之言向也，为人所归向。大夫者，达人谓扶，达于人上者，事也。皇氏熊氏皆为任职事。其大夫之称

天津市南郊印刷厂 78.10　　16开 20X20=400　143

作文纸

亦得兼三公，故《诗》云：三事大夫，谓三公也。上大夫卿亦兼孤也。

上述之"五等爵"以及后面接着所述的"天子之田方千里""制农田百亩"等说法，跟見于《孟子·万章》篇的"周室班爵禄"，基本上无大差别，应该是孟轲言之在先。

有关任免刑罚之事，这里也提得比较概括，它说：

凡官民材，必先论之（论谓考其德行，道艺），论辨，然后使之（辨谓考问得其定也，《易》曰：问以辨之），任事，然后爵之（爵谓正其秩次），位定，然后禄之（与之以常饩）；

爵人于朝，与士共之，刑人于市，与众弃之。（必共之者，所以审慎之也。《书》曰："克明德慎罚"）。是故公家不畜刑人，大夫弗养，士遇之涂，弗与言也。屏之四方，唯其所之，不及以政，亦弗故生也。（屏犹放弃也。已施刑则放之弃之，役赋不与，亦不授之以田，困乏又赒饩也。"《

天津市南郊印刷厂 78.10 无 16开 20X20=400 144

作文纸

虞书》曰：五流有宅，五宅三居是也。周则墨者使守门，劓者使守关，宫者使守内，刖者使守囿，髡者使守积。

殷法，贵戚皆刑于市，周则有爵者刑于甸，天子诸侯之家不畜刑人，大夫不得育养，士遇于途不与之言，已施刑暴，故放逐而去使四方，量其罪之轻重，合所居之远处而居之，既是罪人被放，不干及以政教之事，任其自生自死。

但就刑罚而言，可以说是够残酷的了。"打了又罚"，还"不与同中国"，简直不给任何出路，更不用讲教养啦，此篇关于天子的巡狩、望祀，觐见，丧祭等等仪礼也很多的都有，我们从略，但说它这里的"贵族教育"：

顺先王诗书礼乐以造士（顺此四术而教以成四士也），春秋教以礼乐，冬夏教以诗书（春夏阳也，诗乐者声，声亦阳也。，秋冬阴也，书礼者事，事亦阴也。互言之者，皆以其术相成），王大子，王子，群后之大子，卿大夫元士之适子，国之俊选

天津市南郊印刷厂　78.10　　16开　20×20=400

145

作文纸

皆造焉（皆以四术成之）。王子，王之庶子，群后，公及诸侯）。凡入学以齿（皆以长幼受学，不用尊卑）。

大乐正论造士之秀者，以告于王，而升诸司马，曰进士。（乐正，乐官之长，掌国子之教。《虞书》曰：夔，命汝典乐，教胄子。升，移名也。司马，夏官，掌邦教者。进士，可进受爵禄也。）司马辨论官材（辨其论，官其材，观其所长），论进士之贤者，以告于王而定其论（各署其所长）。论定，然后官之（使之试守），任官，然后爵之（命之），位定，然后禄之。

从学到官，不出贵族的圈圈，也可以说是"官僚养成所"了。所谓"学而优则仕"者，其根源未尝不在于此。而"进士"云云，这和唐宋以后科举而来的名堂，更是若合符节的啦。下面再补充一下关于不可赦免的死刑：

刑者，侀也。侀者，成也，一成而不可变，故君子尽心焉（变，更也。尽心，审

天津市南郊印刷厂 78.10　　16开 20X20=400　146

作　文　纸

慎从了）。

析言破律（舞文弄墨，巧卖法令），乱名改作（变易官与物之名，更造法令），执左道以乱政（若巫蛊及俗禁），杀。

作淫声（郑卫之声）异服（若聚鹬冠，瑰弁）奇技，奇器（若公输般请以机窆），以疑众，杀。

行伪而坚，言伪而辩，学非而博，顺非而泽，以疑众（皆谓虚华捷给无诚者也），杀。

假于鬼神，时日卜筮，以疑众，杀。（如汉时持丧葬筑盖嫁取卜数文书，使民倍礼违制）。

此四诛者，不以听（为其为害大而辞不可明）。

严格地说，这四类该杀之罪，都没有什么了不起，够不上"大逆不道"，恐怕还是秦法特有一类的东西，所以后来汉文帝减除肉刑，实有必要。

此篇中的许多条例，杂见于《尚书》《周

天津市南郊印刷厂　78.10　16开　20X20=400　[47]

作　文　纸

礼》和《孟子》中者不少，有的文字都大同小异，不可不辨。

《月令》：郑氏《目录》云：名曰《月令》者，以其纪十二月政之所行也，本《吕氏春秋》十二月纪之首章，礼家好事，抄合为此篇。陆德明曰：此是《吕氏春秋》十二纪之首，后人删合为此记。蔡伯喈、王肃云：周公所作，孔颖达云：言周公所作，其中官名时事多不合周法，此于《别录》属明堂阴阳记。此卷所云，解者不同，今且申郑旨释之，按：

吕不韦集诸儒士著为"十二月纪"合十余万言，名为《吕氏春秋》，篇首皆有月令，与此大同，是一证也。

周无太尉，惟秦官有太尉，而此《月令》云：乃命太尉，此是官名不合周法，二证也。

秦以十月建亥为岁首，而《月令》云：为来岁授朔日，即是九月为岁终，十月为授朔，此是时不合周法，三证也。

周有六冕，郊天迎气则用大裘，乘玉辂，

作文纸

是太常日月之章，而《月令》服饰车旗并依时色，此是不合周法之证也。

按秦始皇十二年吕不韦死，十六年并天下，然后以十月为岁首，岁首用十月时不韦已死，十五年而不韦不得以十月为正。又《周书》先有《月令》，何得云不韦所造？又秦并天下立郡，何得云诸侯？又秦以好兵杀害，毒被天下，何能布德施惠，春不兴兵？既如此不同，安必谓不韦作者？以《吕氏春秋》"十二月纪"正与此同，不过三五字别。且不韦集诸儒所作，为一代大典，亦采择善言之事，遵立旧章，但秦自不能依行，何怪不韦所作也？

《月令》者，包天地阴阳之事，然天地有上下之形，阴阳有生成之理，日月有运行之度，星辰有次舍之常，今既赞释其文，不得不略言其趣。按《老子》云：道生一，一生二，二生三，三生万物。《易》云：易有太极，是生两仪。《礼运》云：礼必本于大，一分而为天地。《易乾凿度》云：太极者未见其气，大初者，气之始，大始者，形之始，大素者，质之

149

作 文 纸

始。此四者同说天地之前及天地之始。《老子》云：道生一，道与大易自然虚无之气，无象不可以形求，不可以类取，强名曰道，强谓大易也。道生一者，一则混元之气，与大初、大始、大素同，又与《易》之太极、《礼》之太一，其义不殊，皆谓气形之始也。一生二者，谓混元之气分为二，二则天地也，与《易》之两仪，《礼》之大一，分而为天地同也。二生三者，谓参之以人为三才也。三生万物者，谓天地人既定，万物备生其间。

《月令》行文的通例，是先点月份和星辰的躔所在，然后杂谈神道、生物、音乐以及天子的活动等等，这些都不必去理会它。惟有关于气象情况、生产安排、政教措施之类，却可以介绍一番。如"孟春之月"（孟，長也。此言"孟春"者，夏正建寅之月也。吕不韦在于秦世，秦以十月为岁首，不用秦正而用夏时者，以夏数得天正，故用之也。《周礼》虽以建子为正，其祭祀、田猎，亦用夏正也。）

是月也，天气下降，地气上腾，天地和

150

作文纸

同。草木萌动（此阳气蒸达，可耕之候也。《农书》曰：土长冒橛，陈根可拔，耕者急发。）王命布农事，命田（田畯，主农之官）舍东郊（顺阳气而居，以命其事也），皆修封疆（田首之分界），审端径术（步道曰径），善相丘陵、阪险、原隰，土地所宜，五谷所殖，以教导，民必躬亲之，田事既饬，先定准直，农乃不惑。（说所以命田舍东郊之意也，准直谓封疆径遂也。《夏小正》曰：农率均田。）

有意思的，是它对于军事行动的态度：初春，阳气上升，万物欣欣向荣，不可违逆天道以兴兵事。它说：

是月也，不可以称兵，称兵必天殃（灾害也，以其逆生气），兵戎不起，不可从我始（为客不利，主人则可，抵抗侵略是不可避免的吆）。毋变天之道（以阴政犯阳），毋绝地之理（易刚柔之宜），毋乱人之纪（仁之时而举义事）。

按《易·说卦》云：立天之道曰阴与阳，

作　文　纸

立地之道曰柔与刚，立人之道曰仁与义，春为仁时宜有义举，天地之大德曰生，故耳。是以此时，既不能行"夏令"（否则雨水不时，草木早落，国时有恐），也不能行"秋令"（否则其民大疫，飙风暴雨总至，藜莠蓬蒿并兴），更不能行"冬令"（否则水潦为败，雪霜大挚——伤折，首种不入——指宿麦而言），所谓时令不正危害生物，有违农事者也。始生之者，天；养成之者，人。此际，人还不能胜天。它章仿此，不赘述。

《曾子问》：陆德明曰：曾子，孔子弟子曾参也，以其所问多明于礼，故著姓名以显之。按此其所本亦为郑玄《目录》，此于"别录"属丧服。

①此中非全系曾子之问，也有子游、子夏的各一条，回答问题的只是孔子。

②就其体例而言，全乃系问答式的，无单人说教之言，亦无抽象的义理罗列。

③随问随答，不多人为，不讲虚夸，偶见故事性（也可叫它作历史性的）的记载。

作文纸

③有孔子自言问礼于老聃的话五则，颇堪玩味，可作参考。例如：

曾子问曰："下殇土周，葬于园，遂舆机而往，涂迩故也，今墓远，则其葬也，如之何？"（土周，圣周也，冶土为甓，而四周于棺之坎也）机，舆尸之床，以縆举之而敛葬焉）孔子曰："吾闻诸老聃曰：'昔者史佚有子而死，下殇也，墓远（史佚，成王时贤史也。盖欲葬墓如长殇，从成人也，贤，犹有所不知），召公谓之曰：'何以不棺敛于宫中？'（敛于宫中，葬当载之，如成人也）史佚曰：'吾敢乎哉？'召公言于周公，周公曰：'岂，不可'（岂，菸礼，不可不许也？）史佚行之（失指以为许也），下殇用棺衣棺，自史佚始也（棺谓敛于棺）。

此言，下殇不应以成人之礼葬之。周公，老聃，语虽含混，却未自忌，引出来这些大人物予以论证，实在趣味非常。又：

子夏问曰："三年之丧，卒哭，金革之

作　文　纸

事无辟也者，礼与？初，有司与？（疑有司初使之然）孔子曰："夏后氏三年之丧，既殡而致事，殷人既葬而致事（致事，还其职位于君也），《记》曰：'君子不夺人之亲，亦不可夺亲也，（为恕与孝也）此之谓乎！'"子夏曰："金革之事无辟也者，非与？"孔子曰："吾闻诸老聃曰：'昔者鲁公伯禽，有为，为之也（伯禽，周公之子，封于鲁，有徐戎作难，丧卒哭而征之，急王事也，作《费誓》），今以三年之丧，从其利者（时多攻取之兵，言非礼也），吾弗知也。'"

引夏殷两代的丧礼以为佐证，并且提示伯禽从权之特殊情况来，是这一段文字的与前不同处。而又借重老聃的话，抨击时君好战之非礼，则是孔子语重心长的所在了。

《文王世子》：陆德明曰：文王，周大王昌也。郑云：以其善为世子之礼，故著谥号标篇，言可法也。此篇共分五节：

叙记文王、武王，作世子时的情况，借

天津市第三制本厂　80.1　　16开　20×20＝400

作　文　纸

卑以下及上之礼。

说周公践阼，在上教下，庠序释奠，学而养老，以明三王之道。

明庶子，正宗族，言燕饮刑罚之及，殊于异姓，而不剪其类。

天子视学，养三老五更，以及五等爵位老封地等礼，随文作解。

繁文缛礼，种种非一，作为文献资料是可以的。因为它们枉数属于贵族统治阶级的礼法，与老百姓无甚关涉。惟篇首一段记载，既有对话，又见行动，颇能引人入胜。文曰：

文王之为世子，朝于王季日三（三皆曰朝，以其礼同）。鸡初鸣而衣服，至于寝门外，问内竖之御者曰："今日安否？何如？"（内竖，小臣之属，掌内外之通命者。御，值日小吏）内竖曰："安。"文王乃喜（孝子恒戚戚于此也）。及日中又至，亦如之，及莫又至，亦如之（莫，日夕也）。其有不安节（节谓居处故事），则内竖以告文王，文王色忧，行不能正履（心

作文纸

慌，足不路地）。王季復膳（安于饮食），然后亦复初（忧解）。食上，必在视寒暖之节（在，察也），食下，问所膳（问所食情况），命膳宰曰："末有原"（勿有所再进。末，犹勿也；原，再也，为其失饪，不佳也）。应曰："诺"。然后退。

武王帅（循也）而行之，不敢有加焉。文王有疾，武王不脱冠带而养（言常旁侍奉）。文王一饭，亦一饭；文王再饭，亦再饭（欲知父病体力，借以增减药剂）。旬有二日乃间（间，犹瘳也）。文王谓武王曰："女何梦矣？"武王对曰："梦帝与我九龄（帝，天帝）"。文王曰："女以为何也？"武王曰："西方有九国焉，君王其终抚诸。"（抚犹有也），文王曰："非也，古者谓年龄。齿亦龄也，我百，尔九十，吾与尔三焉（年，天全也。齿，人寿之数也。九龄，九十年之祥也。文王以勤忧损寿，武王以安乐延年）。文王九十七乃终，武王九十三而终。（终，终其

作 文 纸

成功也）。

至于"让寿"之言，自是传说中的笑谈，然周家先代父子相爱之深，也可以概见了。不应该彼此关怀吗？我们的回答是："应该"，不过，用不到这般烦琐而已。除了贵族统治者，又谁能讲究类此的排场呢？另外，这一篇中还有许多不象话的事例，如："成王有过"，周公"则挞伯禽"（借以感动成王，使之知所儆戒），孔子强调：只要"有益于君"为人臣者，虽"杀其身"都可以的。以及"刑人于甸"，"周公为施"二宥"，追赦不及，则素服举哀之类，简直近于装腔作势岂有此理嘛。所以必须批判，毋使流毒。

◎《礼运》：郑《目录》云：以其记五帝三王相变易，阴阳转旋之道。此于"别录"属通论，论礼之运转之事，故以《礼运》为标目耳。按此篇确为通论性质的文字，虽以孔子言偃间的问答开始，可是其中的"大同"、"小康"两段文章，就不只是字句精炼，层次分明，说理醒人心目而已，从其主题思想上看，还直可以永

作文纸

为公家"理想国家"的代表作）。因为它说：

　　大道之行也，天下为公，选贤与能，讲信修睦（公犹共也。背私为公。禅位授圣不家之，睦亲也），故人不独亲其亲，不独子其子（孝慈之道广也），使老有所终，壮有所用，幼有所長，矜寡孤独废疾者，皆有所养（无匮乏也）。男有分（分犹职也），女有归（皆得良奥之家），货恶其弃于地也，不必藏于己，力恶其不出于身也，不必为己，（劳事不倦，施无吝心，仁厚之教也）是故谋闭而不兴，盗窃乱贼而不作（尚谦让之故也），故外户而不闭（御风气而已），是谓大同（同犹和也，平也）。

　　读到这里，自然使我们联想到，《老子》的"小国寡民，使有什伯人之器而不用，使民重死而不远徙，虽有舟车，无所乘之，虽有甲兵无所陈之，使民复结绳而用之，甘其食，美其服，安其居，乐其俗，邻国相望，鸡犬之声相闻，民至老死不相往来"啦，它们事实上都是想要大公无私人民安乐的，不过一个从积极

天津市第三制本厂　80.1　　16开　20×20=400　158

作　文　纸

修明政治，生产财富，务使天下太平无灾；一个从政治简易，生活素朴，返我清净，互不干扰设想，这和周末的诸侯力争民不聊生，于是政治思想家们渴望和平共处，维持安居乐业的主张是一致的。所以，总的说来，儒家、道家尽管他们的办法措施不尽相同，而其"仁民爱物"之心、"救济时艰"之意，却是昭然若揭的。你看，如果"大同"的境界达不到，它还有"小康"的一套。它接着讲吆：

今大道既隐（隐犹去也），天下为家（传位于子），各亲其亲，各子其子，货力为己（俗：狭章），大人世及以为礼，城郭沟池以为固（大人，诸侯也，乱贼繁多为此以服之），礼义以为纪，以正君臣，以笃父子，以睦兄弟，以和夫妇，以设制度，以立田里，以贤勇知，以功为己。故谋用是作，而兵由此起。禹、汤、文、武、成王、周公，由此其选也（由，用也，能用礼）此六君子者，未有不谨于礼者也，以著其义，以考其信，著有过，刑仁讲让

天津市第三制本厂　80.1　　16开　20×20=400　　159

作　文　纸

，著有过，刑仁讲义，示民有常（考，成也；刑，犹则也）。如有不由此者，在势者去，众以为殃（势，位也。去，罪退之也。殃，犹祸恶也）。是谓"小康"。（康，安也。大道之人，以礼义忠信为务，言小安者，失之，则贼乱将作矣。）

"天下为公"，即是传贤不传子的"禅让"；"天下为家"，也是传子不传贤的"世及"；禹、汤、文、武、周公，这些"圣王"再好，也不过是第二路人物，可见自古以来就是看重"选举"的。然而帝尧帝舜，只是"于传有之"的国家最高统治者，所以不管怎么说，今天的"选举制度"（公民投票选举有一定限期的国家领导人），也是优于"世袭"的了。可是我们也不能忘记，它是经过先烈们多少年来抛头颅、洒热血，才争取到手的政治果实呀！因此，这些话到底是不是孔子本人说过的，我们不去管它，反正在战国以前已经有了这种思想啦。即以儒家的继起人物孟轲而言，他那"王道、王政"，顶多也不过是"小康"政治的争

天津市第三制本厂　80.1　　16开　20×20＝400　160

作　文　纸

取者，而且是卑之无甚高论的：如"五亩之宅，树之以桑，五十者可以衣帛矣；鸡豚狗彘之畜，无失其时，七十者可以食肉矣；百亩之田，勿夺其时，数口之家可以无饥矣；谨庠序之教，申之以孝悌之义，颁白者不负戴于道路矣；七十者衣帛食肉，黎民不饥不寒，然而不王者，未之有也"（《孟子：梁惠王》），就可以说是孟轲的"政治蓝图"了。生产，教化，养育，安康，这还不是幸福的日子吗。

孟轲跟孔子一样，虽然侈谈尧舜却是宪章文武的，因为，他们面对的早已是"家天下"的政治历史啦。但，即是孟轲所倡导的"王政"，也注定实现不了的，没有"不违农时，数罟不入洿池，斧斤以时入山林"这些使者"穀与鱼鳖不可胜食，材木不可胜用"（仝上）的前提条件，根本不成功。同时，孟轲的"尊贤使能，俊杰在位（俊，美才出众；万人者称杰）"以延揽士子；市，廛（市宅）而不征（不收税），法而不廛（仅以什一之法征其地）"以收揽商贾；关（设关卡）讥而不征（过关只禁异言异服，也不收税），以招徕旅客；"耕者，助

天津市南郊印刷厂　78.10　　16开　20X20=400　161

作　文　纸

而不税（井田什一，助佐公家治公田，不另纳税），以取悦农民，和"廛，无夫里之布（布，钱也。里，居也。夫，一夫也。宽独夫，去里布，减轻人民负担），以安定老百姓（以上所引，见《孟子·公孙丑》）等等办法，又是大体上与《礼运》相符合；并且说得更细致，也就不难看出，孔孟之道，是互为补充相与阐发的了。《礼运》接着复以言偃之问，引叙了孔子极言"礼治"之重要，以及三代之礼因时变易各有特点曰：

夫礼，先王以承天之道，以治人之情，故失之者死，得之者生。《诗》（《鄘风》）曰："相鼠有体，人而无礼，人而无礼，胡不遄（疾，速）死！"是故夫礼，必本于天，殽于地，列于鬼神，达于丧祭射御，冠昏，朝聘。故圣人以礼示之，故天下国家可得而正也（殽，效法，列，布）

"圣人"承天治人，择道设教，岂可不尊耶，得不乎，不然的话，如同鼠的身体人人疾恶一样，速死为宜？民不知礼，始乃教化，然后

天津市第三制本厂　80.1　　16开　20×20＝400　162

作　文　纸

天下（谓天子）国（谓诸侯）家（指大夫），可得而正（不复为邪也）。又说：

我欲观夏道（欲行其礼，观其所成），是故之杞（夏之后），而不足徵也（徵，成也，无贤君不足与有为也），吾得夏时焉（得夏四时之书，存者《夏小正》），我欲观殷道，是故之宋（殷之后），而不足徵也，吾得坤乾焉（坤乾，殷人阴阳之书，存者《归藏》），坤乾之义，夏时之等，吾以是观之。

杞、宋之君闇弱，不足以徵验他们的祖先夏、殷礼法之盛，此类话夫，在《论语》的《为政》和《八佾》中也有。它认为，殷因夏礼，周因殷礼，损益可知，按照时代的需要变化的，而"行夏之时，乘殷之辂，服周之冕"（《论语·卫灵公》），又显然是在时令明确、服饰崇俭，礼大大备上，分别继承的了。此外，《礼运》讲说原始社会人民生活的情况的一段文字，也是值得介绍的：

昔者先王，未有宫室，冬则居营窟（寒

天津市第三制本厂　80.1　　16开　20×20=400

LGS

则累土），夏则居橧巢（聚薪柴居其上）。未有火化（食腥），食草木之实，鸟兽之肉，饮其血，茹（食也）其毛（即禽兽之肉），未有麻丝，衣其羽皮。（此上古之时），后圣有作（代兴，作，为），然后修火之利（熟制万物），范金（铸作器物），合土（瓦器烧成），以为台榭宫室牖户（并其并器），以炮（裹烧）以燔（火烤），以烹（镬煮）以炙（油煎），以为醴酪（蒸酿），治其麻丝，以为布帛，以养生送死。

《孟子·滕文公》亦有："当尧之时，水逆行，泛滥于中国，蛇龙居之，民无所定，下者为巢，上者为营窟"的说法，不过，没有这么具体详尽，我们可以参照着看。因为，在原始社会里，世界各国人民的生活情况，都是差不多的，这样的追记，实在有相当的代表性，从而证明《礼记》一书，也是文史哲（社会科学）天文、地理（自然科学）的资料，无所不备的。

 164

中　缺

作 文 纸

生于阴，自是毫无道理的牵强附会。又《左昭廿六年传》云：君令，臣共，父慈，子孝，兄爱，弟敬，夫和，妻柔，姑慈，妇听，与此无大差异。良以兄爱即是兄良，弟敬正是弟弟，夫和乃是夫义，妻柔便是妻听，君令更是君仁也。凡人深心厚貌，内外乖违，包并敬恶之心，既无形体故不可测度而知。一谓专一，穷谓穷尽，诚于中必形于外，若七情美善，十义流行，则举动无不合礼，若七情违辟，十义亏损，则动作皆失其法，所以说，惟有缠之以礼，始可令人耳目聪然观人知物，这则是人君的责任了。人君以天下为一家，中国为一人，知其情，辟（开也）其义，明其利，达其患，然后能有所作为，是伦理之所在，不止是道德标准的关系，亦与修身，齐家，治国，平天下并无二致，所谓政教不分礼法同济是也。

《礼器》：按郑《目录》云：名为《礼器》者，以其记礼使人成器之义也。故孔子谓子贡：汝器也。曰：何器也？曰瑚琏也。此于别录属制度。此篇文字亦是零残理论为多，不少简要明

天津市第三制本厂 80.1 16开 20×20=400 666

作　文　纸

确之作，如：

先王之立礼也，有本有文：忠信，礼之本也，义理，礼之文也，无本不立，无文不行（言必外内具也）。礼也者，合于天时，设于地财，顺于鬼神，合于人心，理万物者也。是故天时有生也，地理有宜也，人官有能也，物曲有利也（言皆有异），故天不生，地不养，君子不以为礼，鬼神弗飨也（天不生，谓非其时物也，地不养，谓此地所生），居山以鱼鳖为礼，居泽以鹿豕为礼，君子谓之不知礼。故必举其定国之数，以为礼之大经（定国之数，谓地物所出多少），礼之大伦，以地广狭（谓贡赋之常差），礼之薄厚，与年之上下（用年之丰凶也）。是故年虽大杀，众不匡惧，则上之制礼也节矣（言用之有节也，杀谓谷不熟也，匡犹恐也）。

夫忠者，内尽于心也，信者，外不欺于物也。内尽于心，故与物无怨，外不欺物故与物相谐也。君子行礼，必须仰合天时，俯察地理

天津市第三制本厂　80.1　　16开　20×20=400

作　文　纸

中趣人事，始克有济。它并且强调说："礼以时为大"，"尧授舜，舜授禹，汤放桀，武王伐纣"，都是"时"使之然。所谓应天顺人因时变事，这就是政治就是历史，说得头头是道井井有条也就是好文章，曹丕讲得好："文章经国之大业，不朽之盛事"（《典论·论文》）呢。此篇之尾，也有一段关于祭祀的故事，是从季氏而称子路的：

子路为季氏宰（治邑吏也），季氏祭，逮闇而祭，日不足，继之以烛，虽有强力之容，肃敬之心，皆倦怠矣（以其久也）。有司跛（偏任）倚（依物）以临祭，其为不敬大矣！他日祭，子路与，室事交乎户，堂事交乎阶（室事，祭时室事）。孔子闻之，曰："谁谓由也，而不知礼乎！"

又是孔子给的评价。"诵诗三百，不足以一献"，虽可多言而不学礼，乃是儒家的大忌，因为《诗》《书》固是雅言，不"执礼"则根本已亡也。"坐而言不知起而行，孔子之所以号称"知礼"，正在于他之"教学做合一"

天津市第三制本厂　80.1　　16开　20×20＝400　168

作　文　纸

《郊特牲》：陆德明说，郑云：以其记祭天用骍（音辛，牲赤黄色）犊（音独，牛子）之义也。郊者祭天之名，用一牛故曰特牲。其实，这篇文字并不是专谈"郊天"的，"祭礼"中的：仪式、器用、服饰，以及"昏、丧、冠、礼"等等，什么都有，而且是以"祭礼"为主的。略举"蜡（仕诈反，音乍，岁末之祭）祭为例：

伊耆氏（古天子号）始为蜡，蜡也者，索也，（谓求索也）岁十二月，合聚万物而索飨之也。（岁十二月，周之正数，谓建亥之月也。万物有功加于民，故飨之。）蜡之祭也，主先啬（神农）而祭司啬（后稷）也，祭百神以报啬也。飨农（田畯）及邮表畷（田畯所以督约百姓于井间之处也，《诗》云：为下国畷邮）禽兽（服不氏所教养猛兽也），仁之至，义之尽也。古之君子，使之必报之，迎猫，为其食田鼠也，迎虎，为其食田豕也，迎而祭之也。祭坊与水庸，事也。（坊者所以蓄水亦所

天津市第三制本厂　80.1　　16开　20×20＝400　169

以障水。庸者所以受水亦以泄水）曰：土反其宅，水归其壑，昆虫毋作，草木归其泽（此蜡祝词也。壑犹坑也，昆虫暑生寒死，螟螽之属，为害者也。

中国自古以农立国，所以特重"蜡祭"。值得探究的是，这里的"蜡辞"以四言为主，五言作结，平实朴素，不失《三百篇》的风趣，我们应该有所释式。这篇内孔子独立说教的话也不少，如：

孔子曰：射之以乐也，何以听？何以射？（肯定它的射容与乐节相应也）。

孔子曰：士使之射，不能则辞以疾，悬弧之义也（男子生而设弧于门左，示有射道而未能也。女子设帨，帨音税，妇人之夫巾也）。

孔子曰：三日齐（本又作斋），一日用之，犹恐不敬；二日伐鼓，何居？（居读为姬，语之助也。何居？怪之也）伐鼓去也。齐者止乐而二日击鼓，则是成一日齐也，心恐散懒（何以为敬）

 170

孔子曰：繹之于庫门内，祊之于东方，朝市之于西方，失之矣（按祊之礼，宜于庙门外之西室。繹又于其堂，位皆在西。朝市则在市之东偏，鲁人生时，祭位皆有方向性的錯误，故孔子言之）

很显然，后两则，都是孔子指摘鲁之礼者未能谐合周礼的。虽然是些鸡毛蒜皮无关宏旨的了。而"居"之为语尾助词，声义与"哉"相似，已是《礼记》中常见之字，从而愈益获得例证。临完，再介紹一节有关"昏礼"的补充文字：

天地合，而后万物兴焉。夫昏礼，万世之始也，取于异姓，所以附远厚别也（取本又作娶。同姓或取，多相亵也，主要是生理遗传上有问题）。币必诚（信也），辞无不腆（犹善也），告之以直（正也）信。信，事（犹立也）人也，信，妇德也。壹与之齐（或为醮），终身不改，故夫死不嫁。（齐谓共牢而食）男子亲迎，男先于女，刚柔之义也。天先乎地，君先乎臣

　171

作文纸

其义一也，（先谓倡导）执挚（所奠雁）以相见，敬章别也（言不敢相亵也）。男女有别，然后父子亲，父子亲，然后义生，义生，然后礼作，礼作，然后万物安（言人伦有别则气象性淳也）。无别无义，禽兽之道也（言与聚麀之乱相类）。壻亲御授绥，亲之也，亲之也者，亲之也。（言己亲之，所以使之亲己）敬而亲之，先王之所以得天下也（先王，太王，文王），出乎大门而先，男帅女，女从男，夫妇之义由此始也。（先者，车居前）妇人，从人者也，幼从父兄，嫁从夫，夫死从子（从谓顺其教令）。夫也者，夫也（夫之言丈夫也，夫或为傅），以知帅人者也。

可以看得出来，它这万了万物造端乎夫妇之道，乃是以男性为中心的。尤其是"三从"之言，包括后来的"四德"在内，应该是汉人套在妇女身上的枷锁，未必为东周已有的东西（男耕女织，男主外女主内，的政治经济情况，虽然这在周初即已形成，可是无此明文规定）

天津市第三制本厂　80.1　　16开　20×20=400　172

作　文　纸

《内则》：郑玄云：以其记男女居室事父母舅姑之法，以闺门之内，轨仪可则，故曰《内则》。许多繁文缛礼，都不过是恭尽子职勉行孝养之道，尤其是关于妇女的，可真够得上家长专制予夺由我"啦。因而让人联想到《三百篇》中，妇女敢爱敢恨的许多战斗形象，简直不可同日而语。自然，如《小雅·斯干》篇的："乃生女子，载寝之地，载衣之裼，载弄之瓦，无非无仪，唯酒食是议，无父母诒罹"，比较那"弄璋"的"其泣喤喤，朱芾斯皇，室家君王"（同上），也已绽露了这"重男轻女"的情况了。从一离娘胎就是的。首先说说新妇都是怎样侍奉公婆的：

妇事舅姑，如事父母。鸡初鸣，咸盥（音贯，洗手，以盘承水沃洗）漱，栉（梳头）縰（音徙，套发的），笄（音鸡，簪子），总（束发），衣绅（衣裳，有佩带），左佩纷帨（纷以拭器，帨以拭手，皆巾也），刀，砺（磨石），小觿（音希，锥子），金燧（向日取火之具），右佩箴（音真，

作文纸

綴衣用），箴（笺袋），線，纊（音旷，新棉花），施縏（小囊）袠（音秩，亦囊也），大觿，木燧，衿（音今，衣領）纓（冠系），綦屨（帶系之鞋）。以适父母舅姑之所，及所，下气怡声，问衣燠寒，疾痛苛痒，而敬抑搔之（怡，悦也；苛，疥也；抑，按；搔，摩也）。出入，则或先或后，而敬扶持之。进盥，少者奉槃，長者奉水，请沃盥，盥卒，授巾（槃，承盥水者；巾以擦手），问所欲而敬进之，柔色以温之（温，藉也，承尊者必和颜色）。饘（音旃，稠粥）酏（音移，稀粥）酒，醴（音礼，甜酒），芼（菜也，所以杂肉），羹（菜汤），菽（音叔，豆之总名），麦，蕡（音奔，熬枲实，枲音伊，麻子）稻，黍（黏米），粱（粟之穗大粒粗味美者），秫（高粱米），唯所欲。枣，栗，飴（音怡，粉浆），蜜（蜂蜜）以甘之。堇（音谨，堇葵，苦菜，冬日食用），荁（音桓，堇类，夏日食之），枌（音分，白榆）

天津市第三制本厂　80.1　　16开　20×20=400　174

榆、免（注：新生者）、薨（音栲，字又作藁，乾也），滫（音修，秦人溲曰滫），瀡（音髓，齐人滑曰瀡），以滑之，脂、膏，以膏之（谓用调和饮食也）。父母舅姑，必尝之而后退。

从服装衣饰到声音笑貌，处处都是以侍奉老人尊色承欢为主的，可见当日礼节之谨严了。当然，只有贵族社会才能如此佩带齐全生活优越的，普通老百姓是没有份儿的。问题却在于虽有这般明文规定，不见得人人照章办事。俗话说得好："家礼不可常叙"么？其它珍馐食品，按节令安排的种类甚多，我们就不占篇幅一一介紹了。曾子曰：

孝子之养老也，乐其心，不违其志，乐其耳目，安其寝处，以其饮食忠养之。孝子之身終，終身也者，非終父母之身，終其身也。是故父母之所爱，亦爱之；父母之所敬，亦敬之。至于犬马尽然，而况于人乎？

曾子在孔门以"大孝"著称，一部《孝经》 125

作文纸

，就是由曾参请问，孔子作答：“夫孝，德之本也（百行孝为先）、教之所由生也”。“天之经也，地之义也，民之行也。”曾参于是领悟到：“甚哉，孝之大也”（俱见《孝经》）的。所以此地同样突出了他的语言。

《内则》在饮食方面也是讲求得很精细的，如：

脍（音侩，细切肉），春用葱，秋用芥（菜名），豚，春用韭，秋用蓼（音了，辛菜），脂（肥凝者）用葱，膏用薤（膏，无角兽肉，薤音械，似韭之菜），三牲（牛羊豕）用藙（音毅，煎茱萸，茱萸，茶名，萸音俞），和用醯（音西，醋也），兽用梅（梅子，青酸），鹑（音淳，鸟名，大如鸡）羹，鸡羹，鴽酿之蓼，酿谓切杂之也。鴽在羹下，言蒸之不羹也。）鲂（音房，赤尾鱼），鱮（音与，又音叙，大夫鱼）烝，雏烧，雉（音至，野鸡），芗（音向，谷气）无蓼（芗，烧烟于火中，所谓薰也），不食（皆为不利人也）雏鳖

 126

作文纸

（小鳖，伏乳者），狼去肠，狗去肾，狸去正脊，兔去尻（尻音究，尾闾骨），狐去首，豚去脑，鱼去乙（乙，鲠人鱼骨），鳖去丑（丑谓甲壳）。肉曰脱之，鱼曰作之，枣曰新之，栗曰撰之，桃曰胆之，柤（音乍，酸梨）梨曰攒之

简直是中国最早的"烹调经"，也近乎"食谱"了，这比见于《论语·乡党》中的"食不厌精，脍不厌细"，可能具体而又完备的多啦。不怪外国朋友说我们的菜好吃，原来是有其历史渊源的，我们这里，不过祇摘录其一小部分以为例证罢了。

篇末谈说男女教养的过程及其差异，颇有参考的价值，研究中国教育史者，不可不知：

子能食食（前食字，动词，后为名词），教以右手（可见左手持箸是不正常的）。能言（会说话），男唯女俞（应声说"是也"），男鞶（音盘，小囊盛帨巾者，男用韦，女用缯，有饰缘之）革，女鞶丝。六年，教之数与方名（方向之名，东西南北）

作 文 纸

七年，男女不同席，不共食（早作分别），八年，出入门户及即席饮食，必后長者，始教之让。九年教之数（认识）日（朔望与六甲），十年出就外傅，居宿于外，学书记，衣不帛襦（音儒，短上衣）袴（音库，裤之古字）。礼帅初，朝夕学"幼仪"，请肄（音异，习也）简（书篇）谅（信也），应对得体，老实最要紧）。十有三年，学乐诵诗，舞勺（勺，籥也，文舞之一种），成童，舞象（成童，十五以上，舞象，使用干戈的小舞），学射御。二十而冠，始学礼，可以衣裘帛，舞大夏（大夏，禹乐，言其平治水土光大中国也），惇（音敦，厚也）行孝弟，博学不教（只可使学识精博，不得为师教人），内而不出（唯蘊蓄其德，不可为人谋虑），三十而有室（室，犹妻也），始理男事（受田，给政役），博学无方（方犹常也，至此学无常在），孙友视志（孙，顺也，顺于友，视其所志也）。四十始仕，方物出谋发虑，道合则

天津市第三制本厂 80.1　　16开 20×20=400 128

作　文　纸

服从，不可则去（物犹事也），一心为国，合则留，不合则去也），五十命为大夫，服官政（统一官之政），七十致仕（告老，致其事于君）。

贵族子弟的一生，当然不会这样刻板式的去学为政，接事待人。就是说根据实际情况，客观要求，也应该有其灵活性，可申缩之余地的。这也不过是撮其大旨而言罢啦。女子的也差不多，但在政治地位社会地位上却不能相比了，它说：

女子十年不出（经常居内），姆（音母，与姥同义。女师，以妇道教人者）教婉娩听从（婉谓言语，娩之言媚也，媚谓容貌），执麻枲（枲，思里切，麻子），治丝茧，织纴（纴音壬，织也）组紃，学女事，以共衣服，观于祭祀，纳酒浆、笾豆、菹（音沮，芹芽）醢（音海，肉酱），礼相助奠（当及女时而知），十有五年而笄（笄音鸡，簪也）此谓应年许嫁者），廿而嫁，有故（服亲丧）廿三而嫁，聘则为妻

天津市第三制本厂　80.1　　16开　20×20=400 129

作　文　纸

（妻之言齐也。聘，问也，以礼聘娶，则得与夫敌体）。奔则为妾（妾之言接也，闻彼有礼，走而往焉，以得接见于君子也）

介绍到这儿，可以清楚了：重男轻女岂是一朝一夕之故，自古以来，终生都无差异的，至今或系其生产关系经济地位使然，今天则必须彻底清除啦。不过，它的文字倒是简明易读各篇一致的。

《玉藻》：郑云：记天子服冕之事。冕之旒以藻纠（音昀，采绦，以丝为之）为之，贯玉为饰。事实上篇内也不只是讲求之服饰的，从诸侯到大夫、士的冠带、朝衣，都有所陈述，而且联带着"祭祀""燕会"之事，包括贵族妇女的在内，值得说之的有下列各点：

记录了孔子的服、佩：在"古之君子必佩玉"、"君子无故，玉不去身，君子于玉比德焉（故谓丧事，灾害）"之下，有：

孔子佩象环五寸而綦组绶（谦不比德，亦不事也。象，有文理者也。环取可循而无穷。綦，文杂色也。绶音受），所以表佩

天津市第三制本厂　80.1　　16开　20×20＝400　680

作 文 纸

玉，相承者也）。

按孔颖达疏引正义曰：《诗·秦风》云："言念君子，温其如玉。"是玉以比德。《聘义》又云："温润而泽，仁也。缜（音真，条理）密以栗，知也。廉而不刿（音厥，利伤也），义也。垂之如队，礼也。孚尹（音云，竹肤坚质）旁达，信也。"是玉以比德也。孔子所佩则为象牙之环，以自谦其失职（音习定）失德。

孔子食于季氏，不辞，不食肉而飧（音孙，或作飱，铺，音逋，也），以其待己及馔，非礼。

孔颖达疏云：凡客将食，兴辞，而孔子不辞者，以是季氏进食不合礼也。凡礼，食先食胾（音截，大块肉），次食殽（音爻，豆食，非穀之菜，与肴通），乃至肩（豚肩，肘也），至肩则饱乃飧（用饭，漱食），孔子以季氏待饭非礼，故言不食其肉而仅称为飧。

此二则可以补孔子之守礼处多异于他人。

有许多服饰、行动，可与《论语·乡党》篇参互考看，有些连文字都相差无几，如：

作文纸

⊙若有疾风、迅雷、甚雨，则必变。

迅雷、风烈必变（《论语·乡党》）。

⊙若赐之食，而君客之，则命之祭，然后祭，先饭。

侍食于君，君祭，先饭（《论语·乡党》）

⊙宾入不中门，不履阈（辟尊者所从也）。

立不中门，行不履阈（《论语·乡党》）

《论语》成书在前，和此三类，应该是"礼记"参考了《论语》的。

《明堂位》：郑云：记诸侯朝周公于明堂时，所陈列之位。这里有关周公史事的一段记载，值得录引：

明堂也者，明诸侯之尊卑也（朝于此，所以正仪辨等）。昔殷纣乱天下，脯（音甫，以人肉为荐）鬼侯以飨诸侯。是以周公相武王以伐殷纣。武王崩，成王幼弱，周公践天子之位，以治天下。六年，朝诸侯于明堂，制礼作乐，颁度量，而天下大服。七年致政于成王，成王以周公为有勋劳于天下，是封周公于曲阜（今山东省曲

天津市第三制本厂 80.1　　16开 20×20=400

中　缺

此篇的另一特点是，它在礼乐四物上列举三代之异，以备参考，如：

鸾车（鸾和之车，祭时用）有虞氏之路（路与辂通，车也）也。钩车（有曲舆者），夏后氏之路也。大路（木路也），殷车也。乘路（玉路），周车也。

有虞氏之旂，夏后氏之绥，殷之大白，周之大赤（四者旌旗之属。郑云：绥当为緌。有虞氏当言緌，谓注旄牛尾于杠首，

天津市第三制本厂 80.1　　16开 20×20=400　183

作 文 纸

所谓大麾。《周礼》：王建大旂以宾，建大赤以朝，建大白以即戎，建大麾以田也。按孔颖达云：殷之大白，谓白色旂，周之大赤者，赤色旂，此大白、大赤各随其尚之色，无所画也。

泰，有虞氏之尊（泛口，瓦制，著地无足）也、山罍（刻云雷之形），夏后氏之尊也。著（无足，底著地），殷尊也。牺象（画沙羽及象骨），周尊也。

爵，夏后氏以琖（玉雕泛口），殷以斝（斝稼，画有禾稼），周以爵（但用爵形而不画饰）。

其勺（灌爵用），夏后氏以龙勺（勺有龙头），殷以疏勺（疏谓刻镂，通刻勺头），周以蒲勺（蒲谓合蒲，坐刻凫头于勺上，其口微张，如蒲草本合而末微开也）。

夏侯氏之鼓足（足谓四脚著地，指鼓架而言），殷楹鼓（楹谓之柱，贯中上出也），周悬鼓（悬之簨虡，横曰簨，饰之以鳞属、植曰虡，饰之以羽属，簨以大板为之，谓

天津市第三制本厂　80.1　　16开　20×20=400　184

作　文　纸

之也）。

米廪（虞帝上孝，令芷粢盛而委之）有虞氏之庠（庠之言详也，于以考礼详事也）也。序（次序王事也，亦学也），夏后氏之序也。瞽（乐师，瞽矇之所宗也，古者，有道德者教焉），頖（頖之言班也，于以班政教也。）宫，周学也。

十六条衆七，已足以考見自虞舜以来，三代在这些方面继承发展的迹象了。令人重视之处，还在于鲁人四代兼用，情况特殊，为后代学礼者所称式。此篇结语云：

凡四代之服、皿、官，鲁兼用之，是故，鲁，王礼也，天下传之久矣！君臣未尝相弑也，礼乐，刑法，政俗，未尝相变也，天下以为有道之国，是故天下资礼乐焉。

于是，周公、孔子，号为"知礼""作经"的历史渊源，我们可以探索出来啦。"在其位，谋其政"，流风遗韵，子孙享有，这是周公旦，"近水楼台先得月"，生为鲁人，耳濡目染，遂为儒家宗主，这是孔仲尼。

作文纸

《丧服小记》：郑云：记丧服之小义。细观全篇，果是零零碎碎的丧服、丧仪的载记，绝大多数，无关宏旨，只要照着去做，就算完了，用不到费什么脑子去思考。如：“礼，不王不禘”（王，天子，禘，祭天，这是说，不是天子不能郊天），“为父后者（继承人），为出母（改嫁之母）无服（不带孝）”，“亲亲（谓父母也），尊尊（谓祖及曾祖高祖也），长长（谓兄及旁亲也），男女之有别（若为父斩，为母齐衰，姑姊妹在室期，出嫁大功，为夫斩，为妻期之等，即是），人道之大者也（言服之所以隆杀，不能偏废）”之类，凡四十七条。少者四五字，长者六七句（“再期之丧”一条独多，三十八句，约二百字）。总之，它这精神是以嫡出为主，庶出副之（各有“大宗、小宗”之别），重男轻女，尊君抑臣的，今天看来，除了有点儿史的资料性的价值，其它则是毫无足取的。“小记”“小义”云云，恰如其分。（文笔简明亦与其它篇章相同，记叙杂乱也未两样）。

天津市第三制本厂 80.1　　16开 20×20=400 186

作文纸

《大传》：郑云：记祖宗人亲之大义。它这篇里有可录引的文字三节。一是：关于武王克商祭祀先祖的：

牧之野（"传"：牧野，纣南郊地名。《书序》：武王与受战于牧野，作《牧誓》。按纣都朝歌，其地在今河南省淇县南）武王之大事也（大事，灭纣为天子），既事而退，柴于上帝，祈于社，设奠于牧室（牧室，行馆），遂率天下诸侯，执豆笾（祭器），逡（疾也）奔走（言助于祭事也，《周颂》云："逡奔走在庙"）。追王（王，去声，动词）大王亶父，王季历，文王昌（从曾祖父至父凡三代），不以卑临尊也（不用诸侯之号临天子也，文王称王虽早，于殷犹为诸侯，此时特尊奉之）

率得天下的人，郊天、祭祖，遂为此后封建帝王开了先例。它接着说：

上治（治，犹正也）祖祢（祢音弥，生称父，死称考，入庙称祢，祢，父庙也）尊尊也，下治子孙，亲亲也，旁治昆弟，

天津市第三制本厂 80.1　　16开 20×20=400　184

作文纸

合族以会（血食、祭也），序以昭穆（古宗庙之礼：始祖庙居中，以下皆父为昭，子为穆，昭居左，穆居右，葬墓亦然），别之以礼义（祖先、子孙，昆弟，以次受享），人道竭矣（俱在于此了）。

宗法社会，血统关系为主，"一子成佛，七祖升天"，此之谓"封建主""家天下"。其二，也讲治理国家以及改朝换代之事：

圣人南面而听（治也）天下，所且先者五（且先，言未遑余事）：一曰：治（理也）亲，二曰：报功（功臣之绩，应予报偿），三曰：举贤，四曰：使能，五曰：存（察也）爱（仁爱）。五者，一得于天下，民无不足，无不赡（赡亦足也，养也），五者一物纰（音比）缪（错误，纰缪，发生问题，错乱），民莫得其死（一事失，则民不得其死）。

圣人南面而治天下，必自人道（谓此五事）始矣，立权（称也），度（丈尺也），量（斗斛也），考文章（礼法也），改正

天津市第三制本厂 80.1　　16开 20×20＝400　88

作　文　纸

朔（古王者必继改正朔，如夏正建寅为人统，殷正建丑为地统——以夏之十二月为正月，周正建子为天统——以夏之十月为岁首，是为三正，亦称三统），易服色（包括车马在内），殊徽号（旌旗之名），异器械（礼乐之器），别衣服（吉凶之制），此其所得与民变易革者也。

其不可得变革者则有矣：亲亲也，尊尊也，长长也（以上三句的第一个字均为动词，第二个字为名词），男女有别，此其不可得与民变革者也。（此乃伦常所在，千古不得变易的礼法）。

人道可以变动，制度亦能改革，只是：君臣有义，父子有亲，夫妇有别，長幼有序，朋友有信的天經地义，絲毫不准损益，这从此篇結语之大谈"亲亲"之谊，亦可征验：

自仁率亲，等而上之至于祖，自义率祖，顺而下之至于祢，是故人道亲亲也（亲者，爱也，言先有恩），亲亲，故尊祖，尊祖，故敬宗，敬宗，故收族，收族，故宗庙严，宗庙严，故重社稷，重社稷，故爱百姓，爱百姓，故刑罚中，刑罚中，故庶民安，庶民安，故财用足，财用足，故百志成，百志成，故礼俗刑（刑犹成也），礼俗刑然后乐。《诗》云："不显不承，无斁（音亦，厌也）于人斯"（见《周颂·清庙》中），此之谓也。

从"仁亲"而发，归結到"与民同乐"，这中心思想是一目了然的："以礼治天下"；而其文字結构上的谨严：先三后四，"层层見叠"，一气呵成"芝麻开花节节高"之大观，却更是令人叹赏的。

中　缺

《少仪》：郑云：记相見及荐羞之小威仪，少犹小也。陆德明曰：少，诗照反，读去声。此篇多言待人接物之道：举动、仪表、容见，都有規格标准，不得逾越，否则貽笑大方謂之失礼（今语"失态"是也）。举几个例：

"不疑在躬"：躬，身也。不服行所不知，使身見疑也。

"不願于大家"：願，羡慕。大家，富贵之家。非分而願，将生乱心。

"不訾重器"：訾音此，思也。重器，珍宝之物，若思玩之，則疾恶己之贪残矣。

"不窺密"：謂伺人之私也。密，隐曲处，人無正視，自旁。

"不旁狎"：狎，习。旁，泛也。轻易与生狎习，将会引起忿争，枉生多端。

"不道旧故"：不言说熟人的是非、故人的罪恶，所以远怨。

"不戏色"：不戏弄颜色，应常自矜持，否则失人敬重。

"毋拔来"：拔，疾速、卒然，突如其来，使人惊异。

"毋循枉"：错了要改，前日之不正，不可故态复萌。

"毋测未至"：测，忖度，未来之事，不可胡猜乱想，非徒无益而又害之。

"毋訾衣服成器"：赞美成品，必有贪念，以不品评为是。

"毋身质言语"：质，成也。以讹传讹，

天津市第三制本厂 491

作 文 纸

拿假当真话说，防被揭穿，自讨苦吃。

此类"不"字"毋"字的话，有的在今天也有使人注意参考的价值的。做人呢，就是应该堂皇正大，自信而不自欺，"言语之美，穆穆皇皇"，出言有章，大大方方，自在自然。所以，它们满可以作为"格言"或"座右铭"去奉行呢。

《学记》：郑云：记人学教之义。此一篇，却真是：道问学，说教诲的好文字，开头即有：

发虑宪（宪，法也。言发谋虑当拟度于法式也），求善良（求谓招来），足以謏闻（謏音叟，小也）不学之人虽有先而知识，乃一身之小善），不足以动众（动众谓师役之事，使多数人信服）。就贤体远（就，躬身访礼，体，亲近，思施于本，但识见犹浅，仁义未备），足以动众，未足以化民（化教人民，成其美俗）。君子（君谓君临上位，子则子爱下民，故指帝王、诸侯、及卿大夫而言）如欲化民成俗，其必由学乎（圣人之道，布在方策，

天津市第三制本厂 80.1　16开 20×20=400

作文纸

非学莫如）。

玉不琢，不成器，人不学，不知道。是故古之王者，建国君民，教学为先。兑（当作说）命曰："念终始，典于学"（《商书·说命》中语。典，经也，言学之不舍业也），其此之谓乎。

虽有嘉肴，弗食，不知其旨（美也）也。虽有至道（至，极也，至道，大道），弗学，不知其善也。是故学然后知不足，教然后知困（学则睹己行之所短，教则见己道之所未达）。知不足，然后能自反也（自反，求诸己）；知困，然后能自强也（自强，修业不敢倦）。故曰：教学相长也（教能长益于善，学则道业成就，于教益善）。兑命曰：学学半（上学为教，音斅，下学谓习也，学习也，言教人乃是益己学之半也），其此之谓乎。

古之教者，家有塾（谈教于家，家有塾师），党有庠（五百家为党，庠，养也，教里中所升者），術（当作遂，字之误）

天津市第三制本厂　80.1　　16开　20×20=400　623

作　文　纸

有序（万二千五百家为遂，遂中之学曰序，教党学所升者），国有学（学在国都所在，国子学焉）。比年入学（学者每岁来入），中年考校（中犹间也，乡遂大夫间年考试学者之德行道艺），一年视离经辨志（入学一年，乡遂大夫考其经业，须能离析经理，断绝章句），三年视敬业乐群（谓业艺长者，敬而亲之，群居朋友，善者愿而乐之），五年视博习亲师（广博学习，亲爱其师），七年视论学取友（论说学业是非，是在择交善人），谓之小成（比七年以前，已有成就，比九年以后，尚有未足），九年知类通达（对于义理及类通达无疑），强立而不反（强立，临事不惑，不反，不违师道），谓之大成，夫然后足以化民易俗，近者说（读如悦）服，而远者怀之，此大学之道也（怀，来也，安也）。记曰：蛾子时术之，其此之谓乎（蛾，蚍蜉也，其子，小虫，时术，衔土之术，蚍蜉衔土，可使成为大垤——背迷，这土堆，犹知

作　文　纸

学者时时学问而通大道也。）

此地所说的“大学”即四十二篇“博学可以为政”的“大学”，“学所以为道，文所以为理”，而其终究的目的，却在于：修身，齐家，治国，平天下。所谓“大学之道，在明明德（前明字为动词，是明的意思，“明德”则是光明的至德了），在亲民（亲，爱也），在止于至善（止，犹自处也，以“至善”之行，为道德修养之最高境界也）。”是也。它接着详加剖析教学之法道：

大学之教也，时教（以时习之）必有正业（正业，谓先王之经典），退息必有居学（常居之处，可与友朋论述学问）。不学操缦（杂弄，先手），不能安弦（安弦，定调）；不学博依（广开眼界，触类旁通），不能安诗（安，善也，诗是乐歌，须是广博譬喻，方能善颂善祷）；不学杂服（冕服皮弁之序，杂或为雜。前诗后礼，礼经正体在于服装，所以多贵礼也。）不兴其艺（兴之言喜也，歆也，艺谓礼乐

天津市第三制本厂　80.1　　16开　20×20=400　125

作文纸

射御书数），不能乐学？故君子之于学也，藏（怀抱之）焉修焉（修谓习也），息焉游焉（作劳休止之谓息，闲暇无事之为游），夫然故，安其学而亲其师，乐其友而信其道，是以虽离师辅而不反，兑命曰："敬孙（敬道孙业，孙，顺也）务时敏（敏，疾也），厥（其也）修乃来"，其此之谓乎！

教必有师，学以知义，可是如果不能念兹在兹朝乾夕惕地去从事，则无法由浅入深，即知而行，真个达成大学之道了。所以亲师乐友固然至要，藏修息游犹有境界，此教学相长敬业乐群之必须相提并论也。下面，它又从相反的一方，谈到其情况云：

今之教者，呻其佔毕（呻，吟也，佔，視也，毕，简也，言今之为师者，徒能口诵书文，并未能真知经义也），多其讯（讯犹问也，自己本来融会贯通，却故作难题以询问学生），言及于数（数，法象，只讲表面现象，不讲义理内容）进而不顾其

天津市第三制本厂 80.1　　16开 20×20=400　　126

作文纸

其实（贪求诵读多，不问能否理解），使人不由其诚（由，用也。徒逞口舌辩说，背离实质内容），教人不尽其材（材，道也，谓师有所隐，不全教给学生），其施之也悖（乖谬），其求之也佛（佛，戾也，先生言不及义，学生问非所宜，互相影响，彼此制约）。夫然故，隐其学而疾其师（隐，不称扬，疾，恶，不满意），苦其难（艰辛）而不知其益也（不晓得收获在哪里）。虽终其业，其去之必速（速，疾也，学不心解则亡之易），教之不刑（刑犹成也），其此之由乎！

教师失职，学生自然失学。“人之患，在好为人师”，闻道不精见又不广的人，如何可以滥竽充数，误人子弟。今古同然，《学记》实已慨乎言之矣！以下，仍依旧从正反两方面继续探讨大学之法：

大学之法：禁于未发之谓豫（未发，情欲未生，谓年十五时，豫，防也），当其可之谓时（可，谓年二十时，已成人），不

天津市第三制本厂 80.1　　16开 20×20=400　　487

作　文　纸

陵节而施之（不陵节谓不教长者才者以小，教幼者钝者以大也），孙，顺也。从其人而教之，今云因材施教，个别照顾），相观而善之谓摩（不并问，则教者忠劳，摩，相互切磋），此四者，教之所由兴也（兴，成也）。

以上又是教育正面经验的介绍，其相反的哪一面则是杂乱劳繁费力不讨好的种种：

发然后禁，则扞格而不胜（扞音汗，坚不入貌，胜音升，教不能阻其情欲），时过然后学，则勤苦而难成（时过则思放，不能专一，记忆力亦差），杂施而不孙，则坏乱而不修（杂乱无章，教不以法，小者不达，大者难识，学者惑之），独学而无友，则孤陋而寡闻（闭门造车，必不合用，以其主观片面，未尝与人共相切磋也），燕朋逆其师（燕，戏，不相敬，亵渎学友，有违师教），燕辟废其学（辟，譬喻，义理精深，须而云之必须设譬，学者知耽忽弃之，则枉对师意，废其所学），此

天津市第三制本厂　80.1　　16开　20×20=400

628

大者，教之所由废也。

"废"说的是"情欲既生"，"扞"谓"抵拒"，"格"即"坚强"之意。情欲既为外物所污染，虽谆谆教诲之，也不容易生效了。若求学不及时，在心意放荡以后，精明已差，追悔莫及，纵使勤苦，终难有所成就。但知教法杂乱，不照规律办事，大势必大才轻其小业，小才善其大业，搞得一榻胡涂啦。而独学无友，闭门造车，纵有疑义，无可质询，同样会寡闻孤陋，不是有力的。亵渎老师的譬喻，不知道由此所受到的启发，那就更加废弃学问的途径啦。接着定为从教者一方谈谈教育之法说：

君子既知教之所由兴，又知教之所由废，然后可以为人师也。故君子之教喻也，道而弗牵（道，示之以道路也），强而弗抑（抑，犹推也），开而弗达（开，启发，达，说尽义理），道而弗牵则和（和，顺理成章，免生忿恚），强而弗抑则易（易，和也，此是教学相长之道），开而弗达

作　文　纸

对思（促使深入思考，使其所知牢靠），和易以思（即循循善诱，不生压硬灌之义），可谓善喻矣（此之谓善于教诲）。

启发诱导，不逼不灌，这是多么完善的教育态度呀，我们今天却"数典忘祖"，只知道生搬硬套欧美的办法，也是一种"崇洋媚外"的行径。下面就说得更加细致了：

学者有四失，教者必知之，人之学也：或失在多（多谓：才少者），或失在寡（对才大者而言），或失在易（是说好问不识者），或失在止（好思不问者），此四者，心之莫同也（思想情况不一样），知其心，然后能救其失也（须是对症下药），教也者，长善而救其失者也（此为教师之神圣职责）。

善歌者，使人继其声（音声和美而动人心的歌手，自会有人仿效继承），善教者，使人继其志（师教法良而美，自有生徒乐于仿效），其言也约而达（所言寡约而又理显达，所谓要言不繁者是），微而臧（

天津市第三制本厂　'80.1　　16开　20×20=400　200

作文纸

藏，善也，微谓精微而言之明确，使人易于领会），罕譬而喻（罕，少也。喻，晓也，取譬精当以少胜多），可谓继志矣（即说明，传述易，莫此为上）。

根据以上的各种论断，它又把师弟之间，学问之道，总结成以下 点：

君子知至学之难易，而知其美恶，然后能博喻，能博喻，然后能为师。

凡学之道，严师为难（严，尊敬）。师严然后道尊，道尊然后民知敬学。

善学者，师逸而功倍，又从而庸（功也）不善学者，师勤而功半，又从而怨之。

善问者，如攻坚木，先其易者，后其节目（先易后难，循序以进），及其久也，相说以解，不善问者，反此。

善待问者如撞钟，叩之以小者则小鸣，叩之以大者则大鸣，待其从容，然后尽其声；不善问者反此。

记问之学，不足以为人师（杂说、杂学，形诸口耳之间者，未闻君子之大道也）。

201

天津市第三制本厂 80.1　　16开 20×20=400

作　文　纸

《乐记》：陆德明《释文》云：郑云：名《乐记》者，以其记乐之义。孔颖达疏云：盖十一篇合为一篇，谓有：乐本、有乐论、有乐施、有乐言、有乐礼、有乐情、有乐化、有乐象、有宾牟贾、有师乙、有魏文侯。今虽合此，略有分焉。

按《艺文志》云：黄帝以下至三代，各有圣代之乐名。孔子曰：移风易俗，莫善于乐也。周衰礼坏，其乐尤微，以音律为节，又为郑卫所乱，故无遗法矣。汉兴，制氏以雅乐声律世为乐官，颇能记其铿锵鼓舞而已，不能言其义理。

武帝时，河间献王好博古，与诸生等共采《周官》及"诸子"云乐事者，以作乐记事也。其内史丞王度传之，以授常山王禹，成帝为谒者数言其义，献二十四卷《乐记》，刘向校书得《乐记》二十三篇，与禹不同，其道浸以益微。

所以，《礼记》中的这篇《乐记》，很显然是西汉儒者整理而来的作品，但亦可以据此

作　文　纸

而畧知中国古代的乐理，及其演奏的概况了。例如它说"音""声"及"乐"的发生、成形云：

音之起，由人心生也。人心之动，物使之然也。感于物而动，故形于声（宫、商、角、徵、羽，杂比曰音，单出曰声）。形犹

变成方，谓之

[illegible]声相应，故生变（乐之器，弹其宫则众宫应，然不足乐，单调，是以变之使杂也。《易》曰：同声相应，同气相求。《春秋传》曰：若以水济水，谁能食之？若琴瑟之专一，谁能听之？），比音而乐之，及干戚羽旄，谓之乐（干，盾也，戚，斧也，武舞所执。羽，翟，翟羽，旄，旄牛尾，文舞所执，《周礼》"舞师，乐师，掌教舞，有兵舞，有干舞，有羽舞，有旄舞。《诗》曰：左手执籥，右手秉翟"）。

这就是所谓"乐本"，感觉神经为外物所刺激，自然要发反应，声音也不例外。古人不晓得此类心理学上最简单的方式，故曰音由心

作　文　纸

生，强调了内在的原因。不过哪感于物而动的论，倒是正确的。它继续强调的以"喜、怒、哀、乐"的内心情感为主，因而发生"音乐"的这里说：

乐者，音之所由生也。其本在人心之感于物也。是故其哀心感者，其声噍以杀，其乐心感者，其声啴以缓，其喜心感者，其声发以散。其怒心感者，其声粗以厉，其敬心感者，其声直以廉，其爱心感者，其声和以柔，六者非性也。感于物而后动

言人声在所见，非有常也，噍音焦、踧也（踧音狄，平易）啴音滩，"喘息"。宽绰貌。发犹扬也，粗，麤也。"感于物而动，天之性也"

"看来好似"心物二元论"了。虽然它在说："六者非性也"，下面又结合着政治作用说：

是故先王慎所以感之者。故《礼》以道其治，乐以和其声，政以一其行，刑以防其奸，礼、乐、刑、政，其极一也。（极，至也，道音导），所以同民心而出治道也（此其所谓至也）。

天津市第三制本厂　80.1　　16开　20×20=400　204

作 文 纸

既然民心所触有前六者，最高统治者才使用各方者制约之，使以期其各得其所，一任于正。可是所谓"乐声"不过是统治人民的另一种手法而已。它并不是什么单纯的供欣赏娱乐的东西（对贵族统治阶级的，可能是例外，就是说，不只是"教化"上的作用）。它又说：

凡音者，生人心者也。情动于中，故形于声，声成文，谓之音。是故治世之音，安以乐，其政和；乱世之音，怨以怒，其政乖。亡国之音，哀以思，其民困。声音之道，与政通矣。

此言八音和否与政治有直接的关系，换句话说，即是居上之乐也未尝不反映着人心的所背，相与制约互为影响也。"独乐乐，不知与人乐乐"《孟子：梁惠王下》，否则岂不成了"寡人、孤家"？从另一方面说，"上有好者，下必有甚焉者矣"。因此我们才认为它是相反相成，其结果等于一体皆然的，而且特别地厉害"乱乐"的后果，甚至可以导致国家灭亡，小結撮云：

天津市第三制本厂 80.1 16开 20×20=400 204

作　文　纸

宫为君，商为臣，角为民，徵为事，羽为物，五者不乱，则无怗（怗音占，敝也）懘（懘音滞，败坏）之音矣。宫乱则荒，其君骄，商乱则陂（陂，偏颇），其官坏，角乱则忧，其民怨，徵乱则哀，其事勤，羽乱则危，其财匮，五者皆乱，迭相陵，谓之慢，如此，则国之灭亡无日矣！

把宫商角徵羽和君臣民事物配合起来的说法虽然极为勉强，但从"诚于中则形于外""上有好者下必有甚"以及"草上之风必偃"等音乐的原理与作用上看，却也有它的道理，特别是郑乐声不正可以亡国之说，就不止是耸人听闻而已了，因为它还接着说：

郑卫之音，乱世之音也，比于慢矣（比，犹同也，漫即散乱之意）！桑间濮上之音，亡国之音也，其政散（散是荒乱），其民流（流亡不实），诬上行私（君昏失政，下以诬罔，各走大汊，不可防止）而不可止也。

按《郑风》二十一篇，说狂人者虽有九篇，

天津市第三制本厂　80.1　　16开　20×20=400　205

作文纸

并非全是谈情说爱的，而且有时用于朝聘问答，不得谓之淫乱。何况《诗》往《诗》，"乐往乐"亦不可混同而论呢。且男女聚会讴歌于溱洧之上乃是郑国的习俗，纵有互相感悦之事，未必可以亡国，这当然又是礼教的老调了。但是，不管怎么讲，它哪有关乐理的一些分析，却不能不认为是"持之有故"的。再如：

凡音者，生于人心者也，乐者通伦理者也（伦，类也，理，分也），是故知声而不知音者，禽兽是也，知音而不知乐者，众庶是也，唯君子为能知乐（八音并作，克谐曰乐）。

是故审声以知音，审音以知乐，审乐以知政，而治道备矣，是故不知声者，不可与言音，不知音不可与言乐，知乐则几于礼矣，礼乐皆得，谓之有德，德者得也，

按郑注：几，近也，听乐而知政之得失，则能正其君臣民事之礼矣，甚至说知声而不知音的是禽兽，跟不知礼的人没有什么两样，这不也可以证明，对统治者来讲，"礼、乐"两

天津市第三制本厂 80.1　　16开 20×20=400　　206

者是交相为用的政治手段呀！"是故先王之治礼乐也，非以极口腹耳目之欲也，将以教民平好恶，而反人道之正也"；这才是它们的最大功用，因为"礼云礼云，玉帛云乎哉！乐云乐云，钟鼓云乎哉！"（《论语·阳货》）所重者，在于安上治民，孔子早就说过了吆。《乐记》接着讲：

"是故先王之制礼乐，人为之节（言为作法度以遏其欲）。衰麻哭泣，所以节丧纪也。钟鼓干戚，所以和安乐也。昏姻冠笄，所以别男女也。射乡食飨，所以正交接也。（男二十而冠，女许嫁而笄，成人之礼。射，乡大射，乡饮酒也）礼节民心，乐和民声，政以行之，刑以防之。礼乐刑政，四达而不悖，则王道备矣"。（礼有尊卑上下，乐有宫商角徵羽及律吕，用禁令以行礼乐，若不行礼乐，则以刑罚防止，这四项政治工作，必须通达流行）乐者为同，礼者为异，同则相亲，异则相敬（同谓协

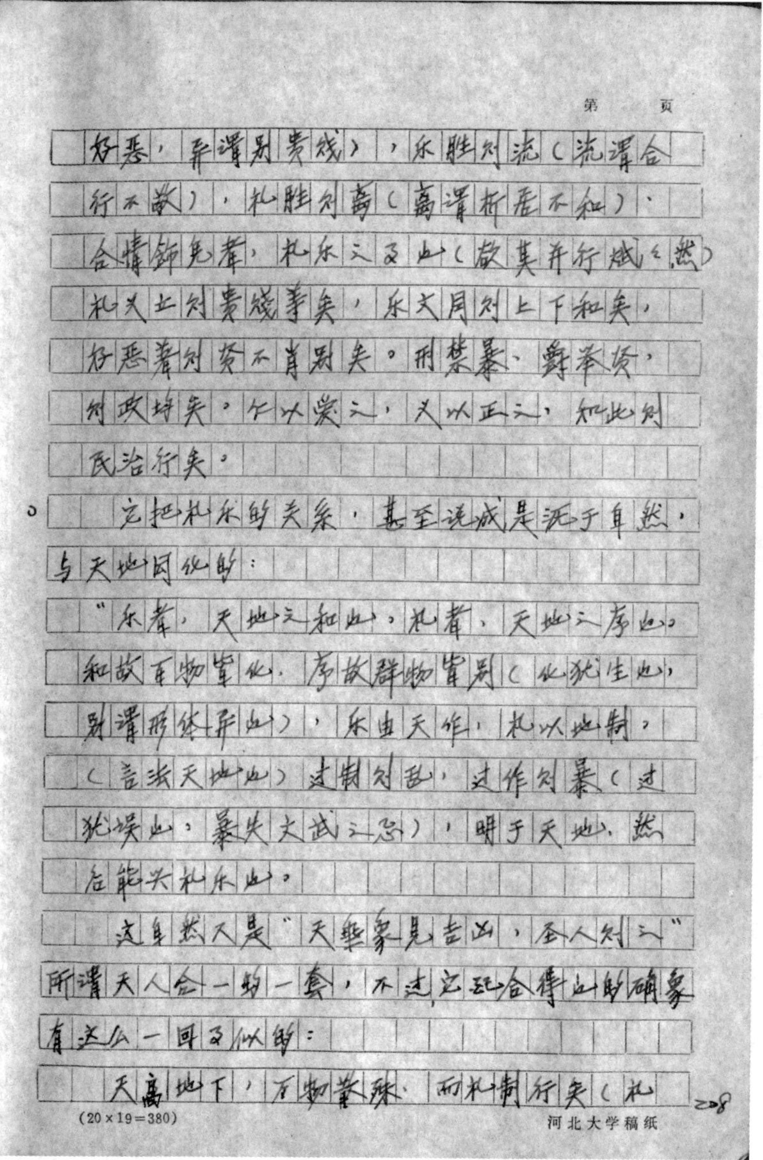

第　　页

好恶，异谓别贵贱），乐胜则流（流谓合行不敬），礼胜则离（离谓析居不和）。合情饰貌者，礼乐之事也（敬其并行斌斌然）礼义立则贵贱等矣，乐文同则上下和矣，好恶著则贤不肖别矣。刑禁暴，爵举贤，则政均矣。仁以爱之，义以正之，如此则民治行矣。

它把礼乐的关系，甚至说成是源于自然，与天地同化的：

"乐者，天地之和也，礼者，天地之序也。和故百物皆化，序故群物皆别（化犹生也，别谓形体异也），乐由天作，礼以地制，（言法天地也）过制则乱，过作则暴（过犹误也，暴失文武之意），明于天地，然后能兴礼乐也。

这自然又是"天垂象见吉凶，圣人则之"所谓天人合一的一套，不过它配合得也的确象有这么一回事似的：

天高地下，万物散殊，而礼制行矣（礼 228

(20×19=380)　　河北大学稿纸

为异也），流而不息，合同而化，而乐兴焉（乐为同也）。春作夏长，仁也。秋敛冬藏，义也。仁近于乐，义近于礼（言乐法阳而生，礼法阴而成）。乐者敦和，率神而从天，礼者别宜，居鬼而从地（鬼神谓先圣先贤也。率，循也。从，顺也）。故圣人作乐以应天，制礼以配地，礼乐明备，天地官矣（官犹事也，各得其事）。

那末，这岂不是说，乐是"天义"而礼则是"人义"了吗？"天地位焉，万物育焉"于是乎"礼乐兴焉，人事定焉"，所以最后索性说：

"天尊地卑，君臣定矣。卑高已陈，贵贱位矣。动静有常，小大殊矣。方以类聚，物以群分，则性命不同矣。在天成象，在地成形，如此，则礼者天地之别也。

按卑高谓山泽也，尊卑之位象之。动静阴阳，用事大小，万物也。大者常存，小者随之。物谓殖生者也，性之言生也。命生之长短也。

象，光耀也；形，体皃也。天方谓行此也。此言天地有别，万类万物各有不同，故圣人制礼亦因之而有等差。又说乐道：

地气上齐，天气下降，阴阳相摩，天地相荡，鼓之以雷霆，奋之以风雨，动之以四时，暖之以日月，而百化兴焉。如此，则乐者，天地之和也。

按齐读为跻，跻，升也。摩犹迫也。荡犹动也。奋，迅也。百化，百物化生也。乐者和也，法天地之和气者也，故云。总之，这也应该称是"持之有故、言之成理"的大章，而其错落有致，反复解说，两两对比，相依而出的笔法，就更是我们学习古典散文的人，应该特别矜式的了。"王者，功成作乐，治定作礼，其功大者，其乐备；其治辩（遍也）者，其礼备"。这是礼乐作为政治手段的终极目的。"乐者，乐也。君子乐得其道，小人乐得其欲，以道制欲，则乐而不乱；以欲忘道，则惑而不乐（道谓仁义，欲谓邪淫）。是故君子反情以

第　　页

和其志，广乐以成其教"。修（身）齐（家）治（国）平（天下），非此莫由，这才是"乐记"的大经大法。同时，也未尝不就是儒家思想，特别是他们的政治设想的"杀手锏"。最后，让我们再先地介绍一下它所说的乐和涵养德性，以及诗歌舞蹈的关系，它说：

"德者，性之端也；乐者，德之华也；金石丝竹，乐之器也；诗，言其志也；歌，咏其声也；舞，动其容也；三者本于心，然后乐器从之，是故情深而文明，气盛而化神，和顺积中，而英华发外，唯乐不可以为伪"。

又是从性善论出发的。尽管如此，诗、歌、乐舞，这三位一体的综合性艺术表象，总算更进一步地得到了概括。至于本篇摘引的子夏对魏文侯的乐有淫声之说，和记为孔子回答宾牟贾的"礼乐不可斯须去身"的说法，以其大旨与前言不差，这儿就不再多说了。

继此而有的《杂记》《丧服大记》《祭法

(20×19=380)　　河北大学稿纸　211

第　页

》《祭义》《祭统》的各篇，都是讲求诸侯及士大夫的丧葬供祭的，条条框框甚多，文字也太板枯燥，我们不想理会它们。下面单讲《经解》篇。

《經解》：陆德明《释文》引郑玄云：經解云者，以其记六艺政教也。孔颖达曰：此于《别录》属通论。它一上来就端出了孔子曰：

"入其国，其教可知也（观其风俗，则知其所以教）。其为人也，温柔敦厚，《诗》教也。疏通知远，《书》教也。广博易良，《乐》教也。絜静精微，《易》教也。恭俭庄敬，《礼》教也。属辞比事，《春秋》教也。（属犹合也，《春秋》多记诸侯朝聘会同，有相接之辞，罪辩之事）故《诗》之失愚（失谓不能节其教。《诗》敦厚近愚），《书》之失诬（《书》知远，故易诬近），《乐》之失奢（靡也，淫声滥），《易》之失贼（《易》精微，爱恶相攻，远近相取，则不能容人，近于伤害），《礼》之失烦（繁文缛礼

(20×19=380)　河北大学稿纸　212

中　缺

第　　页

附录一：关于《礼记》的

《礼记》系杂合众篇而成：如《乐记》取之《公孙尼子》，《中庸》取之《子思子》，《月令》取之《吕览》之类，即是。汉时其篇仍多别行，故《汉书·艺文志》有《中庸》说，蔡邕有《月令》章句，不必合于《礼记》。《檀弓》文简而晰，后人称苏轼最为娴习，故其文俭而辨。宋末谢枋得亦尝为之评点。至《礼运》《儒行》《哀公问》《仲尼燕居》等篇，皆敷演润色，排偶用韵。《文心雕龙》说：《儒行》缛说以繁辞，亦明其大体特殊于余篇也。

王世贞曰：《檀弓》简、《考工记》繁，《檀弓》明，《考工记》奥，各极其妙，盖"三礼"之中，尤文家所称者。

摘录于此，所以补前说之不足，特别是关于《檀弓》一篇的文字功能的，在"三礼"之中也可以说是"万绿丛中一点红"吧。

附录二：关于《大戴礼记》的：

(20×19=380)　　河北大学稿纸

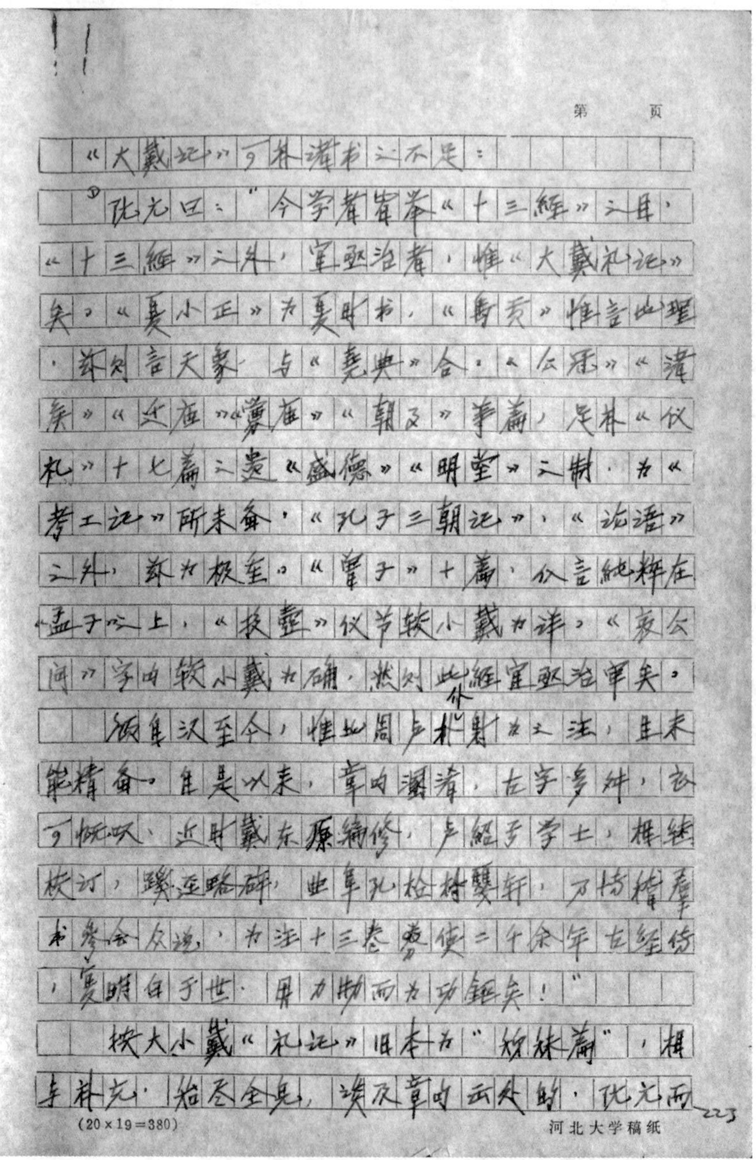

第　　页

《大戴记》可补诸书之不足：

阮元曰："今学者皆举《十三经》之目，《十三经》之外，宜亟治者，惟《大戴礼记》矣。《夏小正》为夏时书，《禹贡》惟言地理，此则言天象，与《尧典》合。《公冠》《诸侯》《迁庙》《衅庙》《朝事》等篇，足补《仪礼》十七篇之遗。《盛德》《明堂》之制，为《考工记》所未备。《孔子三朝记》，《论语》之外，此为极至。《曾子》十篇，所言纯粹在《孟子》之上。《投壶》仪节较小戴为详。《哀公问》字句较小戴为确。然则此外经宜亟治审矣。

顾自汉至今，惟北周卢辩为之注，且未能精备。自是以来，章句溷淆，古字参错，良可慨叹。近时戴东原编修，卢绍弓学士，相继校订，爰乃略备。曲阜孔检讨㢸轩，乃博稽群书，参会众说，为注十三卷，遂使二千余年古经传，复明白于世，用力勤而为功钜矣！"

按大小戴《礼记》旧本为"姊妹篇"，相（辅相成）未始全备，诸凡章句之处的，阮元而

(20×19=380)　　河北大学稿纸　　223

外，尚有孔广森：　　　　第　　页

㈢孔广森对于《大戴记》篇章之补充考释：

其“补注序录”云：

“大戴全篇，八十有五，今所存见，劣及四十，又中亡五，卷帙散亡，既未列于学官，亦罕闻于传述。惟北周仪同范阳公卢辩景宣，始为之注，起汉世之坠学，绍家郑之家绪矣。但经记绵邈，诂旨简略，大义虽举，微言仍隐。广森不揣浅闻，辄为补注，更采众虑，参证群籍，敢希合郑，是申释于毛义，庶比小刘，冀规正于杜失。其第一第二第七第九第十二凡五卷，旧注残逸，辄以己意益其诂训云尔”。下如：

《王言》第三十九　旧本题为《主言》，篇中王字凡十九见，皆误作主，惟第十六字不误，今据以改正。古者主之称正于君，故三世仕家君之，再世以下主之。郑君《坊记》注曰：大夫有臣者，称之曰主，不言君，避诸侯也。然《左传》云：以德辅此，则明主也。是周末已有以主为王侯之通称者，但此篇至于霸王亦作霸

（20×19=380）　　河北大学稿纸　　224

第　　页

主。其误明耳。王肃《家语》取此，即名《王言篇》。

《哀公问五义》第四十：文同《荀子·哀公篇》，五义《荀子》作五仪。此文字正当读仪，郑司农《周官》解诂曰：古者书仪但为义，今时所谓义为谊。

《哀公问于孔子》第四十一：文同小戴记《哀公问》。

《礼三本》第四十二：文同《荀子·礼论》、《史记·礼书》取此。

《礼察》第四十六：言人君审察取舍之事，故以"礼察"名篇，首章文同《经解》，自凡人之知以下，取贾谊论时政疏也。

《夏小正》第四十七：太史公曰：孔子正夏时，学者多称"夏小正"，今其遗篇，上纪星文之昏旦，雨泽之寒暑，下陈草木缛秀之候，虫豸飞伏之时，旁及渔猎祭荐耕穫蚕桑之节，先王所以敬授人时，与《明堂》《月令》实表里焉，汉世诸经解诂，皆与本书别行，故袁平

(20×19=380)　　河北大学稿纸　225

第　页

左經，春秋传不載經文，《小正》亦别有全經，此特其传耳，传或一事分釋，或兩言兼訓，後人復就此篇分别經传，失其真矣，况本文頗脫誤，世单行《夏小正》非一家，唯宋山陰传崧卿所定者，尤多可取云。

《保传》第四十八　取《贾子书》《保传》《传職》《容經》《胎教》四篇。其《保传》一篇，《汉书·贾谊传》有之。

《曾子立事》第四十九：　以下十篇，並取《曾子书》。《汉·艺文志》儒家，有《曾子》十八篇，今其八篇亡。

《曾子本孝》第五十。

《曾子立孝》第五十一。

《曾子大孝》第五十二。　《祭义》有其文。

《曾子事父母》第五十三。

《曾子制言》上、中、下分别为第五十四、第五十五、第五十六　制言者，法言也。篇大故分为三。

《曾子疾病》第五十七。

《曾子天圓》第五十八。

(20×19=380)　　河北大学稿纸　226

第　页

《武王践阼》第五十九。　宋王应麟有注。

《卫将军文子》第六十。

《五帝德》第六十二，　太史公曰：孔子所传宰予问五帝德，及帝系姓，儒者或不传。谓此篇及下《帝系》篇也。《五帝本纪》《三代世表》，多依此为之。

《帝系》第六十三。　《周官》瞽矇世奠系，故称为《帝系》。杜子春（后汉缑氏人。生西汉之末。受《周礼》于刘歆。值兵革疾疫，弟子多死，惟子春至永平一汉和帝初尚存，年且九十，家于南山。郑众，贾逵，并往受业。《周礼之学始传）云：谓帝系诸侯卿大夫，《世本》之属是也。小史次序先王之世，昭穆之系，述其德行。瞽矇主诵诗，并诵世系以戒劝人君也。故《国语：周语》曰：教之世，而为之昭明德而废幽昏焉，以怵惧其动。然则帝系者，先王所立谱册序以为劝戒。此篇犹古史之遗乎。

《劝学》第六十四：　大与《荀子：劝学》同。"珠玉"一章，见《荀子修身篇》，"河水"

(20×19=380)　　河北大学稿纸　　227

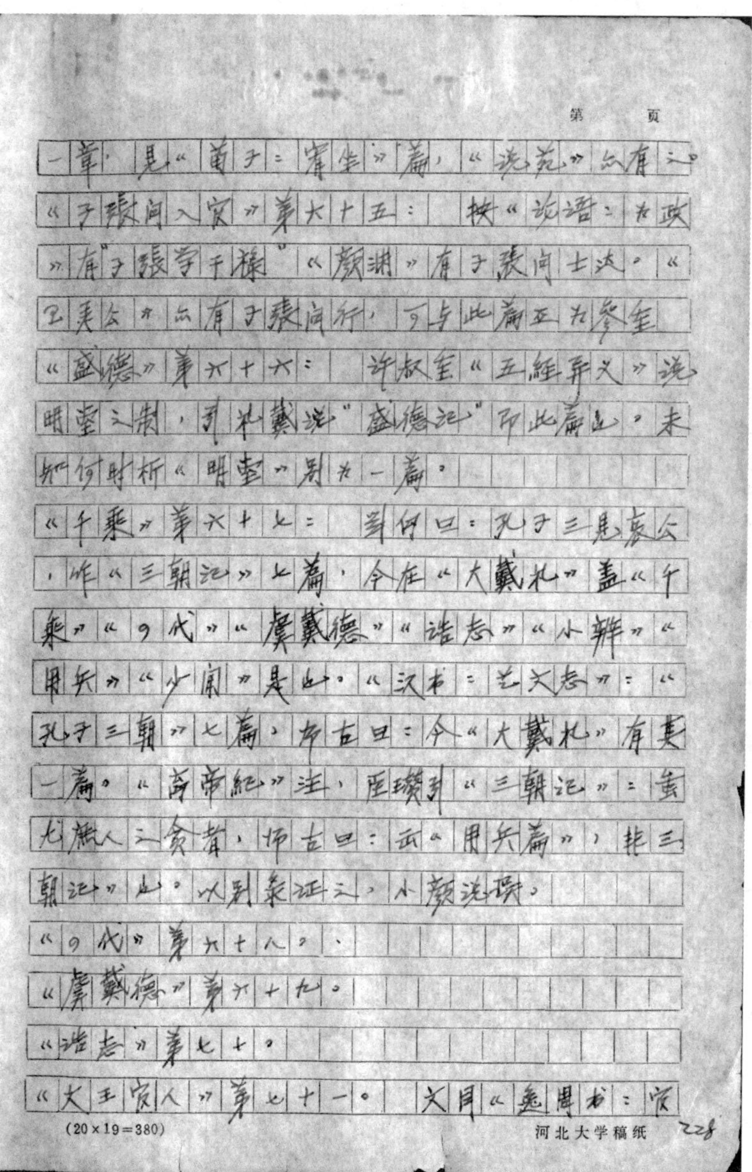

第　　頁

一章，是《荀子·宥坐》篇，《説苑》亦有之。

《子張問入官》第六十五：按《論語·為政》有"子張学干禄"，《顏淵》有子張問士达。《衛灵公》亦有子張問行，可与此篇互為参証。

《盛德》第六十六：許叔重《五經異义》説明堂之制，引礼戴説"盛德記"即此篇也。未知何时析《明堂》別為一篇。

《千乘》第六十七：劉向曰：孔子三見哀公，作《三朝記》七篇，今在《大戴礼》。蓋《千乘》《四代》《虞戴德》《誥志》《小辨》《用兵》《少閒》是也。《汉书·艺文志》：《孔子三朝》七篇。師古曰：今《大戴礼》有其一篇。《高帝紀》注，臣瓚引《三朝記》云：蚩尤庶人之貪者。師古曰：出《用兵篇》，非《三朝記》也。以別录証之，小顏從瓚。

《四代》第六十八。

《虞戴德》第六十九。

《誥志》第七十。

《文王官人》第七十一。又見《逸周书·官

(20×19=380)　　河北大学稿纸　228

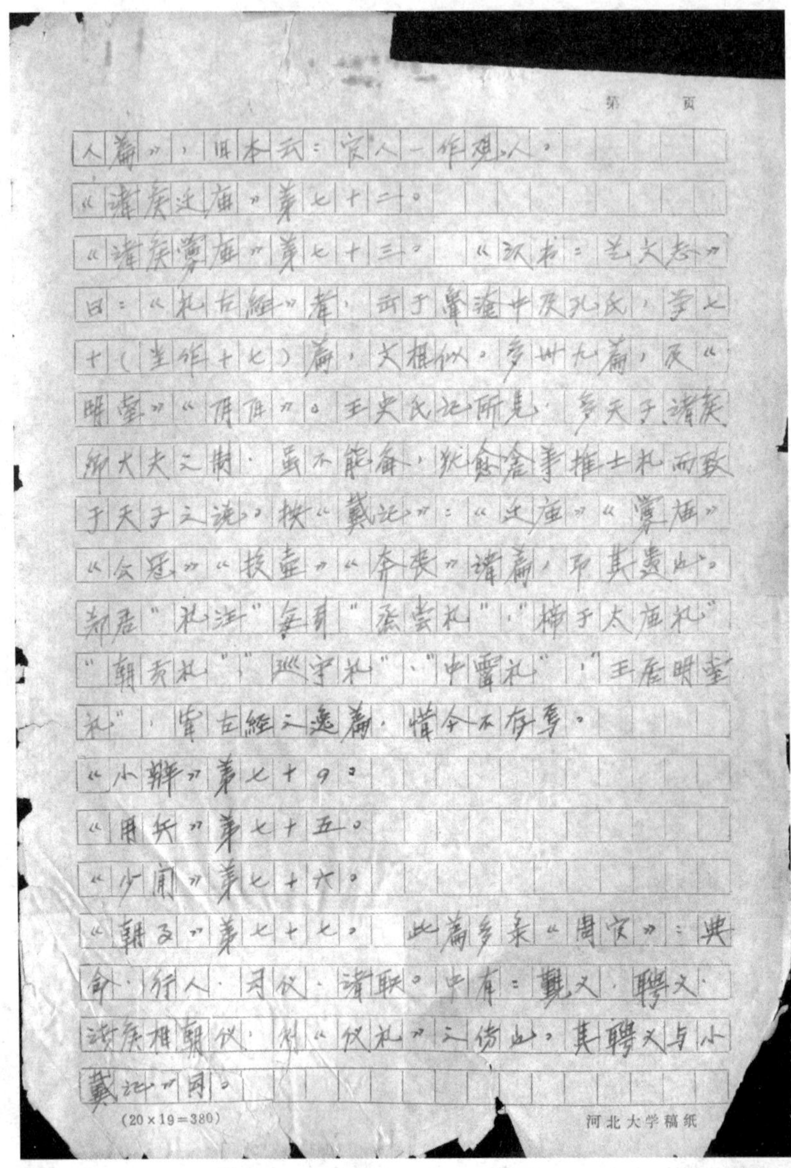

第　页

人篇》，旧本云：官人一作观人。

《诸侯迁庙》第七十二。

《诸侯衅庙》第七十三。　《汉书·艺文志》曰：《礼古经》者，出于鲁淹中及孔氏，学七十（当作十七）篇，文相似，多卅九篇，及《明堂》《阴阳》。王史氏记所见，多天子诸侯卿大夫之制，虽不能备，犹愈仓等推士礼而致于天子之说。按《戴记》：《迁庙》《衅庙》《公冠》《投壶》《奔丧》诸篇，即其遗也。郑君"礼注"每引"烝尝礼"，"禘于太庙礼""朝贡礼"，"巡守礼"、"中霤礼"，"王居明堂礼"，皆古经之逸篇，惜今不存焉。

《小辨》第七十四。

《用兵》第七十五。

《少闲》第七十六。

《朝事》第七十七。　此篇多录《周官》：典命、行人、司仪、诸职。中有：觐义、聘义、诸侯相朝仪，则《仪礼》之仿也。其聘义与小戴记》同。

（20×19=380）　　河北大学稿纸

後　缺

四、小學類五種

1. 甲骨文釋例

中　缺

一、"大"字：

"[古文字形]"·"大" [古文字形] [古文字形] [古文字形] [古文字形]

释文：钟鼎文作[古文字形]《说文》采《老子》之训"天大地大人亦大"故"大"象人形。"[古文字形]"古文"大"、"[古文字形]"籀文"大"，籀文非是。"[古文字形]"乃钟鼎文之"大"字（如《周伯硕父鼎》大字是）

②"[古文字形]"天"：[古文字形]

释文：《说文》：天颠也，至高无上，从一大，按此乃《纬书》说法。其实，天之"[古文字形]"完全象人头，人顶即天也。今人犹呼"天灵盖"焉。古文"天""大"不分。《尚书》"天邑商"甲骨文作"大邑商"；"天乙"作"大乙"，皆是。

③"[古文字形]"夫"：[古文字形]、[古文字形]、

20×15=300　　第 6 页

释文：琅琊刻石作"夵"，古文"大""夫"不分。《说文》"大夫也，人長八尺曰夫，故曰大夫。一象簪形，按"一"是否果是簪形尚不可知，或自于"𡗜"字上加一画。

③"吴·吳"，吴亦"吳"字。

释文：《说文》："吳，姓也，一曰：大言也。"按《说文》训姓之说字极少，且不可信。《三国志·薛综传》有："有口曰吳，无口曰天"之语，又《越绝书》有："以口为姓，承之以天"之言，何承天《纂文》亦曰："吳从口大"，是"吳"字从"大口"明矣。《说文》：从口天，非是。《诗》"不吳不敖"传云："哗"也"，字作"大声"。

20×15=300　　第7页

"夨·夨"夨、夨、夨。

释文：形与小篆略同。但小篆头向左倾作夨，非是。《说文》训：倾头也。

"夭·夭"，夭、

释文：《说文》训：屈也。非是。走字之"走"字谓之从夭止，其实乃"企"耳。從字即当作"徙"。

"異·异"又"異"、"異"（乃"吴"字变体）

释文：《说文》书作"異"训"分"也。从廾畀。畀，予也。非是。按古文作"異"，亦作"異"，又有作"異"（后为"異"，又简化为"異"）。"冀·冀"、"異·異"等字可为佐证。

"文·文"文、文、文、文、文。

释文：上象人头，普通之形为"文"。

20×15=300　　第 8 页

《说文》训：错画也，误，因为它和"交"字相混了。"[illegible]"，大字空中即为"文"字，古"大""文"不分。"[illegible]"，纹身也。"文章""文饰"由此引申。

"[illegible]"，[illegible]，交"

释文：常与"矢"字相混，"交""[illegible]"难分，有偏旁者方可别之，如"[illegible]"可断定其上必为"交"字，钟鼎文两字尚清晰，"矢"作"[illegible]"而"交"作"[illegible]""[illegible]"为腰上加花纹，《说文》训：交，胫也，义近"佼""姣"，均有美态意。

"亢"、

释文：钟鼎作"亢"，前人多识为"太"字，非是，《说文》"大"有"介"形，下加一画即成"亢"字，当读如"杭"。

"[illegible]"逆："

释文：小篆作"屰"《说文》从"干"（干）、"凵"，"干犯也。所以逆之也，不顺也。"甚误，盖小篆之"逆"不过倒"大"而已。古"矢"字先作"[illegible]"，后作"夫"，"逆"亦然也，先为"[illegible]"，后变"屰"，其义皆为逆也，包不顺之义。

"大"之系：

"大"系之字，难解释者甚多（如"奄""夸"等），我们不必讲会《说文》曲为之解。

"[illegible]"

释文：本字难识。《说文》亦有"䫏"字，训"丑"也，从"页""其"声，今逐疫有"䫏头"。《荀子·非相》："仲尼之相，面如蒙倛"（即"䫏"也）注："

20×15=300 第 10 页

逐疾所戴方相、四目（与解放前丧事所用之“开路神”相似）仅二目，然亦作“[illegible]”，因此吾人可知“[illegible]”为面具，“吅”盖二目也。

“[illegible]”、“[illegible]”。

释文：未详，或即“吅”下加“大”字也，“[illegible]”及“吅”等形。

“[illegible]”

释文：未详，当为地名。

“[illegible]”莫、[illegible]”

释文：小篆作“堇”，古文作“𡒘”，甲骨作“[illegible]”，作“[illegible]”，实即“熯、暵”字也，有“烧”之义，以其下从“火”也，亦当作“[illegible]”。

“[illegible]”美”、[illegible]、[illegible]、[illegible]、[illegible]

20×15=300　　第11页

释文：《説文》训：甘也，从羊大，六畜

主给膳也，美与善同义。按许説非是。美

字上之"羊"乃装饰之形，古人戴羊角其上

以为美饰，[illegible]、[illegible]即其例，古形，引申为

"美"。[illegible]、[illegible]。

"[illegible]"字，[illegible]

释文：未详。郭沫若谓其上之形为"[illegible]"有

字，是也。可与"出"、"[illegible]"、"蚁"等字

比较之。《说文》[illegible]

"[illegible]、[illegible]、[illegible]、[illegible]"

释文：未详。乃人持两物之形也。有人谓所

持两物为"[illegible]"、"[illegible]"，不知其言之然否。

"[illegible]、[illegible]、[illegible]"[illegible]

释文：其形之繁者，作[illegible]形，象人以一手持

"戈"，以一手持"盾"，[illegible]，表示已以戈死

20×15=300　　第15页

人矣。

"□、□、□、□"、"狱"、

"□、央"、

释文：未详，与《说文》之"□"字相似。

"□、戴"、□、□。

释文：此象臂下挂饰物形，与下文"□"同义，其文后变作"□"、再变作"□"、或"□"，即"無"字；"□"为"舞"字矣。《说文》解形语殊含混。

"□"、"□"、"□"。

释文：象人提二鱼（盧也），当有"助"义。

"□、亦"、□、□。

释文：《说文》训人之两腋非是，当为"液"字，盖人流汗之时，腋下最多也，液，津也。此为"亦"之本义。

20×15=300　　第13页

"[illegible]"夾"[illegible]、[illegible]、

释文：即"挟"字之古文，象一人挟二人也。罗振玉读为"伏"，非是。

"[illegible]、夾"、[illegible]、[illegible]、[illegible]、[illegible]。

"[illegible]、夾"、[illegible]、[illegible]、[illegible]、

"[illegible]、夾、"[illegible]、[illegible]、[illegible]、

"[illegible]、夾"[illegible]、[illegible]、

释文：以上四字，均象人在衣下夾物之形，罗振玉读为"赫"，非是。"亾""即""皿"字，先夾"亡"再夾"亾"，再夾"皿"，或系谐字音同其义並亦可同，如"榜""鎊"、"緈""𦙫"音义相同可为例：《说文》之"夾"（即陕字）训盗窃褱物也，惟从"示"象挟物之训，则非。又"奭"训盛也，从大，皕声，"奭"古文"[illegible]"训衺视也。

20×15=300　第14页

从大䀠声。“奭”训明也，从㚘从大，除“奭”外，“夾”可谓之“奭”之变文（大变渐成[illegible]），“奭”可谓为“[illegible]”之变文），按之甲骨，“奭”等诸字，皆有匹配之义，盖由“夾”生“匹”，由“匹”引申之义也。

“[illegible]、[illegible]”

释文：此字有二来源：一为“疒”，象人病卧于床上，另一来源为“疾”，象矢中人身致病。《毛公鼎》之“天疾畏”，《尚书》之“天病畏”。小篆作“𤵸”非是，当作“[illegible]”。

“[illegible]、汏”（泰、太）、[illegible]、[illegible]

释文：古文雨点多作“六”形，故知“汏”当从水从大。《说文》有“泰”字“[illegible]”

20×15=300　第15页

小篆："[illegible]"古文，皆人在水中之义。

"[illegible]、立"、[illegible]、

释文：亦即古文"位"字，《说文》甲骨所训并同，——人立于地上，"一"地上。

"[illegible]、乘"[illegible]、[illegible]、

释文：小篆作"[illegible]"《说文》训：人桀为乘，其实象人在木上，作，上树之义也。金文作"[illegible]"，益为明显。

"[illegible]、奔"、[illegible]、[illegible]、

释文：象人在船上，手持篙形，当与"乘"字同义，不知其详。

"[illegible]、陵"、[illegible]、[illegible]、[illegible]、

释文：罗振玉释读"陵"但"陵"从"阜"而今旁作"[illegible]"，似非"阜"字，或知梯类之登高物形也。故此字是否即系《说文》

20×15=300　　第16页

其"陵"尚有问题，不过意义或同耳，古

知"升、滕、登、乘、陵、"等字意义多同。

"[illegible]、[illegible]"[illegible]、[illegible]、[illegible]、[illegible]、[illegible]、[illegible]、[illegible]、[illegible]、

"[illegible]、豢"、[illegible]、[illegible]、

释文：从大从豕，当为大豕，按《说文》

"[illegible]止为从大羊之"羍"字，读如"达"。此

二字是否亦如此读，尚不可知。

"[illegible]、[illegible]、"[illegible]"[illegible]、[illegible]"[illegible]"、[illegible]、即"[illegible]"字

释文：象人在田中也，当为耕佃之义。

"[illegible]、[illegible]"

释文：古文"西"本"[illegible]、[illegible]、[illegible]、等形，

《说文》之"卤"训为鸟巢形，非是。"

"[illegible]"当与"[illegible]""卤"同字，即盛盐之物也。

"卤"即古文"盐"字，西方产盐，故"西"

为"[illegible]"也，此字象人在盐包边形。

30×15=300　　第17页

"从、从"、[illegible]、[illegible]、[illegible]、

释文：《说文》训比也，但从反从反，古文林之说，皆非是。（《说文》之古文亦作"林"）。

"竝、竝、"竝、竝、竝、竝、

释文：象二人并立地上，亦从"比"字变来。

異体

"[illegible]、異"、

释文：亦写为"[illegible]"异字，先本为实中形作"[illegible]"。

"[illegible]、異"、[illegible]、[illegible]、

释文："由"为"甾"字，与其同义，人顶"由"亦为"举"也。《说文》有"[illegible]"，训"举"也。《左传》有"晋人以广坠，

20×15=300　　第18页

樊人慕之。"许氏谓"亦声也"。又《说文》训"冀"字，北方之州也，从北異声，非是。"𠀤"当为中州，《淮南·坠形》"正中曰𠀤州"，古书有杀蚩尤于中𠀤语，且其上非从"北"也，知"[illegible]"字，实即"𠀤"字也。先秦为"[illegible]"，后变为"[illegible]"。"[illegible]""冀""[illegible]、[illegible]、[illegible]、[illegible]"。释文：钟鼎文有"[illegible]、[illegible]、[illegible]"诸形，多为商鼎之字，而读为析子孙，于字固是，析子孙则非也。王宪安谓为抱儿置床上之形，并举周公置成王于床上为例，亦非是。盖"非"当为"斯"或"棋"字，下为"冀"字，当为奉儿于其上之形，音亦读如异。又金文之"保"字（即抱字）作[illegible]，可与"冀"字相参照。

20×15=300　　第19页

"[illegible]、[illegible]"、

释文：今亦难解。

文科

"[illegible]"失"[illegible]"。

释文：《说文》作"[illegible]"，训"越也。从夂夫，夫，声也"。非是。形当作"[illegible]"。凡"[illegible]""[illegible]""[illegible]""[illegible]"诸字，《说文》均误作从"夂"，而不知其象足之形。上训此字，知去足形，便为"失、完、允""晃""夏"字，乃一而二、二而一者也。但，凡从文者，均当作"[illegible]"（画二足于下），此处何得只见一足？盖登高之故也，凡登高字均是一足。例如"[illegible]""[illegible]""[illegible]"（先）"[illegible]""[illegible]"（老），均由此字变成。或少数民族以草饰顶之形欤？

20×15=300　　第四页

"[illegible]"、"[illegible]"、

释文：此字今尚难解。"[illegible]"或为"[illegible]"字，"[illegible]"或为"[illegible]"之字，盖午跽之象也。

意料

"[illegible]、[illegible]"、

释文：今尚难知。"[illegible]"为夫上戴盔之形，右旁为"[illegible]"为"[illegible]"，即"克"字。并书"[illegible]"则为"[illegible]"字。

"[illegible]、[illegible]"、"[illegible]"

释文：此字亦可书作"[illegible]"为人手持弓形。又石鼓秦刻石有"[illegible]"字，其义当与"[illegible]"同。

人部

"[illegible]、人、[illegible]、[illegible]、[illegible]、[illegible]、

释文：钟鼎之最古书法为"[illegible]"，《说文》

20×15=300　　第 [illegible] 页

中凡有二形，一为“[illegible]”曰：“天地之性，最贵者也，此籀文人”。一为“[illegible]”，曰“古文奇字，孔子曰：人在下故诘々”。按此乃附说，盖人凡在下者多作[illegible]形，如“兄”“[illegible]”；在旁者则多作“亻”形，故《说文》之小篆本此以分形也。古文皆作“[illegible]”形，其义有仁亲等，《方言》：“凡相怜爱，沅湘之间谓之人兮。”又周初东夷之夷，《尚书》亦作“[illegible]”形，《论语》“夷俟”为踞义，而“[illegible]”适有踞形，是“人”“夷”二字古通。

"[illegible]"允：[illegible]、[illegible]、[illegible]、[illegible]、[illegible]。

释文："允"字上象人首北之形，其后变为[illegible]、[illegible]、[illegible]、[illegible]。《说文》："允，信也"。

"[illegible]"亓。

释文："[illegible]、[illegible]"先变为"亓"（甲骨文之点，多变为一，如"[illegible]"为"上"，"[illegible]"为"千"之类，即是）"兀"，《说文》训上平也，非是。又甲骨之"一"亦多变为"二"画，如"不"之变"示"，"元"，首也。《孟子》："勇士不忘丧其元"，《左传》："归国子之元"。

"[illegible]"兄。

释文：此非"兄"字

"[illegible]"兄"[illegible]、[illegible]、[illegible]、[illegible]、[illegible]、[illegible]、[illegible]：

"[illegible]、[illegible]、[illegible]、[illegible]、[illegible]、[illegible]、[illegible]。

释文：兄，原始由人头变来，用有说话之义，与"祝"通用，古音读如"蛙"。齐镈之"兄"作[illegible]，古文之画常长出也。又从"人"之字，均可从"卩"，故"[illegible]"亦为兄字，[illegible]字，多出一手。

"[illegible]·旡"、[illegible]、[illegible]、

释文：[illegible]与[illegible]为一字，[illegible]又为一字，《说文》有旡、欠，又有[illegible]字，"旡欠"即今日"呵欠"字也。欠即[illegible]字，《说文》从彡，非是。旡则向夫之形，《说文》另作[illegible]云："飲食逆气不得息"，亦非。《说文》盖以"[illegible]"（吃饱了）"[illegible]"（人去吃飯）为义也。按[illegible]变[illegible]，再变[illegible]，已尚闕，但"[illegible]"（爱）却从之。《说文》爱从夊㤅声，非是。爱固从心也。《说文》训爱为"知彼避风，亦见之候"故僾即爱字，爱亦即字，"概"为其引申字。

"畏、鬼"、[illegible]、[illegible]、[illegible]、[illegible]、

释文：此文本是《说文》，《说文》上有鬼字作[illegible]，又有畟字云："行畟畟也"按即鬼字下画一脚形也，又知"愄"后变为"畏"再变为"鬼"，本为恐惧之义，引申为鬼神。又"甶"夫形也，故鬼又有大夫义而训傀伟。

"[illegible]·見"、[illegible]、[illegible]、[illegible]、[illegible]、[illegible]、[illegible]、[illegible]、

释文：鉢作"[illegible]"，又有望后之"[illegible]"，艮、

天津市红星印刷厂 20×20=400　　第 24 页

眼，亦可与嘴的前为欠的后为即字相比而言。又“鄉”（即鄉、鄉、嚮、饗字）为二人吃饭的形状，因可推知“既”为一人吃饭之形。既，嘴向后亦为吃饱之义，谓为“鄉”者，非。见，先为“[illegible]”次为“[illegible]”再为“[illegible]”后为“[illegible]”再后为“[illegible]”（即页字）。是尾为夫义，因夫上顶眼故后有见意。（[illegible]则为艮字以其目向后也。艮后为眼字。[illegible]、[illegible]、[illegible]、臥（临），此与[illegible]、[illegible]、[illegible]、[illegible]之变相同。“[illegible]、[illegible]”[illegible]、[illegible]、[illegible]、[illegible]、[illegible]、[illegible]、[illegible]、[illegible]

释义：今尚无此字。《说文》有“朢”训月满与日相望。目为臣，从月从臣从𡈼，𡈼，朝廷也。极为牵强。又谓“望”古文作“𦣠”，盖许叔重不知臣字之义也。臣者，即目之变也，不过竖与横之分而已。故“望”本为人上目竖，示人在地表上望也。其形本作[illegible]，后变作[illegible]，有脚形矣。再变作[illegible]，足形对空并添一以示地。朢则后起之字。从月𡈼声者也。又古圣字之变正同。望字圣字原形作[illegible]

人上頂耳，故有听义。其后变为[illegible]（毙齿难识）[illegible]后变为[illegible]及聽。

"[illegible]，兒"，[illegible]，[illegible]。

释文：《说文》"孩子也。象小儿头囟未合。"夫囟未合之说，非是。当为小儿牙齿未全之象也。[illegible]、[illegible]，此脑形；⊠、[illegible]，此颅形。[illegible]为鼠形，上示其齿，故兒字当以此解说之。

"[illegible]，兒"，[illegible]，[illegible]，[illegible]，[illegible]，[illegible]，[illegible]，[illegible]。

释文：[illegible]，罗振玉释为子字，董作宾释作麟字作获白麟解。唐兰先生认为当是兒字，盖小篆之兒作兒，[illegible]，[illegible]，[illegible]，[illegible]，[illegible]，今有人认为即商之王兒（倪）者（根据《庄子》王倪），或即兒字，[illegible]正象人头未合也。甲骨兒字亦有是种书法"[illegible]"，故"[illegible]"当是兒。

"[illegible]，先"[illegible]，[illegible]，[illegible]，[illegible]，[illegible]，[illegible]，[illegible]，[illegible]，[illegible]，[illegible]，[illegible]，[illegible]。

释文：先为[illegible]，象头发上竖形，次为[illegible]，再变为一作[illegible]，再变㞢为[illegible]，最后又变㞢为[illegible]，作[illegible]（[illegible]，[illegible]，[illegible]），按先与老古通用。今"张猛龙碑"之"張老"就作"張先"，《论语》

26

"有酒食先生馔"之"先生，即"老人"之意。

"□，□。

释文：此字今尚难解，但绝非老字。

"□，老"，□。

释文：□即先之变形，□，□，不过手中多一杖形而已。又□常可变为□，亦此类也。"个"《说文》多变化为"匕"字。

"□，光"，□，□，□，□。

释文：《说文》："𢼸，妙也，从攴从人，岂省声，非是。（"岂下作𢼸省声）当为耑省声，因耑之头亦作□。戴侗《六书故》作从耑从非。钟鼎石鼓之文均作□，□为后披之发形也。如□（微）字为背上披发之形。（用于军中）徽、微二字在小篆中极相似，故徽亦当为后披发之义。

"□，長"，□。

释文：長先为□，次为□，再次为□。《说文》训从兀，言远之意也，从匕久，又变化匕声，又匕为匠也，均极牵强。其实，長上之□，仍象人头发之形而已。

第 27 页

"□、□"□、□、□、□、□、□、

□、□、□、□。

释文：与先字大同小异。先古书为□，若古书作□，是其发多[illegible]二支而已。《说文》训择菜也，从艸右声，知其总旨甚鲜。唐兰先生以为□（□）字金文有之。非是。又亦作□与此通。《诗》"莠言有之"即若字之义也。若真书当作叒（《说文》训：日初出东方汤谷所登榑桑叒木也。非是。）即□字，非桑字。（桑字《说文》作叒亦非）桑字古书作□，后变作□。若先为□，次为□，小篆混叒为一谈。若当为两手上捧，中为发形。

"□、□"

释文：此字今尚难晓，但亦当为两手上捧之形，甲骨文中当为人名。

"□、□"□、□、□、□、□。

释文：此字《说文》训：持也，手有所持之形。一书作□，非是。古文有□或□、□，方有持意。此当为执字也，《说文》混执、持为一耳。

"[illegible]·氐"[illegible]·[illegible]·[illegible]·[illegible]·[illegible]·[illegible]。

释文：氐前人以为种族名，非是。盖此字乃动词非名词也。唐兰先生认定为勺字。《说文》之勺作[illegible]，训与包同意，非是。包定为[illegible]也。

"[illegible]，匕"·[illegible]·[illegible]·[illegible]·[illegible]·[illegible]·[illegible]·[illegible]·[illegible]·[illegible]·

释文：《说文》：柶也。乃匕，反人为匕，非是。乃、匕、[illegible]、[illegible]，古文不分。又人字古文[illegible]、[illegible]不分，而《说文》以[illegible]为匕，亦非。（古文只手字分[illegible]，ナ为左，[illegible]，七为右）此字在甲骨钟鼎文中最普通之说法为"[illegible]"，象人伏于地上之形。小篆文中以为[illegible]、勹包字，其形作[illegible]，实即匕字之变形耳。"盂鼎"[illegible]、[illegible]（匍、匐）从[illegible]即包字，亦即匕字也。至《说文》之[illegible]训从匕从十，训[illegible]为包，非是。《说文》盖为释字之偏旁预先作解也。《说文》之释，原有重文[illegible]，[illegible]而[illegible]而[illegible]。故释旁定是[illegible]为包字之同文，非有异也。

"[illegible]·企"·[illegible]。

释文：[illegible]文乃人下象脚之形，名生行义。"企予望之"则又有翘脚之义矣。

"[illegible]·了"[illegible]·

释文：《说文》假为符节作[illegible]·瑞信也·从为[illegible]二形之合·可以見伏也。但了在古文完全象人之形。知此为人去吃飯之义。鲁罗振玉识了为人形之后，凡甲骨上从了字者多可迎刃而解。其字上象人头，下象人脚。

人科

"[illegible]·允"·[illegible]·[illegible]。

释文：此字現尚难识，但知为人头顶四具之形。

"[illegible]·羌"[illegible]·[illegible]·[illegible]·[illegible]·[illegible]·[illegible]·[illegible]·[illegible]·[illegible]·[illegible]·[illegible]·[illegible]·[illegible]·[illegible]·[illegible]·[illegible]·[illegible]·[illegible]·[illegible]·[illegible]。

释文：《说文》作羌。苟为苟，敬为敬，羌，西戎牧羊人也，从人从羊，其说不尽是。（羌为民族之称则是矣。许叔重止识羊为羊字，丫则未之知也。故谓敬为从丫从勹从口（苟亦为从口羌声）所以非是，古文字中羊字本为[illegible]·后为[illegible]·为丫·为[illegible]·为[illegible]·为[illegible]·为羊·为[illegible]，均一字也，此与牛字[illegible]象牛头之义同。故许氏讲为夫身脚尾之形者非。盖羌与苟（敬字）原为一字，甲骨文中羌亦多假用为羊字也，此以羌羊声通耳，因此，羌甲又多变为玢甲，罗振玉谓[illegible]为羊，左持之形，其字则是，其说则非也，甲骨有"羌方、羌十人"等等，是证其为人称，民族称，非羊字也。郭沫若谓羌为苟狗，因指苟甲为沃甲亦谬，郭並系据[illegible]形以释者。羌为周室当日西方最大之少数民族，商与羌人多征战之事，祭宗庙时常用为牺牲，故有縶羊系之以绳的形象。

"[illegible]、苋"[illegible]、[illegible]、

释文：今尚难解，或即羌字，然亦为一民族之名。

"[illegible]"

释文：此字今尚不知。

"[illegible]"

释文：此字今有两说：一为[illegible]参，一为叟。

"[illegible]、[illegible]"[illegible]、[illegible]、[illegible]、[illegible]、[illegible]、[illegible]、[illegible]、[illegible]、[illegible]、[illegible]、[illegible]、[illegible]、[illegible]、

第 31 页

装订线

释文：《说文》从禾千声，已为形声字矣。甲骨文上[illegible]、[illegible]，本俱相同，古文之年，即象人背禾，代表禾多之义，其下从人非从十也。与其类似之字为秀[illegible]，亦即后来之秃字，今犹有秃顶为秀顶之方言。

"[illegible]、何"[illegible]。

释文：何，从人可声，即《说文》之何，其实何即象人以物担于肩上之义。《说文》训担也是是。至荷则后起之字矣。[illegible]变为[illegible]，即今之何字。又金文中有[illegible]，先不能说，今日视之亦即何字，不过把头转过去了而已。

"[illegible]、戍"[illegible]、[illegible]、[illegible]、[illegible]、[illegible]、[illegible]、[illegible]、[illegible]、[illegible]。

释文：金文形作[illegible]，前人多释为子负戈形，唐兰先生定为戍字。按《说文》从戍之字有二：一为伐，甲骨作[illegible]，人以手斩人头用戈之形也；一为戍，从人荷戈（戍）应当正是戍字。

"[illegible]、弔"[illegible]。

释文：《说文》作弔，从人从弓。古人送葬持弓，以击侵尸之鸟兽，其说非是。弔，古人

天津市红星装订厂 20×20=400　　第 32 页

不从弓，而书作[illegible]形。"弔"，矰矢也。上为矢夫，下乃绳形。故弔字当为人负矰矢而去打猎之义，与弔祭无干。甲骨金文多白（伯）中（仲）弔（叔）季连称，是弔假为叔字也。又《诗》："昊天不弔"，弔，善也，亦一解说，盖声音之变也。弔，汉人多读为叔，如叔林父之为弔林父之类即是。又淑、叔通用，亦与菽同义。叔本有豆义，故汉人亦读为豆。周之豆本为皿形，汉人因又谓为鐙豆。一音之转耳（吴大澂、罗振玉俱知叔为持弓或弓之形，但未识其为矰矢）。

"[illegible]、耤"[illegible]、[illegible]、[illegible]。

释文：此字罗振玉谓为埽字，非是。余永梁识为耤字，盖从金文[illegible]字："王耤农于諆田"诶之也。甲骨之形则象人持耒以掘土者。

"[illegible]、執"[illegible]、[illegible]、[illegible]、[illegible]、[illegible]、[illegible]、[illegible]、[illegible]、[illegible]、[illegible]、[illegible]。

释文：[illegible]，后变为[illegible]，再变为[illegible]，后变为[illegible]（睪）皆象人夫手套甲胄之形。

"[illegible]"

释文：罗振玉以为鬲字，非是。

"[illegible]"、"倗"

释文：《说文》朋、凤为一，非是。朋，锡贝，象人以手持锡贝形，非凤鸟之形。

"[illegible]"、"[illegible]"[illegible]。

释文：象人手提一物，金文书法同此：[illegible]。

"[illegible]"、"介"[illegible]、[illegible]、[illegible]、[illegible]。

释文：《说文》作[illegible]，以为界字义，非是。罗振玉以为甲形，作介胄不拜，亦非。古文人多从[illegible]者，不应尽释为甲，如[illegible]，当为人而汗之义，以"丨"在甲骨文中多为水点之义也。

"[illegible]"、"𠂢"[illegible]。

释文：前人未知，《说文》之𠂢作[illegible]，非。

"[illegible]"、"[illegible]"[illegible]。

"[illegible]"、"千"[illegible]。

"[illegible]"、"𡈼"[illegible]、[illegible]。

释文：《说文》𡈼，善也，从人士，[illegible]，非是。又说：从土，象物挺生也，亦非。按甲骨[illegible]（望）[illegible]，下均从𡈼，故𡈼当为人形，[illegible]、[illegible]。甲骨之土书作[illegible]，以是有人改[illegible]为土[illegible]

故壬与立，同言人挺立地上也。立，即立字。

"𠍉·休"，休·休·休。

释文：《说文》：休，息止也。从人依木，是木乃木字，非禾字也。甲骨从木，钟鼎从禾。

"㑭·㑭"㑭。

释文：宿，此罗振玉之说也，甚是。《说文》宿书作𡪢。古文㑭、㑭。子㑭，臣云晃，读作宿字。《说文》之训繁琐，且从丙旁亦非是。丙，金作㐫，丙金作㐫，故宿字金书作𡪢，或𡪢，㑭即宿之古字。㐫为席形，非臣云晃。和㑭为人跪席上；㑭为人卧席上（方是宿之本字）可证。

"仔·仔"仔。

释文：《说文》克也。从人子声。古文从人从子之字甚多：如保字今书作保，而古文作㑊，由此字一变为保，一变为㑊（仔），故仔亦为置幼儿于肩上之义。

"㞐·居"居·㞐。

释文：居，钟鼎作㞐，（㞐）不从古，金为倒子古也。古读为云字。居，甲骨有时又作㞐，毓即育字：王竞安谓为妇女生儿之形，甚多是。但甲骨用作后字，而司及后，在甲骨文上皆作司字耳。

"[甲骨文字形]，庴"

释文：从人从舟，唐兰先生疑其为履字。此因舟，人在船上为履，今小篆书作履矣。

"[甲骨文字形]，从" [甲骨文字形]、[甲骨文字形]、[甲骨文字形]。

释文：即今之从字，[甲骨文字形]、從。《说文》中此例甚多，知巡之为辵，又为巛。严格说来，從当为从，而徙当为迹也。从，《说文》训：相听也，其实乃随行耳。从与比之别为[甲骨文字形]与[甲骨文字形]。

"[甲骨文字形]，北"，[甲骨文字形]、[甲骨文字形]。

释文：人相背而驰，《说文》训乖也，是矣。背，北之引申字也。古文[甲骨文字形]为乡，故[甲骨文字形]当为背。又古代房屋多面南，于是北方之北，由背后之背生云。

"[甲骨文字形]，化"

释文：象人往上下来，故有变化义。又有死义。《孟子》：且比化者，无使土亲肤。化者即死者也。

人系

"𠆢、仁"

释文：按甲骨文常有在一大甲骨上，先标一、二、三、亖、五、八、十、〢等数字，如人字与二字相连，则成形为仁矣。今人常有把古文之字数与物数合而为一字者，如孖为孳，孨为孙，牪为物，人五为伍，凡记数之形声字，多以其数为声而以其物为义者，仁亦如是，或为二人也。

"伊、伊" 㑯、伊、㑯、伊、伊、伊。

释文：《说文》谓尹字造成后始有伊字，非是。伊盖即为尹字之全文也。尹象人以手持杖形，故尹有居义，从人与尹，其字如一。

"㑅、佝"

释文：《说文》有佝字，及佝字，佝训疾也，从人句声。

"偁、偁"

释文：偁，系由象形字变为形声字者。再，乃古人用以举物之器形也。如稱字为𥝌，冓字

天津市红旗印刷厂 23×2=400　　　　第 37 页

为爯，偁字为俞，故偁或为载义字，从人再声。

“傳·傳”

释文：此以假借变为形声之字，《说文》以传至于后来之释传，然传之本义则不可考矣。

“伷·屈”

释文：《说文》从出，当系从曲之误。

“估·偕”

释文：此字今亦难定。前人多读为咎。但《说文》之咎书作䛇，当为甲骨之备（㡀）字。后世之咎字，当从各从卜，不从人，偕或为俗字也。古文之正书作㗊，只是错形，后因成咎。

“𠘧·仿”。

释文：后变为易、傷。《说文》无此字，或为伤字也。《说文》之伤作𥏼，训从𥏫省声，但入字许慎未能释出。故伤字或当为𥏼（即𥏫字）𢓜，字加人者（傷）。

“𠊱·便”

释文：当为形声字，但不能说解。

"𨑡。

释文：此字亦不能知。

先科

"[illegible]·[illegible]"[illegible]，[illegible]，[illegible]。

释文：《说文》书作[illegible]，训象对木条之形，非是。挟钟鼎甲骨证之，知其从先不从人也。以前认[illegible]为冑形，其实先与[illegible]为一字耳。知[illegible]从先亦从[illegible]。[illegible]上之[illegible]死为冑形，是[illegible]或为戴义也。

"[illegible]·[illegible]"

释文：《说文》说也，从人[illegible]声，非是。但[illegible]字为何从八从先，今亦不知。

"[illegible]·[illegible]"[illegible]。

释文：罗振玉以为鬼字，非是。鬼在甲骨作[illegible]。其字或为[illegible]也。

先系

"[illegible]·[illegible]"

释文：从先从卅，但不知其音义。

"[illegible]·[illegible]"[illegible]·[illegible]·[illegible]。

释文：从先从[illegible]，亦不知其音义。

39

"[illegible]·[illegible]"

释文：今亦不知其音义。

競支科

"[illegible]·曉"

释文：古文𢍰·𢍰·今。《说文》之[illegible]·为错字，毛公录[illegible]·其旁即競字也，曉，㠯为箕形，古书作[illegible]·其后变为㠯·[illegible]·箕。此字金文作[illegible]·即期字。

"[illegible]·競"释。

释文：[illegible]·象人头戴帽为竞之原形，其后变为[illegible]及[illegible]，由[illegible]变[illegible]·今之即競争之競字。

"[illegible]·[illegible]·[illegible]·

释文：竞字头倾之形，不知其音读。

欠科

"[illegible]·炊"

释文：罗振玉误作[illegible]（卯·[illegible]）字，按卿字甲骨有[illegible]·[illegible]之形，或是。唯郭沫若读为既字[illegible]，则非。

凡科

"[illegible]"[illegible]飲·食·[illegible]。

释文：此字今尚难识，其形乃一蛇上咬倒夫之人，第二字为人倒夫而手持酒瓶，（日、[illegible]、酉，古为酒瓶之形）伸舌饮酒（古文舌，书作[illegible]）即歙字，亦即饮字。

見科

"[illegible]，覔"[illegible]、[illegible]。

释文：上象人眉毛形，前人不知其义，唐兰先生释作覔（[illegible]为眉，[illegible]为媚，[illegible]为湄，[illegible]为麋），[illegible]，金文。

"[illegible]，莧"，[illegible]。

释文：[illegible]，金文，可以说莧字見由覔变化而来。

畏科

"[illegible]，畏"，[illegible]。

释文：象人蒙面具持朴打猎之形。

先科

"[illegible]、[illegible]。

释文：象人由筐中提出酒瓶形，前人识为魂字非是，因魂字甲骨另书作[illegible]。

"[illegible]"斗，[illegible]。

释文：象二人互相揪扯手斗之形，《说文》作

第 41 页

[illegible]训两士相争，兵杖在后，非是。罗振玉
释谓[illegible]为鬥，唐兰先生指为[illegible]字。
"[illegible]、耋"　　老科
释文：象老人手持矢形，与到字[illegible]、[illegible]、相似。
[illegible]（致）字，亦是以手持矢插地上形。
真科
"[illegible]、駴"[illegible]、[illegible]、[illegible]、[illegible]。
释文：[illegible]，甲骨文夫形多如此。[illegible]、夔，母
猴形，后变为[illegible]。人古与猴古古同，祗于
有尾为猴，无尾为人上分之也。駴字象人
手持一戈，不知其今义，或者于天乎？

天津市[illegible]稿纸（20×20=400）　第 42 页

甲骨之文

贞勿戠
豯
贞羽辛
丑且辛
戠勿牛
贞辛
贞羽辛丑其又且辛𠱠
贞母又才正月
庚子卜行曰贞羽辛丑其又久戠于畔

释文：图为大骨之形，为黄氏所芏，文在《殷契佚存》中。此先仅录其右侧一条，文系自下而上读者。其文左半较右半时期为早，文又较少，故从略。

按见于左半之[glyph]字，罗振王释为蓺，非是，唐兰先生认为是𩰫字。又左半第一行之勿即物字其形为[glyph]。《诗》有三十维物"物：杂色牛也。"

乙义卯
未京十
図羌牛
于三
中

释文：此为纪
日之文。"俎
于义京"言祭
日也。"卯"
杀也。刘之本
义"中"人名

五五五
十十十
豚羊犬

释文：甲骨文
中犬豕之分，
只视其尾之長
短而定。犬为
犬，豕为豚。

卅卅卅
豚羊犬

又其大五十
多倒装，十五

廿廿廿
豚羊犬

始要装。
"十五犬"下
尚有董书之"
丁酉卜王"曰

十十十
五五五
豚羊犬

占卜王"宜补。

第44页

壬贞㞢王
午田王直
王疐来曰
卜早亡吉
巛

辛贞来曰
巳田亡吉
王疐巛
卜㞢王
直

戊贞直㞢
寅田曰隻
王雉吉兆
卜㞢丝廿

壬贞来直
申田亡曰
王喜巛吉
卜㞢王

释文：由此文中可见商代田猎之多。

按"喜"即辜字，（甲骨文字下加口形者多读本字）"雉"旁来不从鸟从隹。另：罗振玉释为御字、非是，隻即獲字，以手得鸟之形也周文中之篗，乃后刻字其双獲手刈更系隻之到中字矣，狄为瞿后，非狼箕乃四形，此为地名，

第45页

出王䢅　　释文：伊尹名伊，
二伊奴贞乙　　宜尹，非姓，
牛尹其亥　　伊名尹也，阿
尹伊奴贞乙　　衡亦非。伊尹
亥　　甲骨中作黄尹，
彗贞　　當是黄名尹宜。
又日癸　　又帝即禘。五丰
蝉食月酉　　當為人名。古
贞　　文丰為豐字
隹又日癸　　者則封字矣。
蝉食月酉　　其實者即菜蔽
　　形，《詩》有
北宗正于　　采封是也。丰
　　又有系璧文《
出南于　　說文》卖為珄字
田贞癸　　田即上甲，又
黄于酉　　有亩亩二种，
三贞　　至即出（倩）
小
隹乃唯又亦有正即征蝉即若

第46頁

出又
吉方帚其受
人乎伐
贞𦍒𤼈

二告

乙巳

贞吉𤼈人
方帚
𦍒乎伐

二告

释文：二告等与本文无关，乃术语也，（如不𠂤、𢀛之类）吾以前不能识，甲骨有吕舌等字与吾同，此地当是国名。又辜伐也，𤼈识为登字者非是，因甲骨别有登字，其形为𤼈，豆为豆，豆乃皀也，又等于有祐字。

第 47 页

不我其受又
正吾方下上[illegible][illegible]
㱿貞旁隹王
癸丑卜

释文：正即征也。又、亦即祐字

貞叀
王㞢
伐吾

貞叀
王㞢
方伐吾

貞乎
多𠂤[?]
方伐吉[?]

貞旁
隹王
㞢乎

释文：左文叀即叀[?]字，但不知其意。㞢即往字也。

第 48 页

壬戌卜㱿贞三令找吏步伐吕方

丁贞 己王 亘周 贞曰 正正

释文：三非数字，可能是二乚的合文。容庚读为彤，训谓其象水，非是。盖此字为横书者耳。

又品为延（征）皆为各，韦为卫，其初形也。由韦变成围及卫；更由卫变成训周匝之义。

按足在金文中书作正，足、与正彳。郭沫若谓足通征，足二义，则非矣。

又㱿，郭释为乐口则是。因《诗》有："以雅以南"，此字正象人以手持槌击南之形也。古文中如殸（磬）鼓（鼓）可证。《说文》之㱿作㱿，甲骨作㱿，然则谓㱿为㱿者，非是。

天津市…… 第44页

步，人名。米为來字。《说文》作[illegible]或[illegible]。

释文：牟卬字，牵，叀与叀有别，吏有使与二用，

庚申卜殻

貞乎伐

吉受出　貞𡧊令

因口月　我吏步

三令

我

吏

步

帚　貞　癸貞貞乎

其

㝵　帚　正

第 50 页

释文：䰕为商之祖宗名。

又卜例有一古（占）字

乙卯卜不雨䰕宗木卒

乙亥贞其今

又岁于伊尸

释文：
如倒见之为
，象以手
弃物之形，
或即岁字。

豩尞

萅

尞

四

牛

三强

牢

米戌

释文：豩即强字，米
读为燔，燔、柴祭
名也。（甲骨文中
米为尞，米为燔）
豩在此有强豩及地
名二义。尞即燔柴
祭天之义。牢乃牛
也。盖之书法有
羊形。后变为岳字。声近。

又因即组字，冓有遘意。

第 51 页

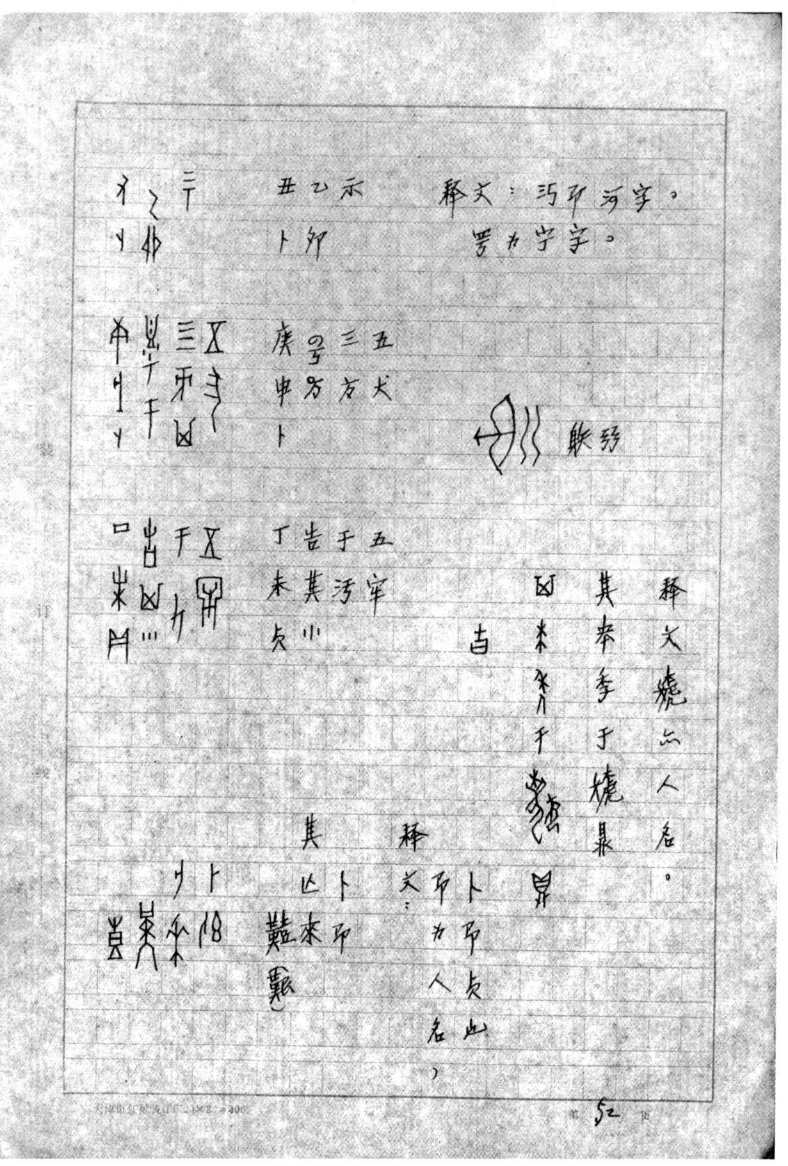

贞子　释

王从戬　文：　贞

贞多手沚　沚　来

甫臣从戬　读　于

王　知　兄

从　迭

己卜　由　释文：兄

丑骰　　非兕，

贞从　　乃兄字。

册酉其麦

乙七告

子丁　释文：完生完之古

之完酉　文，亦作宾字，七卜

告册卜　无也，古文来即麦字，

麦庚　《诗》"贻我来麰"，

第 53 页

戊
又受
尸 焦 方 贞
黄 出 吉
隹 宅 己
之 贞 亥
卜
庚 贞
出 日
步 冨

释文：冨为国家名。非祟侯虎之祟，盖祟为文王时人，此则商宗时文也，矣甚似寅字，可读为黄字。甲骨中非尸与黄尸为二人。吾方国家名，戌为人名。

国
国 卜 芜
日 亘
乇 其 贞
隻 隻 蚉
二 己 豕
酉 隻
王
蚉

释文：亘，亦可书作𠄢或百，由亘变为回（回）亘在此为人名。蚉即逐字，豕即豕字，隻即獲字。

第 54 页

隹九祀……又
小甲彡夕……帝
正月遘……貞今
不[女力]方……癸丑

冬七祀
八十彡夕……子
吕日𠤎……冎亼
不綫中……五文

释文："不[女力]"不知其义。夕、方字，非人字也。才，在也。遘，乃由再字变来者。彡，耶形字。帝，杜字也。

释文：
山宰華，纲山。
可与乃"经"日中对。"吴"文文相比，眘，地名

吉吉
吴其雨
吹囟𠕁

王囟吉王其眘
田吹田吴
不𠕁不雨

㝵⊙中日
囟𠕁其雨

第 55 页

（上甲以下之报丁、报丙、示壬、壬癸[illegible]、毋不与焉）

释文：此合祭祖宗之文也，雨自二字当在桒下。上甲，上商人名，祭之礼，从上甲以后9大一中三且之制，乃板清之系统？

第 56 页

大冊　　释文：贞，人名，𠂤即居字。甲骨文中原有

贞口月　　居字。曹，即曹字。

多冊

君由

十　　甲　释文：羽即八羽，

岁　　戌　　通作八佾。

羽

酉　　亡上

乙　　王固

万　　午乙

羽亥

羽祖羽

丁大癸巳

羽　未丙

手龙　释文：来即秦字。象龙

争羔　　角形。后变其角为

籽龙　　耳。

第57页

貞丁　今卯　日卜　雚大

释文：雚，風也，罗氏说：[illegible]，風，象形，从凡声，亦作鳳，ᐁ，角形，古文龙、凤、麟、鹿皆有ᐁ。

口不貞己　不求𦣞亥　卜　王

释文：𦣞，嗐字，人名也，次即古文涎字，象人口角流涎之形。

𣪊今于　辰日　貞步（臨潭）

释文：臨，潭，[illegible]为[illegible]字，[illegible]为潭字，西即樺字亦作[illegible]字用。

缶貞丁　于王卯　罗𦎫卜　𣪊

释文：罗即蜀字，象形，桑中虫也，缶室也，地名

58

丁贞㞢　释文：㞢，牵也，以手
酉卜雾　　㞢，牛也。牵牛以手。
卜隹　　雾即霾字，云雾多也。
戋　　　多即貍字，象貓形（
壬宾壱　横看）。
辰贞丁

于用贞戌　释文：叀，甫也，
丁三叀子　　不知其义。白羌
用白今卜　　可与《竹书纪年》
羌夕完　　文白麦比较言之。

隹贞　释文：䍜，眉也。
䍜我不　在此为麋字。甲
出　　骨文中多画一眉
　　　夫不画其身。如
　　　虎作虍、鹿作𢉖。

第 59 页

释文：王、羲、倶为人名。𠂤为师字，横书则为𡿨𡿨字。金文中有𠂤为匝之𠂤者，即后世之堆字也。上𨛜地名，𨛜即《说文》之鄨字。𥮊之原形与𥮊、𥮊、龟字相近，或为秋字也。湫，为地名。𦎫即敦字，伐也。商，地名。正，官名。各即友字，此借为祐。

于商正余受各王占曰吉

上鏧酉今𥮊其𦎫其手湫示

庚寅王卜在羲贞余其皇在兹

释文：凡卜下之字必为人名。

戊辰寅田

允正

己卯卜全牢

于蔑三牛

口正

第 60 页

帚贞其大
戌来桒室
丫丁丁于西
大亥于丁卯
桒帚贞乙＝
庚㞢
五于　丑
宰

释文：桒，祭名也。丁于，人名。西卯，即西也。商之祭位，有南卯北卯东卯。

事古于口贞丁　释文：林丙
肤卜方令丑　冉字，古未读
林卜　知盬。《诗》
三　王　"王事靡盬"
月余衮贞　《史》"韩父之
戠占余丁　盬"盬固也
贞于丑　余亦人名，衮
占余丁卜　或为枕字。
丑王　戠，牛名。

第 61 页

人人我丁
三 口亥
田子
麟卜
貞
亞子乙
宇賓丑
乎子
口卜
貞

释文：子，人名。甲骨之晚出者，卜人名多在卜字上（子系称谓）。麟即鼎字，賓与商字近似，乃恭几上置物之形。乎即呼也。子賓人名，宇，即石房中间庭之形。古文之宇与亚近。

口
口王
一㠱
𡧊日
二吉
雝丝
二告
隻

释文：璠，地名。坐，往也。㞢，坐之繁字，非麋字也。按《尔雅·释兽》：麋之三大群：麎麋之牵犹外，麈之麋类、麇之麋类。雝即《说文》之雝，水鸟名也，非雉。

单字混，古单字书作[illegible]。高宗时人名，舆、與也，亦人名。亦东，乃与古铢也，亦古[illegible]合为一字之垦，望，望也。望乘，文之叏，幸也。方，多也。衣，般也，璧，

释

舆其金虎方告于且乙十一月

舆其金虎方告于口十一月

虎方

舆其金虎方告于大甲十一月

贞令望乘众舆金虎方告于大甲十二月

卜叏贞乃伐衣于璧十一月

又之束、東也。橐也，无底曰橐，有底曰囊。橐，古书作[illegible]，东古书作[illegible]東，中非日形。

第 63 页

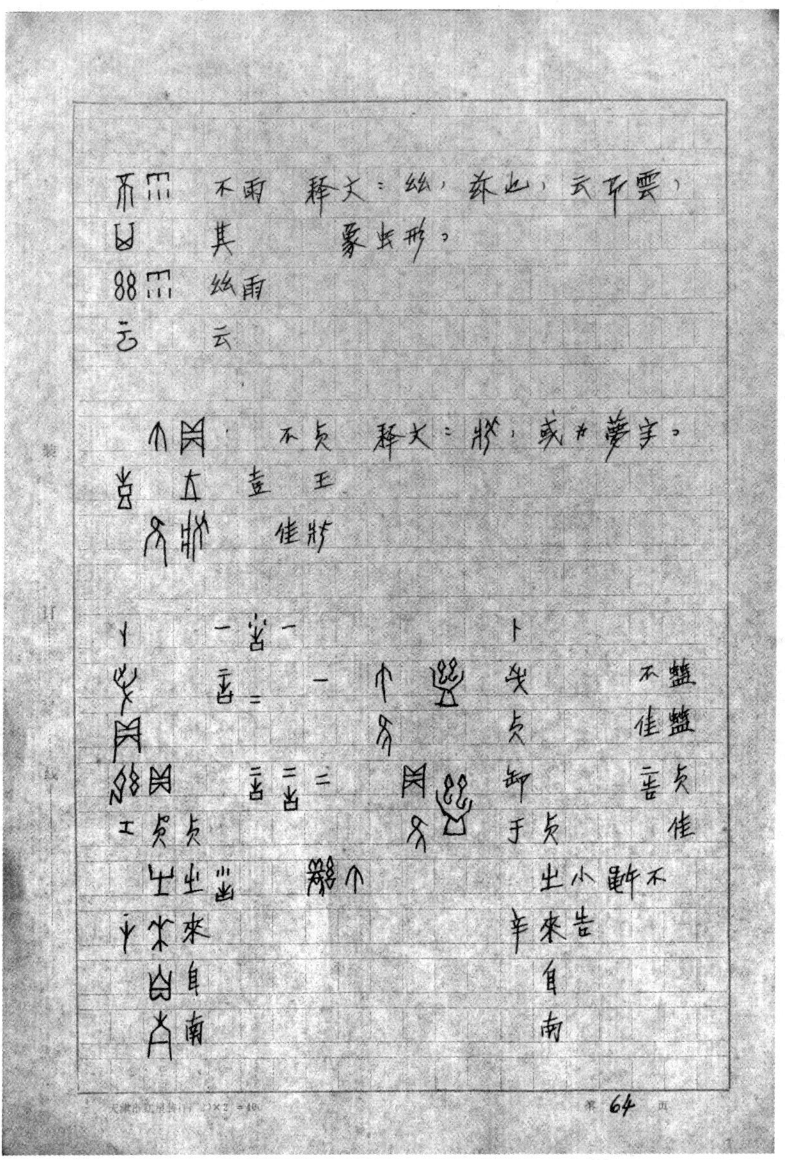

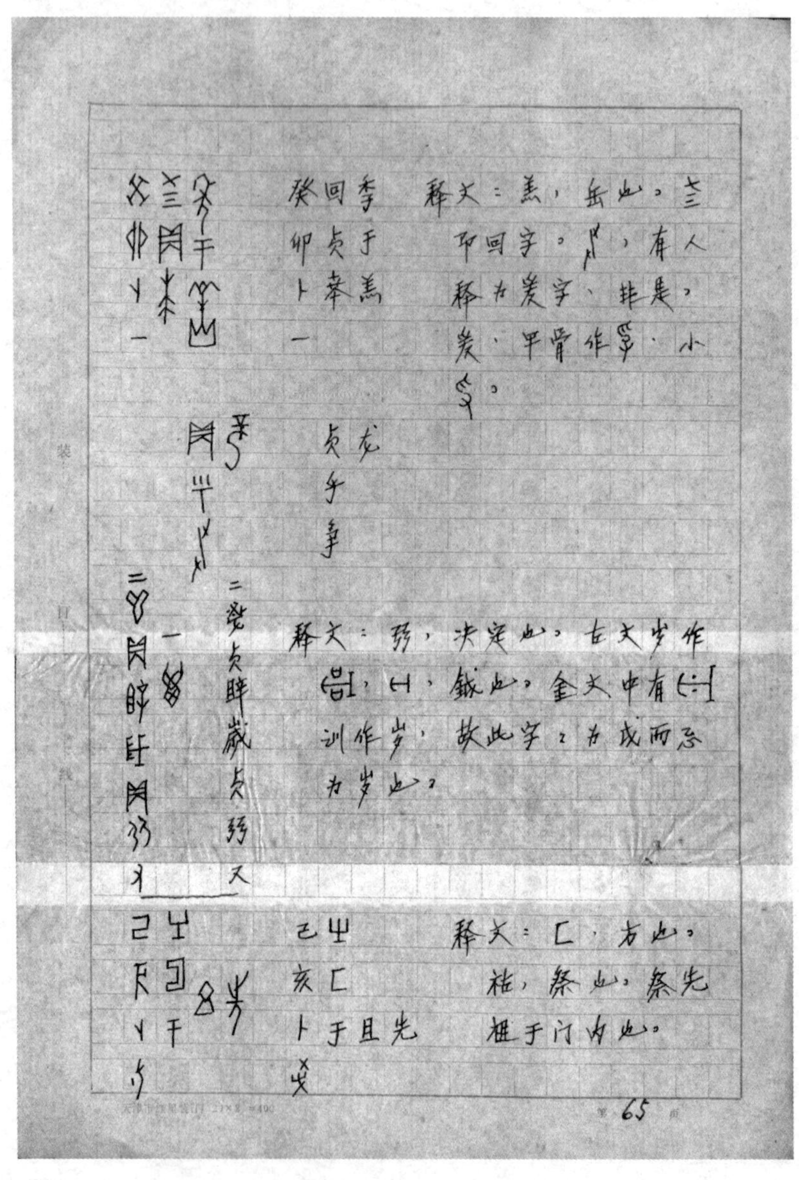

释文：盬即蠱字，虫在皿中也，故《易》中蠱为坏意，卸，御也，辛，或为祖辛邑人名。胡光炜谓不午邑为不踟躕，人多从之，其实非是。郭沫若释作：不鏝邑，鏝字无理。唐兰先生意：秦在甲骨作[glyph]、[glyph]，午也，又[glyph]为从幺奏来者。近有甲骨书作不8，盖午禦（衛）秦乱之意也。《尚书》有"御衛不迷"（《洛诰》），此地言，无杂裂文也。

第 66 頁

2. 鐘鼎文研究泛論

钟鼎文研究泛论

文字学据形系联最早之书为《说文》，据义任类最早之书为《尔雅》，据各地语言分而述之最早之书为《方言》，然此均为汉魏以后的文了。

上古文字之遗至今日者，除甲骨文外，仅为载为载在钟鼎彝四上百之物，至今尚无完全而又系统的研究。但钟鼎等文多伪造者，须特别注意之。

因此，辨真伪，寻文义，分别时代及地域实为研究金文之主要方法。如周代之王书作王，春秋时则书作王，又于字，西周时作亏，而春秋则作于矣。

又诸侯文字在春秋时亦各不同，如王齐作王而晋则粗画之作王。再如期字，有[illegible]、[illegible]二形可以比较，更重要的是：甲骨与金石之间，必须两两相较，始可发现其增减损益的迹象。

日 了

⊙、日 ㅁ、⊙、⊙、⊖

释文：因中之黑点，象日中黑子之形。《

第 1 页

說文》日，实也，可与月闕也对比言之，此为画成其物随体诘诎的最早的象形字。

"[illegible]、旦"[illegible]、[illegible]、[illegible]、[illegible]、[illegible]、

释文：小篆作旦，与本文最后之形已相近，其作[illegible]形者，盖示日之与影也。《說文》日见于地上，甚是，（虽然，今日视之其义已非）。

"[illegible]、早"。

释文：早，其最先之形为[illegible]，次变为[illegible]，最后成早，象日升之状也。

"[illegible]、昜"[illegible]、[illegible]、[illegible]、[illegible]、[illegible]、[illegible]、[illegible]、[illegible]。

释文：即后始太阳之阳字，（阳乃山阜）。《說文》训：开也。小篆作昜，《孟子》"秋阳以暴之"，《诗》"匪阳不晞"，毕皆作昜。

"[illegible]、草"[illegible]、[illegible]、

释文：此字不见《說文》，当作皇字，象日在土上。其例如汪字古作[illegible]，次变为[illegible]，再变为[illegible]。昊字，古作[illegible]，次变[illegible]，再变为[illegible]。又如[illegible]字，古有太昊、少昊，

《史记》已称文为皇，是皇王声同，固可通用也。

"[古文字形]、草"

释文：堂为草之原始字，𠂇，像其光芒耳。

日 料

"[古文字形]、朝"[古文字形]、[古文字形]、[古文字形]、[古文字形]、[古文字形]、[古文字形]、[古文字形]、[古文字形]、[古文字形]。

释文：《说文》作[古文字形]，训旦也，从倝舟声，非是。屮为艸也，（[古文字形]，即其例）中为日，[古文字形]为水。（古文之水有[古文字形]、[古文字形]、[古文字形]、[古文字形]、[古文字形]、[古文字形]、[古文字形]等形）此字楷书当为淖，意为太阳出于水中时而引起潮水也，今文作潮。

"[古文字形]、昶"[古文字形]、[古文字形]。

释文：不见《说文》，徐铉《新附》训日长也，从日从永。当为太阳出现已久之义，羕即从永。

"[古文字形]、昔"，[古文字形]、[古文字形]、[古文字形]、[古文字形]、[古文字形]，

释文训：乾肉也，从残肉从日，按《说文》之肉作[古文字形]，非是，甲骨文字作[古文字形]，《说

文》从巛从火，甲骨中夾巛，又夾巛，最后夾巛，皆象水形，当与𣶒义同，训太阳在水下而非残肉也。《庄子·齐物》"今日適越而昔至（昔即夕）《左传》为一夕之朝，旧书作昔，故知昔与朝对称，更可与汐通。

"[illegible]、昧"[illegible]。

释文：形声象意字也，米与木通。《说文》昧爽旦明也。盖言日在木下尚未亦来耳。

"[illegible]、[illegible]"

释文：古文与爽通。[illegible]，后作[illegible]。与丧大同小异，《说文》作[illegible]，非是。[illegible]当与丧亦自一系。罗振玉释为噩字，其实即桑字，与丧古同音义也。古人谓太阳亦于扶桑，故从日在桑下。

"[illegible]、莫"[illegible]、[illegible]。

释文：《说文》训：日且冥也。从日在茻中，是此字象太阳在草中，暮，后起字也。

"[illegible]、虹"[illegible]。《说文》止有虹字，训螮蝀

天津市红星装订厂 20×20=400　　第4页

也。从虫工声。𧌑，古文。古人見虹以为大虫在天上也，旁加日者不详。

"[illegible]·暯"。

释文：有人读为䑕，非是。字当为暯。例：古夏为[illegible]，后变作[illegible]，又改为从攵。（金文中最多见）亦变通例也，故此字应当为夏之古文作[illegible]，后变为[illegible]，亦象人形，最后转为春夏之夏（旾春、𥤚秋、[illegible]冬，均从日，并同为太阳照晃人身之义）。又《说文》之暯，古文作[illegible]及[illegible]，与暯从夫同。《诗》有"晃暯日清"可为佐证。

"[illegible]·朞"[illegible]·[illegible]·[illegible]，[illegible]·[illegible]。

释文：形声字，产生甚迟。《说文》期，从月，训会也。𣍘古文。按其，春秋作[illegible]，战国作丌，[illegible]为古文。

"[illegible]"暟"

释文：形声字，起时甚早，不是《说文》，当为从日翌声。𦉫，王尧安谓即翌日。甲骨文作[illegible]，作[illegible]，或合作[illegible]。翌当为翊，（王尧安谓为鼠字非）即明日也。《尚书》

"翼日之卯"《说文》翊，飞皃。从立羽声，是此字又有篆文也。

"昍，晧"

释文：未详，並为从日占声。

"坦，星"

释文：不见于《说文》，读为坦字者非，並为星字。按《说文》有涅，训水中黑土也。从水从土日声。亦非是。並为从水日声。《方言》㳄，人落水也。《广雅》没也。是必太阳入地也。

"𣅀，量"量，量。

释文：未详，並为从日从东字。《说文》量字训，非是。

"昰，是"昰，昰，昰，昰，昰，昰，昰。

释文：《说文》：是，直也，从日正，按从日正者乃是之古文，引申为正直之义。

月了

"D，月"D，D，D，D，D，D，D，D，D，D。

释文：《说文》月，阙也，古文作D，但

象月形，甲骨作D。D则为肉，甲骨之夕则书作D，其实内中之点乃后加者，如日旧为○，后作⊙，星先为品，后为晶，与此同。又甲骨最近之月，常书作D，故周初之月书作D，D盖以别于D内也。

"D，夕"D，D。

释文：《说文》莫也，从月半见，非是。盖《说文》不知夕是从月变来者。

月科

"亙，亙"

释文：不见《说文》。《说文》只有恒字，训从心从舟在二者之间。古文作亙，其言极为牵强。又《说文》之楦字，谓竟也，从木恒声亦误（《说文》并说：亘古文楦）其实，亘乃亙字之误，亙则从外字变来者，古文字从外者多可从月，如閒古文閒是有常义者也，因月之变动有常。古云"知月之恒"。

"卧，外"外，外。

释文：《说文》远也，卜尚旦，以夕卜于

了远山。"甚为牵强。按甲骨外字作㣺、卟，可以看出古文卜字即可代表外字。楚王韵章鈡甲鈡有"穆商々"乙鈡有"卜羿反"，前人多不解。唐兰先生言：商即宫商之商，卜即外字，羿即羽字，均音调名也。又内曰贞，外曰卜（外），亦可见出卜有外义，从月者通。

"閒、㫋"

释文：閒，月在门间者，古字通用。

月系

"朏、朏"朏。

释文：《尚书：召诰》有"惟三月丙午朏"孔安国曰：朏，明也，月三日明生之名。召公早朝至于洛邑，相卜所居。

"霸、霸"霸、[illegible]、霸、霸、霸、霸、霸、霸、霸、霸、霸、霸、霸、霸

释文：《书》有月始生霸然，承大月二日，承小月三日，盖月初出时半黑半白之义也。古有"哉生霸""既生霸"等语，可为佐证。

天津市红星印刷厂 27×27=400　　第 8 页

"㿝、望" 㿝、㿝、㿝、㿝、㿝、㿝。

释文：《说文》训月朝太阳，从壬从臣从月。此极荒谬。在古文字中：罒为见字，㿝为望字。盖古文之目字即臣字也，故臣有卧(竖)义。《说文》之古文作𦣠，其实即望字，以次变成㿝，和㿝，或直变作㿝侧知㿝(㿝为听字之古文)，先变㿝，再变㿝，由此再生二字，一为㿝(聖)，一为聽，与望字正同。故望字当训为从月㿝，㿝亦声。

"夜，夜" 夜、夜、夜、夜、夜、夜。

释文：夜，从月夾声。

"㬵、䏭" 㬵、㬵、㬵、

释文：《说文》薛，艸也，从艸辥声。辥，训罪也，从辛𡴀声，其实皆误。𡴀即古文辛，后变作辛则书作辛，故䏭即系从辛，不过把辛歪书作𡴀而已。当为从月辛声，钟鼎文多假为国名。

"㝱，夢"

释文：《说文》训不明也，从夕瞢省声。

按《书·说命》"夢帝赉予良弼"。《诗·小雅》："乃占斯夢"。

"[illegible]、明"[illegible]、[illegible]、[illegible]、[illegible]、[illegible]、[illegible]。

释文：[illegible]为星形，原形为○、再为⊙，再变为[illegible]，最后为[illegible]。《说文》训照也。《易·系辞》："日月相推而明生焉"。

晶了

"[illegible]、曑"[illegible]、[illegible]、[illegible]，

释文：晶字不见甲骨，《说文》作晶。又曑字《说文》训商星也，或省作參。唐兰先生云："古常参商并称，此字上象星形，下为彡声。今日大写之参字，即系由此变来。商，甲骨亦从星，作[illegible]。

"[illegible]、曐"

释文：此字从晶生声，即曐字也。按《玉篇》云："曐，古文星字"。

"[illegible]、昴"

释文：西方一星之名。《说文》卯有二：一作戼（卯）一作丣（酉）和桺、畱、劉以前钟鼎甲骨石鼓俱从戼，六朝后人始改

从酉作𢍰，古文𢍰，丣声通。

雨部

"[illegible]"

释文：甲骨文雨作[illegible]，上面一横表天，下为雨点，其文为时最早，后来依次变为[illegible]、[illegible]、雨，遂为今文矣。霝，亦象雨下落之形（最后一形微有差误）。《说文》训：雨零也。从雨，㗊象零形。《诗》曰："霝雨其濛。"按《诗·豳风》今本霝亦作零。《玉篇》落也。《广韵》堕也。亦与灵通。《诗·卫风》"灵雨既零"注：灵，善也。

"[illegible]"

释文：《说文》作靃，今文作霍，金文中则为三隹也，霍字表示一种声音，雨后鸟飞霍霍也。《说文》但云二鸟飞声，非是。

"[illegible]"

释文：《说文》从雨今声，雨下及人身也。雰当为零之原始字。

"[illegible]"

天津市……　第 11 页

释文：唐兰先生释为零字。甲骨𠙶、合为进入之意。（𠙵、甘为云）零即落字，古草木落为落，雨落为零也，零、零古通用。

雨系

"雩、雩"

释文：即《论语》"风乎舞雩"之雩字，雩，夏祭赤帝以祈甘雨也。《说文》另有𦏸字为羽舞之𦏸。"楚王畲章钟"有"卜𦏸反"，知𦏸即雩，字无乡也。今之雩多书作雩，或粤（即粤字，为雩字之误书者）《说文》从于从肉（采）非是。又《说文》训粤，于也，粤三日丁巳可变作雩三日丁巳。雩厥（氏）复归，亦可作粤氏复归，是其例证。

"⿱雨中、⿱雨中"

释文：古文有二中：𠁩为中，中则伯仲之中，⿱雨中尚不知。

"⿱雨朮、⿱雨朮"

释文：朮，象水边之形，桼（桼即漆，为后起者）古与之同，故全字可书作⿱雨桼。

"[古文字]、电"

释文：[古文字]，即申字（《说文》作申非是）《说文》训电，阴阳激耀也，是古申即電字。

"[古文字]，雷"

释文：容庚之《金文编》以为二字（一为雨，一为[古文字]）；他的根据是"楚王钟"文。非是。雷，古文书作[古文字]，盖古人以为电中有物故作声也。后来画作[古文字]，或[古文字]（[古文字]有识为電字者，非是）。雷，《说文》作[古文字]，（申从回）非是，小篆之[古文字]亦非是。今之雷，即系由[古文字]减成者）。

申アー

"[古文字]、申"[古文字]、[古文字]、[古文字]、[古文字]、[古文字]、[古文字]、[古文字]。

释文：申字与电字疑亦：其形今尚难说。

"[古文字]、[古文字]"[古文字]，[古文字]。

释文：田，非田字也。田《说文》作[古文字]形非，甲骨作田与井字同。

乙 了

"乚、乙"∫、乚、𠃊、乚。

释文：乙之为天干，乃假借字也，乙乃水形也，当为水之最初字形，甲骨之水多书作乚。《说文》训乚为畎，小水也，巜为浍，巛为川，其实乚即乚也。

"氵、水"𣱱。

释文：水形，亦有书作巛形者。《说文》训准也，北方之行，象众水并行流，中有微阳之气也。

水科

"𣴎、涉"𣴎、𣴎。

释文：象两足跨水之形。第三字前人有误为兆字者，按金文之兆，兆多作𠧞，故𣴎非兆。

水系

"沱、池"沱、沱。

释文：《说文》无池字，上有沱字，其实沱即池也。《说文》之沱书作沱，也，古文书作它、它，故《说文》以也为它，非

第14页

是。．西山．原形为，．乃盛水之皿．古文奉西沃盥．以其因而染与池同．故亦用为地下停水之池（自作石池．其形多有，，．诸类．则最后者也）。

"．涇"

释文：从水巠声与今文同。《说文》水名，出安定涇阳开头山。

"．洛"。

释文：从水各声，水名《书：禹贡》："导伊洛瀍涧"，《汉书：地理志》："洛水出弘农上洛县冢岭山东北至巩县入河"。

"．河"

释文：亦作从水可声。

第 15 页

"三戈"文：

圖解：此三戈甚有名：句兵，刺兵，同於古之兵器。句兵亦有……類，……一於鉞器一於刺兵。

戈文父无継先祖兄再后兄祖之再排父列、法或。先

大

祖祖→祖祖祖祖祖

日 日日日日日日

己 丁乙 丁

大大中

祖父父父父父父

日日日日日日日

乙癸癸癸癸辛己

大

兄兄兄兄兄兄

日日日日日日

乙戊 癸癸丙

"𤔲亚䜌奚角"文

（殷末之四）

丙申王易（锡）𤔲亚䜌奚
贝才（在）寑用作父癸彝

释文：丙与内同，非由字也。内古文作[illegible]。䜌即号字。最初之𤔲，甲骨作[illegible]，一矢架插二矢形也，金文变作[illegible]，周代以后又变作𤔲，上从羌夫，下从用字。䜌奚人名。（从四口者，多有响总）奚，古之奴隶也。[illegible]上绑以8，再从手[illegible]拉之也。[illegible]为地名，[illegible]，甲骨钟鼎均有，昆为兔字，[illegible]为泉字，钟鼎多有[illegible][illegible]数数之语。（熊圣为[illegible]字，所谓火光熊熊也。[illegible]则非是）钟鼎之[illegible]亦有书作[illegible]形者，是缺唇也，故知其字即[illegible]。（郭沫若曾误认[illegible]为熊，唐兰先生辈遗书辨正之）又十（在）十（才）十（甲）三字最易混同，须注意。

第 17 页

囲为字，囲（又之、古凡之用
：识⊗有文本綢歟。，人多。
文人·文作之田）名字天家字
彝有卤金公周为る人文任国找

"墬鼎"文

隹（唯）周公于征伐东
尸（夷）豐白（伯）歟古（故）咸𢦏公
歸𥛚于周庙戊
辰酓（飲）秦酓（飲）公賓（赏）墬
貝百朋用作障鼎

𥛚字今尚难识、祗知其为祭意（象人倒持一隹置于示上之形），墬为铸此鼎之人名，「賓」为赏之本字，若今之賞則償字也。

第 18 页

"小臣单觯"文：

王后厥克商

才(在)成𠂤(师)周公锡

小臣单贝十朋用

乍(作)宝尊彝

释文：厥，前人误作辇，非是。封在金文中书作[illegible]，厥人岳。成𠂤即成周。

"[illegible]𣪘"文：

[illegible]从王伐荆

孚用乍(作)餴𣪘

释文：[illegible]，当即《说文》之[illegible]。古文[illegible]与贝常乱形，小篆作[illegible]，金文[illegible]为戍，并为伐。餴即《诗》之饙字，烧食之物。

"禽彝"文（禽·周公子伯禽）

王伐𡉚侯周公
某（谋）禽祝（祷）禽又
𢼄祝（祷）王（锡）金百寽（镂）
禽用乍宝彝

释文：𡉚㞷为周前小国家。后知周时已有黄金矣。镂才·黄金也，寽即象人以两手持才金者。楚人之金多称曰镂。

"遹白毁"文

遹白（伯）从王伐反
荆孚金用乍（作）
宗室宝僔彝

释文：此昭王时口也。遹·小篆先作𡯁后作遹·《说文》之荆有数之奎文。刀实𢦏字之误𢦏毁有楚㩻。

"献侯鼎"文：

唯成王大桒
才(在)宗周商(赏)献
侯䚄贝用乍(作)
丁侯僔彝大黾

释文：桒之刻法有桒、桒、桒、桒诸形。其义与族字争，大黾宋人谓之子孙，亦有谓黾为龟者，其实龟在甲骨作龟，有尾足短，与黾不同。

䟒御从王南征
伐楚荆又(有)得用乍(作)
父戊宝僔彝吴

"献毁"(昭王时物)

释文：䟒之古文为䟒，乃一人名《竹书纪年》有昭王十七年伐楚荆语，与此毁同，可证南征不虚之言。

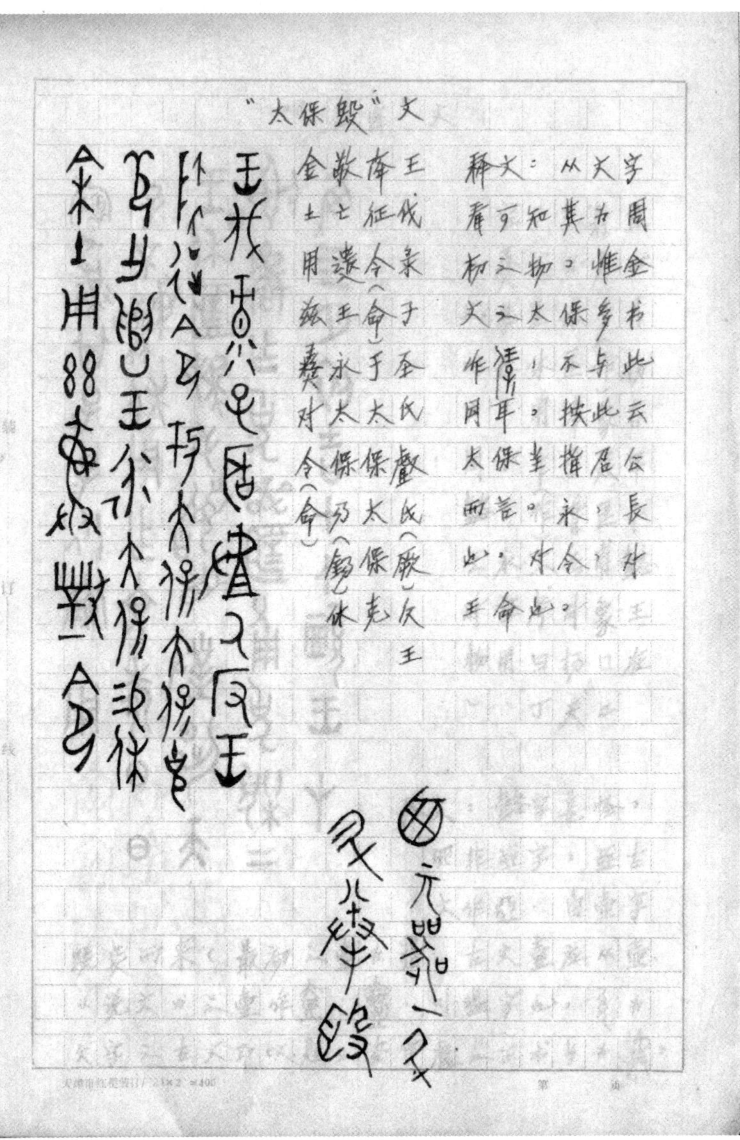

"太保毁"文

王伐彔子圣氏𠭰氏（厥）反王

奉征令（命）于太保太保克

敬亡遣王永太保乃（錫）休

金土用兹彝对令（命）

释文：从文字
虞可知其古周
初之物：惟金
文之太保多书
作僕、不与此
同年。挟此云
太保辛指居公
两言。永、長
此、对令、外
王命此。

"匽卣"文

隹四月初吉甲午懿王在
射卢乍(作)象殁匽甫象口二
王曰休匽捧手稽首对扬天
子不显休休用乍(作)文考日丁
宝彝其孙孙子子永宝用
(此四为周懿王时物)

释文：懿字甚怪。

亞非亞字，亞古文作亞。由壺字蜕变而来（最初之壺为[illegible]。古文壹应从壺。《说文》之壹作[illegible]、[illegible]，对缊字也。[illegible]为欠字之古文，即叹息之咨字。盧之正书当为寅。

鉢鼎“亞形内文”：

“亞”为古代贵族之名称，此亚文字最多。

佳十又二月王初饔旁

唯还在周辰才庚申

王歙西宫蒸咸釐鄧匠

隻赫珮尹休高对乍（作）

父丙宝尊（彝）尹其亘万

年受厥永魯七齡才（在）

般其長豫其子〻孫〻宝用

释文：冀長豫乃亚名。亞形为泥土築成之墻，名于墻上之反指发現自壁上之器，亚中亦有画隹者，此则画冀，並另有涵义。旁为周之都邑，但非镐京。周之都邑本有宗周、成周二地，此亚或在周穆王前后。

"盂鼎"文：(一)

"盂鼎"为周初最大之铜器文在腹上。

唯九月王在宗周命
盂王若曰盂丕显
文王受天有大命在
武王嗣文作邦闢
厥慝匍有四方畯
正厥民在雩御事叡
酒无敢醲有粦祀
无敢醻故天异临
子法保先王□有四
方我闻殷坠命唯
殷边侯甸雩正百
辟率肄于酒故丧
师已汝妹辰又大服

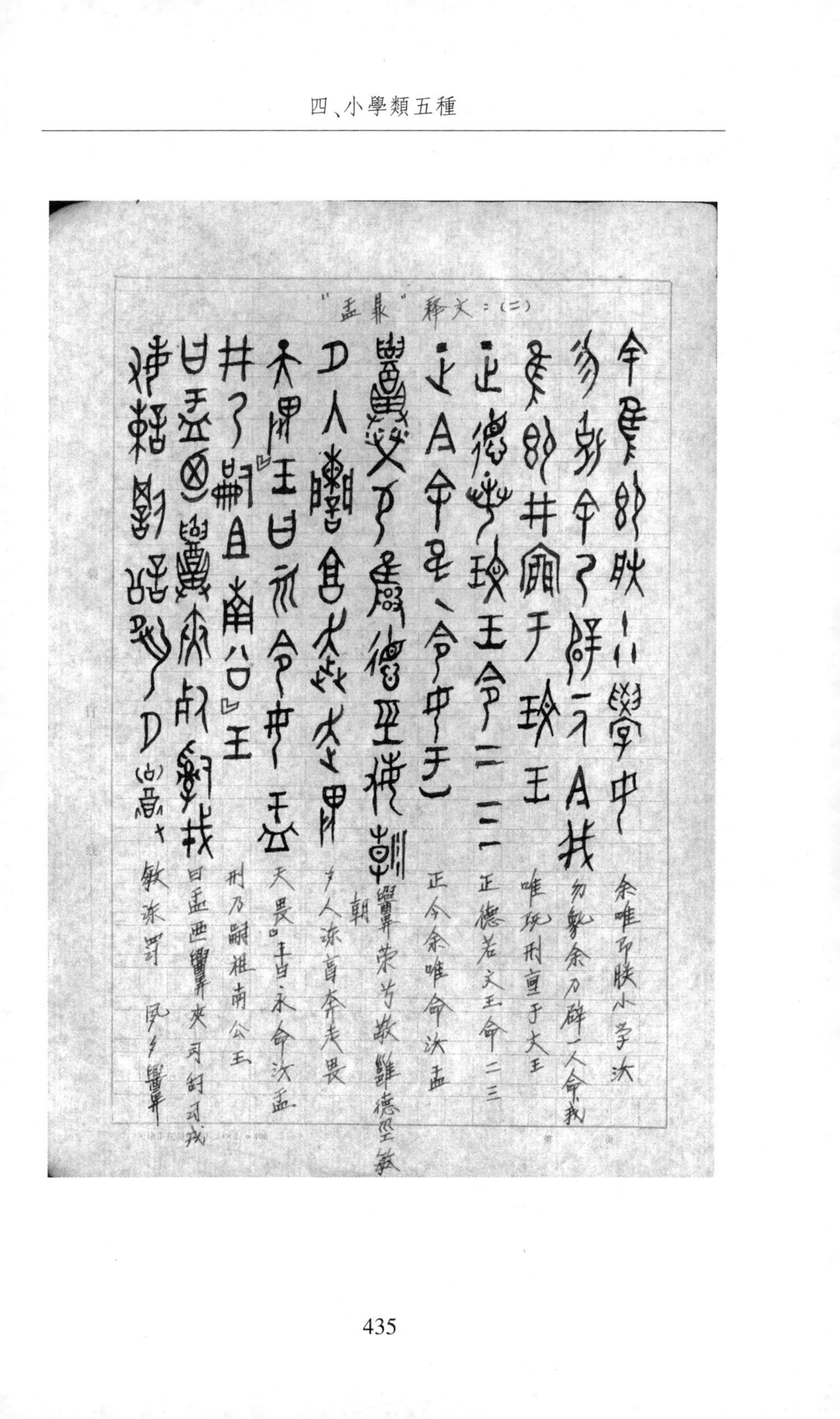

"盂鼎"释文：(二)

余唯卬朕小学汝

勿毄余乃辟一人命我

唯玟刑亩于大王

正德若文王命二三

正今余唯命汝盂

[illegible]异荣芍敬雝德巠敏

朝

夕人谏享奔走畏

天畏。王曰：永命汝盂

刑乃嗣祖南公王

曰盂廼[illegible]夹死司戎

敏谏罚　夙夕[illegible]

“盂鼎文”(三)

我一人荳四方雩我其

遹省祖先王受民受

说解：妹，昧也。鬽，昔人多以为鬽字，按鬽，古文卢，肖。井，与即邢、型，所谓典刑者是。若在此处为逹逹词。啇为廪，孙诒让说。按此字金石甲骨并作㐭形，即稟字也。焚，前有读为艾者，非是，因䒦为周时大国，钟鼎多见其名，其上正从林也。芳，从艸从勹从攵，非芮字。阑，有读为渊字者，非。奔，此字下为三足之形，此其后殆误成艸。

疆土，锡汝鬯一卣，冂(冕)

衣芾舄车马，锡乃

祖南公旂，用狩，锡汝

邦司四伯，人鬲自

"盂鼎文"（9）

御至庶人六百又五十
又九夫，錫尸（夷）𤔲王
臣夫三伯人鬲千
又五十夫，极宓鄙自
厥土。王曰：盂，若敬乃
政，勿廢朕令。盂用
对王休，用作祖南公
宝鼎。唯王二十又三祀。

释文：①"易"，甲骨作𢆉、乃"蜥易"形，"虫名也"，"说文"作"易"，
尻形已失，又有錫、𢆉等。②"鬯"，金文书作𩰫、邛、郙、全
香，可以灌溉祭神者。③"卣"有卣、⊕等形，盛酒之四

"一"[4]、即夫帽之形。[5]"市"从中字，芾为韠，本是韠形，后借为鞋字，以鞋上常画韠也。车字当横看，上有轭、两旁为轴，中间为座。[6]"狩"、即"選"字，古与瞿通。[7]"尌"非[8]"乱"，"𤔔"，《论语》云："武王有乱臣十人"，乱实尌字之误。馘十有一亿七万七千七百有九文，实乃武王伐商所获之俘虏也。古代俘虏可以赏人。[9]"宪"当为两戈相对，中间加圈[10]"[illegible]"左旁即说文之"[illegible]"（猎、瞿若）[11]"对"之全形，当为戴[12]"休"、甲骨作"休"及"保"，[13]"南"当书如"南"。

按"大盂鼎"重五百余斤，铭文二百八十五字（内有连写字六个），为周代铜器中最大，文亦最多者，其特点之一为告诫臣子饮酒。"小盂鼎"则为康王时物，铭文系言王伐鬼方之事，与此有别。

"敔毁"文（一）

"敔毁"文(二)

释文：佳王十月王在成周南淮尸(夷)迁及内伐溟鼂參泉裕敏陰陽洛王令敔追御于上洛烑谷至于伊班長榜載首百执嘫(讯)卌褰孚人三白亡于荣白(伯)之所于烑衣谏肆復付君唯王十又一月王各(格)于成周大庙武公入右敔告禽馘百嘫卌王蔑敔麻又(使)尹氏受楚敔圭鬲口贝卒朋易敢对扬天子休用乍尊毁敔其萬年子=孙=永宝用

"㝬簋"文（三）

此簋当在西周后期共王、厉王之时。

"达"《说文》作[illegible]。

"蔡"，钟鼎俱知此书之。

"㝬"，即合止视㝬之㝬，在此为人名。

"御"，原为[illegible]，后变为[illegible]（御）于是8又变为88也。

"懋"，古书作[illegible]。

"班"字有缺笔，当书为[illegible]，班子，班布也。

"榜"，即标榜之榜。

"戡"，杀也，杀人之字金石多谓之戡。

"[illegible]"，即《诗》"执讯获丑"之讯字。其字当为[illegible]，表示人两手向后已被反剪也或书作[illegible]，《说文》作[illegible]（依）

"褒"，即截下之急。

"百"，[illegible]为一百，[illegible]为二百，[illegible]为三百，[illegible]为四百，[illegible]为五百，[illegible]为六百。

"[illegible]"，有书作[illegible]者，（即图字），有书作[illegible]者，金或作鄙云。

"鼓毁"文(9)

"衣"，为殷荐之上帝，祭也。

"馘"，古书作聝、□，象首字之倒文，以戈割首也。

"蔑"，旧释作勉力者。郭沫若认为免敌之[illegible]，非是。"蔑"在甲骨作□，与伐字只差一夫耳，故"蔑"当读为伐。《说文》之"蔑"，亦从伐声。

"曆"，曆、𠩵、曆，古通。当从厤声，伐曆，伐功也，如"孟之反不伐"，功、伐，均夸许之意也。钟鼎之伐、阀、辟，作铭以旌伐事，皆是。

"田"与畋字相通。

"毁"，以为簋字者误。段、𣪘、盨、鐘形作□，毁形如□，可用以盛饭，《说文》作簋。

"同殷"文(一)

佳(唯)十又(有)二月初吉丁丑王才(在)宗周(格)各于大廟焚(榮)白(伯)右同立中庭北嚮王命同𠂇(左)右吳大父𤔲(司)易林吳牧自

“同毁”文（二）：

虘东至于蒍氏（厥）遂至幺（玄）水世孙々子々𠂇（左）右吴大父母女又闲对扬天子氏休用作朕文丂（考）叀中䵼宝毁其万年子々孙々永宝用

释文：丑、丑、扭也，甲骨书作子形，金文多书作ヨ、兵、当作𠂇、左、𠂇合书便是今之差字矣虘、地名也。世由山∧丗爽来者也。文应书作太、考古作丂。凡从贝之字古多象形知𦥑、𦥑。其字常鼎鼎相混（从鼎之字多有变作从贝者，知对之与剔）。

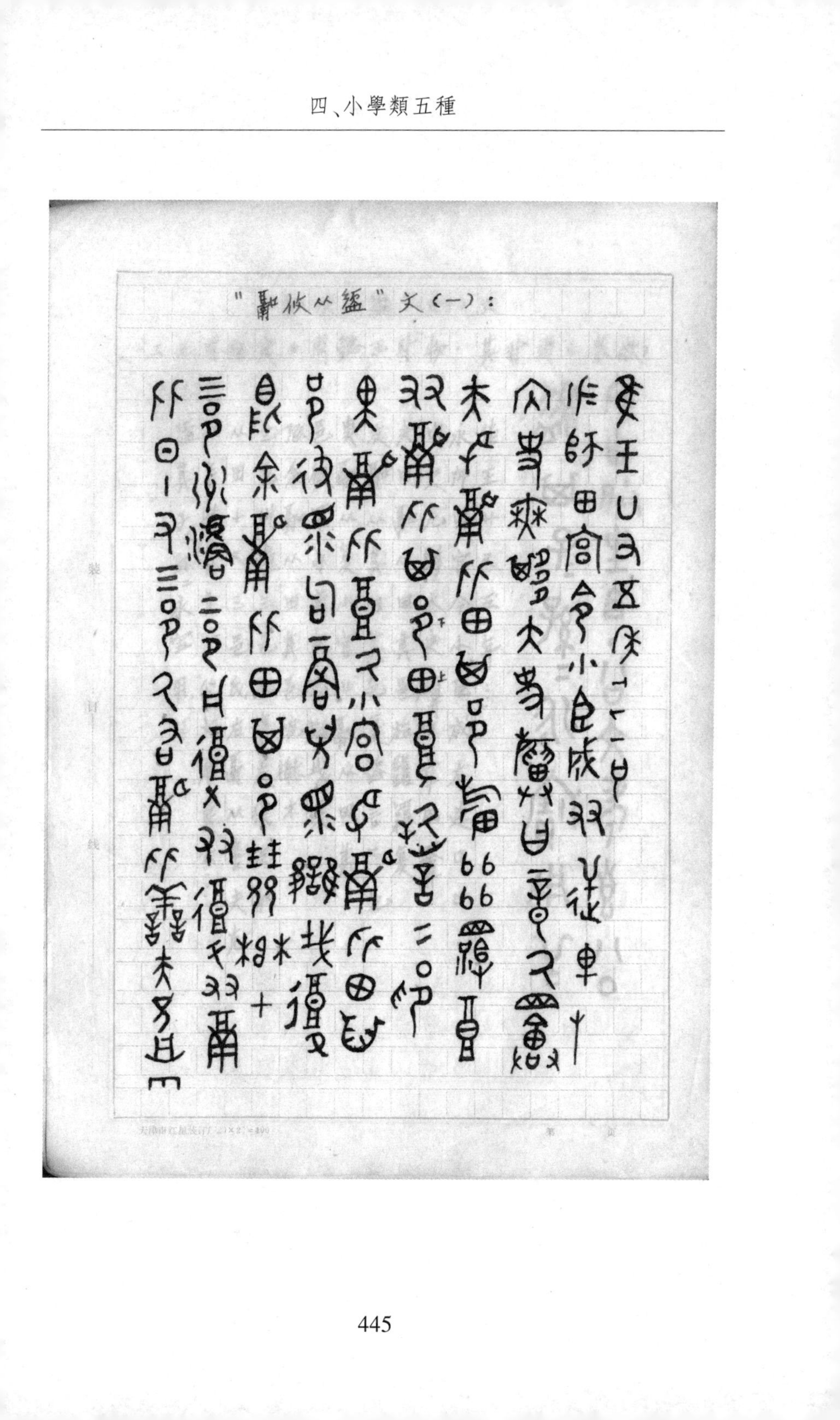

"鬲攸从盨"文（一）：

“鬲攸从盨”(二)文：

(王㫐维定为周厲王时物，其时周已衰微)

隹王卅又五年……

永师田宫令小臣成友逆口口

内史无[illegible]大史旟曰章氏[illegible]

夫曰鬲从田其邑旃[illegible]罬复

友鬲从其田其邑复[illegible]言二邑

臾鬲从复小宫口鬲从田其

邑彼罙丙商宪罙[illegible]戋复

限余鬲从田其邑[illegible]楙才

三邑州瀘三邑凡复友复友鬲

从田十又三邑氏右鬲从善夫克

从乍朕皇且丁公文考叀公

盨其子=孙=永宝用[illegible]

“鬲攸从盨”文（三）：

釋文：“永”地名。

“師田”人名。

“宫”宗庙也。

“成友”人名。

“逆”字之屰，象人倒持之形。

“[illegible]”或为[馬昜]字之误，无𩟄亦人名。金文中有之。

“[illegible]”与皮相近，但难确定，只知其必为絵与文也。

“[illegible]羅”皆亦为人名。

“[illegible]”射也。

“奥”亦人名。

“彼”及“的商兕”“雝戈”亦为三人名。

“鑪、盤、言”皆邑名亦人名也。

《说文》“盨”，负戴器也，不知其义，殆春秋以后之物（或为毁之一种）

天津市红星装订厂（20×20=400）　　第　　頁

"復橐殷"文(一):

(乙)亥王又大丰王凡三方王

祀于天室降天亡尤王

殷祀于王丕显考文王

事喜上帝文王监在上丕

显王作省不肆王

作庚丕克

三殷王祀丁丑王鄉

大宜王降

亡勋爵復橐佳朕

又庆敏扬王休于尊

殷

(普通呼之为"大丰殷")

"侯櫜殷"文（二）：

释文："𦨶"金文亦作[illegible]，𦨶乃朕字也。爵矦櫜，盖为撰此殷铭之人。爵，爵也。丰，郭沫若认为丰镐之丰，非是。刘心源以为"礼"字，盖是。師遽方彝："王饗醴"。"凡""今"古为一字，金文中之"凡伯""今伯"同。衣即殷字，"壹戎殷"即"壹戎衣"也。"文王徝口二"，人多释作"文王德才上"，非是。十二，盖为全文。"青"有时假作生字，此处用为省字。"𢉖"今尚难知，误作续字者非是。"三"旧读为三，亦非是，盖为下上之字文始可通。"因"郭沫若以为唐字，盖郭以"𢉖"为"汤王"与之叶韵也。"庆"字乃麒麟之形。金文庆字有三大类：[illegible]为庆字，[illegible]为麐字，[illegible]为麋字，[illegible]为慶字，[illegible]为麋字。后人均认为形声字，非是。麟本字之变法为：[illegible]，次为[illegible]。小篆由慶变𪊨，《说文》训麟，大牝也，非其本义矣。又"秦公殷"之慶，在字形上盖读如慶，在声音上盖读

“傁橐毁”文（二）：

“庆”：《尔雅》：麐，麕身，牛尾一角。“麠”，麃身，牛尾一角。其实，古麐、麠，同字也。

“遹毁”文

（此毁为周穆王生时之物）

唯六月既生霸穆=王在
蒡京呼渔于大池王鄉
酒遹御亡遣穆=王寴锡
遹推遹拜首䭬首敢对
扬穆=王休用作文考父
乙障彝其孙=子=永宝

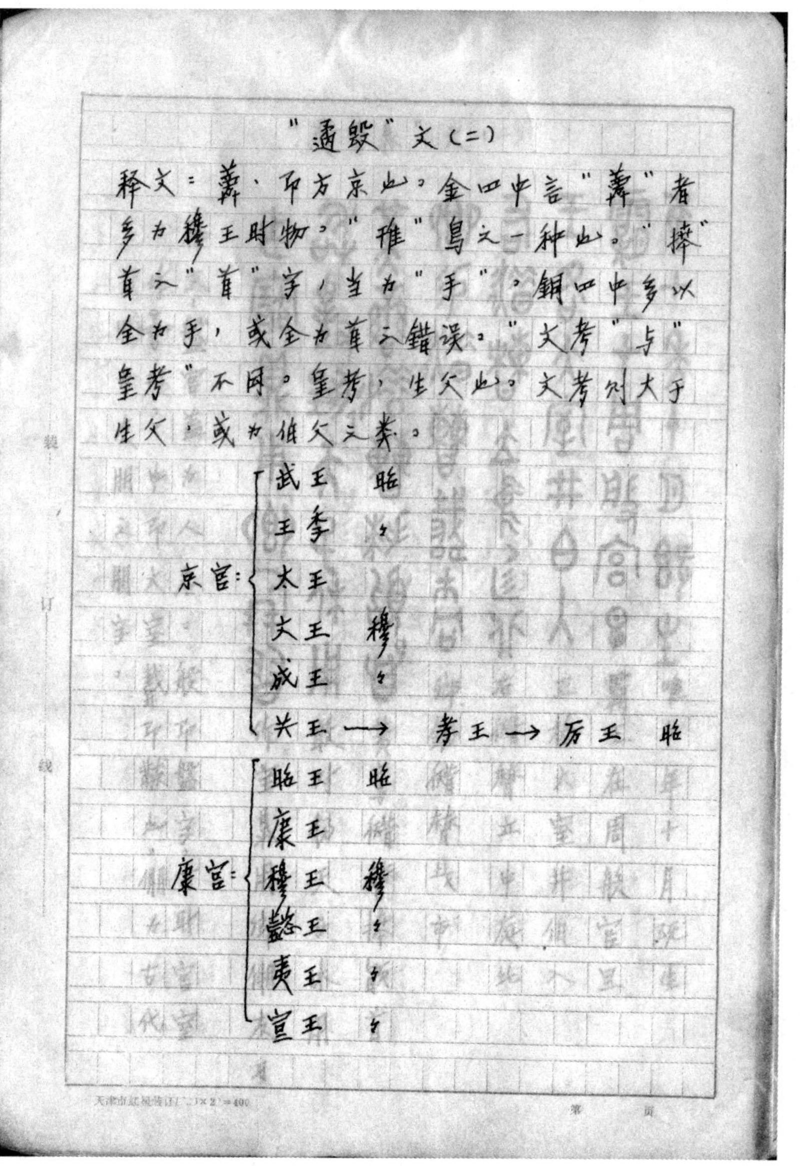

"遹簋"文(二)

释文：蒡、即方京也。金四中言"蒡"者多为穆王时物。"雉"鸟之一种也。"拜首"之"首"字，当为"手"。铜四中多以全为手，或全为首之错误。"文考"与"皇考"不同。皇考，生父也。文考则大于生父，或为伯父之类。

京宫：
- 武王　昭
- 王季　々
- 太王
- 大王　穆
- 成王　々
- 共王 ⟶ 孝王 ⟶ 厉王　昭

康宫：
- 昭王　昭
- 康王　穆
- 穆王　穆
- 懿王　々
- 夷王　々
- 宣王　々

"趞曹鼎"文：

唯七年十月既生
霸王在周般宫旦
王格大室井伯入
右趞曹立中庭北
鄉锡趞曹戋市
黄䜌趞曹拜稽首
敢对扬天子休用
作宝鼎用鄉倗友

释文：盤宫盖为人名。般即盤字。古时宫室
作[illegible]形？中即大室。戴即蔽也。倗为古代
专用为友朋之朋字。

"趞曹鼎"文（二）

唯十又五年五月

既生霸壬午龏

王在周新宫王射

于射卢史趞曹

錫弓矢口卢口

十又趞曹敢对曹

拜稽首敢揚天子休

用作宝鼎用郷倗友

释文：督，依旧为友字，"说文"之古文既如是。

新宫，新造之宫也，"颂鼎"有之。即躲字、射字，

后变为身字，或为于字，金文从走之字

多书作辵，小篆变为辵。

"矢盤"文(一)

昔人谓为"散盘"或"散氏盘"

"矢盤"文（二）

桲弄于單衜弄于原衜
弄于周衜以东弄于韩东

周矢戕散邑西即散用田
眉=自瀗涉以南至于大
沽一弄以陟二弄至于边
柳復涉瀗陟雩𠭯𩰫僕
以西弄于敳戴桂木弄于
芻逨弄于芻衜内陟芻
登于厂湶弄割桲僕陵刚
桲弄于單衜弄于原衜
弄于周衜以东弄于韩东

释文：此文言周伐散之事也。"眉"古地名。"弄"字读如封，因封古文作𡉚，小篆又添手字作𡉚、非是。故弄实即封奉字，在此地用作封

"矢盤"文（三）

甲骨文多一𢦏方二𢦏方文，殆古文多疆之忍也（弃，上声）。"噩"即后来加心之噩字。前人有以为途字者，非是。噩也，名在今陕西省，"睘"即鼍庑字。"斁"之全形为𢦏，𢦏即城字之古文（𩫖即𢦏之省文，"樓"为樓字。"芙"即友字。前人以为易字，非是。𢦏方为古易字，"𢦏"实有字也。"𢦏"当读如忽、金文有"旨鼎"或人以为"说文"之曶字，其实曶即笏字（容庚作𢦏字，非是）。盖勿之古文为𢦏，象手入内取物形也。又前人识𢦏为进字尤非。𢦏方为進字也。"原𢦏"乃地名，今山西省即有原道县。

天津市红旗装订厂"21×2"=408　　第　页

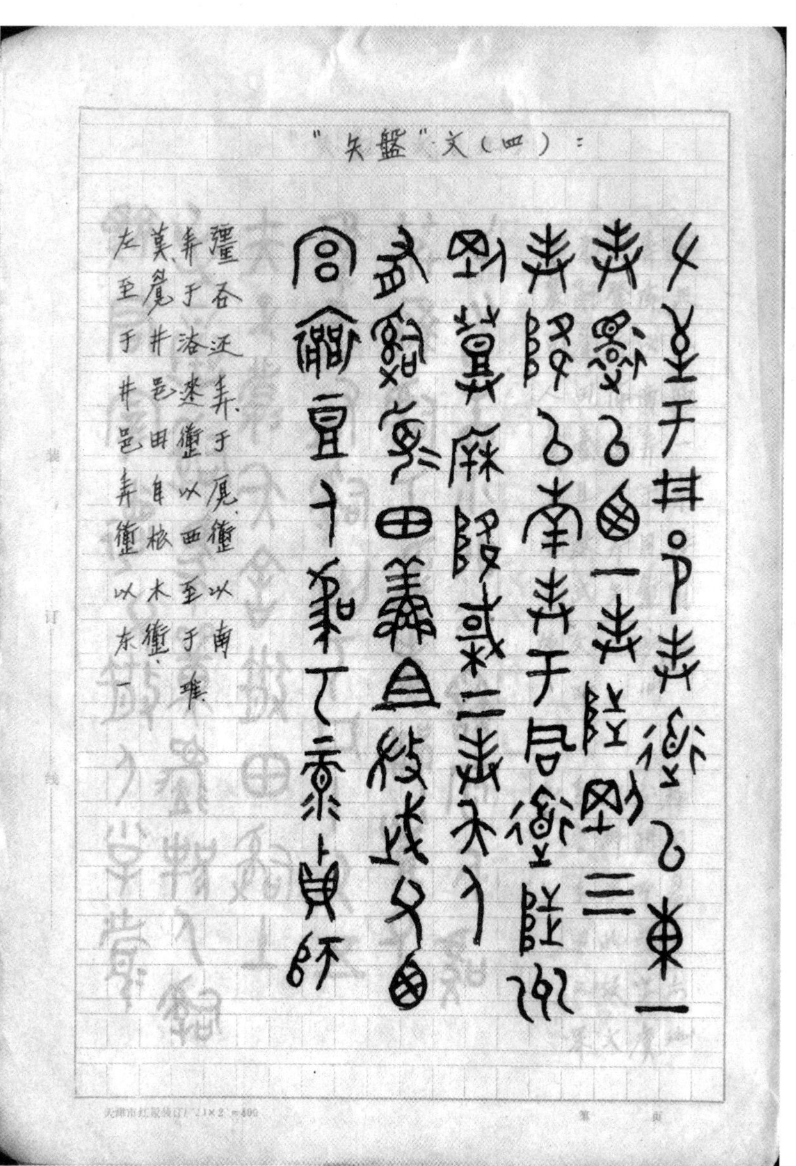

"矢盤"文（四）：

彊吝逑弄、于厎、衟以南于难、
弄于洛迷衟以西至于
莫、覓井邑田自根木衟、
左至于井邑弄衟以东一

"矢盘"文(五)

師氏右眚小門人䌛原人虞
艿淮𤔲工虎孝龠豐父
𨒪人有𤔲刑丂凡十又五
夫正眉矢舍散田𤔲土
屰𡩜𤔲馬單𡊄邦人𤔲
工黥君宰德父散人小子眉

弄迒以西一弄陟剛三
弄降以南弄于同衜陟州
剛弃析降棫二弄矢人
有𤔲眉田鮮且散武父西
宮襄豆人虞丂彔貞

释文：眉、迒亦地
名。𤔲即司字，虞
即解字。此段文
多言眉田之界
也。

"矢盉"文（六）

氏夨青小门人繇原人虞
莽雉闢工虎𡴀器豊父
雉人有𠭰刑丂凡十天五
夫正虘矢金𢿎田𠭰土
口口𠭰弓巽罪𩰫人辟工
𢾊君宰遡父散人小子虘
田我敚父效䢅父𢿎之有
𠭰橐州𣪘倏洌萬凡散
有𠭰十夫唯王九月辰在

释文：此文盖定矢与散之疆界也。又在厉王之年，"诗"有："韩侯娶妻，汾王之甥"，汾王即厉王也。居于汾，后号曰汾王，矢王当亦为周之一王。

“矢盤”文(七)：

"矢盉"文（八）：

圖矢王于豆新宫東廷
氒左執纓史正中農

乙卯矢卑义且羃旅、
曰我死付散氏田四有爽
实余有散氏心贼则爰
千罚千传弃之义且羃旅
则誓西卑西宫襄武父
誓曰我死付散氏隰田牆
田余又爽蠡爰千罚千
西宫襄武父则氏誓氏[illegible]
圖矢王豆新宫東廷
氏又执丝史正中农

释文：爽，误也。贼
字从戈从则与
说文貝形作賊
弃、前人不能释
其实弃上乃倒
子古、盖上古有
弃儿之及耳。其
全形主为[illegible]文
死非既字，与簪
字忌近。牆印墙
字。豆通邓字，ナ
执缨印位执缨。

鈡鼎文
㈡
姓名
Name
級别
Class
科目
Subject

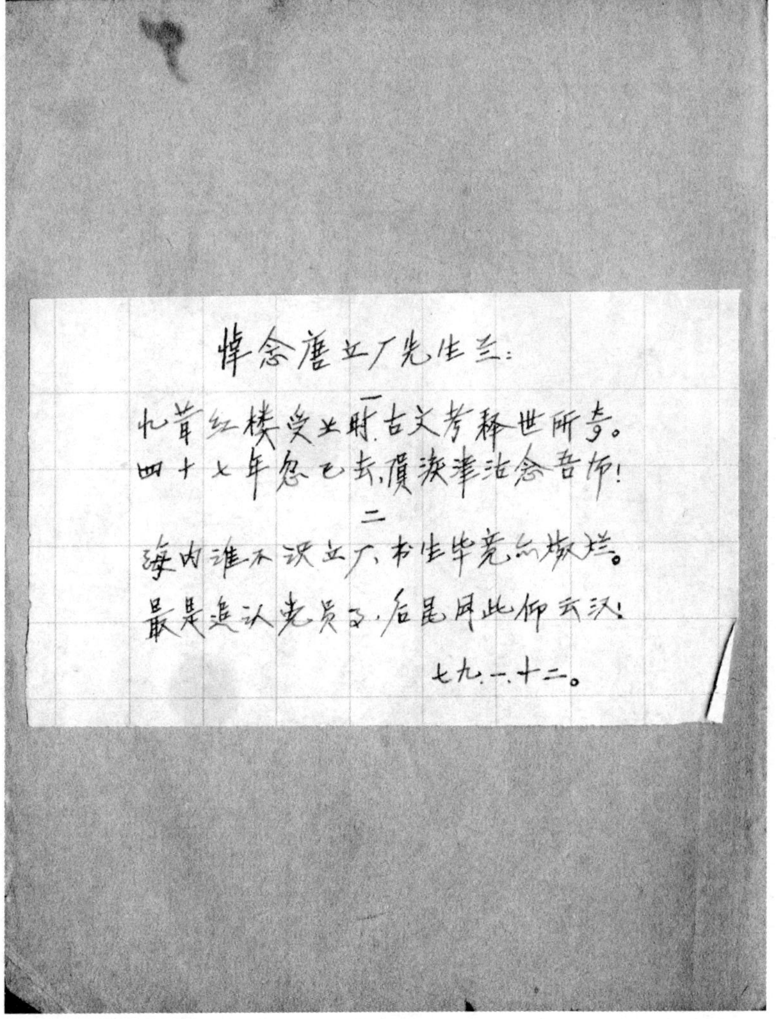

悼念唐立厂先生二：

一

忆昔红楼受业时，古文考释世所奇。
四十七年忽已去，频泪涕沾念吾师！

二

海内谁不识立厂，书生毕竟亦灿烂。
最是追认党员事，后昆同此仰云汉！

七九、一、十二。

商"父乙"鼎 注：按友史即是太史，曰友者如周成王称太史友之类，盖旁之也。古者太史顺时覛土，坐具农宾。《说文》："房星为辰，田候也。"

铭文：

庚	午	王	命	寝	庙	辰	见
北	田	四	品	十	二	月	作
册	友	史	锡	赖	贝	用	作

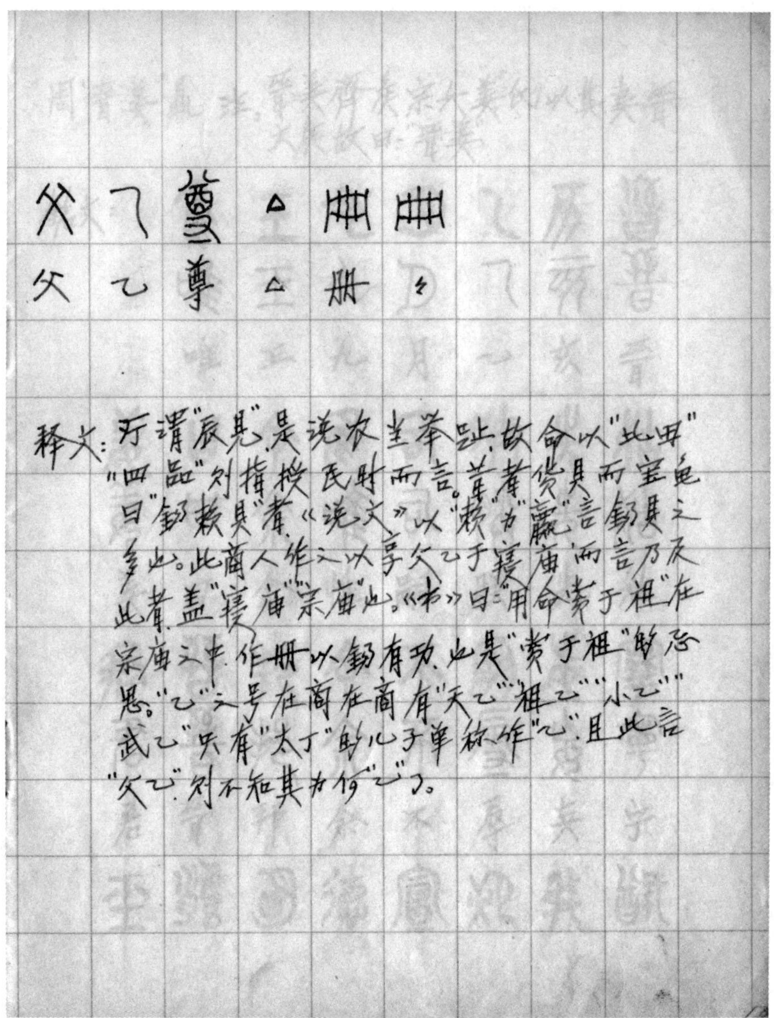

父乙尊△册
父乙尊△册々

释文：万谓"辰是"、是说农业举趾，故命以"此田""四品"，则指授民时而言。贲者饰具而宝色曰"饰赖具"者，《说文》以"赖"为"赢"，言饰具之多也。此商人作之以享父乙于寝庙而言乃在此者，盖"寝庙"、"宗庙"也。《书》曰："用命赏于祖"，在宗庙之中，作册以饰有功也，是"赏于祖"的意思。"乙"之号在商，在商有"天乙"、"祖乙"、"小乙"、"武乙"，只有"太丁"的儿子单称作"乙"，且此言"父乙"，则不知其为何乙了。

周"晋姜"鼎　注：晋姜齐侯宗女姜氏以其妻晋文侯故曰："晋姜"

铭文：

唯王九月乙亥晋
姜曰余惟𤔲朕先姑
君晋邦余不叚妄宁

歔 歔 乃 乃 乃 亭 亭 亭 我 我

我 我 揚 楊 扬 覃 覃 覃 譚 譚

䢊 邲 奐 奐 奐 譖 譖 譛 嘉 嘉

宣 之 辟 辟 辟 墜 墜 坠 我 我

德 德 辭 辭 辞 不 不 不 蔑 蔑

明 明 所 所 斤 虔 虔 虔 我 我

雍 雍 揩 揩 揩 烈 烈 烈 燮 燮

經 经 用 用 用 光 光 光 以 以

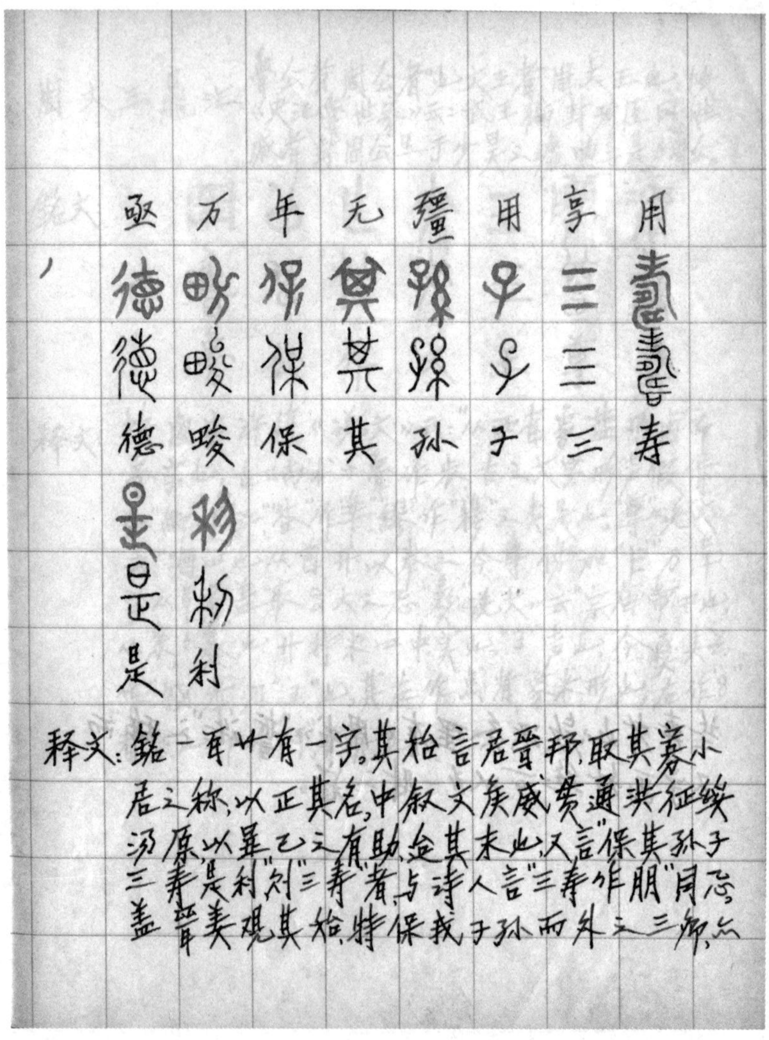

用 享 用 𤔲 无 年 万 亟

寿 三 子 孙 其 保 畯 德

利 是

释文：铭一百廿有一字。其始言君晋邦，取其寡小君之称，以正其名。中叙文侯威勇，通洪征繁汤原，以显己之有勋，述其末也。又言"保其孙子三寿是利"。"三寿"者，与诗人言"三寿作朋"同意。盖晋美观其始，特保我子孙而外之三節，云

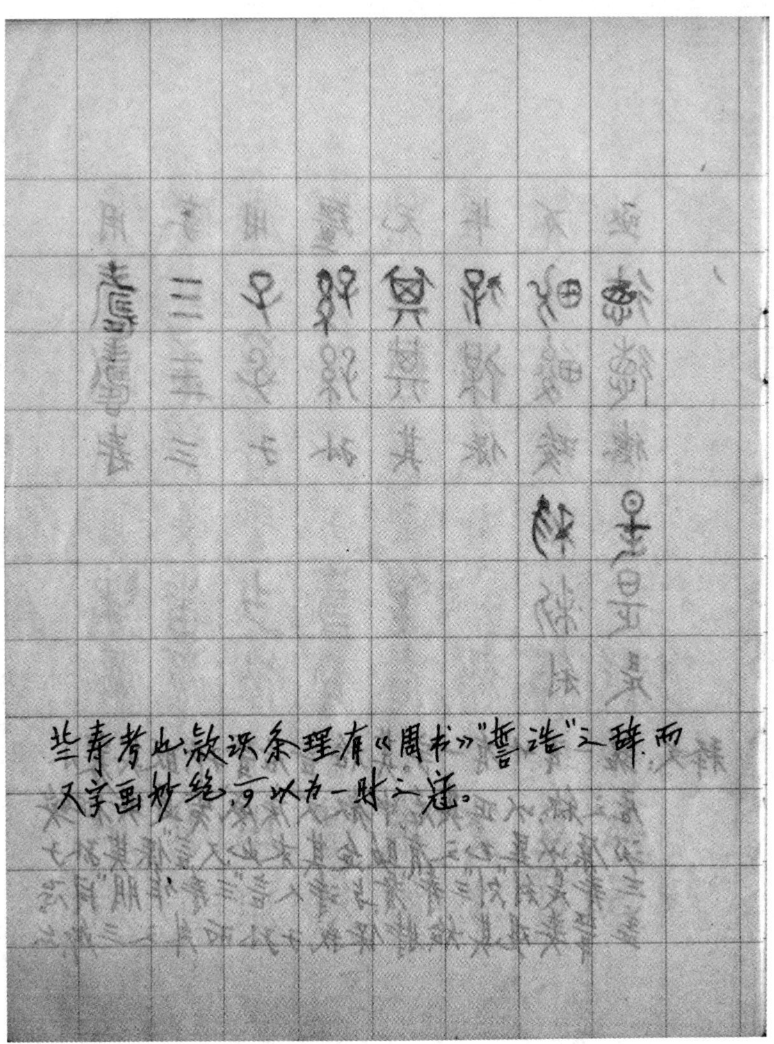
兰寿考此款识条理有《周书》"誓诰"之辞，而又字画妙绝，可以为一时之冠。

周文王鼎　注：鲁公者，周公者也；文王者，周文王也。按《史记·鲁世家》云：武王编封功臣同姓戚者，封周公旦于少昊之墟曲阜，是为鲁公。

铭文：

鲁　公　作　文　王　尊　彝

释文：按鲁字许慎《说文》云："从西省，象盖形。卤下鲁字也。"古《尚书》鲁作旅。古之文字形声假借，如"無"作"许"，"咎"作"華"，"缪"作"穆"之类是也。"尊"《说文》云："酒器也，从酋，廾以奉之。"今尊傍如"阝"乃阜字，从阜者，盖取高大之意。"彝"《说文》云："宗庙常器也，从糸；糸，綦也；廾持米，器中实也；彑声也。"今彝其上作"⊗"者，乃"彑"也；其左作点者，象米形也；右作"8"者，糸也；下作"廾"者，廾也。

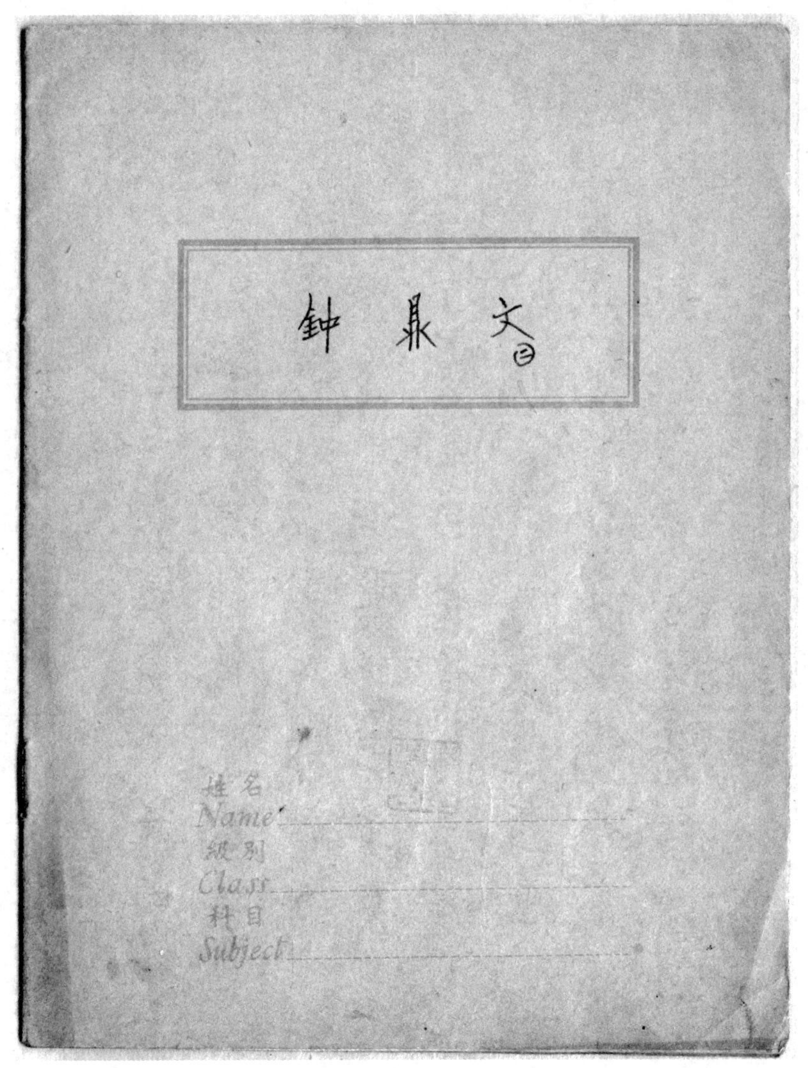
鈡鼎文
姓名
Name
級別
Class
科目
Subject

周伯硕父鼎注：子史伯硕父虽不见于经传，然周有太史内史之官，谓之子史则称于父曰子，举其官曰史，而伯硕父则又其名也。"绾绰"则祝以优裕之辞耳。

铭文：

唯六年八月初吉

己子史伯硕父追孝

于朕皇考嫠仲王母

乃是其名曰追孝于朕皇考犛仲王母乳母者，用賸孝享于其考妣也。犛谥也，而曰犛仲者，盖古人以字为谥，因以为族，则仲疑其族也。若王母乳母则追孝皇考而并及之。

周史頌鼎注：史頌鼎不見于经傳，盖以史言其官頌以疑其名是以与前作硕父鼎言其考妣谥号大率相类。

銘文：

史頌作朕皇考[illegible]仲

王母乳母尊鼎用進

享孝用蘄丐眉壽永

释文

多 年 万 其 頊 终 令 命

用 宝 永 孙孙 子子 疆 无 福

享

此鼎差小亦不纪岁月辞较之伯硕父鼎亦有详略之不同但不害其为同时之物

周"季媜"鼎注：季媜者《说文》媜通作妘，以谓祝融之后姓也。富辰尝举叔妘而来睦，以妘为妘姓之女，列娣方其妃也，曰季媜，言其序耳。

铭文：

正 月 王 在 成 周 王 徙

于 楚 麓 命 小 臣 麦 先

見 楚 居 王 至 于 徙 居

钖	贝	钖	麦	匡	小	遣	廡
扬	对	首	稽	拜	麦	两	马
尊	宝	頫	季	作	用	休	王

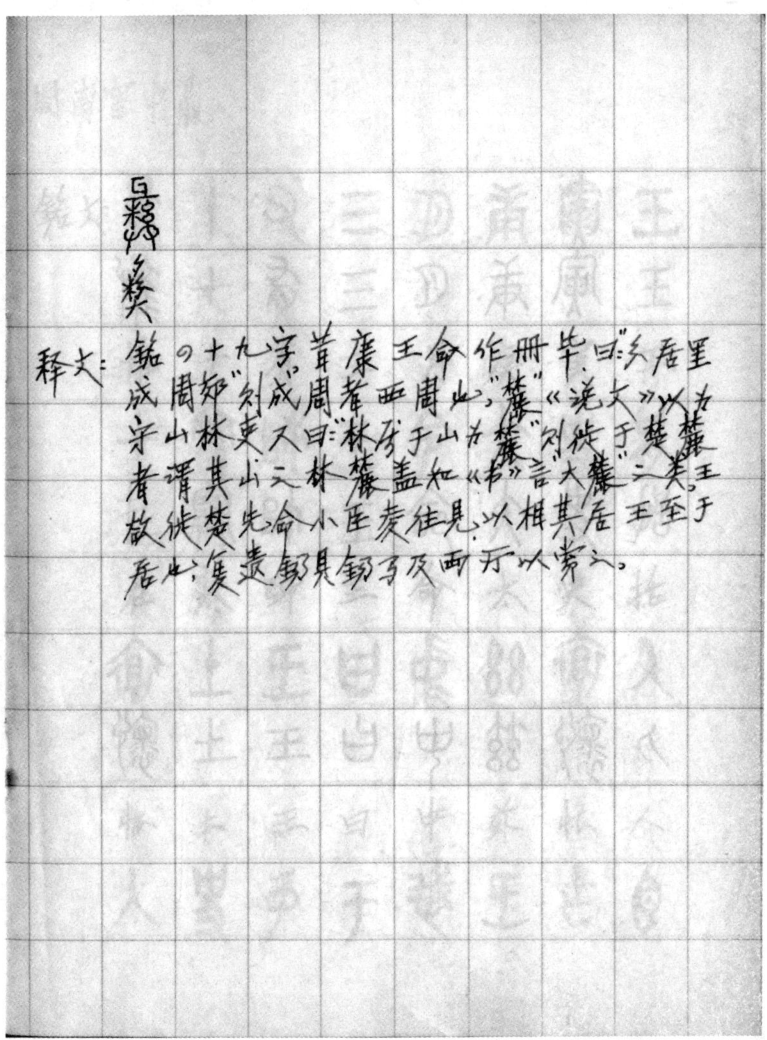
释文：銘四十九字。隹康王命作册毕，曰：“乡居里成周郊”，訓成周者西周也。“麓”《说文》：“以为守山林吏”，又曰：“林属于山为麓”，訓從于楚麓者，謂其山之林麓，盖如《书》言“大麓”之类。王敬從楚，先命小臣夌往見，以相其居。王至于居也，冀遣鎛貝鎛丐及西斤以賞之。

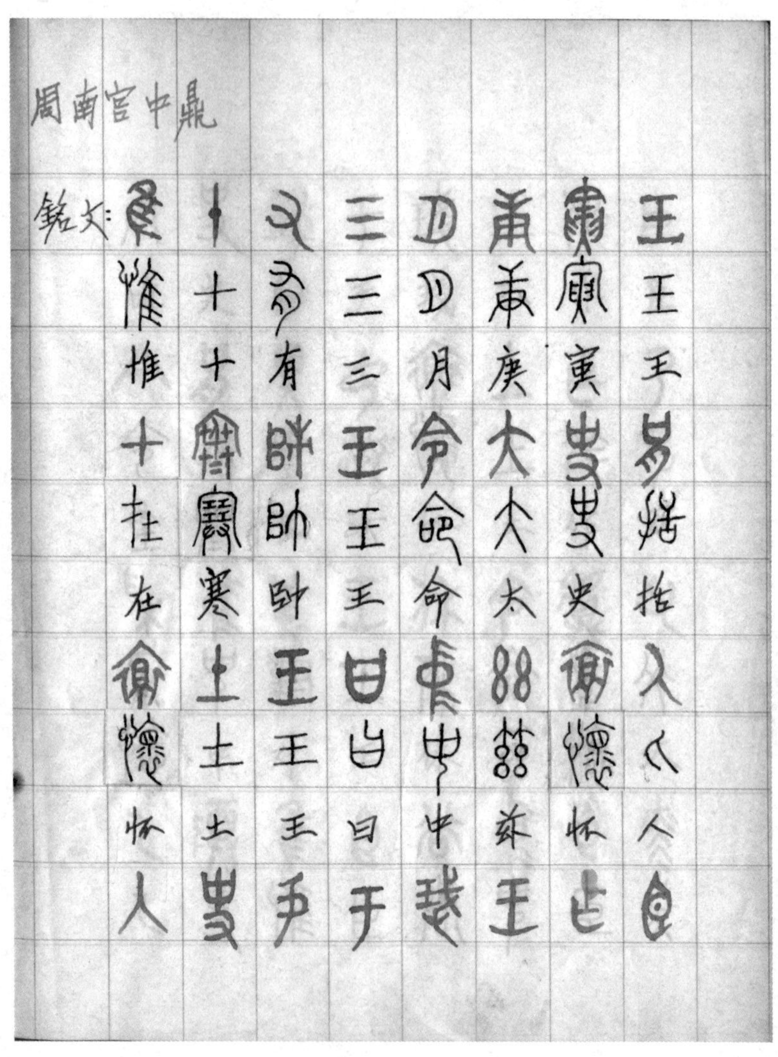
周南宮中鼎

銘文：

惟十有三月庚寅王
在寒師王命太史括
怀土王曰中兹怀人

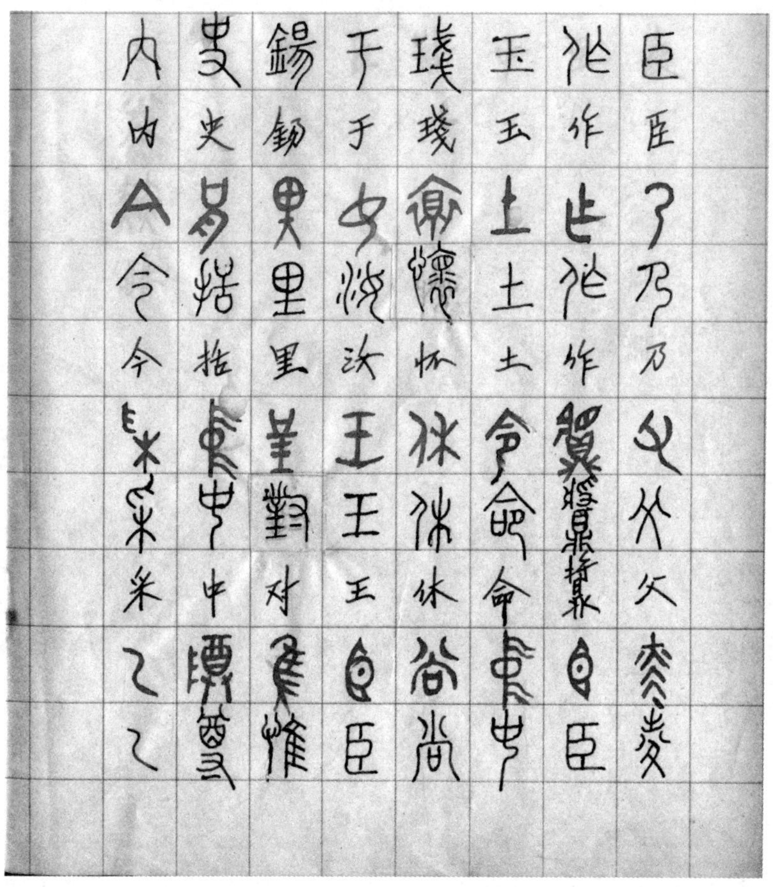

奏臣中尚臣惟尊乙
赤
赫
赫

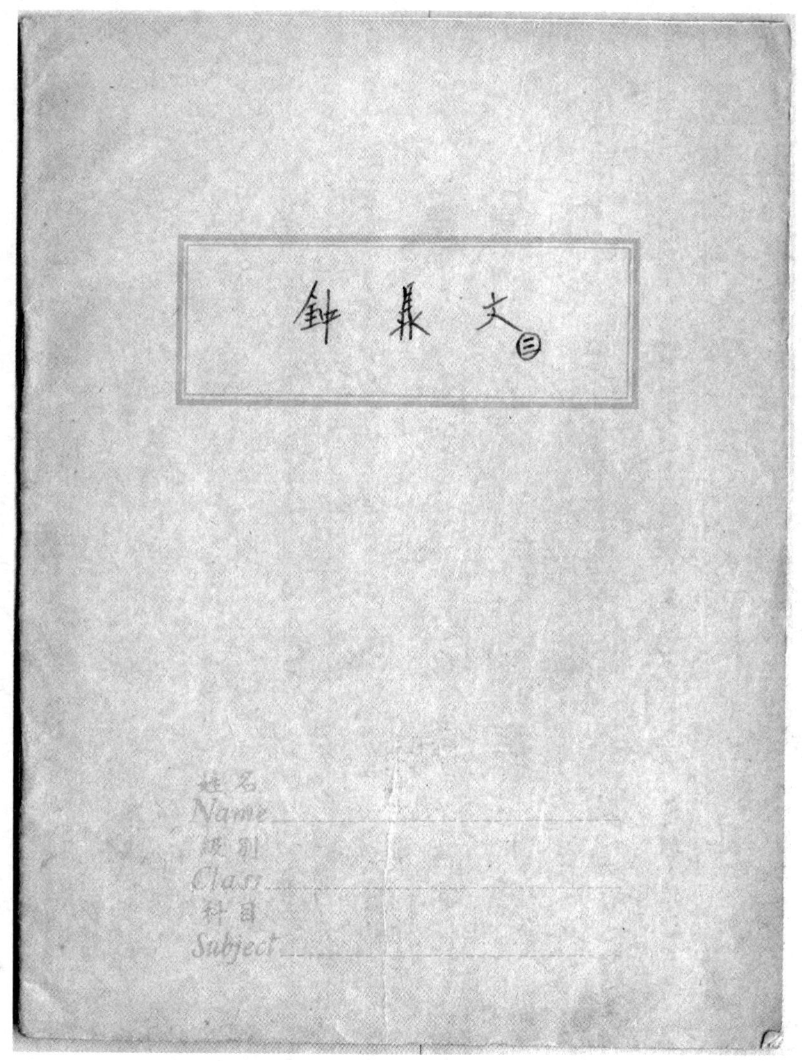
鈡鼎文 ㊂
姓名
Name
級別
Class
科目
Subject

周"师艅"尊 注：师艅人名，艅音(ü, ㄩ)

主文：

王：汝 上 侯 师 艅 从

王 侯 功，锡 师 艅 金。艅

对 对 扬 乃 德，用 作 乃

文 考 宝 彝，孙＝子＝宝。

释文：铭卅二字 曰汝上侯 专"上侯"即"上公"是师艅的官名因为他有功才尝给他铜金去作器皿以备家庙祭祀之用。其言"文考"与"前言"文人"同，德从彳而此皿从辵盖德云于辵

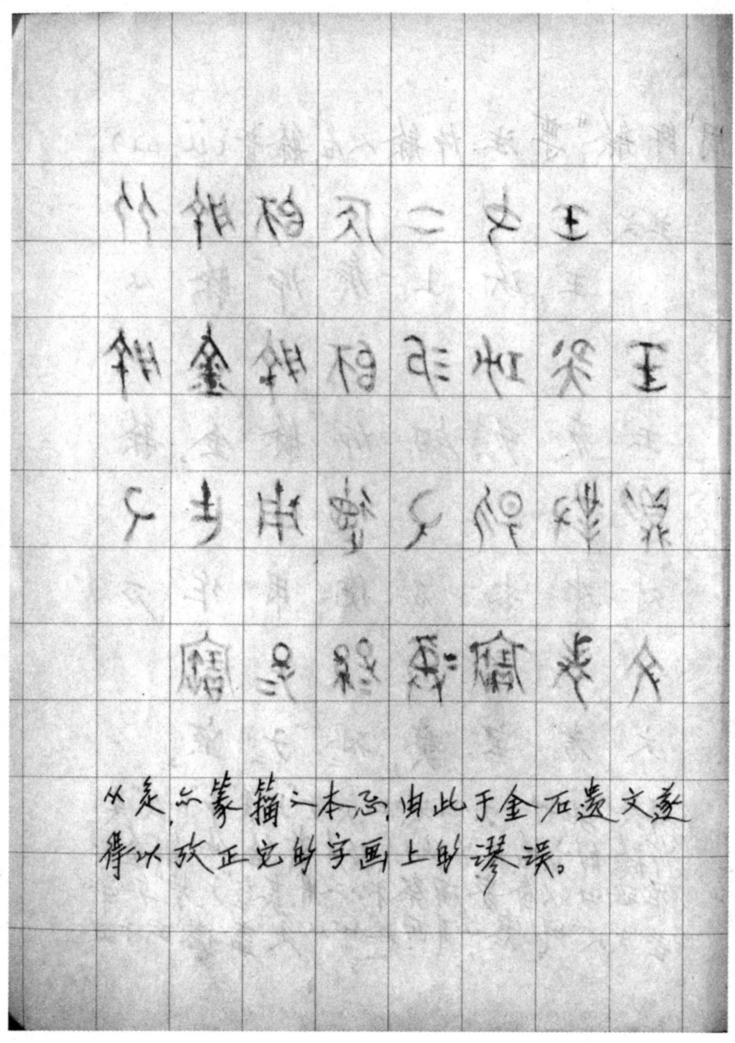

从辵，亦篆籀之本恐，由此于金石遗文遂得以攷正它的字画上的谬误。

周"髙克"尊　注：髙克人名，不见于其它经传，惟周末卫文公时有髙克将兵之事，后奔于陈，不知是不是就是这个人。

铭文：

唯　十　有　六　年　十　月

既　生　霸　乙　未　伯　太　师

锡　伯　克　仆　山　夫　伯　克

敢　对　扬　天　佑　王　伯　友

用　作　朕　穆　考　后　仲　尊

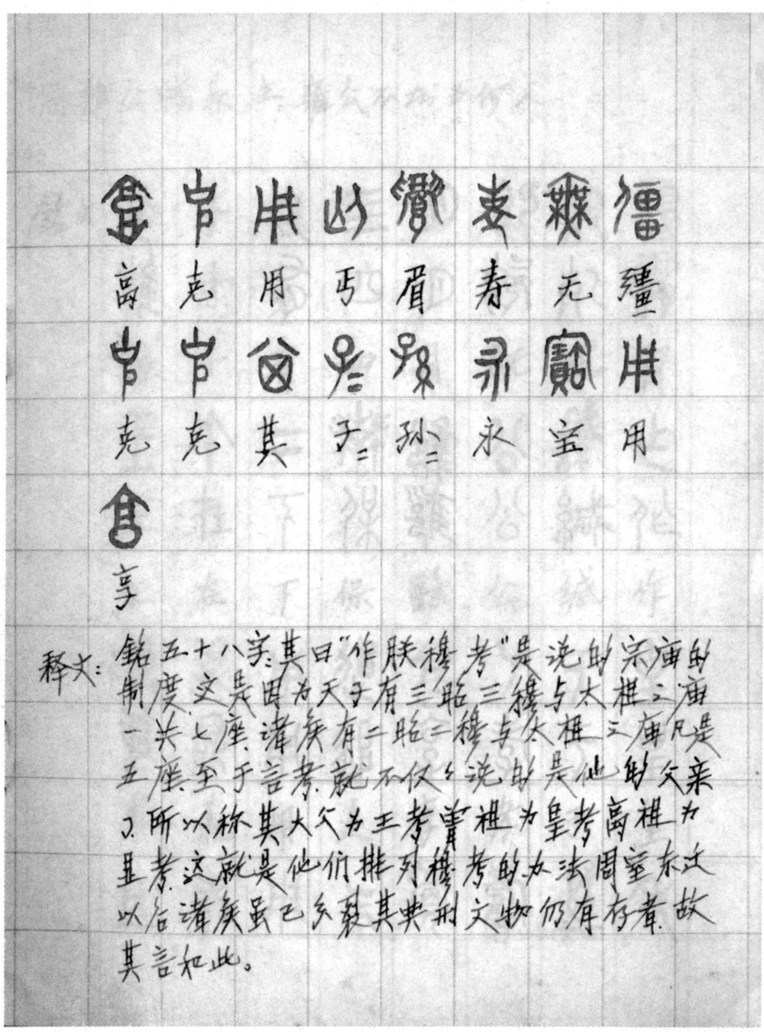

高 克 用 丐 眉 寿 无 疆

克 克 其 子二 孙二 永 宝 用

享

释文：铭五十八字。其曰"作朕穆考"，是说的宗庙的制度。文是因为天子有三昭三穆与太祖之庙，一共七座；诸侯有二昭二穆与太祖之庙，凡是五座。至于言考，就不仅仅说的是他的父亲了。所以称其大父为王考，曾祖为皇考，高祖为且考。这就是他们排列穆考的办法。周室东迁以后，诸侯虽已衰，其典册文物仍有存者，故其言如此。

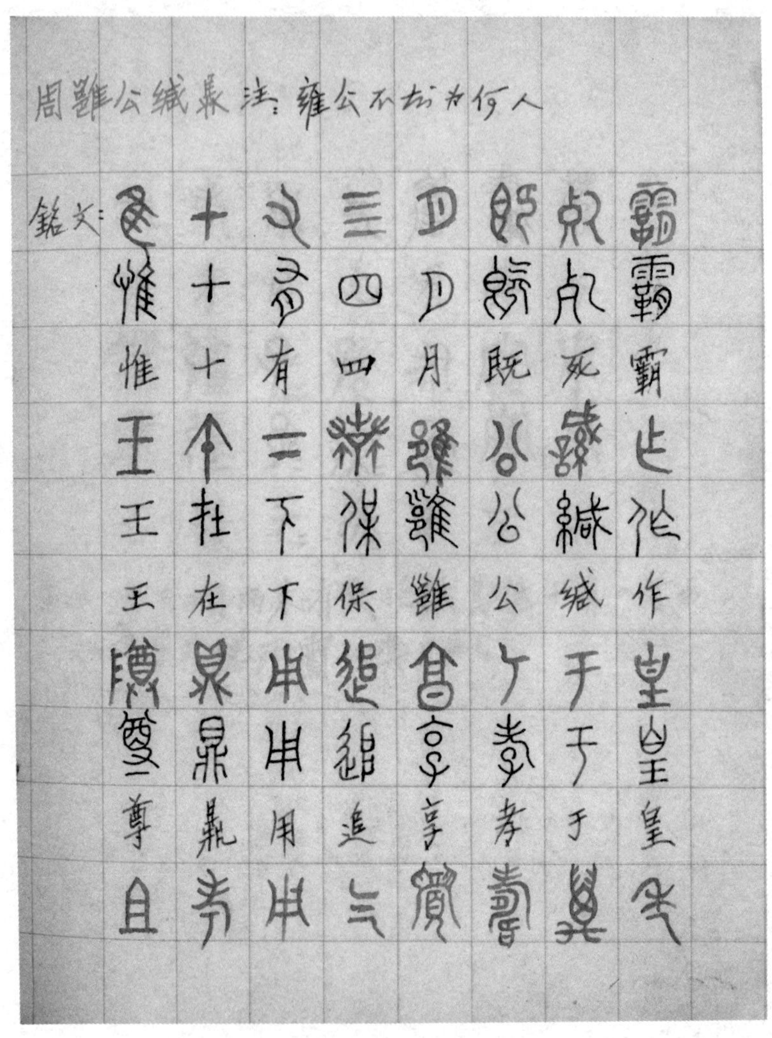

周雝公缄鼎注：雝公不知为何人

铭文：

惟十有四月既死霸

王在下保雝公缄作

尊鼎用追享孝于皇

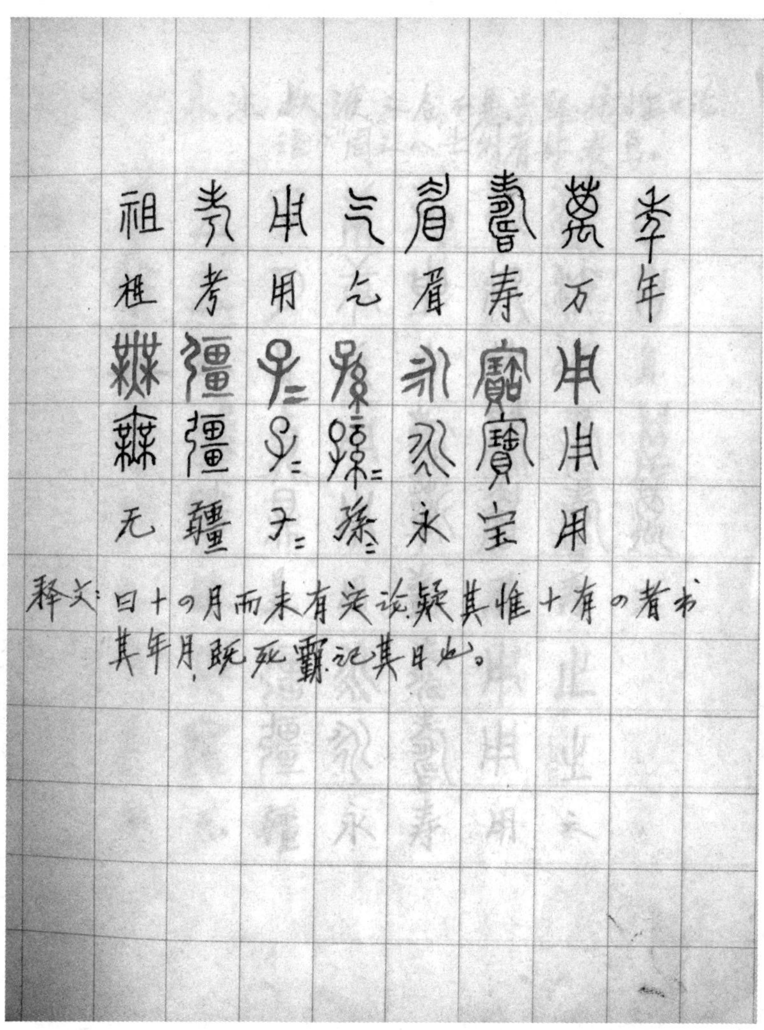
年万寿眉乞用孝祖

用宝永孫=子=疆无

释文：曰十四月而未有定論疑其惟十有四者书其年月既死霸记其日也。

周叔夜鼎注：叔夜之名不见于经传，惟《论语》"周之八士"有叔夜焉。

铭文：

惟 五 月 庚 申 叔 夜 自

作 鍊 鼎 用 蘄 眉 寿 万

年 无 疆 永 寿 用 之

周伯鄀父鼎 注：伯鄀父之名不見于经传

銘文：

晉 司 徒 伯 鄀 父 作 周

姬 宝 尊 鼎 其 万 年 永

宝 用

释文：銘十有八字曰晉司徒伯鄀父按晉以
僖侯諱司徒故廢司徒爲中軍稽之周历

晋釐侯之元年实周共和之二年推而下之至周平王之四十八年鲁隐公始居摄盖百有余年矣孔丘作《春秋》断自鲁隐始，则前乎此，列国虽有名卿大夫往往无复考。

周仲稱父鼎注：伯臯及仲稱父有伐南淮之勳，因鑄作宝鼎乃其宜也。曰伯仲，則又言其昆弟也。《詩》曰：伯氏吹壎，指昆也

銘文：

唯王五月初吉丁亥

周伯臯及仲偁父伐

南淮节孚金用作宝

鼎其萬年子=孫=永寶

鼎其万年子=孙=永宝

用

用

用

释文：铭三十五字。夫天下有道，礼乐自天子出，故凡彝器名物非下可得而专、若召虎之平淮夷、宣王用以旌有功，刻于是敕尔圭瓒、秬鬯一卣。昆弟皆知穆孝以享其君、于是有南淮之烈，岂周室之作人其盛有见于斯耶。其铭诗盖所以旌之也。

周夰𠦪史鼎　注：𠦪为史之職，蓋是农官，喜疑为其名，若《诗》所謂"田畯至喜"。

銘文：

夰　𠦪　史　喜　作　宝　鼎

其　眉　寿　万　年　子=　孙=　永

宝　用

释文：古者太史順時覛土，是为农官，曰𠦪，猶薙氏掌杀草者也。

3. 六書字例

象形字

象形字

象形　"畫成其物（照着实物的形象描绘下来）随体诘诎（诘诎，即是屈曲，随着就因的意思）日（日，实也，太阳之精）月（月，阙也，太阴之精）是也"。按日月水（氵）火（火）都是独体象形成字可读。

气　云气也，象形。按气氣古今字，气象云气之貌，三之者，列多不过三之意。

屮　草木初生也，象丨出形，有枝茎也，段玉裁：丨读若囟（guen）引而上行也，枝谓两旁茎枝，柱谓丨也。
古文或以为艸字，读若徹，按徹通也，义存乎音。

屯　难也，屯象艸木之初生，屯然而难，从屮贯一，屈曲之也，一，地也。

臾　kuì 古文蕢，象形。《论语》曰："有荷臾而过孔氏之门"（此古文《论语·宪问》）

芻　chú 刈艸也。（谓可食牛羊者）象包束草之形。

八　别也。（此以双声叠韵说其义）象分别相背之形。

釆　辨别也，象兽指爪分别也。（仓颉见鸟兽蹏迒之迹，知文理之可相别异也，遂造书契，釆字取兽指爪分别之形。）

牛　事也，理也。（事也者，谓能事其事也，牛任耕。理也者，谓其文理可分析也，庖丁解牛依乎天理）象角头三、封尾之形也，（角头三者谓上三岐者象两角与头为三也，牛角与头而三，与足与尾而五。封者谓中画象封也，封者肩甲坟起之处。）

口　人所以言食也，象形。

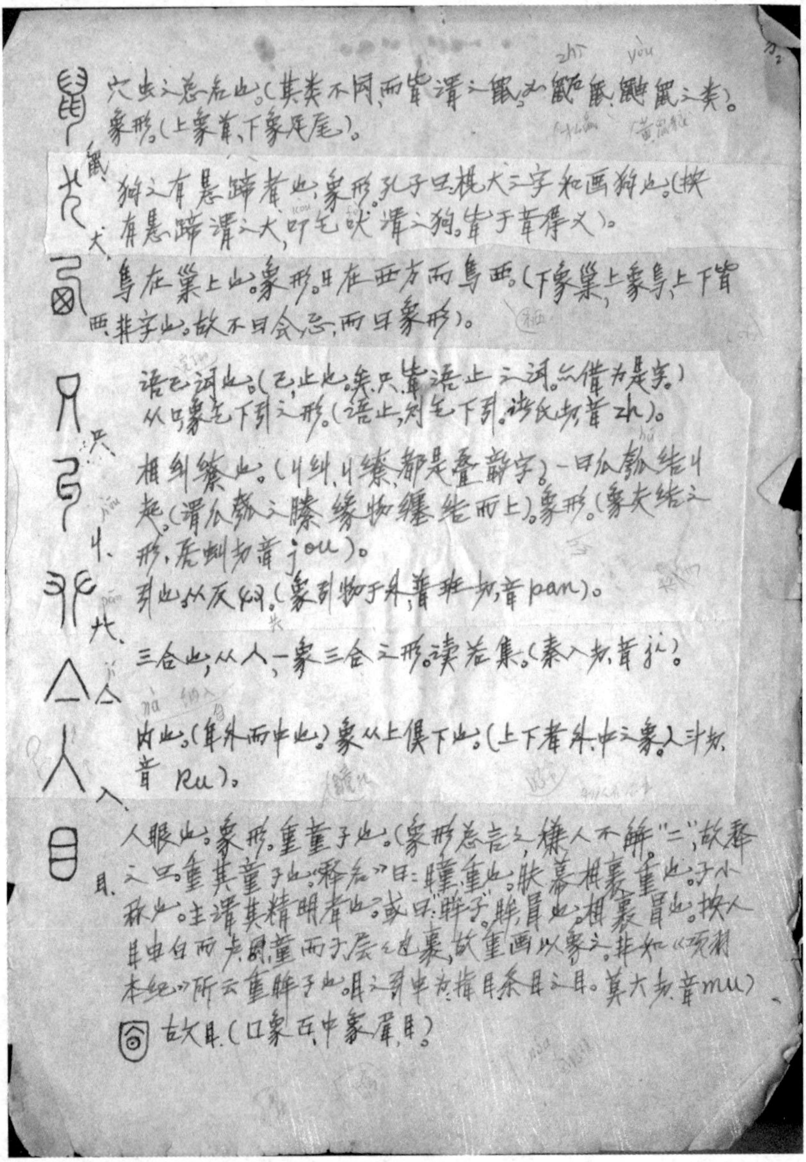

鼠 穴虫之总名也。(其类不同,而皆谓之鼠。如鼫、鼢、鼬、鼠之类)。象形。(上象首,下象足尾)。

犬 狗之有悬蹄者也。象形。孔子曰:视犬之字如画狗也。(按有悬蹄谓之犬,叩气吠谓之狗。皆于音得义)。

西 鸟在巢上也。象形。日在西方而鸟西。(下象巢,上象鸟,上下皆非字也。故不曰会意,而曰象形)。

只 语已词也。(已,止也。矣、只,皆语止之词。亦借为是实。)从口,象气下引之形。(语止,则气下引。诸氏切,音zhi)。

丩 相纠缭也。(丩纠、丩缭,都是叠韵字)。一曰瓜瓠结丩起。(谓瓜瓠之藤缘物缠绕而上)。象形。(象交结之形,居虯切,音jou)。

𠬞 引也。从反収。(象引物于外,普班切,音pan)。

亼 三合也,从人、一,象三合之形。读若集。(秦入切,音ji)。

入 内也。(自外而中也)象从上俱下也。(上下者外中之象。人汁切,音ru)。

目 人眼也。象形。重童子也。(象形总言之,嫌人不解"二",故释之曰重其童子也。《释名》曰:瞳,重也。肤幕相裹重也。子,小称也。主谓其精明者也。或曰:眸子。眸,冒也。相裹冒也。按人目由白而卢,童而子,层层包裹,故重画以象之。非如《项羽本纪》所云重眸子也。目之引申为指目、条目之目。莫六切,音mu)

古文目。(口象匡,中象瞳。)

角 獸角也。象形。角与刀魚相似（此龟头似蛇头，虎足似人足之例）。古岳切，音jiau。

竹 冬生艸也。（云冬生者，谓竹胎生于冬，且枝葉不凋也。云艸者，《尔雅》以竹在《释草》，《山海经》有云：其艸多竹，故谓之冬生艸。）象形。（象两两并生）。下垂者，箁箬（箁，蒲侯切，bou，箬，音而勺切，Re，竹皮也）。之六切，音zhu。

箕 所以簸者也。（《诗·小雅》"维南有箕，不可以簸扬"）从竹甘，六其下也。（居之切，音ji）。甘，古文箕，象形（不用足）。亦古文箕（下象球手）。亦古文箕（此象箕之喙口）。籀文箕。籀文箕（从匚，会意，匚音Fong方）。

丌 下基也。荐物之丌，象形（平而有足，可以荐物。居之切，音ji）。

工 巧飾也。（飾画文采不能放袖，谓之巧飾）。象人有规榘（直中绳，二平中準，是规榘也）。与巫同意（字形之意相似，古红切，音gueng）。

㠭 极巧视之也。（工为巧，故四工为极巧）。从四工，（知衍切，音chan，字今作展）。

巫 巫祝也。女能事无形，以舞降神者也。（無、舞与巫叠韵）。象人两袖舞形。与工同意。古者巫咸初作巫（见《世本》）。古文巫。（武夫切，音u）

曰 词也。（意内言外也。有是意而有是言，亦谓之曰，亦谓之云，云曰双声）从口乚，象口气出也。（王伐切，音wa，娃，古今音异）。

曶 出气词也。（古人假借为忽）从曰，象气出形。（呼骨切，音Hu）。《春秋传》曰：郑太子曶。

乃 曳词之难也。（乃而汝若一语之转，故乃又训汝）象气出之难也。（奴亥切，音nai）古文乃。籀文乃。（三文以見其意）。

口齗骨也。(《周礼》郑注:人生齿而体备,男八月女七月而生齿)象口齿之形,(从者象齿余∪形也)止声。

壮齿也。(齿之大者)象上下相错之形。

眉发之属及兽毛也(眉,目上毛;发,头上毛;而,须也;颐下之毛;髯,颊须;髭,口上须)象形。

陈也。(在牀曰屍其字从尸从死,别为一字,经籍多借尸为之)象卧之形。(此字象首俯而曲背之形)

船也。(古人言舟,汉人言船)古者共鼓货狄刳木为舟,剡木为楫,以济不通,象形。

颜前也。(颜者,两眉之中间。颜前者谓自此而前则为目为鼻为目下为颊之间)从百象人面形(谓匚也,左象百)。

古文百也,鬊巛象发。

毛饰画文也。

错画也。象交文(象两文交互,纹者文之俗字)。

裹也。象人曲形有所包裹(今字包行而勹废矣)。

鬼头也。象形。

宣也。谓能宣散气,生万物也。有石而高。象形。

厂 山石之厓岩，人可居（厓，山边；岩，厓也；其下可以居人）
象形（象嵌空可居之形）呼旱切，音Han。

石 山石也，在厂之下，口象形（象石之形）

冄 毛冄冄也（冄冄，柔弱下垂之皃）象形（而琰切，音Ren。）rǎn

而 须也，象形（《礼运》正义引《说文》"而须也，须谓颐下之毛，象形字也"）

豕 彘也，竭其尾故谓之豕（豕怒而竖其尾故谓之豕）
象毛足而后有尾（首画一象其头，次象四足，末象尾也）

彑 豕之头，象其锐而上见也，读若罽（籀文锐字故音相通）yán

易 蜥易，守宫，蝘蜓也，象形（上象首，下象四足，尾甚微故不象）
羊益切 yì

象 南越大兽，长鼻牙，三年一乳（按古书多假象为像，像者似也，
似者像也，像从人象声，并非一字，今皆以象作像，学者遂不
能通其原矣）

馬 怒也，武也（以叠韵为训，亦门闻也，户护也之类）象马头
髦尾四足之形）
𩡧 古文，𢒠 籀文，马与影同有鬣

鹿 鹿，兽也，象头角四足之形，鸟鹿足相比（鸟鹿皆二足相距
密不同他兽相距宽，故鸟从匕，鹿从比，比密也，古匕比通用）

豊 行礼之器也。(豊礼，叠韵)。从豆，象形。(上象其形也。卢启切，音li)。读与礼同。

虍 虎文也，象形。(徐锴曰：象其文章屈曲也。荒乌切，音hu)。

虡 钟鼓之柎也。(柎即足也)。饰为猛兽，从虍，異象其下足。(谓丌也。丌，下基也。其吕切，音ju)鐻，虡或从金豦。𧇧，篆文虡。

皿 饭食之用器也，象形，与豆同意。(上象其能容，中象其体，下象其底也)。读若猛。(武永切，音men)。

凵 凵卢(叠韵为名)，饭器，以柳作之，象形。(下像上敛，去鱼切，音qu区)𥬯，凵或从竹，去声。(《广韵》：𥬯，饭器)。

血 祭所荐牲血也，从皿，一象血形。(在皿中也。呼决切，音xie，即血字)。

丶 镫中火主也。𡰯象形(象镫形)，从丶。(谓火主)。丶亦声(之庾切，音zhu。按丶、主古今字，主、炷亦古今字。凡主人、主意字本当作丶，今假主为丶，而丶废矣。)

丹 巴越之赤石也。(巴郡、今四川有南越皆出丹砂)，象采丹井。(谓冂也，采丹之井。《史记》所谓丹穴也。)丶象丹形，都寒切，音dan)𠁿，古文丹。彬，亦古文丹。(按似是古文彤字)。

井 八家为一井。(《风俗通》：古者二十亩为一井，因为市交易，故称市井。皆谓八家共一井也)。象构韩形。(谓井也，韩，井上木栏也。其形四角或八角，又谓之银床)。丶，瓮象也(子郢切，音jieng)古者伯益初作井(出《世本》)。(瓮读音wong，与罋为古今字)。

爵 礼器也。(爵、一升)。象雀之形，中有鬯酒，又持之也。(又，手也)。所以饮器象雀者，取其鸣节节足足也。(节节足足，雀音)。𠁗古文爵，如此象形。(音jao)。

象[?]

门 闻也。（以叠韵为训，谓外可闻于内，内可闻于外也。）从二户，象形。（莫奔切。音men）。

耳 主听者也，象形。（《论语》："前言戏之耳。"耳作语尾助词，或曰语气词，乃"而已"之急。又俗语曰："生女耳"，是不足之词）。

耴 耳垂也。从耳，下垂，象形。《春秋传》曰："秦公子耴者，其耳垂也，故以为名（陟叶切，音zhie辄）。

𦣝 颐也，象形。（此文当横视之，横视则口上口下口中之俱见矣。颐中口车辅之名。口车动而由辅嚼物以养人，故谓之颐。颐，养也。与之切，音一，次与之切）。

关 拳也，象形。（象指掌之形，舒之为手，卷之为拳。其九切，音jiuan）

女 妇人也，象形。王育说（不得其居六书何等，而惟王育说象形也。）男，丈夫也；女，妇人也。立夫相对。尼吕切，音nü）。

交 交胫也。（引申为凡交之偁）。从大，象交形。（从大而象其交胫之形。古爻切，音jiao）。

尢 𡯁也。（尢本曲胫，引申为曲脊之称）。曲胫人也。从大，象偏曲之形。（象人一胫偏曲之形。所谓"跛子""拐子"者是。乌光切，音Huang）

壶 昆吾圜器也。（壶谓之瓠，瓠为口圆）。象形。（指壶而言）从大，象其盖也。（户吴切，音Hu）

亢 人颈也。从大省（省其人形也），象颈脉形（古郎切，音Kang）。按亢，咽也，颈大脉也，俗所谓胡脉（亢之引申为高，为举，为当）。

木　冒也。（以叠韵为训）冒地而生，东方之行。从屮，下象其根（谓巾也。屮象上出，巾象下垂。莫卜切音mu）

果　木实也。（引申假借为诚实、勇敢之偁）从木，象果形在木之上（谓田也。古火切音guo）。

朵　树木垂朵朵也。（凡枝叶华实之垂者皆谓朵朵。今人但谓一华为一朵）从木，象形（谓乃也。丁果切音duo）

𣏕（chā）　两刃臿也（谓臿之两边有刃者也。臿者，刺土之器，与銛为古今字。《淮南》曰：臿，鍫也。青州谓之鏵，有刃也。《释名》：锸，插也，插地起土也。或曰鍤，鍤，削也，能有所穿削也。或曰鏵，鏵，剡也，剡地为坎也。）从木（谓柄）丫象形（谓两刃如羊两角之状。互瓜切音Hua）宋魏曰𣏕也（《方言》宋魏之间谓之鏵是也）釫　或从金亏。（亏声也。鏵即釫字也）。

核　蛮夷以木皮为箧，状如籢尊之形也。（今字果实中曰核。《玉篇》核，户骨切，果实中也。）从木亥声。（古哀切音Hai）

乐　五声八音总名。（《乐记》：比音而乐之，及干戚羽旄谓之乐。按宫、商、角、徵、羽，声也；丝、竹、金、石、匏、土、革、木，音也。引申为哀乐之乐。）象鼓鞞（谓𢆶也。鼓大鞞小，中象鼓，两旁象鞞也。）木，虡也（虡，钟鼓之柎也。五角切，音yao）。

叒　日初出东方汤谷所登榑桑，叒木也。象形。（枝叶蔽翳。而灼切音Re若）。𠦝　籀文。

之　出也。（引申之义为往，《释诂》：之，往是也。亦有训为是者，如之人也、之德也。）象艸过屮。（谓子中也）枝茎渐益大有所之也（茎渐大，枝亦渐大，日新不已），一者地也。（止而切音zhi）

象

耑　物初生之题也。（题，额也。人体额为最上，物之初见即其额也。古发端字作此，今则端行而耑废）上象生形，（以才、屯、韭字例之，一地也，山象初生）下象根也。（一下则象其根也。多官切音duan）

韭　韭菜也。一种而久生者也，故谓之韭（韭久叠韵）象形，（谓非）在一之上。一，地也。此与耑同意。（耑亦象形在一之上也，耑下不言一地也。韭是互相足）举友切音jou

瓜　蓏也。（在木曰果，在地曰蓏，瓜者縢生布于地者也。）象形（外象其蔓，中象其实）古华切音gua）

㼌　本不胜末微弱也。从二瓜（本者蔓也，末者瓜也。蔓一而瓜多，则本微弱矣。故污窬之㼌、惰懒之㼌皆从此）读若庾（以主切音yu）

宀　交覆深屋也（古者屋四注，东西与南北皆交覆也，有堂有室，是为深屋。宀谓深也。）象形。（象两下之形，亦象四注之形）武延切音

吕　脊骨也。象形（吕象颗颗相承，中象其系联也。沈彤《释骨》曰：项大椎之下廿一椎通曰脊骨，曰脊椎，曰膂骨，或以上七节曰背骨，第八节以下乃曰膂骨（力举切音lü）昔太岳为禹心吕之臣，故封吕侯

"自"，"鼻"也，象人鼻形，卜辞用为第一人称，小篆作[篆字]，鼻乃后起之字。

"口"象人口形。

"司"象用手遮住嘴边，大声疾呼以告四方之义。

"身"，象坦腹之裸体人形，小篆改作[篆字]

"心"象人和动物之心脏形，篆作[篆字]，已渐失形。

"爪"象抓拔的手形，亦作[古字]

"尽"象用炊以洗涤盘盂之形，篆变作[篆字]示皿中食物已尽。

"殳"《诗》"伯也执殳为王前驱。"象手执刀劈砍之形。

"止"象人足形，凵为后起之形。

"之"表示向前行去，一者地也，篆作㞢。

"走"象人走形，篆作走。

"羌"象羊角夫人形，係專西羌的少数民族。

"荆"羌荆人是人形而置人的在，后加井声。卑视楚人之称。

"囚"象囚在井中或土窟中，篆仍作囚。

"史"金甲同形。

象

斗　十升也。（假借为斗斛之斗，因斗形方直也，俗乃制陡字）象形有柄。（上象斗形下象其柄也。斗有柄者，盖象北斗。当口为俗字，人持十为斗，魏晋以后作升，似升非升，似斤非斤）

斝　玉爵也。夏曰醆（侧产反，古当为戋字，后人以皿加旁），殷曰斝，周曰爵（《明堂位》注：斝画禾稼也）从斗冂象形（从斗而上象其形也）与爵同意（爵从鬯从又而画象形，斝从斗而吅象形，故云同意。此三爵者其状各异，今唯爵有存者耳。古雅切，音jao）或说斝受大斗。

升　十合也。（十合为升，十升为斗，十斗为斛。升字当为登，俗误从矢，今又作陞）从斗象形（斛左耳为升，右耳为合，以象耳形也。识蒸切，音dang）合龠为合，龠容千二百黍。（见《律历志》）

矛　酋矛也。建于兵车，长二丈（见《考工记》：酋矛常有四尺，夷矛三寻。郑注：酋、夷，长短名。酋之言遒也，酋近夷长矣。夷矛者兵车所不建，不常用也。《清人》笺云：兵车之法，左人持弓，右人持矛，中人御）象形（直者象其柲，左右盖象其英。《郑风》传云：重英，矛有英饰也。按矛饰盖县毛羽。莫浮切，音mao）[古文矛] 古文矛从戈。

車　舆轮之总名也。（毂辐牙皆统于轮，轼较轸轵輢皆统于舆，辀与轴则所以行之也）夏后时奚仲所造（《左传》：薛之皇祖奚仲居薛，以为夏车正）象形（象两轮一轴一舆之形。此篆横视之乃得。古音居，今尺遮切，音che）[籀文車] 籀文车。（从戋者，车所建之兵莫先于戈也。从重车者，象兵车联翩缀也。重车则重戈矣）

[車反]　车耳反出也（车耳即輢也。其反出者谓之轓。反出谓囟冉有邪倚向外者也。应劭曰：车耳反出，所以为之藩屏翳尘泥也。按此是车蔽，不得以车耳释之也）从车反，反亦声（府远切，音Fan）。

軎 车轴耑也。（耑者物初生之题也，因以为凡领之称。车轴之末见于毂者外曰軎，軎之言遂也，出也。）从车，象形（以口象毂耑之孔，而以车之中直象轴之出于外。）（于濊切音wei）杜林说（《仓颉训纂》《仓颉故》说如此）。

𠂤 小𠂤也。（𠂤之小者也。《广雅》：“细𠂤也。”《国语》假借魁字为之。《周语》夫亡山而荡以为魁陵粪土。贾逵韦昭皆曰小𠂤曰魁。贾逵注见《海赋》。其字俗作堆，堆行而𠂤废矣。）象形（小于𨸏，故𨸏三成，𠂤二成。都回切音duei）

𨸏 大陆也。（《尔雅·释地》“毛传”皆曰大陆曰阜。李巡曰高平曰陆，谓土地丰正名为陆，陆土地独高大名曰阜，阜最大名为陵。引申之为凡厚、凡大、凡多之称。《秦风》传曰：阜，大也。《郑风》传曰：阜，盛也。《国语》注曰：阜，厚也。皆由土山之厚引申之。）山无石者，象形（山曰有石而高，象形，此言无石以示区别。）𨺅 古文（上象絫高，下象可拾级而上）。

厽 絫坺土为墙壁（絫今之累字，一臿土谓之坺，垂者今之垒字，壁谓之垒）象形（象坺土积垒之形。力诡切音lei）

四 阴数也。象四分之形（口象四方，八象分也。息利切音s）𠃢 古文四如此。亖 籀文四。（此算法之二二如四也。）

宁 辨积物也。（积者聚也。宁与贮盖古今字）象形。（其旁有襟，其下有阯，其上有颠，如积之形也。直吕切音zhu）

叕 缀联也。（联者连也。）象形（陟劣切音zuei）

亞 丑也。（此亚之本义，亚与恶音义皆同）象人局背之形。（丑恶之状。衣驾切音ya）贾侍中说，以为次第也。（恶实为亚之次也）[illegible] 阙。

象

九　昜之变也（《列子》《春秋繁露》《白虎通》皆云九，究也）象其屈曲究尽之形（举有切音jiou）。

禸　兽足蹂地也（足著地谓之禸）象形（谓厶）九声（人九切音Rou）《尔雅》曰："狐狸貛貉醜，其足蹯，其迹禸"。[蹂] 篆文禸从足柔声。

禽　走兽总名（《尔雅·释鸟》"二足而羽谓之禽，四足而毛谓之兽"。禸为兽迹，非鸟迹，是其造字之本意，谓四足而走者明矣。以明毛者名羽者，此乃称谓之转移假借及其久也，遂为羽者之定名矣。《尔雅》自其转移者言之，说文指造字之本言之。凡经典禽字有谓毛者，有谓羽者，有兼举者。故《白虎通》曰：禽者何？鸟兽之总名也）从禸象形（禸以象其足迹，凶以象其首）今声（巨今切音gen）禽、离、兕头相似（此犹鱼尾同燕尾，能足同鹿足之意）。

离　山神也，兽形（《左传》螭魅罔两，杜注：螭，山神，兽形）从禽头（谓凶），从禸（头足皆兽），从屮（象其冠耳）。欧阳乔说：离，猛兽也（《西都赋》挖熊螭，李善注引欧阳尚书曰：螭，猛兽也）。

萬　虫也（假借为十千数名，而十千无正字，遂久假不归，学者昧其本义矣。唐人十千作万，故《广韵》万与萬别）从禸（其虫其足象兽）象形（无贩切音Wan）。

禹　虫也（夏王以为名，学者昧其本义）从禸（盖有四足）象形（王矩切音yu）[禹] 古文禹（见《汉书》）。

禼　虫也，从禸象形，读与偰同（私列切音xie）[禼] 古文禼。

嘼　㹌也，象耳头足禸地之形（象耳谓吅，象头谓田，象足蹂地谓古也，许救切音Shou）。

象

甲　东方之孟，昜气萌动（《史记·历书》：甲者，言万物剖符甲而出也。又曰：出甲于甲（《礼记·月令》注：日之行春东从青道，发生月为之佐时，万物皆解孚甲）从木戴孚甲之象（孚，卵字也。孚甲犹今言孵也。凡艸木初生，或戴种于颠，或先见其叶，故其字象之。下象木之有茎，上象孚甲下覆也。古狎切，音jia。又《卫风》传：甲，狎也。甲为狎之假借字）《大一经》曰：（《艺文志》有《大壹兵法》一篇，"五行家"有《泰一阴阳》廿三卷，《泰一》廿九卷，盖此类也。）人头空为甲（谓髑髅也）古文甲，始于一，见于十，岁成于木之象。

乙　象春木冤曲而出，阴气尚强，其出乙乙也。（冤，郁曲之忍乙乙，难出之皃。《史记》：乙者，言万物生轧轧也。轧轧，乙乙之假借字。轧从乙声，故同音相假。《月令》郑注：乙之言轧也。时万物皆抽轧而出，物之出土艰屯，如车之辗地涩滞。）与丨同意（与自下而上之丨同意。於笔切，音i）乙承甲，象人颈。（亦《大一经》之言）

丁　夏时万物皆丁实。（《律书》：丁者，言万物之丁壮也。《律历志》：大盛于丁。郑注《月令》：时万物皆强大）象形。（当经切，音ding）丁承丙，象人心（《大一经》言）

戊　中宫也。（郑注《月令》：戊之言茂也，万物皆枝叶茂盛。《律历志》：丰茂于戊）象六甲五龙相拘绞也。（《汉书》有"六甲"，言日也，五龙即五行。莫候切，音wu）戊承丁，象人脅（《大一经》言）

己　中宫也。（戊己皆中宫，故为中央土。《释名》：己皆有定形可纪识也。引申之义为人己，言己以别于人者，己在中，人在外，可纪识也。）象万物辟藏诎形也。（辟藏者，盘辟收敛，字象其诘诎之形也。）己承戊，象人腹。（《大一经》）古文己。（己亥为三豕者，己与三形似也。）

庚　位西方。（《律书》：庚者，言阴气更万物。《律历志》：敛更于庚。《月令》注：庚之言更也，万物皆肃然更改，秀实新成）象秋时万物庚庚有实也。（庚庚，成实皃。字象形。古行切，音gong）庚承己，象人脐（中○者）

象

辛 秋时万物成而熟（《律书》辛者言万物之新生。《律历志》悉新于辛。《释名》辛，新也，物初新者皆收成也。）金刚味辛（辛谓成熟之味也。）辛痛即泣出（故以为艰辛字）。从一辛（一者阳也。阳入于辛，谓之愆阳。（息邻切音xin）。辛，辠也（辛痛泣出罪人之象（凡辠、宰、辜、辥、辭皆从辛者由此）辛承庚象人股（《太一经》言）

壬 位北方也。阴极阳生（《月令》郑注：壬之言任也，时万物怀任于下。《律书》壬之为言任也，言阳气任养万物于下也。《律历志》怀任于壬。《释名》壬，妊也，阴阳交物怀妊至子而萌也）故《易》曰："龙战于野"（坤上六爻辞，战者接也。）象人怀妊之形（如林切音Ren）承亥壬以子生之叙也。壬与巫同意（巫象人两袖舞，壬象人腹大也。）壬承辛象人胫，胫任体也（《太一经》言）

癸 冬时水土平，可揆度也（揆癸叠韵，癸之为言揆也，言万物可揆度。《律历志》：陈揆于癸）象水从四方流入地中之形（居诔切音guei）癸承壬象人足（《太一经》言）籀文从癶从矢（癸象人足故从癶，矢声）。

子 十一月阳气动，万物滋（《律书》子者滋也，言万物滋于下也。《律历志》孳萌于子。）人以为称（此与以朋为朋党、以韦为皮韦、以乌为乌乎、以来为行来、以西为东西一例。凡言以为者皆许氏发明六书假借之法。子本阳气动万物滋之称，万物莫美于人，故因假借以为人之称）古文子从巛象发也（象发与巤同意）籀文子囟有发（巛）臂（𠔿）胫（人）在几上也（床者，安身之几座也。）

丑 纽也（《律历志》纽牙于丑。《释名》丑，纽也，寒气自屈纽也。十二月阴气之固结已渐解，故曰纽也。）十二月万物动用事（殷以为春）象手之形（人于是举手有为，又者手也，从又而联缀其三指象，故为手而为凛冽寒气未得为也。敕九切音chou）日加丑亦举手时也（思奋）

象

寅 髌也。(《律书》寅言万物始生螾然也。《淮南子·天文训》:斗指寅则万物螾。高注:螾动生貌。《律历志》引达于寅。《释名》寅,演也,演生物也。)正月阳气动去黄泉欲上出阴尚强也(杜注:地中之泉故曰黄泉。阴上强阳不能径遂。如宀之屋于上。故从宀)象宀不达髌寅于下也。[古文寅] 古文寅(下从土,上象其形)

卯 冒也。二月万物冒地而出。(《律书》卯之为言茂也,言万物茂也。《律历志》冒茆于卯。《天文训》:卯则茂茂然。《释名》:卯,冒也,载冒土而出也。盖阳气至是始出地。)象开门之形(字象开门。莫饱切音Mao)故二月为天门(卯为春门,万物已出)[古文] 古文卯(按十干十二支之字皆古文也。非后人所能造者。而卯为春门,酉为秋门尤显明)。

巳 已也。(《律书》巳者言万物之已尽也。《律历志》:已盛于巳。《淮南·天文训》:巳则生已定也。《释名》巳,毕布已也。)四月阳气已出,阴气已藏,万物见成彣彰(故曰巳也。)故巳为它象形(巳不可象也,故以蛇象之。蛇长而冤曲垂尾其字象蛇则象阳已出阴已藏矣。祥里切音S)

午 牾也。(牾,逆也)五月阴气牾逆阳冒地而出也。《律书》午者阴阳交故曰午。《律历志》咢布于午。《天文训》:午仵也。阴气从下上与阳相仵逆也。《广雅·释言》午仵也。按仵即牾字。四月纯阳五月一阴,逆阳冒地而出。故制字以象其形。古者横直交互谓之午,义之引申也。《仪礼·大射仪》度尺而午注云一纵一横曰午)象形此与矢同意。(矢之首与午相似皆象贯之而出也。疑古切音U)。

未 味也。六月滋味也。(《律书》:未者言万物皆成有滋味也。《淮南·天文训》:未者昧也。《律历志》昧薆于未。《释名》未昧也。日中则昃向幽昧也。《广雅·释言》未味也)五行木老于未(《天文训》曰:木生于亥,壮于卯,死于未。此即昧薆之说也。)象木重枝叶也。(老则枝叶重叠,故其字象之。无沸切音Wei)。

象

日　实也。(以叠韵为训。《月令》正义引《春秋元命包》云：日之为言实也。《释名》：日，实也，光明盛实也) 大阳之精不亏。(故曰实) 从口一，象形。(口象其轮廓，一象其中不亏。人质切，音ri) ㊐ 古文象形。

㫃　旌旗之游㫃蹇之皃。(旗者旌之通称。旌有羽者，旗未有羽者，各举其一以该凡旗也。) 从屮曲而垂下，㫃相出入也。(从屮者，与之同意。谓杠首之上见者曲而下垂者，象游。㫃相出入者，谓从风往复，如一出一入然，故从入) 读若偃。(於幰切) 古人名㫃字子游。(如晋之籍偃、郑之公孙偃、孔子弟子言偃皆字游。今之经传皆变作偃，偃行而㫃废矣) [ancient-script glyph] 古文㫃字，象旌旗之游及㫃之形。

月　阙也，太阴之精。(月阙叠韵。《释名》：月，缺也，满则缺也。) 象形。(象不满之形。鱼厥切，音 iue)

囧　窗牖丽廔闿明也。(丽廔双声，谓交疏玲珑也。闿明谓开明也。) 象形。(象窗牖玲珑形) 读若犷。(犷古音如广，囧音同也。俱永切，音 jiong) 贾侍中说读与明同。(读若芒)

夕　莫也。(日且冥也。日且冥而月且生矣，故字从月半见。旦者，日全见地上；莫者，日在茻中；夕者，月半见。皆象形兼会意也。)

毌　穿物持之也。从一横贯，象宝货之形。(古毌穿用此字，今则贯行而毌废矣。古丸切，音guan) 读若冠。

𢎘　嘾也。(含深也) 艸木之华未发圅然。(圅之言含也，深含未放) 象形。(下象其华之茎，上象未放之蓓蕾) 读若含。(平声，胡男切，音Han)

圅　舌也。(舌在口所以言别味也。圅之言含也，含于口中也。舌体𢎘𢎘) 从𢎘。(舌有茎而知花萼，故从𢎘) 象形。胡男切，音Han)

象

[卤] 草木实垂卤卤然（卤卤，垂皃。卤之隶变为卣。卣，中尊也。凡彝为上尊，中尊谓献、象之属）象形。读若调（徒辽切，音tiao。又中尊之义，则为羊久反，音you）籀文从三卤作

[齐] 禾麦吐穗上平也。象形（从二者，象地有高下也。禾麦随之，似不齐而实齐。参差其上者，盖明其不齐而齐也。引申为凡齐等之字。亦假为斋字。祖兮切，音qi）

[朿] 木芒也（芒，草端也。引申为凡鑯锐之称。今俗用锋铓字，古只作芒朿。今字作刺，刺行而朿废矣。《方言》：凡草木刺人，北燕朝鲜之间谓之茦，自关而西谓之刺，江淮之间谓之棘）象形。读若刺（七赐切，音ci）

[鼎] 三足两耳和五味之宝器也（谓器形，非谓字形也。《九家易》：鼎三足以象三台也。《易》：鼎黄耳。和当作盉）象析木以炊（炊鼎必用薪，故象之）昔禹收九牧之金，铸鼎荆山之下，入山林川泽者，螭魅蝄蜽莫能逢之，以协承天休（此用《左·宣三年传》王孙满语。皇甫谧《帝王世纪》：禹铸鼎于荆山，在冯翊怀德之南，山下有荆渠。郦道元《水经注》云：即夏后铸九鼎处也）《易》卦巽木于下者为鼎。古文以贝为鼎，籀文以鼎为贝

[克] 肩也（《周颂》传曰：仔肩，克也。肩谓任，任事以肩，故任谓之肩，亦谓之克。《尔雅·释诂》：肩，克也。又，肩，胜也。郑笺云：仔肩，任也。许云胜任也。任，保也。保，当也。凡物压于上谓之克。《释言》：克，能也。其引申之义）象屋下刻木之形（上象屋，下象刻木彔彔形。木坚而安居屋下契刻之，能事之意也，相胜之意也。苦得切，音ke）古文克 亦古文克

[彔] 刻木彔彔也（彔彔犹历历也，一一可数之皃）象形（卢谷切，lu）

象

申　神也。（《律书》申者言阴用事申刈万物故曰申《律历志》申坚于申《天文训》申者，申之也。）七月阴气成，体自申束。（古屈伸字作诎申，亦段借，其作伸者俗字）从臼，自持也。（臼，叉手也。申与晨要同意，並是从丨以象其申，从臼以象其束。失人切，音shen）吏以餔时听事，申旦政也。（餔者，日加申时食也。申旦政者，子产所谓朝以听政，夕以修令，士朝而受业，夕而习复也。）古文申。籀文申

酉　就也（《律书》酉者万物之老也。《律历志》留孰于酉《天文训》酉者饱也。《释名》酉秀也，秀者物皆成也。）八月黍成，可为酎酒。（此举一物而言，就黍以大暑而种，至八月而成，犹禾之八月而孰也。不言禾者，为酒多用黍也。酎者，三重酒也。必言酒者，古酒可用酉为之，故其字从酉曰就也。）象古文酉之形也。（古文酉谓丣也，仿佛丣字之形而制酉篆。与久切，音you）丣古文酉从丣（从丣，一以闭之）丣为春门，万物已出，丣为秋门，万物已入，一闭门象也。

象

禾 嘉穀也。（谓禾之已秀者，民食莫重于禾，故曰嘉穀。禾穀之连稿者曰禾，实曰粟，粟之仁曰米，米曰粱，今俗云小米是也）以二月始生，八月而孰，得之中和，故谓之禾（和禾叠韵）。禾，木也，木王而生，金王而死。从木（禾木也，故从木），象其穗（下从木，上笔垂者象其穗。户戈切，音He）

黍 稷之黏者（《九穀考》：稷，北方谓之高粱，或谓之红粱，其黏者黄白二种，所谓秫也）从禾，朮象形（下象其茎叶，上象其采。食聿切，音shu）朮，秫或省禾。

米 粟实也。（粟中之仁，如果实之有仁也。仁本古人，金刻《本草》内无作仁者，至明刻乃尽改）象禾黍之形（四点者四米也，十其间者四米之分也）。

臼 舂臼也。（舂，杵也，此则其臼也，引申凡凹者曰臼）古者掘地为臼（见《易·系辞》传，据云黄帝时雍父初作如此）其后穿木石，象形（凵象木石臼也）中象米也（其九切，音jou）

𣎳 分枲茎皮也（谓分擘枲茎之皮也）从屮（象枲叶）八象枲皮（两旁者，其皮分离之象也）读若髌（匹刃切，音bien）

𣏟 葩之总名也。（葩，枲别名，有实无实言之也。赵岐、刘熙注《孟子》"妻辟纑"皆云缉绩其麻曰辟，今俗语缉麻析其丝曰劈，即𣏟也）𣏟之言微也。（𣏟微音相近，《春秋说题辞》曰：麻之为言微也。𣏟、麻古盖同字）微纖为功。（丝起于糸，麻缕起于𣏟）象形（匹卦切，音ma）

尗 豆也（尗豆古今语，亦古今字）尗象豆生之形也（豆之生也，所种之豆必为两瓣而戴于茎之顶，故以一象地，下象其根，上象其戴生之形。式竹切，音shu）

象

剔人肉置其骨也（冎俗作剐），象形，头隆骨也。（隆丰大也，象形者，谓上大下小象骨之隆起也。古瓦切音gua）。

胾肉（胾音 大脔 也，谓鸟兽之肉。生民之初食鸟兽之肉，故肉字最古。人曰肌，鸟兽曰肉，此其分别也）象形（如六切音rou）

刀坚也，象形，象刀有刃之形（坚，坚也，刚也。而振切音ren）

草蔡也，象草生之散乱也（中直象茎，丰彡象叶，读若介。古拜切音gai）

瓦器所以盛酒浆（缶有小有大，如汲水之缶，盖小者也。一石之罋，五斗之瓦瓶，其大者也，皆可以盛酒浆）秦人鼓之以节謌（见《史记·廉蔺列传》）象形（字象器形。方九切音fou）

弓弩矢也（弓弩所用射之矢也）从入（矢镞其中）象镝栝羽之形（镝谓丨也，栝谓一也，矢羽从而横之何也，以识其物耳。矢之制详于《考工记》"矢人"）古者夷牟初作矢（式视切音shi）

春飨所射侯也（飨者乡人饮酒也，春飨所射侯谓天子诸侯养老先行大射礼之侯也）从人（为人父子君臣者各以为父子君臣之鹄，故其字从人。侯制上广下狭，盖取象于人，张臂八尺，张足六尺，是取象率焉）从厂象张布（侯凡用布卅六丈，侯之张布如崖岸之状，故从厂）矢在其下（象矢集之也。乎沟切音Hou）天子射熊虎豹，服猛也。诸侯射熊虎，大夫射麋，麋，惑也（以虎熊豹麋之皮所饰之鹄也，《梓人》云：张皮侯而栖鹄者，皆此也）士射鹿豕，为田除害也。

度也（此以音说义）民所度居也（《释名》：郭，廓也，廓落在城外也。按城郭字今作郭，郭行而𩫏废矣）从回，象城𩫏之重（内城外郭），两亭相对也（谓上亠下早也）。或但从口（章太谓篆作亯也）。

人所为绝高丘也（《尔雅·释丘》：绝高为之京。非人为之丘。郭云：为之者人力所作也。按《释诂》云：京，大也。其引申之义也。凡高者必大），从高省，丨象高形（举卿切，音jing）。

满也（《方言》：畐，满也），从高省（谓合也），象高厚之形（谓田也）。读若伏（芳逼切，音Fu）。

谷所振入也（谷者，百谷总名。《中庸》注曰：振犹收也）。宗庙粢盛（粢，稻饼，及稷之或字），仓黄亩而取之，故谓之亩。从入（谷所入），从回，象屋形（屋在上者也。亩之户牖多在屋），中有户牖（谓内口。小徐曰：户牖以防蒸热也）。廪，亩或从广禀（今字）。

周所受瑞麦来麰也。二麦一夆，象其芒朿之形（夆乃锋字之省。夆者朿也。二麦一夆，为瑞麦，如二米一稃为瑞黍。盖同夆则亦稃同矣。其字以从象二麦，从市象一芒，故云象其芒朿之形）。天所来也，故为行来之来。《诗》曰：诒我来麰。

芒谷，秋种厚薶，故谓之麦（薶，麦叠韵）。麦，金也。金王而生，火王而死。从来，有穗者也（有穗犹有芒也，有芒故从来），从夊（象芒朿也。从夊，思佳切，音Suei。麦，莫获切，音mai）

行迟曳夊夊也（《玉篇》：《诗》云：雄狐夊夊，今作绥）。象人两胫有所躧也（躧同躧，躧古今字也。行迟者如有所拕曳然，故象之。思佳切，音Suei）

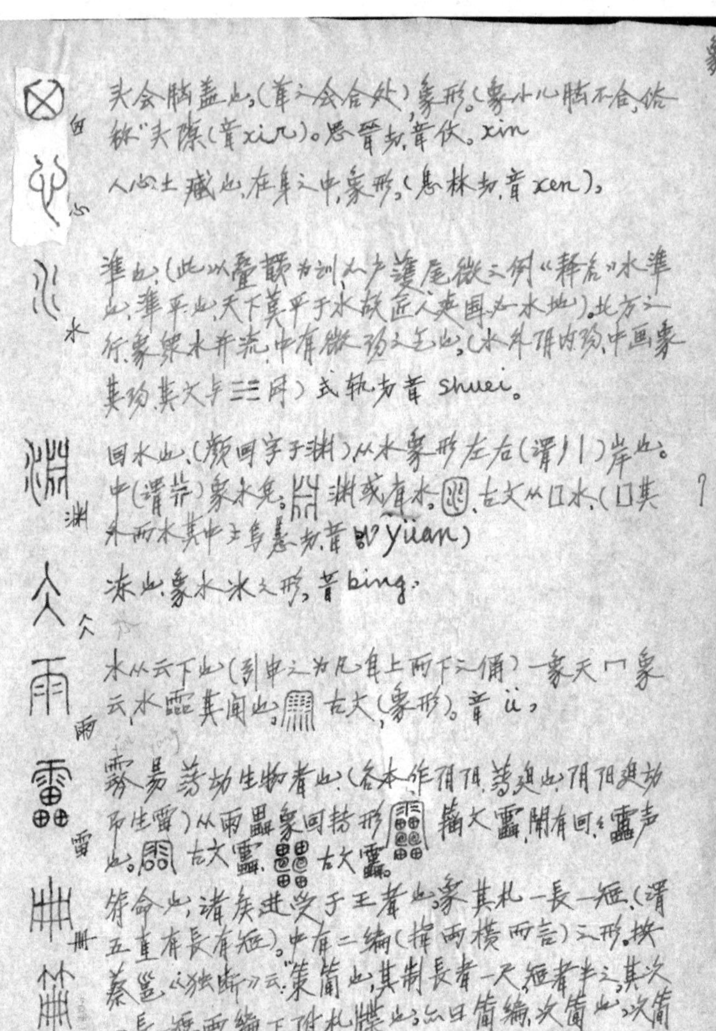

象

囟　头会脑盖也。（前之会合处）象形。（象小儿脑不合，俗称"头隙"（音xin）。息晋切，音信。xin

心　人心土藏也，在身之中，象形。（息林切，音xen）。

水　準也。（此以叠韵为训，如户护尾微之例《释名》水準也，準平也，天下莫平于水，故匠人建国必水地）。北方之行，象众水并流，中有微阳之气也。（水外阴内阳，中画象其阳，其文与三三同）式轨切，音shuei。

渊　回水也。（颜回字子渊）从水，象形，左右（谓丿丨）岸也。中（谓㳄）象水皃。渊或省水。古文从口水。（口其外而水其中）乌悬切，音yüan）

仌　冻也，象水冰之形，音bing。

雨　水从云下也（引申之为凡自上而下之偁）一象天，冂象云，水霝其间也。古文（象形）。音ü。

雷　靁易薄动生物者也（各本作阴阳薄动也，阴阳迫动而生雷）从雨畾，象回转形。籀文靁，間有回，回靁声也。古文靁，古文靁。

册　符命也，诸侯进受于王者也，象其札一长一短（谓五直有长有短），中有二编（指两横而言）之形。按蔡邕《独断》云："策简也，其制长者一尺，短者半之，其次一长一短，两编下附札牒也，亦曰简编。"次简也。次简者竹简长短相间，排比之以绳，横联之上下各一道，一简容字无多，故必比次编之乃容多字（每简一行而已，不及百名者书于方，即木制之牍板）。

古文从竹

㲋，獸也，似兔，青色而大，象形。頭與兔同，足與鹿同。（合二形為一形也。丑略切，音qie）。

兔，獸也。象兔踞，後其尾形。（其字象兔蹲後露其尾之形）。湯故切，音tu）

羽，鳥長毛也。（長毛別于毛之細縟者，引申為五音之羽）。象形。（長毛必有耦，故并刃。王矩切，音yu）。

隹，鳥之短尾總名也。（以別于長尾總名者，取數多也。）象形。（職追切，音zhui）。

丫，羊角也。（《玉篇》："丫丫，兩角皃"，《廣韻》："丫丫，羊角開皃"）讀若乖（工瓦切，音guai）。

羊，祥也。（疊韻。《考工記》注云羊善也。按善、義、美、羑字皆从羊。）从丫，象四足尾之形。（謂干也。與章切，音yang）。

羋，羊鳴也，从羊，象气上出，與牟同意。（凡言某與某同意者，皆謂其製字之意同也）（綿婢切，音mi）。

鳥，長尾禽總名也。（短尾名隹，長尾名鳥，析言則然，渾言則不別也）象形。鳥之足似匕，从匕。（鳥足以一該二，鹿足以二該四。都了切，音niao）。

鳳，神鳥也。天老曰（天老，黃帝臣）鳳之像也，麐前鹿後，蛇頸魚尾，龍文龜背，燕頷雞喙，五色備舉，出于東方君子之國，翱翔四海之外，過崑崙，飲砥柱，濯羽弱水，莫宿風穴，見則天下大安寧。（黃帝、周成王之世是也）从鳥凡聲。古文鳳，象形。（象其首及羽翼。）鳳飛，群鳥從以萬數，故以為朋黨字（此說假借也）。（馮貢切，音feng）古文鳳。

象

力 筋也。（筋者其体，力者其用也，非有二物。引申之凡精神所胜任皆曰力。）象人筋之形。（象其条理也。林直切，音li）。治功曰力（《周礼·司勋》文），能御大灾（《国语·祭法》文）。

鋀 酒器也。（未闻。或曰即行镫之大者，非是。）从金，豆，象器形。（大口切，音dou）豆 鋀或省金。

幵 平也。（凡岐头两平曰幵。）象二干对构，上平也。（干即竿之省。古贤切，音gan）竿

勺 枓也（与枓、勺也，为转注。考、老之例也）所以挹取也。象形，中有实，与包同意。（外象其哆口有柄之形。中一象有所盛也。包象人裹子，勺象器盛酒浆，其意一也。时灼切，音shao）别见转注字。

几 凥几也。（谓人所凥之几也。凥，处也。处，止也。古之凥今悉改为居，乃改云居几。既又改为踞，踞俗字。古人坐而凭几，蹲则未有倚几者也。几俗作机。）象形。（象其高而上平可倚，下有足。居履切，音ji）《周礼》五几：玉几、雕几、彤几、髹几、絫几。（絫即素之古字）。

且 所以荐也。（荐训兽所食艸，训荐席。荐席，草席也。草席可为藉，谓之荐。故凡言藉垫曰荐。经传多荐荐不分。引申之凡有藉之词皆曰且。凡语助云且者，必其又有二有藉而加之也。）从几，足有二横，一其下地也。𠀃 古文以为且，又以为几字。

斤 斫木斧也。（凡用斫物者皆曰斧，斫木之斧则谓之斤。）象形。（横者象斧头，直者象柄，其下象所斫木。举欣切，音jin）。

斷 截也。（引申之义为决断。丁管切，音duan）𠸸 古文断，从㠯，㠯古文叀字。《周书》曰：㡭㡭猗，无它技（《秦誓》文。壁中古文也）𣃔 亦古文断。

象

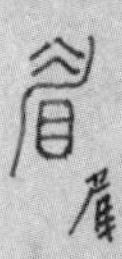

眉 目上毛也。（人老则有長眉，謂之眉壽。《豳风》《小雅》毛传云："豪眉也"，又曰："秀眉也"。）从目，象眉之形，（謂⺈上象額理也，謂"仌"在两眉上也；并二眉则額理在眉间之上。武悲切，音méi）。

盾 瞂也（经典謂之干，戈部作戰）。所以扞身蔽目（用扞身，故謂之干。"毛传"曰："干，扞也"；用蔽目，故字从目）。从目，象形。（徐鍇曰："厂象盾形"。食闰切，音duen）。

自 鼻也。象鼻形（鼻息，于词为会意，从、己。自然则真身中之疾二切，音zì）。𦣹古文自。

華 箕属，所以推弃之器也。象形。（此物有柄，中直象柄，上象其有所盛，持柄迫地推而前，可去秽，纳于其中，箕则无柄而受秽，一也，故曰箕属。北潘切，音bān）。

畢 田网也。（謂田獵之网也。《小雅》毛传："畢所以掩兔也"。《月令》注曰："网小而柄長謂之畢"。按《纪》传云："毕掩而罗之"，然则不独掩兔，亦可掩鸟，皆以上覆下也。）从華，象形（謂以華象毕形也。柄長而中可受，毕与華同，故取華形）。毕之言蔽也。卑吉切，音bì）。

冓 交积材也。（高注《淮南》曰："构，架也"。材木相乘架也。按结构当作此，今字构行而冓废矣）。象对交之形。（构造必以心丰角也。古候切，音gòu）。

幺 小也。（《通俗文》曰："不長曰幺，细小曰幺"）。象子初生之形。（子初生甚小也，俗謂一为幺，亦謂晚生子为幺，皆謂其小也。於堯切，音yāo）。

予 推予也。（予与古今字。推予之予，假借为予我之予，其为予字一也）。象相予之形。（象以手推物付之。余吕切，音ü）。

𣎵 艸木盛𣎵𣎵然（𣎵𣎵然枝叶茂盛，因风舒散之皃）象形（不曰从屮而曰象形者，艸木方盛，不得云从屮也）八声，读若辈（普活切，音bei）

生 进也，象艸木生出土上。（下象土，上象出，此与㞢出相类似。所庚切，音sheng）。

甡 众生并立之皃。（《大雅》毛传：甡甡，众多也）从二生。（所臻切，音shen）。

乇 艸叶也。垂穗（直者茎也，斜垂者华之朵也）。上毌一，下有根。（在一之下者，根也；一者，地也）。象形字（陟格切，音cha）。

𠂹 艸木华叶𠂹（引申为凡下垂之偁）。象形。（象其茎枝华叶也。是为切，音chuei）𥝷古文。

華 荣也。（《尔雅·释艸》：木谓之华，艸谓之荣，荣而实者谓之秀，荣而不实者谓之英。析言之也。引申为光华、华夏字）从艸𠌶。（会意兼形声，户瓜切，音Hua）。

巢 鸟在木上曰巢，在穴曰窠。（巢之言高也，窠之言空也。）从木，象形（象其架高之形）

桼 木汁可以䰍物（今字作漆，而桼废矣。按漆，水名也，非木汁也，俗以今字易之也）从木，象形（谓左右各三，皆象汁从木出之形也。亲吉切，音qi）桼如水点而下也

囗 回也（回，转也。按围绕、周围字当用此，围行而囗废矣。）象回帀之形（帀，周也。羽非切，音Wei）。

丂 气欲舒出，丂上碍于一也。（丂者气欲舒出之象，一其上不能径达，此释字义而字形已见，故不别言形也。苦浩切，音Kao）丂，古文以为亏字（字形相似，字义相近），又以为巧字（此则同音假借）。

兮 语所稽也。（兮稽叠韵）从丂八，象气越亏也。（越亏皆扬也，八象气分而扬也。胡鸡切，音xi）。

乎 语之余也。（乎余叠韵。意不尽，故言乎以永之。）从兮，象声上越扬之形也。（谓首笔丿也，象声气上升越扬之状）。

号 痛声也。从口在丂上。（丂者气舒而碍，虽碍而必张口出其声，故口在丂上，号咷之象也。胡到切，音Hao）。

亏 於也。（於者，古文乌，孔子曰乌亏呼也。取其助气，故以为乌呼。）象气之舒亏。从丂从一。一者其气平也。（气出而平，则舒于矣。羽俱切，音于yu）。

喜 乐也（古音乐与喜乐无二字亦无二音）从壴从口。（壴象陈乐立而上见，从口者，宣乐则笑合意。虚里切，音xi）[古文] 古文喜从欠与欢同。

鼓 郭也（鼓郭叠韵）春分之音，万物郭皮甲而出，故曰鼓。从壴，从屮又，屮象饰，又象其手击之也。（工户切，音gu）。《周礼》六鼓：靁鼓八面，灵鼓六面，路鼓四面，鼖（音符分切Fen）鼓、皋鼓、晋鼓皆两面。

豆 古食肉器也（《左传》：四升为豆）从口（音围，象器之容也）象形（上一象幎也，下一象丌也，丨象校也，豆柄一而已，两之者望之则两也，画绘之法也。徒候切，音dou）[古文] 古文豆。

豐 豆之丰满者。（谓豆之大者也，引申之凡大皆曰丰。《方言》曰：丰，大也。）从豆，象形。（象豆大也。敷容切，音Fong）。一曰乡饮酒有丰侯者。（丰侯汉册说礼家）。[古文] 古文丰。

象

鼀 圥鼀，詹諸也，其鳴詹諸（蝦蟆能作呷呷声，蟾蜍不能作声。詹諸象其謇吃之音，此言所以鳴詹諸也。）其皮鼀鼀（鼀鼀犹蹙蹙也。其身大背黑多痱磊，此言所以名蝤鼀、圥鼀也。蝤之义盖取于拳局。）其行圥圥（圥圥举足不能前之貌，蟾蜍不能跳，菌圥困上椎钝非锐物也，故以状其行。此言所以名圥鼀也。）从黿、圥（会意）圥亦声（七宿切，音gu）。

卵 凡物无乳者卵生（人及鸟生子曰乳，兽曰产。此云凡物无乳者卵生，挟乳犹抱也，非必言乳汁也。亦曰妪，郑注《乐记》以体曰妪，惟鸟于卵伏之抱之，既孚而或生哺之，有似人之抱哺其子。凡兽之恩勤逊于是，故以鸟之将子与人并言）。象形。（卵未生则腹大，卵阴阳所合，天地之襍也。故象其分合之形。卢管切，音luan）。𠁩古文卵。

土 地之吐生万物者也。（土吐叠韵。《释名》：土，吐也，吐生万物也。）二象地之上、地之中（地之上谓平土面者，土二横当齐长）｜物出形也（此所谓引而上行读若囟也。合二字象形为会意。它鲁切，音tu）。

田 陈也（陈列也。田与陈古皆音陈，以叠韵为训，取其陈列之整齐谓之田。凡言田田者，即陈陈也。陈敬仲之后为田氏，田即陈字，假田为陈也。）树谷曰田（种菜曰圃，树果曰园）象形（此象甫田之形、毛公曰：甫田，谓天下田也。待年切，古音如陈，音tian）。口、十，千百之制也（谓口与十合之，所以象仟佰之一纵一横也）。

疇 耕治之田也（耕者犁也，犁其田而治之，其田曰畴，引申之为畴类）从田，𠃬象耕田沟诘诎也。（耕田沟谓甽也，不必正直，故云诘诎，直由切，音chou）。

夏 中国之人也。(以别于北方狄、东北貉、南方蛮闽、西方羌、西南焦侥、东方夷也。夏引申之义为大)。从夊从頁从臼。臼,两手;夊,两足也。(胡雅切,音xia)。[古文] 古文夏。

夒 贪兽也,一曰母猴。(母猴与沐猴、猕猴一语之转)。似人。(似人古手足从頁巳止夊其手足(巳止象其似人手,夊象其足),奴刀切,音nao)。

夔 神魖也,(谓鬼之神者也)。如龙,一足,从夊。(孟康曰:"夔神如龙,有角,人面"。薛综曰:"木石之怪,如龙有角"。(按从夊者,象其一足)。象有角手人面之形。(云如龙则有角可知,故以象有角。又止巳象其似人手,頁象其似人面。(渠追切,音Kuei)。

夂 从后至也。(至当作致)。象人两胫后有致之者。(致送诣也)。读若黹。(陟侈切,音zh)又《集韵》山垂切,音衰,行迟皃。

夊 从后灸之也(灸灸也,灸有迫箸之义,故以灸训夊)。象人两胫后有距也。(距止也,距,彼距也。举友切,音jiu)。《周礼》曰:"灸诸墙,以观其桡"。

桀 磔也。(磔人𥿒日桀,故引申为桀黠字)。从舛在木上也。(《通俗文》曰:张申曰磔,桀在木上张伸之意也。渠列切,音jie)。

弟 韦束之次弟也。(以韦束物,束之不一,则有次弟也。引申之为凡次弟之弟,为兄弟之弟,为岂弟之弟。《诗》正义引《说文》有第字)从古文之象(《说文》小篆从古文之象者凡三:曰弟,曰革,曰民。皆各象其古文为之。特计切,音di)。[古文] 古文弟,从古文韦省,丿声。(丿,右戾也,房密切,音Fi)。[篆] 周人谓兄曰𦏁(卯昆字)。

火 燬也。南方之行，炎而上，象形（大其下，銳其上。呼果切，音Huo）。

囱 在墙曰牖，在屋曰囱。象形。（牖穿壁，以木为交窗。屋在上者也，囱谓之天窗。此皆以交木为之，故象其交木之形。仓红切，音chuang）

大 天大地大人亦大焉，象人形。古文大也。（侠几亿之大但象臂胫，大文则首手足皆具，而可以参天地，故为大。徒盖切，音dai，古音）。

至 鸟飞从高下至地也。从一，一犹地也，象形。（谓𡍮也，不象上升之鸟首乡上。至象下集之鸟首乡下，不上去而下至来也。𡍮，古文至。（引申为恳至、极至、到、臻之然。脂利切，音zh.）

乙 燕燕，乙鸟也。齐鲁谓之乙，取其鸣自呼，象形也。（呼号也。乙、燕双声。乙象翅开首竦，横看之乃得，与甲乙字不同。乌黠切，音yan。又ye为古音。

不 鸟飞上翔不下来也。（凡云不然者，皆于此义引申假借）。从一，一犹天也。象形。（谓不也，象鸟飞去而见其翅尾形。甫鸠切，音bu）。

亦 人之臂亦也。从大，象两亦之形。（以夜切，音ye）。羊益切

夨 倾头也。从大，象形。（象头不直。阻力切，音qü 屈）。

夭 屈也。从大，象形（象首夭屈之形，於兆切，音yao）

乔 高而曲也。从夭，从高省。（会意，以其曲故从夭。巨娇切，音qiao）。

户 护也。（以叠韵为训）。半门曰户，象形。㕊 古文户从木。（从木而象其形，或是籀文）。侯古切，音Hou。

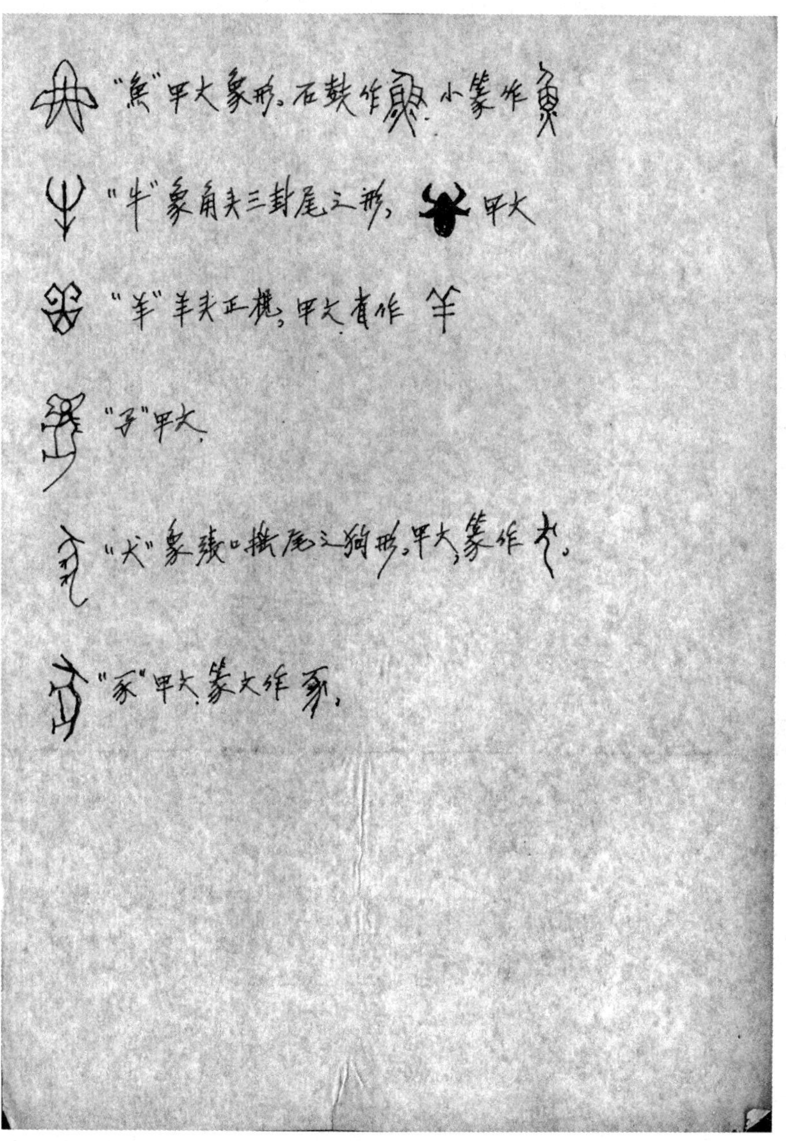

"魚"甲文象形。石鼓作，小篆作

"牛"象角头三封尾之形，甲文

"羊"羊头正視，甲文省作

"子"甲文，

"犬"象張口掀尾之狗形。甲文，篆作。

"豕"甲文，篆文作，

"网"象夫网捕捉鸟兽之形，其后篆文作 。

"虎"甲文象形，巨口卷尾，利爪

"豕"之另文"彘"表示箭射野猪之义。

"象"甲文，篆文作 。象形

"鹿"甲文象形，小篆作 。

"兔"甲文象形，小篆作 。

"龙"甲文金文作 ，秦篆作 ，皆是象形实

"鼠"張口露齒，象形，篆文作[illegible]

"隼"甲文。金文作[illegible]隹。小篆作[illegible]。
"隹"

"鳥"象形，甲文，小篆作[illegible]。

"雞"甲文，奚為聲，說文作[illegible]。

"鳳"甲文，簇冠長尾，孔雀形，說文作[illegible]或[illegible]

"集"象鳥止枝頭之形

"燕"甲文，飞燕轻盈，篆文作[illegible]，已失原形。

"雉"甲文以矢射鳥之形。篆文作[illegible]

"乙"甲文，鳥的側形。

●"元"强调其●部之大，引申为"始"也之义

●象长发老人扶杖而行之状，至小篆讹卜之形作"耂"，共节须发之化文。"考"，老也。

●"孝"象子以头承老人手扶而行也。故有"孝敬"之义。

●"令"、亼，代表屋顶，人坐其下发号施令。

●"命"另加"口"字，以为"命令"之命。使也，从口从令。

●"子"小儿头大，其手上下活动之形，下身乃裹在襁褓之形，金文作●，双手上举已是变形。

●"眉"象眼上眉毛形，小篆裂化作●。

會意字

会1

会意字

"会意"　比类合谊（谊，人所宜也。会意者，合谊之谓也），以见指㧑（谓所指向也），武（武，此合戈止之谊，戢人之兵始得为成功之武威）、信（信，此合人言之谊，不讲信用即非人言矣）是也。段玉裁曰："凡会意之字，二字皆连属成文，不得曰从人从言，或从戈从止。"

士　事也。数始于一终于十，从一十。孔子曰：推十合一为士。段玉裁曰：此说会意也。

班　分瑞玉。从珏刀。段玉裁曰：会意，刀所以分也。读如文质份份之份。《周礼》以颁为班。

蓏　在木曰果，在艸曰蓏。从艸㼌。段曰：此合二体会意。㼌者，本不胜末，微弱也。谓凡艸结实如瓜瓞下垂者，统谓之蓏。

芟　刈艸也。从艸殳。除艸曰芟，见《周颂》《周礼》。此会意，取殳意也。

莫　日且冥也（且冥者，将冥也。日还不曾全落）。从日在茻中（会意），茻亦声（此于双声求之）。

小　物之微也。从八丨，见而八分之（八，别也，象分别之形。故解从八为分之丨，才见而辄分之，会意也）。

分　别也。从八刀（会意），刀以分别物也（此释从刀之意）。

半　物中分也。从八牛（牛为物大，可以分也，故取牛会意）。

启　开也（按后人用啟字训开，乃废启不行矣，其实啟乃教也）。

走　趋也（释名：徐行曰步，疾行曰趋，疾趋曰走。此析言之，许浑言不别也）。从夭止。夭者，屈也（趋行则屈多）。

会意

灰　死火余烬也，从火又（会意。《汉书》：“死灰独不复然乎？”）

光　明也，从火在儿上，光明意也。（目在儿上为见，气在儿上为欠，口在儿上为兄，皆同意。儿音人。）

烕　滅也，从火戌（会意）火死于戌（火生于寅，盛于午，死于戌）阳气至戌而尽。《诗》曰：“赫赫宗周，褒姒烕之。”（《小雅·正月》）

炎　火光上也，从重火（《尚书·洪范》：“火曰炎上”，其本义也，引申为热气，炎火盛阳。）

燅　于汤中爚肉也，从炎从热省。（爚，《玉篇》《韵会》作瀹，俗用字也。内肉及菜汤中薄出之，瀹渍），㸈或从炙作。

燮　大熟也，从又持炎辛，辛者物熟味也。（苏侠切，音xie。）

黑　北方色也，火所熏之色也，从炎上出囧。（囧，古文囱字，在屋曰囱，囧，古窗字）

熒　屋下灯烛之光也，从焱冂（焱音炎，冂音扃）段玉裁曰：“镫者，锭也。镫以膏助然之，烛以麻蒸然之，其光荧荧然在屋之下，故其字从冂，冂者覆也，荧者光不定之皃，以火华照屋会意。”

孔　通也。（通者，达也，俗空穴字多作孔，此为假借）从乞子，乞，请子之候鸟也，乞至而得子，嘉美之也，故古人名嘉字子孔。

臸　到也，从二至（不言至言到者，到者至之得也者也，会意，至亦声，人质切，音zhi。）

奄　覆也，大有余也，又欠也，从大申，申，展也（会意，申展说从申之义，申俗又作伸）

会3

閃　闚头门中也，从人在门中（会意，失冉切，音shan）

閂　登也，从门二（登上车，凡有所上皆曰登，此言自下而登上也，会意）

丞　奉也，受也，从手卩収（会意，署陵切，音cheng）

好　媄也（好本谓女子，引申为凡美之称）从女子（会意）

夾　夹也，从亦大，夹与夹同意（《尔雅》夹，夹，坐也，二字互训）

毋　止之词也（毋无古通用）从女一（会意）女有奸之者，一禁止之令勿奸也

乂　芟艸也，从丿乀相交（象左右芟之，会意）

氐　至也，（氐之言抵也，凡言大氐犹大都也）本也，从氏下箸一（会意）一，地也。

圉　囹圄，所以拘罪人（㚔为罪人，口为拘之，故其字作圉，书作囹圄者同音假借也，圉者守之也）从口㚔（会意）一曰圉，垂也，一曰圉人掌马者（边垂者可守之地，养马者守视之，三义或皆圉字引申之义，假圉为之耳，会意，鱼举切，音ü）

盩　引击也（引而击之）从㚔攴见血也（会意，张流切，音zhou，攴普木切，音朴pu；㚔尼辄切，音ni）

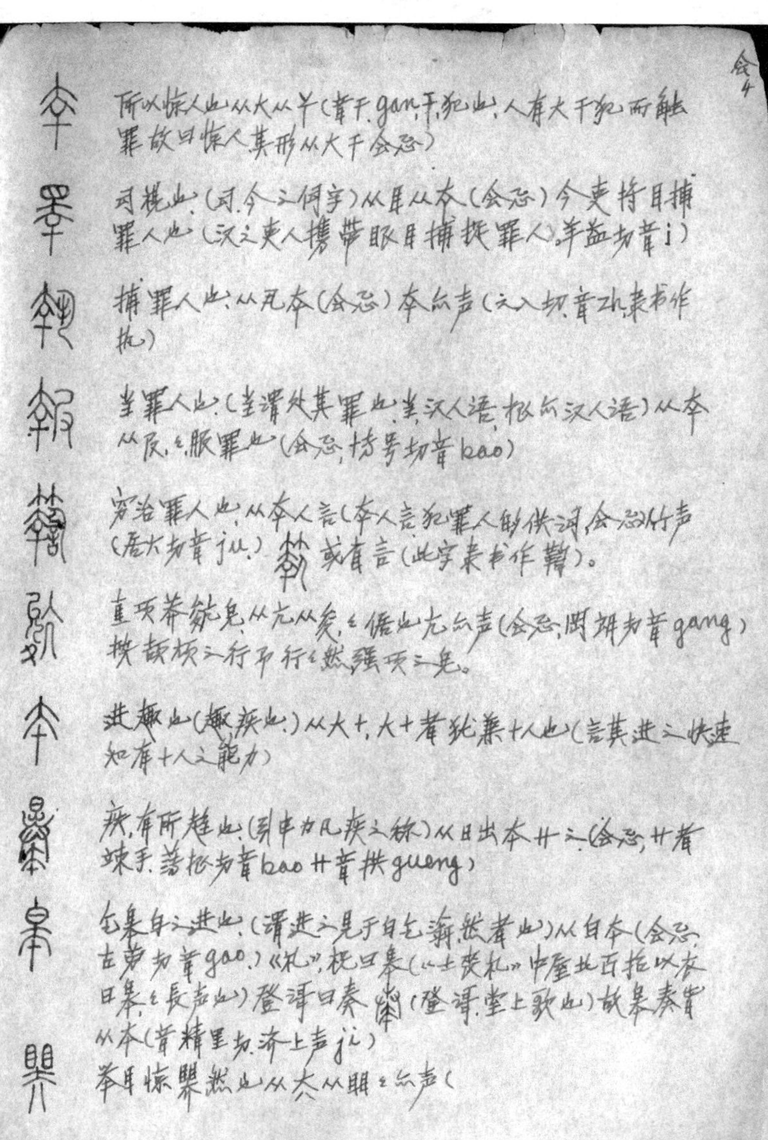

会4

㚔 所以惊人也，从大从𢆉（音干gan，干，犯也，人有大干犯而触罪故曰惊人，其形从大干会意）

睪 司视也（司，今之伺字）从目从㚔（会意）今吏将目捕罪人也（汉之吏人携带眼目捕拣罪人。羊益切音i）

執 捕罪人也，从丮㚔（会意）㚔亦声（之入切，音zhi，隶书作执）

報 当罪人也（当谓处其罪也，当，汉人语，报亦汉人语）从㚔从𠬝，𠬝，服罪也（会意，博号切音bao）

[illegible] 穷治罪人也，从㚔人言（㚔人言犯罪人的供词，会意）竹声（居六切音ju）[illegible] 或省言（此字隶书作鞫）。

[illegible] 直项莽[illegible]皃，从亢从夋，夋，倨也，亢亦声（会意，冈朗切音gang）按读顽之行卬行行然，强项之皃。

夲 进趣也（趣，疾也）从大十，大十者犹兼十人也（言其进之快速如有十人之能力）

[illegible] 疾有所趣也（引申为凡疾之称）从日出夲廾之（会意，廾者竦手，薄报切音bao，廾音拱gueng）

皋 气皋白之进也（谓进之见于白气滃然者也）从白夲（会意，古劳切音gao）《礼》祝曰皋（《士丧礼》中屋北面招以衣曰皋，皋，长声也）登謌曰奏[illegible]（登謌，堂上歌也）故皋奏皆从夲（音精里切，济上声ji）

臩 举目惊臩然也，从夰从䀠，䀠亦声（

会5

夫　丈夫也：从大一（会意）。一以象兂（兂笄，俗作簪）。周制八寸为尺，十尺为丈，人長八尺，故曰丈夫。

立　侸也（各本作住，段玉裁改正之，曰：人部曰：侸者立也，与此为互训）从大在一之上（徐鉉曰：大，人也；一，地也；会意）。

竦　敬也（敬，肃也）从立从束（会意）。束自申束也（古书多言申束，申之使舒，束之使促，两字常相因互用，申俗作伸）。

息　喘也（人之气急曰喘，舒曰息，引申为休息之称，而鼻息之义废矣）从心自（自，鼻也，心气必从鼻出，故从心自）

意　志也（志即识，心所识也，其训为测度，为记忆，皆引申义）从心音（会意）。

悳　外得于人，内得于己也（俗字假德为之，德者得也）从直心（《洪范》三德一曰正直）悳古文。

惢　心疑也，从三心（今俗谓疑为多心，会意，又三心二意亦然）读若《易》旅琐琐（旅初六爻辞，琐琐，小也。才规切，音suei）

衍　水朝宗于海貌也（引申为有余之义）从水行（水在行中盛也，会意，以浅切，音yan）。

泬　水从孔穴疾出也，从水穴（会意）穴亦声（呼穴切，音xie）

泅　浮行水上也（划水）从水子（子犹小也，浮于水上望之甚小）古文或以汓为没字（按善泅者或没或浮皆无不可，故不妨同字同音。似由切，音ciou）

会

谷 泉出通川为谷从水半见出于口(两山之间必有川)

㕡 深通川也(深之使通 睿与叡 叡音义皆相近 故今文《洪范》曰：思心曰睿 睿作圣 古文曰叡 叡作圣)从𣦵谷(会意)𣦵残也(残犹穿也)谷阬坎意也(𣦵谓穿之 谷取阬坎之意 阬坎深也)《虞书》曰睿畎浍距川 濬 睿或从水 濬 古文睿。(深明也 通也)

冬 四时尽也(冬之为言终也)从仌从夂(会意 夂亦声)夂古文终字

品 众庶也 从三口(人三为众 会意)

舌 在口所以言别味者也 从干口(干犯也 言犯口而出 食犯口而入)干亦声(食列切音she)

干 犯也(侵犯)从一从反入(上犯之意 古寒切音gan)

㕯 言之讷也 从口内(内入也 会意 内亦声 女滑切音na)

古 故也 从十口 识前言者也(识前言者 口也 至于十则展转因袭 是为自古在昔矣 公户切音gu)

博 大通也(凡取于人易为力曰専)从十専(会意)専布也 亦声(补各切音be)

䜌 乱也 一曰治也 一曰不绝也 从言丝(治丝易棼 丝亦不绝 故从丝会意 吕员切音lan)

会 7.

誩 競言也，从二言（渠庆切 音 qeng）

音 声生于心有节于外谓之音（《乐记》曰声成文谓之音）宫商角徵羽声也，丝竹金石匏土革木音也，从言含一（有节之意也）于今切 音yen）

章 乐竟为一章（歌所止曰章）从音十（会意 诸良切 音zhang）十数之终也。

䇂 辠也（犯法）从干二（会意）二古文上字（干上为犯法）读若愆（《广韵》䇂古文愆，去虔切 音jan）张林说。

妾 有辠女子给事之得接于君者从䇂女（有辠之女）《春秋传》曰：女为人妾，妾不娉也（《内则》曰聘则为妻，奔则为妾，不必有罪也 七接切 音qie）

共 同也，从廿廾（廿二十并也，二十人皆竦手是为同 渠用切 音gueng）

異 分也从廾畀，畀予也（竦手而予人则离异矣 羊吏切 音yang）

舁 共举也，从𦥑廾（谓有叉手者，有竦手者皆共举之人，共举则或休息更番故有叉手）读若余（以诸切 音ü）

解 判也，从刀判牛角（会意）一曰解廌（音xie 叠韵字）兽也。

等 齐简也（叠简册齐之，如今人整齐书籍也，引申为凡齐之偁）从竹寺（会意）寺官曹之等平也（等平法度 多肯切 音dang）

簋 黍稷方器也。（称黍稷稻粱的方竹器）从竹皿皀。（会三字会意）匦 古文簋从匚食九。（匚音fang即方之古字，从方从食九声）匭 古文簋从匚轨。朹亦古文簋（以木为之者从木九）居洧切音guei）

笙 十三簧象凤之身也。笙正月之音物生故谓之笙（《白虎通》曰：笙者大蔟之气，象万物之生，故曰笙。《释名》笙生也，象物贯地而生也。）大者谓之巢，小者谓之和。（《尔雅·释乐》郭注：巢，言大，和小笙）从竹生（列管故从竹，正月之音故从生。所庚切音shong）古者随作笙（盖云于《世本》）

筭 長六寸所以计歷数者（《汉书》筭法用竹径一分長六寸二百七十一枚而成六觚为一握此谓筭筹）从竹弄，言常弄乃不误也（苏贯切音suan）

算 数也。（《论语》：何足算也，郑注：算数也；筭为算之器，算为筭之用，二字音同而义别）从竹具（从竹者，谓必用筭以计也；从具者，具数也）读若筭（苏管切音suan）

典 五帝之书也；（三坟五典见《左传》）从冊在丌上，尊阁之也；（阁犹架也）庄都说典，大冊也。（此字形之别说也，谓典字上从冊，下从大，以大冊会意）𥫔 古文典从竹

奠 置祭也。（置酒食而祭也，故从酋大，丌者置物之具如几案者是）从酋。酋，酒也；丌其下也（堂练切音dian）礼有奠祭

左 左手相左也；（左者今之佐字，谓佐助之手也）从𠂇工（工者左助之意，则箇切音zua）

差 贰也，左不相值也。（没有帮上忙）从左𠂢（初牙切音cha）

沓　语多沓沓也（假借为达字，毛《生民》传曰：达，生也。）从水曰（会意，徒合切，音da）辽东有沓县

甘　美也。（五味之可口者皆曰甘）从口含一，一，道也。（食物不一而道则一，所谓味道之腴也。）（古三切，音gan）

可　肎（音Kong，苦等切，今作肯）也。从口丂（气舒）丂亦声

奇　异也。（不群之谓）一曰不耦（耦今作偶）从大从可（会意，可亦声，居宜切，音qi）

號　呼也，从号从虎（嗁号声高，故从号，虎哮声厉，故从虎，号亦声，乎刀切，音Huao）

粤　亏也（粤与于双声，而又从亏，则亦象气舒于也）审慎之词也。从宷亏（宷慎而言之也，王伐切，音yüe）

吁　惊语也，从口亏（从亏会意）亏亦声（况于切，音xü）

平　语平舒也。（引申为凡安舒之称）从亏，八，八分也。（分之而舒适则平矣）（符兵切，音peng）爰礼说（爰礼，汉平帝时沛人）[illegible]古文平如此。

壴　陈乐立而上见也，从屮豆（豆者，豎也，屮者，上见之状也，中句切，音zü）

尌　立也。（树行而尌废矣）从壴从寸，寸，持之也（寸与又古通用，又者手也，此说从寸之意，壴而复持之则固矣，壴亦声）读若驻（常句切，音jü）

彭　鼓声也，从壴（鼓省）从彡（犹三也，列多略不过三，薄庚切，音peng）

会

高 崇也。象臺觀高之形（謂合也）从冂口（上音mian下市国字）与倉舍同意（倉舍皆从口象筑也。合与中皆高）古牢切，音gao）。

冂 邑外謂之郊，郊外謂之野，野外謂之林，林外謂冂。象遠介也（介画也。丨丨象遠所联互，一象各介画也。古熒切音jiong）
冋 古文冂，从口象国邑（象国邑在介内也）。坰 冋或从土。

市 买卖所之也。市有垣，从冂（垣所以介也，故从冂）从乁，象物相及也。乁古文及字。㞢省声（时止切音Sh）

央 央中也。从大在冂之内。大，人也。（人在冂内，正居其中。於良切音yiang）央旁同意。（央取大之中居，旁取两旁外廓，故曰同意）一曰久也（此另一义）

隺 高至也。从隹上欲出冂（上翔欲远行也。胡沃切音Huo）

就 高也。（《广韵》：就成也，迎也，即也，皆其引申之义）从京尤。尤异于凡也（说从尤之意，高者高也，高则异于凡（疾僦切音jou）

亯 献也。（下进上之词也。按《周礼》用字之例，凡祭享用享字，凡燕饗用饗字。）从高省，曰象孰物形。（《礼经》言馈食者荐孰也，亯象荐孰，因以为飪物之称）《孝经》曰：祭则鬼享之。亯 篆文享

厚 山陵之厚也（其字从厂）从厂从㫗（胡口切音Hou）垕 古文厚从后土。

亼10

合 合 亼口也。（三口相同是为合，十口相传是为古，引申为凡会合之称）从亼口（侯閤切 音he）

僉 僉 皆也。（《尔雅·释诂》：僉，咸，胥，皆也）从亼从吅从从（吅，惊呼也；从，相听也。七廉切 音jian）《虞书》曰：僉曰伯益（《尧典》文）

侖 侖 思也。（《诗·大雅》"毛传"论思也。按论者侖之假借。思与理义同也。凡人之思必依其理。论伦字皆以侖会意）从亼册（聚集简册必依其次第求其文理，力屯切 音luen）

籀文侖（古文册作笧）

今 今 是时也（今者对古之称，古不一其时，今亦不一其时也。云是时者，如言目前，则目前为今，目前以上皆古）从亼乁（会意，乁逮也。乁亦声（居音切 音jien）乁古文及。

舍 舍 市居曰舍。从亼屮口（从亼者谓宾客所集也）屮象屋也（象屋上见之状）口象筑也（口音围，始夜切 音She）

會 會 合也（见《尔雅·释诂》。《礼》经器之盖曰会，为其上下相合也。凡曰会计者，谓合计之也，皆非异义）从亼曾省（三合而增之，会意）曾，益也（曾者增之假借字，如曾孙之曾即会益义。黄外切 音Huei）㣛古文会如此。

內 内 入也（今人谓所入之处为内，乃以其引申义为本义）从冂入（冂音

旻 举目使人也。从攴目（动其目也，会意）读若颰（火劣切 音gü）

会11

豋　礼器也（《詩·生民》曰："于豆于登"。《释器》"毛傳"皆曰：瓦豆謂之登）从廾持肉在豆上（会意）讀与鐙同。（都滕切音dong）

虎　山獸之君。从虍从儿（会意）虎足象人足也（儿在人下故詰屈，謂人之股腳也。虎之股腳似人，故其字上虍下儿。虍謂其文，儿謂其足也。呼古切音Hu）[古文] 古文虎。[古文] 亦古文虎。

虐　殘也。从虍爪人（会意）虎足反爪人也。[古文] 古文虐如此。（魚約切音yao）

虤　虎怒也。从二虎（此与㹜（魚斤切音yen）两犬相齧也同意。五閑切音xian。法）

益　饒也。从水皿。水皿益之意也。（伊昔切音i）

盈　滿器也。从皿夃（秦以市買多得为夃，故从夃）（以成切音yeng）

𥁕　仁也。从皿以食囚也。官溥説（凡云温和、温柔、温暖者，皆当作此字，温行而𥁕廢矣。烏渾切音wen）

盥　澡手也。从臼水臨皿也（会意。古玩切guan）《春秋傳》曰：奉匜沃盥（匜音yie，也之古文。沃音wo，𣴎之古文）

青　东方色也（《考工記》曰：东方謂之青）木生火，从生丹（丹赤石也，赤，南方之色也。倉經切音qeng）丹青之信言必然（俗言信若丹青，謂其相生之理有必然也）[古文] 古文青

皀　穀之馨香也。象嘉穀在裹中之形（謂白也）匕所以扱（收取）之。或説皀一粒也（方力反音bi）又讀若香。

鬯　以秬釀鬱艸，芬芳攸服以降神也。从凵（音坎）凵器也。中象米（謂秬也，米字斜书）匕所以扱之。《易》曰：不喪匕鬯（震卦辭。丑諒切音chang）。

会 11

夐　营求也。（周帀而求之也。帀而求之，则不遗漏矣，故引申其义为远也。）从旻人在穴（谓举目使人之人指穴也，合三字会意，朽正切，音geng）《商书》曰："高宗梦得说，使百工营求得之傅岩。"（《书序》文）岩，穴也。（此引《书序》释之，以说从穴之意，营求而得诸穴，此字之所以从旻从人在穴也。）

眔　目相及也。（隶及也。）从目，隶省（会意）读若与隶同也。（徒合切，音Tua）

相　省视也。（《释诂》《毛传》皆曰相视也，此别之云省视，谓察视也。）从目木（会意，息良切，音Xang）。《易》曰："地可观者，莫可观于木。"（此引《易》说从目木之意也，目所视多矣，而从木者，地上可观者莫如木也，此《易》之观卦说。）

[illegible]　目窦见也。从目窬（会意，於悦切，音yue）读若《易》曰"勿卹之卹"（是夬九二爻辞）

眇　小目也。（《方言》眇，小也。引申为凡小之称，又引申为微妙之义，《说文》无妙字，眇即妙也。《周易》"眇万物而为言"，陆机《文赋》"眇众虑而为言"，皆今之妙字也。）

[illegible]　捾目也。（捾，搯也，音Wan。《吴语》《吴世家》皆曰子胥以手抉目是也）从目叉。（目被叉捾也，会意，乌括切，音Wo）

䀠　左右视也。（瞿其假借字也，瞿行而䀠废矣。瞿瞿，惊遽之状，重言。）从二目。（会意）读若拘，又若良士瞿瞿。（九遇切，音gu）

阱 陷也。（穿地陷兽）从阜井（于大陆作之如井）井亦声（疾正切音jing，井）穽 阱或从穴。汬 古文阱从水（《玉篇》古文作汬）

刑 罚罪也。（假借为典型字）从刀井。《易》曰：井者法也。（盖云"易说"）井亦声（户经切音xing）

䁯 目围也（围当作回，回转也）从䀠丆（会意）读若书卷之卷（䁯与眷颇义相近，故读同书卷，居倦切音jüan）古文以为醜字（徒有二目是人而已）

百 十十也。从一白（博陌切音bai）数十十为一百，百白也，（白告白也，此说从白之意）十百为一贯，贯章也。（此类举之百白叠韵，贯章双声，章明也，数大于千益贯章明也。）𦣻 古文百（自、白同字）。

鼻 所以引气自畀也。（《老子》注曰：天食人以五气，从鼻入。）从自畀（以义为形，父二切音bi）

美 甘也。（甘为五味之一，而五味之美皆曰甘，引申之凡好皆谓之美）从羊大（羊大则肥美，无鄙切音mei）羊在六畜主给膳也。（大牲：牛、羊、豕、犬、豢、也。膳之言善也，羊者祥也，故美从羊，此说从羊之意），美与善同意。

弃 捐也。从廾推𠦒弃也。（竦手推𠦒而捐之也）从𠫓，𠫓，逆子也。（𠫓者不孝子，人所弃也，诘利切音qi）弃 古文弃。

射 弓弩发于身而中于远也。从矢从身（会意）䠶 篆文射从寸，寸，法度也，亦手也。（射必依法度，故从寸，射必用手，故从又，食夜切音She）

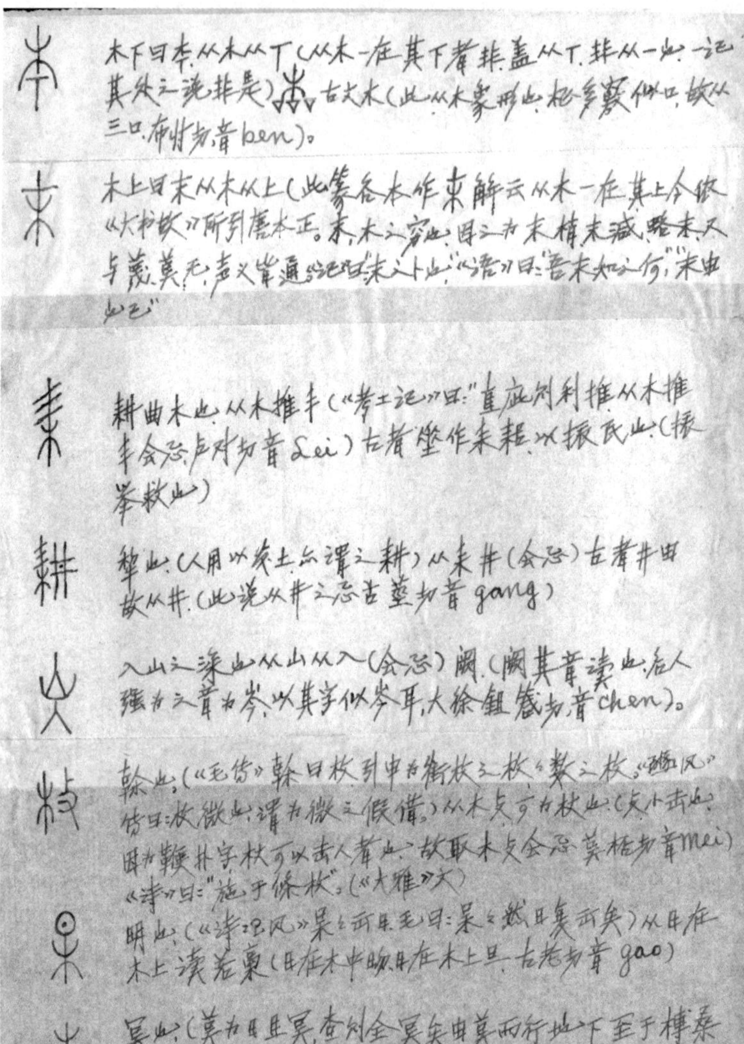

木下曰本，从木从丅（从木一在其下者非，盖从丅，非从一也。一记其处之说非是）古文本（此从木象形也，根多蘩似口，故从三口。布忖切，音ben）。

木上曰末，从木从上（此篆各本作末，解云从木一在其上，今依《六书故》所引唐本正。末，木之穷也，引之为末梢、末减、略末。又与蔑、莫、无，声义皆通。《记》曰"末之卜也"；《论》曰"吾末如之何"，"末由也已"）

耒曲木也，从木推丰（《考工记》曰："直庇则利推"。从木推丰会意，卢对切，音lei）古者垂作耒耜，以振民也（振，举救也）

犁也（人用以发土，亦谓之耕）从耒井（会意）古者井田，故从井（此说从井之意。古茎切，音gang）

入山之深也，从山从入（会意）阙（阙其音读也，后人读为之音为岑，以其字似岑耳，大徐鉏箴切，音chen）。

榦也（《毛传》榦曰枚，引申为衔枚之枚、数之枚。《豳风》传曰：枚，微也，谓为微之假借）从木攴，可为杖也（攴，小击也，因为鞭箠字，杖可以击人者也，故取木攴会意，莫桮切，音mei）《诗》曰："施于条枚"。（《大雅》文）

明也（《诗·卫风》"杲杲出日"，毛曰：杲杲然日复出矣）从日在木上，读若槀（日在木中曰東，日在木上曰杲，古老切，音gao）

冥也（莫为日且冥，杳则全冥矣，由莫而行地下，至于榑桑之下也，引申为凡"不见"之偁）从日在木下，乌皎切，音miao）

会

捋取也。(《诗·周南·芣苢》传曰:采,取也。又曰捋,取也。是采捋同训也。手采作採,五采作彩,皆非古也。)从木从爪。(仓宰切,音chai)

械也。(从木手则为手械无疑也。《广雅》杽谓之梏)从木手(会意)手亦声(敕九切,音niou)杻杽𣐈古今字。

不孝鸟也。故日至捕枭磔之(汉仪:夏至赐百官枭羹)从鸟在木上(古尧切,音xiao)

动也。从木。官溥说,从日在木中(木,榑木也。日在木中曰东,在木上曰杲,在木下曰杳。得红切,音duong)

平土有丛木曰林(《小雅》"依彼平林"传:"平林,林木之在平地者也")从二木。(力寻切,音Lien)

豐也。(《尔雅·释诂》:芜、茂,丰也。《释文》芜本作无)从林𣞤(会意)𣞤,或说规模字(或说𣞤是规模之模字也。或之者疑之也)从大卌。(谓𣞤从大卌,会意也)卌,数之积也。(汉《石经》《论语》"年卌见恶焉"其卌为四十并,犹廿为二十并,卅为三十并也。先立切,乃四十之合声也)林者,木之多也(说从林之意)无与庶同意(皆是其众盛也。文甫切,音u)《商书》曰:"庶草繁无"(《洪范》文)。

木多皃。从林从木。(有木在平林之上也)读若曾参之参。(所今切,音Shen)

会

生 艸木妄生也(妄生犹恣生也)从㞢在土上。读若皇(户光切音Huang) 㞷 古文(㞢从㞢从王,会意也)

帀 周也。(币徧也)从反㞢而帀也。(反㞢谓倒之也,凡物顺逆往复则周徧矣(子答切音Za)周盛说(皆采通人之一)。

師 二千五百人为师(《周礼·小司徒》:五人为伍,五伍为两,五两为卒,五卒为旅,五旅为师,师众也。京师者,大众之偁,众则必有主之者,师之言帅也)从帀从𠂤(会意)𠂤(四帀众意也) 古文师。

孛 𡥅也(凡物盛则乱,𡥅之言犹茀也,茀者多艸)从𣎵从子(会意蒲妹切,音bei)人色也,故子。《论语》曰:色孛如也(《乡党》篇文,今作勃,此证人色之说也。艸木之盛如人色盛,故从子作孛,而草木与人色皆用此字)

𣎵 止也,从𣎵盛而一横止之也(会意,卬里切音ji)

束 缚也,从口木。(口音韦回也,书玉切音Wei)

圖 画计难也(谋之而苦其难也,谓规画其事之始终曲折,历历如见,云于方寸而后行之也,故引申之义为绘图之图)从口,规画之意,从啚,啚,难意也。啚者啬也。

囷 廪之圆者从禾在口中(去伦切音jun)圆谓之囷,方谓之京。

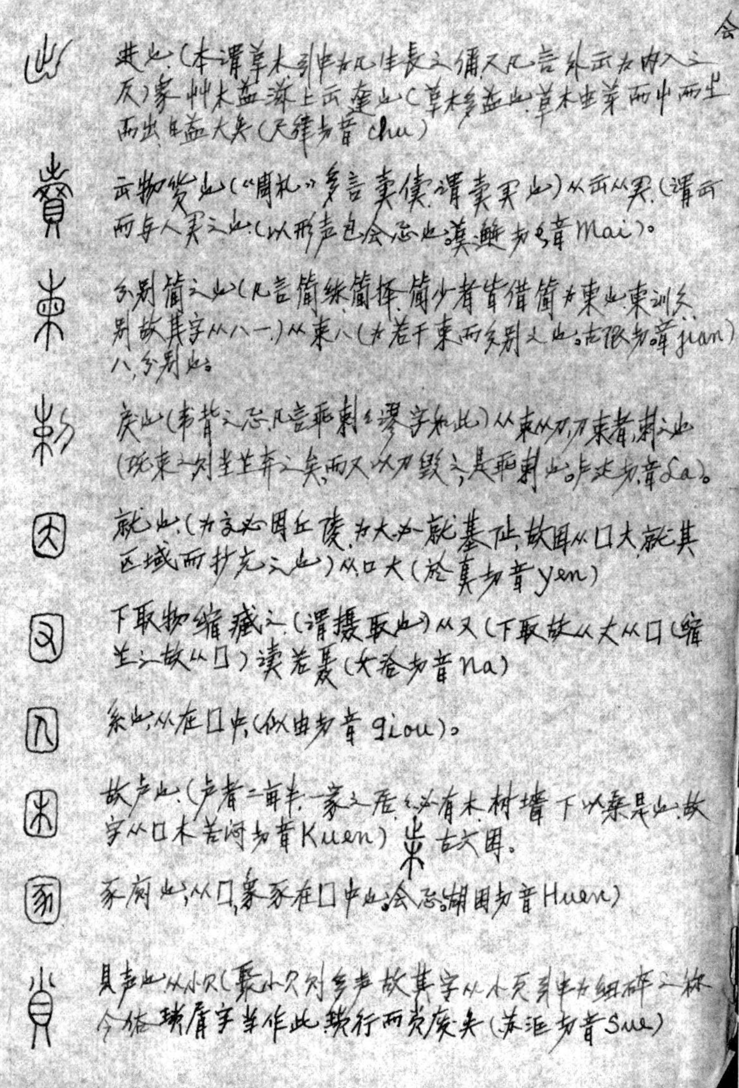

会

进也。(本谓草木，引申为凡生长之偁，又凡言外出为内入之反)象艸木益滋，上出达也。(草木渐益滋，草木出芽而中两生而出，日益大矣)(尺律切 音chu)

出物货也。(《周礼》多言卖侩，谓卖买也)从出从买。(谓出而与人买之也)(以形声包会意也。莫邂切 音Mai)。

分别简之也。(凡言简练、简择、简少者，皆借简为柬也。柬训分别，故其字从八。)从束八。(八若干束而分别之也。古限切 音jian)八，分别也。

戾也。(乖背之意，凡言乖剌字如此)从束从刀。刀束者，刺之也。(既束之则当藏之矣，而又以刀毁之，是乖剌也。卢达切 音La)。

就也。(为高必因丘陵，为大必就基址，故因从口大，就其区域而扩充之也)从口大。(於真切 音yen)

下取物缩藏之。(谓摄取也)从又(下取故从又从口(缩藏之故从口))读若聂。(女洽切 音na)

系也。从人在口中。(似由切 音qiou)。

故庐也。(庐者二亩半，一家之居，居必有木，树墙下以桑是也。故字从口木。苦闷切 音Kuen) 𣎴古文困。

豕厕也。从口，象豕在口中也。会意。胡困切 音Huen)

贝声也。从小贝。(聚小贝则多声，故其字从小贝。引申为细碎之称。今俗琐屑字当作此，琐行而𧴪废矣)(苏果切 音Sue)

疾风也（按古有䬍字亦训疾风，楚叙切，见"楚辞"及《吴都赋》）从风忽，忽亦声（呼古切，音Hu）

地之数也。《易》曰：天一地二。惟初大始，道立于一，有一而后有二，元气初分，轻清阳为天，重浊阴为地）从耦一（耦者二人并耕之称，故凡奇偶字用之）弍 古文二。

敏疾也。（疾，本无其字，依声托义之字也，后人以捷当之。《诗》"亟其乘屋"，笺云：亟，急也。《诗》多假棘为亟，如"棘人栾栾"，传：棘，急也。）从人口又二，二，天地也。（徐锴曰：乘天之时，因地之利，口谋之，手执之，时不可失，疾也）

常也。（古长久字，后或借常为之）从心舟在二之间上下（上下犹往复也），心以舟施，恒也（谓往复遥远而心以舟运旋，历久不变，恒之意也）𠄨 古文恒从月。《诗》曰："如月之恒"（《小雅·天保》文。月上弦而就盈，于是有恒久之义，故古文从月）。

求回也。（以双声为训，回，转也）从二从回（会意，须缘切，音Huan）回 古文回，象亘回之形（亘回双声，犹回转也）上下所求物也。（上下谓二，所求在上则转而上，所求在下则转而下，此说从二从回之意，会意，须缘切，音Xuan）

最括而言也（最，积也，才句切。括，絜也，絜，束也，麻一耑束之成一耑也。最括者，总聚而絜束之也。意内言外曰词，其意最括，其言凡也。《春秋繁露》云：号凡而略，名目而详，目者编辨其事也，凡者独举其大也。按凡之言泛也，包举泛滥一切之称也）从二，二，耦也（二者天地之大数也，故从二）从乃，乃古文及字（取括束之意，浮音切，音Fan）

会

買　市也。（市者买物之所，因之买物亦言市。《论语·乡党》沽酒市脯不食）从网贝。（会意 莫蟹切 音Mai）《孟子》登垄断而网市利

貧　财分少也。（谓财分而少也。合则见多，分则见少。富，备也，厚也。则贫者不备不厚之谓）从贝分，分亦声（符巾切 音pien）

賏　颈饰也。从二贝（骈贝为饰也 乌茎 音Weng）

邑　国也。（称人曰大国，自称曰敝邑，古国邑通用。《白虎通》：夏曰夏邑，商曰商邑，周曰京师。《周礼》：四井为邑。《左传》凡邑有宗庙先君之主曰都，无曰邑。此又在一国中分析言之）从囗（音韦，封邑也）先王之制，尊卑有大小，从卩（尊卑谓公侯伯子男也。大小谓方五百里、四百里、三百里、二百里、百里也。公侯百里，伯七十里，子男五十里，从《孟子》说也。尊卑大小出于王命，故从卩。於汲切 音io）

䢼　邻道也（从二邑，会意）从邑从𨙨。

䢽　国离邑。
里中道也。（言邑不该里，言里可该邑也。析言之，则大邑小邑大里小里；浑言之，则国邑通称，邑里通称）从䢼共（会意）言在邑中所共（谓在邑之中人所共由。胡绛切 共亦声也 Hang）巷 篆文从邑省（今作巷）。

氐　至也。（氐之言抵也，凡言大氐犹大都也）本也。（氐为本，故柢从会意）从氏下著一（氏者下也。丁奚切 音di）一，地也。（一之用甚多，故每分别解之）。

会

戛 戟也。(《广雅》戛，戟也。戈谓之戟也，戛長矛也。)从戈从首(首者，夫也。谓戟之夫略同戈夫也。会意。古黠切，音jia)读若棘。

戎 兵也。(兵者，械也。《月令》乃教于田猎以习五戎。注谓弓、矢、殳、矛、戈戟也。引申为车卒步卒，故戎之引申亦为卒旅。兵可相助，故引申之)从戈甲(会意。如融切，音rong) 甲 古文甲字

戍 守边也，从人持戈。(会意。伤遇切，音xu)。

或 邦也。(邦者国也。或国在周时为古今字。古文只有或字，既乃复制国字)从口(羽非切)戈以守其一(会意。于逼切，音yu)一，地也(解从一之意) 域 或从土(后起字)

𢦔 绝也。(刀断丝也，引申为凡断之称)从从持戈(二人持戈。会意。子廉切，音jian)一曰田器。古文读若咸。一曰读若《诗》"攕攕女手"。

戋 贼也。(此与残音义皆同。今则残行而戋废矣)从二戈(会意。音chan)《周书》曰："戋戋"(《秦誓》文)巧言也。

我 施身自谓也。(施与我古为叠韵。身谓我也。施者旗貌也，引申为施舍者，取义于旗旒下垂也。或说我，顷顿也(倾侧也。顷，头不正也。顿，下首也。故引申为倾侧之意)从戈手(合二成字，不能定其会意形声。从手字不知其为何字也(五可切，音e)手古文垂也(以手为形声)一曰古文杀字(我从杀，则非形声会意亦难说) 𢦓 古文我。

義 己之威义也。(言己以字之从我。己，中宫，象人腹，故谓身曰己)从我从羊。威仪出于己，故从我。董子曰：仁者人也，义者我也。谓仁必及人，义必由中断制也。从羊者，与善美同意。宜寄切，音yi。羛 墨翟书义从弗

会

乚 钩识也。（用钩表识其处，今人读书有所钩勒即此）从反亅。读若窡（居月切音jue）

直 正见也。（正直其引申义，见之审则必能矫其枉，故曰正曲为直）从十目乚（谓以十目视乚，乚者无所逃也。会意。除力切音zhi）

𣐭 古文直，或从木如此（四犹目也，木从绳则正）

亡 逃也。（亡之本义为逃，今人但谓亡为死，非也。引申之则谓失为亡，亦谓死为亡，孝子不忍死其亲，但疑亲之出亡耳）从入乚（谓入于迟曲隐蔽之处也。武方切，音Wang）。

乍 止亡词也。（乍无亡义，浅人离析所改耳。乍与毋同意，毋者有人奸之而一止之；乍者，有人逃亡而一止之。皆咄咄逼人之语也。亡与止亡，皆为仓猝，故引申为仓猝之称）从亡一。（会意。锄驾切音zha）

無 亡也。（凡所失者所未有者皆如逃亡然也。此有无字之正体，俗作無。或段亡为無者，其义同，其音则双声也。）从亡無声（形声中有会意。凡物必自多而少而無，《老子》所谓多藏必厚亡也。武夫切音wu）无 奇字無也（谓古文奇字如此作也，《六经》惟《易》用之）通于元者（上通元莫，言人之精气所忘上通元气，寂寞引之者，证莫为虚无也）虚无道也（谓虚无之道上通元气寂寞也，《玉篇》云：无，虚无也。许说其义，非仅说其形也）王育说天屈西北为无（亦说其义，非说其形，屈犹倾也。天倾西北，地不满东南，见《列子》及《素问》。谓天体不能正圆也）

（胡礼切音X）

匸 衺徯有所侠藏也。（徯待也，侠盗窃怀物也。也衺相待有所窃藏，故其字从乚而一覆之）从乚有一覆之（会意）读若徯同。↓

会

區 踦区，藏隐也。（此言委曲之蔽也。区之义内藏多品，故引申为区域，为区别。古或假丘字为之，盖区字亦作丘字也。或假为句区字，如《乐记》"区萌达"，郑《月令》之"句者毕出，萌者尽达也"。）从品在匸中。（会意。岂俱切，音qu）品，众也。

医 藏弓弩矢器也。（《广韵》：此器可隐藏兵器也。）从匸矢（会意），矢亦声。《春秋》《国语》曰："兵不解医。"（《齐语》文。於计切，yü）

匹 四丈也。（按二丈为一端，二端为两，每两为一匹，长四丈。又凡言匹敌、匹偶，皆于二端成两取义；凡言匹夫、匹妇者，于一两成匹取义。两而成匹，判合之理也。虽其半亦得云匹也。马称匹者，亦以一牝一牡离之而云匹，犹人言匹夫也。）从匸八。（谓八之数隐其中，会意。）八揲一匹。（揲者，阅持也。阅持者，更迭持之而具数也。）八亦声。（古音八读如必。普吉切，音pi）

瓦 土器已烧之总名。（凡土器未烧之素皆谓之坯，已烧皆谓之瓦。《古史考》曰："昆吾氏作瓦。"韦昭云："昆吾，祝融之孙，陆终第二子，名樊，为己姓，封于昆吾，卫是也。"）象形也。（象卷曲之状。五寡切，音Wa）

弓 穷也。（以叠韵为训。）以近穷远者。象形。（居戎切，音gong）古者挥作弓。（宋云《世本》："挥，黄帝臣。"）《周礼》六弓：王弓、弧弓以射甲革甚质；夹弓、庾弓以射干侯鸟兽；唐弓、大弓以授学射者。（《夏官·司弓矢》文。）

引 开弓也。（施弦于弓曰张，钩弦使满以竟矢之长亦曰引。凡延长开导皆引申于此。《小雅·楚茨》毛传："引，长也。"）从弓丨。（此引而上行之丨也，为会意。丨亦矢形。余忍切，音yin）

会

孫 子之子曰孙（《尔雅·释亲》文也。子卑于父，孙更卑焉，故引申之义为遜为遁）从系子（系于子也，会意。思魂切，音suen）系续也，犹继也）

緜 联微也（联，连也；微，眇也。其相连者甚微眇，是曰緜。引申为凡联属之称。又引申为丝絮之称，因其婉转而合之）从系帛（谓帛之所系也。系取细丝而积细丝可以成帛。武延切，音mian）

繭 蚕衣也（衣，依也。蚕所依曰蚕衣。蚕不自有其衣而以其衣衣天下）从糸从虫从芇（芇音绵。虫，蚕也；芇以喻蔽其身也。古典切，音jian）絸 古文繭从糸见（见声也）

絕 断丝也（断之则为二，是曰绝。引申之，凡横越之曰绝，如绝河而渡。又绝则穷，故引申为极，如言绝美、绝妙）从刀糸（断丝以刀也，会意）卩声（情雪切，音jue）𢇍 古文绝，象不连体，绝二丝（象形也）。

繼 续也（《广韵》曰继续也）从糸㡭（此会意字，谓以丝联其绝也）𢇍 或作㡭，反𢇍为㡭。

續 连也（连，负车也；联，连也。皆其义也。《尔雅·释诂》：继也）从糸賣声（似足切，音xu）賡 古文续从庚贝（会意，贝更迭相联属也）

䌕 绣文如聚细米也（绣，画也。米状叠辞，此《古文尚书》说）从糸米，米亦声（莫礼切，音mi）

緐 马髦饰也（马髦，马鬣也。饰，妆饰也。积丝丝下垂也。引申为緐多，俗改其字为繁）从糸每（每者草盛上出，会意。附袁切，音fan）《春秋传》曰：可以称旌緐乎？（哀廿三年传）𦅾 緐 或从𢍏，𢍏籀文弁

会

素 白致缯也（缯之白而细者也，致今之緻字）从糸𠂹取其泽也（泽，光润毛，润则乃下来垂，故从糸垂会意。桑故切音su）

丝 蚕所吐也（吐，写也）从二糸（息兹切音s）

辔 马辔也，从丝车（以丝连车，犹以丝统车，故曰辔，与连同意）与连同意（根应从车，不应从害也）《诗》曰："六辔如丝。"（《小雅·皇皇者华》文，此释从丝之意也，会意。兵媚切音pei）。

䖵 蟲之总名也（有足谓之蟲，无足谓之豸，析言之耳，浑言之则无足亦蟲也。凡经传言昆蟲即䖵蟲也）从二虫（二虫为䖵，三虫为蟲，䖵之言昆也，蟲之言众也。古魂切音kuen）读若昆

蟲 有足谓之蟲，无足谓之豸（蟲者蠕动之总名）从三虫（人三为众，虫三为蟲，蟲犹众也。直弓切音guong）

蠱 腹中蟲也（《周礼》庶氏掌除毒蠱。注：毒蠱，蟲物而病害人者。《贼律》：敢蠱人及教令者弃市。《左氏正义》：以毒药药人，令人不自知，今律谓之蠱）《春秋传》曰："皿蟲为蠱，晦淫之所生也。"（《左昭元年》：医和视晋侯疾，曰：是谓近女室，疾如蠱，非鬼非食，惑以丧志。天有六气，淫生六疾，阴淫寒疾，阳淫热疾，风淫末疾，雨淫腹疾，晦淫惑疾，明淫心疾。女阳物而晦时，淫则生内热惑蠱之疾。于文皿蟲为蠱，穀之飞亦为蠱。在《周易》女惑男、风落山谓之蠱，皆同物也。女色非有鬼物饮食也，而能惑害人，故曰知蠱人，受大毒一如中蠱毒。张平子《[illegible]》谓之放蠱，猜蠱皆知蠱之说也）枭磔死之鬼亦为蠱（断首倒悬磔之也，杀人而申张之也）从蟲从皿，皿，物之用也（皿所以盛饮食，行蠱者也。会意。公户切音gu）

坤

地也，易之卦也。（《象传》曰：地势坤，君子以厚德载物。《说卦》传曰：坤，顺也。按伏羲取天地之德为卦名曰乾坤。）从土申（会意，苦坤切，音Kuen）土位在申也。（《说卦》传曰：坤也者，地也，万物皆致养焉，故曰致役乎坤。坤正在申位。文字之始作也，有义而后有音，有音而后有形，音必先乎形。名之曰乾坤者，伏羲也；字之者，仓颉也。画卦者，造字之先声也。是以不得云三即坤字）。

坐

止也。（止下基也。引申为住止，凡言坐落、坐罪是也。引申为席地而坐。古谓跪为居，谓坐为尻，故处尻俗作居。引申为凡止着为坐）从畱省从土（会意，徂卧切，音Zue）土所止也。此与畱同意。（从土不必土，犹畱从田不必田，皆谓所止也，故曰同意）

古文坐（今古文行而小篆废矣。止必非一人，故从二人。凡坐狱讼必两造也）

封

爵诸侯之土也。（谓爵诸侯以是土也。之，是也；之子嫁于也之之。之人，是人也；之土，是土也。引申为凡畛域之称。《周礼·大司徒》曰：法封，起土畍也。封人注曰：聚土曰封）从之土从寸（会三字会意，府容切，音Fong）寸，守其制度也。（凡法度曰寸，故寺、寻、专、导字下皆曰有法度）公侯百里，伯七十里，子男五十里（此用《孟子》及《王制》之说，所谓制度也）[illegible]籀文封从丰土（从土丰声也）㞷古文封省（无寸

墨

书墨也（按聿下曰：所以书也。楚谓之聿，吴谓之不律，燕谓之弗，秦谓之笔。此云书墨也，盖笔墨自古有之，不始于蒙恬也。着于竹帛谓之书，竹木以漆，帛必以墨，用帛亦必不起于秦汉也。周人用玺书，印章必施于帛而不可施于竹木，然则古不专用竹木信矣。引申之为晦。于是枱墨，肉食者无墨，大贪以败官为墨）从土黑（会意，莫北切，音Me）。

会

城 以盛民也。（言盛者，如黍稷之在皿中也）从土成。《左传》：圣王先城民而后致力于神。）成亦声（氏征切，音chong）。

𩫖 籀文城从𩫏。

坻 小渚也。（《尔雅》：小州曰渚，小渚曰沚，小沚曰坻。《毛诗·周南·秦传》：水中可居者曰州，渚小州也，坻小渚也，小渚曰沚，坻者水中可居之最小者也。）从土氐声（直尼切，音di）。《诗》曰：宛在水中坻。（《秦风·蒹葭》文）汷 坻或从水从夂（夂声）。渻 坻或从水耆（耆声）

圭 瑞玉也（以玉为信）上圜下方。（圭之制上不正圜，以对下方，上圜下方法天地也。应劭曰：圭自然之形，阴阳之始也。）公执桓圭九寸（以宫室之象为瑑饰），侯执信圭、伯执躬圭，皆七寸（身圭、躬圭皆象人形为瑑饰，九寸七寸谓其长也），子执穀璧，男执蒲璧，皆五寸（二玉以穀以蒲为瑑饰，五寸谓其径也），以封诸侯（详《周礼·大宗伯》典瑞玉人，天子以封诸侯，诸侯守之以主其土田山川，故字从重土），从重土。（土其土也，古畦切，音guei）楚爵有执圭（此说楚制之乖异，高注《淮南》曰：楚爵功臣，赐之以圭，谓之执圭，比附庸之君。）珪 古文圭从玉（谓颁玉以命诸侯守此土田）。

垚 土高皃。从三土（会意，吾聊切，音yao）

堯 高也。（尧本谓高，陶唐氏以为号。《白虎通》：尧犹峣峣，至高之皃。按尧之言至高也，舜之言俊（至大也），皆生时臣民所称之号，非谥也。）从垚在兀上，高远也（会意。兀，高而上平也，高而上平之上又增益之以垚，是其高且远可知也。吾聊切，音yao）

堇 黏土也。（《内则》涂之以谨涂，郑曰：谨当为墐，声之误也。墐涂，涂有穰草也。按墐字为堇特字者或加土耳。《玉篇》引《礼》堇涂是）从黄省从土（黄土多黏也。会意，巨斤切，音jien）

会

里 凥也（《诗·郑风》："无踰我里"传曰：里，居也。二十五家为里）从田从土（有田有土可以居矣。良止切音li）一曰士声也（以推十合一之士为形声）。

甸 天子五百里内田（《尚书·禹贡》："五百里甸服"。《周语》曰：先王之制，邦内甸服。韦注云：邦内谓天子畿内千里之地。《商颂》曰邦畿千里，惟民所止。《王制》：千里之内曰甸。京邑在其中央，故曰王田也。服，服其职业也）从勹田（勹，裹也。布夫为甸之外九服重重勹之，故从勹田。堂练切音dian）

畕 比田也（比，密也。二人为从，反从为比。比田者，两田密近也）从二田（会意）阙（此谓其音读阙也。大徐居良切音jiang）

畺 界也（畺界义同。竟境正俗字）从畕三其界画也（畕，介也，二字义同。居良切音jiang）疆 畺或从土彊声（今则疆行畺废）。

男 丈夫也（人长一丈故曰丈夫。《白虎通》男任也，任功业也。古男与任同音，故王莽男作任）从田力，言男子力于田也（会意。农力于田，自王公以下无非力于田者。那含切音nan）

勇 气也（气云气也，引申为人充体之气。力者筋也，勇者气也。气之所至力亦至焉，心之所至气乃至焉，故古文勇从心）从力甬声（余陇切音yueng）㦷 勇或从戈用 恿 古文勇从心（《孟子》志，气之帅也）。

劫 人欲去以力胁止曰劫（胁犹迫也。以力止人之去曰劫。不专谓盗，而盗御人于国门之外亦劫也）或曰以力去曰劫（用力而逃也）从力去（居怯切音jie）

飭 致坚也（致之于坚是之谓饬）从人力食声读若敕（耻力切音ch）

会

劦 同力也。(同力者和也。和调也)从三力(会意胡颊切音xie)《山海经》曰:惟号之山其风若劦。

恊 同心之和也。(同心一如同力故从劦心。会意)从劦心(胡颊切音xie)

勰 同思之和也。(同思一如同力)从劦思。(胡颊切音xie)

協 同众之和也(同众之合一如同力)从劦十。(十众也。胡颊切音xie)叶 古文协,从口十。旪 叶或从曰(口曰一也)

金 五色金也。(凡有五色皆谓之金也。白金、赤金、青金、黑金合黄金为五色)黄为之长(故独得金名)久薶不生衣,百鍊不轻(此言黄金之德)从革不韦(谓顺人之意以变更成器,虽可改易而无伤也。五金皆然)西方之行。(以五行言之)生于土。从土,ナ乀注象金在土中形(谓土旁二笔也)今声(下形上声居音切音jien) 金 古文金

釦 金饰器口(谓以金涂器口,所谓镶金,今俗所谓镀金也。汉旧仪大官尚食用黄金釦器,中官私官尚食用白银釦器,谓金涂门限也)从金口(会意苦厚切音gou)口亦声

鏨 小凿也。从金斩,斩亦声(才滥切音zhan)

銜 马勒口中也。(其在马口中者谓之衔。盖以革为之辔,生革也。衔以铁为之,故其字从金,马口中为凡口含之用)从金行(会意户监切音xian。金亦声)衔者所以行马者也。(马提控其衔以制其行止,此释从行之意)

会

嗇 爱濇也。（嗇濇叠韵，《广韵》引作"歰"，与嗇皆不滑也）从来㐭。来者㐭而藏之，故田夫谓之嗇夫。（嗇者，多入而少出，如田夫之务盖藏，故从来㐭，会意）一曰棘省声。（来㐭者会意，省声者形声，别一说也）

与 赐予也。（予推予于人也）一勺为与。（下从勺一者，推而予之。余吕切，音ü）此与予同意。（以一推勺犹以丨推㠯也）

凭 依几也。（依者倚也，凭几亦作凭几，假借字用冯凭几）从任几。（犹言倚几也，会意，皮冰切，音ping）《周书》曰：凭玉几。（《顾命》文，古假借凭作冯几，今依常用之）

凥 处也。（凡尸得几谓之凥，尸即人也，引申之为凡凥处之字。既又以蹲居之字代凥，别制踞为蹲踞字，乃致居行而凥废矣）从尸几。（会意，九鱼切，音jü）尸得几而止也。（释会意之旨）《孝经》曰："仲尼凥"（今本作居）凥，谓闲居如此。（闲处即居义之引申）。

処 止也。（人遇几而止，引申之为凡凥处之字）从夂几。（夂读若黹，从后致也。人两胫后有致之者，至乎几而止，故字从夂几，昌与切，音chu）夂得几而止也。（释会意之旨）處，処或从虍声。（今或体行而本字废）

俎 礼俎也。（谓《礼经》之俎也）从半肉在且上。（仌为肉字，如谷、函存半木字，会意，字也半体之俎，少牢礼也。侧吕切，音zhu）

料 量也。（称轻重曰称，称其轻重曰量，称其多少曰料，其义一也。引申之凡所量度豫备之物曰料）从米在斗中。（非盈斗也，视其浅深而可知其多少，此会意）读若辽。（洛萧切，音liao）

会

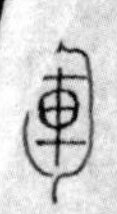

圜围也。（于字形得圜义，于字音得围义）四千人为军（或云万有二千五百人为军，见《周礼·大司马》）从包省从车（包当作勹，勹，裹也，勹车会意。举云切，音jun）车，兵车也。（惟是兵车故包车为军）

轍 车迹也（两轮之迹也。迹者步处也，引申为凡迹之称。两轮之迹亦谓之轨，辙而非轨彻之体）从车从徹省（[illegible]落切，音zueng）

斬 截也。（截，断也。《周礼·掌戮》注：斩以鈇钺，刀及。引申为凡绝之称。）从车斤（会意。侧减切，音zhan）

輀 丧车也，从车重而，而亦声（丧车多饰，如《丧大记》所载，黻与纁缘，而者须也，多饰如须之下垂，故从重而，亦以耳为声也。如之切，音ru）

轟 轰轰，群车声也，从三车（呼宏切，音Huong）。

官 吏，事君也，从宀𠂤（会意）𠂤犹众也（𠂤不训众而可联之训众，以宀覆之，则治众之意也）此与師同意（人众而帀之，与事众而宀覆之其意同也。古丸切，音guan）

陟 登也。（《释诂》陟，陞也。陞者升之俗字，升者登之假借）从𨸏步（谓缘𨸏而步也。𨸏有层次可隶，是谓会意。竹力切，音zh）

隉 危也。（危而惧也）从𨸏从毁省（会意）徐巡以为隉，凶也（此巡之说《秦誓》也。巡，卫宏弟子，后又学于杜林）贾侍中说，隉，法度也（此亦是说《古文尚书》）班固说，不安也（固为《白虎通义》，又为《离骚》章句）《周书》曰：邦之阢隉（《秦誓》文。先称三家而后说经，明此书为说字之书，特称经以证也）读若虹蜺之蜺（汉人已假借蜺为霓矣

会

宛丘也，舜后妫满之所封。从𨸏从木，申声（直珍切 音chen）
古文陈（从申不从木）。

壁际也。（际自分而合言之，隙自合而分言之，引申之为空隙）从𨸏𡭴（会意，𡭴，际见之白）𡭴亦声（绮戟切 音xi）

两𨸏之间也。从二𨸏（似醉切 音Fou）

增也。（增者益也，凡增益谓之积累，累行奚絫字）从厽糸，（会意，糸细丝也，积细丝成缯，积坺土成墙，其理一也）厽亦声（力轨切 音lei）一曰絫十黍之重也（十絫为一铢，廿四铢为两，十六两为斤，卅斤为钧，四钧为石）。

絫墼也。（墼者令適未烧者也，已烧者为令適，今俗谓之墼）从厽土（会意）厽亦声（力轨切 音lei）

𦉼也，所以盛米也。从宁甾，甾，缶也，宁亦声（陟吕切 音zhu）。

五行也。（古之圣人知有水火木金土五者而后造此字也）从二（象天地）阴阳在天地间交午也（此谓㐅也，五行相克相生，阴阳交午也。疑古切 音wu）㐅古文五如此（小篆益之以二耳）。

易之数，阴变于六，正于八（六为阴之变，九为阳之变，圣人以九六系爻而不以七八）从入八（会意，力竹切 音lu）

易之正也。（易用九不用七，亦用变不用正也）从一，微阴从中衺出也。（谓乚）亲吉切

九达道也（《尔雅·释宫》九达谓之馗，《韩诗》施于中馗。）似龟背，故谓之馗（龟背中高而四下，馗之四面无不可通似之）从九首（会意，渠追切 音Kuei）逵 馗或从辵坴，馗，高也，故从坴（坴，高土也）

会₂

見 視也。(析言之，有視而不見者，听而不聞者；渾言之則視与見、听与听一也)从目、儿(用目之人也，会意)

㳄 慕欲口液也。从欠水(有所慕欲而口生液，故其字从欠水，俗字作涎，会意)

鬀 鬀发也。(《五经文字》曰鬀，听亦反，音Ti，)从髟从刀(以刀除发，会意)

長 久远也。(久，不暫也；远，不近也。引申之为滋長、長幼之長，音知丈切；又为多余之長，度長之長，音直亮切)从兀从匕(会意，匕音呼霸切)亡声。兀者，高远意也，久则变匕。厂者，到亡也。(变匕之意)

冤 屈也。从冂兔，兔在冂下不得走，益屈折也(会意，冂音莫狄切，mian，枉曲之意取此)

逸 失也。(此以叠韵为训，亡逸者本义，引申为逸游、暇逸)从辵兔，兔谩訑善逃也(会意，谩訑皆欺也，兔善逃，故从兔辵，音丑略切gie。)

戾 曲也。从犬出户下，犬出户下为戾者，身曲戾也(浑言则犬出为曲身，户阖犬挤出必为偏曲其身。引申之训为罪，见《尔雅释诂》《诗》毛传。又训为至，为来，为止，为待，为定，皆见《释诂》《毛传》)

幸 吉而免凶也。从屰从夭。夭，死之事，死谓之不幸(吉，善也；凶，恶也，得免于恶是为幸)

閑 阑也。从门中有木(会意，引申为防闲，古多借为清闲)。

会

獸 守备者也。(以叠韵为训。能守能备，如虎豹在山是也。)一曰两足曰禽，四足曰嘼。(《尔雅·释鸟》文。)从嘼从犬。(《少仪》：守犬守御宅舍者也，故从之。会意。舒救切，音shou)

乾 上出也。(此其本义。自有文字以后乃用为卦名。乾，健也。上出为健为乾，则下注为湿，故乾与湿对称。)从乙。乙，物之达也。(物达则上出矣。)倝声。(倝，日始出光倝倝也。然则形声中有会意。焉渠焉切，音qan)乾 籀文乾。

丙 位南方，万物成炳然。阴气初起，阳气将亏。(郑注《月令》：丙之言炳也，万物皆炳然著见。《律书》曰：丙者言阳道著明。《律历志》：明炳于丙。)从一入冂。(合三字会意。阴入内伏，阳将亏之象。)一者阳也。丙承乙象人肩。

卺 谨身有所承也。(承，奉也，受也。按《礼记》借为合卺字。)从己丞。(会意。丞即承也。)读若《诗》云赤舄几几。居隐切，音zheng)

辠 犯法也。从辛自。(辛自即辛鼻也。祖贿切，音zuei)言辠人蹙鼻苦辛之忧。秦以辠似皇字，改为罪。(此志改字之始。古有假借而无改字。罪本训捕鱼竹网，从网非声。始皇乃形声为会意，而汉后经典多从之，非古也。)

辤 不受也。(《聘礼》：辞曰非(注：)不受也。按经传凡辞让皆作辭让，乃是假借，但学者已罕知辤让本字，又用辭为辤，遂则益惑矣。)从受辛。(会意。)受辛宜辤之也。(似兹切，音ci)辞 籀文辤。(和悦以却之，故从台。)

辭 讼也。从𤔔辛。(会意。似兹切，音ci)𤔔辛犹理辜也。𤔲 籀文辭从司。

会

辡　辠人相与讼也。从二辛（会意，方免切音bian）

辯　治也。（理也，俗多与辨不别。辨者判也）从言在辡之间（谓治狱也，会意，符蹇切音bian）

㝃　生子免身也。从子免（亡辨切音wan）

字　乳也。（人及鸟生子曰乳，兽曰产。引申之为凡抚字，亦引申之为文字，言孳乳而浸多也）从子在宀下（会意）子亦声（疾置切音乙）

𡦹　惑也。（乱也）从子止匕，矢声（以子匙会意，语其切音i）

孨　谨也。（《大戴礼》博学而孱守之，正谓谨也。引申之义为孱弱。小孟康曰：兖州人谓懦弱为孱。此引申之义。其字则假孱为孨）从三子（会意。钮闲反，孟康音潺湲之潺，chan）读若翦。（旨沇切音jan）

孱　迮也（迮，生，今之窄字）从孨在尸下（士连切音chan）一曰呻吟也。

孴　盛皃（《文选·灵光殿赋》芝栭欂栌以戢孴。李注：戢孴众皃）从孨从日，读若薿薿。一曰若存。（乃立切ni）

𠫓　不顺忽出也。（凡物之反其常，凡事之逆其理，突出至前者皆是，不专谓人子）从到子（到，即今倒字，会意，他骨切音tu）《易》曰：突如其来如，不孝子突出，不容于内也。（即《易》突字也。）㐬 或从到古文子

育　养子使作善也。从𠫓（不善者可使作善）肉声（余六切音yu）《虞书》曰：教育子（《尧典》文，今尚书作胄子）毓 育或从每。

会

辰　震也。三月阳气动，雷电振，民农时也，物皆生。（震振古通用。振，奋也。《律书》：辰者，言万物之蜄也。《律历志》：振美于辰。《释名》：辰，伸也，物皆伸舒而出也。季春之月生气方盛，阳气发泄，句者毕出，萌者尽达。二月雷发声始电，至三月而大振动。）从乙匕（匕呼跨切，变也。此合二字会意。乙象春艸木冤曲而出，阴气尚强，其出乙乙。至是月阳气大盛，乙乙难出者始变化矣。）匕象芒达（芒，尽达也。）厂声（植邻切，音chen）。辰，房星，天时也。（《尔雅·释天》：房心尾为大辰。韦注《国语》：农祥，房星也。房星晨正，为农事所瞻仰，故曰天时。引申之，凡时皆曰辰。《尔雅·释训》：不辰，不时也。房星高高在上，故从二。）从二，二，古文上字。辰　古文辰。

戌　灭也。九月阳气微，万物毕成，阳下入地也。（《毛诗》传：火死于戌。阳气至戌而迴尽，故灭从火戌。《律书》：戌者，万物尽灭。《淮南·天文训》：戌者，灭也。《律历志》：毕入于戌。《释名》：戌，恤也，物当收敛矜恤之也。九月于卦为剥，五阴方盛，一阳将尽，阳下入地，故其字从土中含一。）五行土生于戊，盛于戌。（戊午合德。《天文训》：土生于午，壮于戌，死于寅。）从戊一。（戊者中宫，亦土也；一者一阳也。戊中含一，会意也。）一亦声（辛聿切，音xu）。

亥　荄也。十月微阳起，接盛阴。（《律历志》：该阂于亥。《天文训》：亥者，阂也。《释名》：亥，核也，收藏万物，核取其好恶真伪也。按荄，根也，阳气根于下也。十月于卦为坤，微阳从地中起，接盛阴，即壬下所云阴极阳生，故《易》曰：龙战于野。战者，接也。）从二，二，古文上字也。（谓阴在上也。）一人男，一人女也。（其下从二人，一人男一人女，象乾道成男，坤道成女。）从乚，象怀子咳咳之形也。（咳与亥音同，胡改切，音Hai）《春秋》传曰：亥有二首六身。（《左襄三十年》文。孔氏《左传》正义曰：二画为首，六画为身。）亥　古文亥，亥为豕，与豕同。（谓二篆之古文为一字。）亥而生子，复从一起。（此言始一终亥，亥终则复始一也）。

会

醫 治病工也。（《周礼》有医师、食医、疾医、疡医、兽医）从殹从酉（于六书为会意，於其切，音i）殹，恶姿也，医之性然，得酒而使（谓医工之性多如是）故从酉。（以医者多用酒也）王育说（王说以上）一曰殹，病声（癥，剧声也，痛极之声），酒所以治病也。《周礼》有医酒。古者巫彭初作医（此云《世本》巫彭始作治病工）

莤 礼：祭，束茅加于祼圭而灌鬯酒，是为莤，象神歆之也。（若神歆之，故谓之缩，缩，浚也。故齐桓公责楚不贡包茅，无以缩酒）从酉艸（以酒灌艸，会意，所六切，音Sue）《春秋传》曰：尔贡包茅不入，王祭不供，无以莤酒（《春秋》僖公四年左氏传）

酋 绎酒也。（绎之言昔也，昔，久也，谓日久之酒。又酒谓绎酒，昔酒谓旧绎之酒，引申之凡久皆曰酋，从引有终《大雅》：似先公酋矣，传：酋，终也）从酉，水半见于上（谓八也，酋上与谷上正同，皆曰水半见，字秋切，音jou），礼有大酋，掌酒官也（《明堂》《月令》仲冬乃命大酋，注：酒熟曰酋，大酋者，酒官之长也）。

尊 酒器也。（凡酒必实于尊，以待酌者。郑注《礼》曰：置酒曰尊，凡酌酒者必资于尊，故引申以为尊卑字，犹贵贱本谓货物而引申之也。自专用为尊卑字，而别制罇樽为酒器字矣）从酋廾以奉之（廾者竦手也，奉者承也，设尊者必竦手以承之，祖昆切，音Zuen）《周礼》六尊：牺尊、象尊、著尊、壶尊、大尊、山尊，以待祭祀宾客之礼。

[seal form] 尊或从寸（此与寺从寸同，有法度也）。

辱 耻也。（耻，辱也，此之谓转注《仪礼》注曰：以白造缁曰辱）从寸在辰下（会意，寸者，法度也，而蜀切，音Ru）失耕时（故从辰）于封疆上戮之也（故从寸）辰者，农之时也，故房星为辰（说从辰之意）田候也。

会

早 晨也（晨、早昧爽也，二字互训，引申为凡争先之称）从日在甲上（甲象人头，在其上则早之义也。《易》曰先甲三日。子浩切，音zao）

晛 日見也（日所以有温气也）从日見（形声义）見亦声（胡甸切，音xian）

曅 光也（晔光晃晃《思玄赋》注）从日𠌶（筠辄切，音ie）

望远合也（远望则其形不分，其色不分，其小大高下不分矣，与杳字义相近）从日匕（会意）。匕，合也（匕，比之省也）读若窈窕之窈（窈古读如黝，音转如杳。乌皎切，音miao

昔 干肉也（《周礼》腊人掌干肉，凡田兽之脯腊膴胖之事。郑云：大物解肆干之，谓之干肉；大曰干肉，小曰腊。）从残肉（[illegible]象形）日以晞之（昨之残肉今日晞之，故从日。郑注腊人云：腊之言夕也。假借为今昔之昔，引申为昨，今古之义盛行，其本义废）与俎同意（俎从半肉且荐之，昔从残肉日晞之，故曰同意。思积切，音xi）𦠿 籀文从肉（今作腊，专用于脯腊）。

昆 同也（《夏小正》昆小虫。传：昆者众也，动也，小虫动也。《王制》昆虫未蛰。郑云：昆，明也。按：惟明斯动，动斯众，众斯同，同或先或后，是以有昆弟之义也）从日从比（从日，明之义；从比，同之义。古浑切，音Kuan）

旅 军之五百人（《周礼·大司徒》：五人为伍，五伍为两，四两为卒，五卒为旅，五旅为师，五师为军。以切军旅，引申为凡众之称）从㫃从从（从㫃者旌旗所以序人耳目）从，俱也（力举切，音lü）𣃨 古文旅。古人以为鲁卫之鲁（古文假借。《史记》周本纪"鲁天子之命"，鲁即旅之假借）。

会

族

矢鋒也（今字用鏃，古字用族）束之族族也（族族聚皃，毛传"五十矢为束"，引申为凡族类之称）从㫃从矢（会意）㫃所以标众，众矢之所集（旌旗所以属人耳目，旌旗所在而矢咸在）昨木切 音zu）

冥

窈也（许书多宗《尔雅》毛传《释言》冥窈也，孙炎云深闇之窈也，引申为凡闇昧之称）从日六从冖，冖者覆也，覆其上则窈冥）日数十，十六日而月始亏冥也（日之数十《左昭五年传》文，谓至癸也，历十日复加六日，而月始亏冥也）冖亦声（莫经切 音ming）

晶

精光也，从三日（子盈切 音jing）

星

万物之精上为列星（星之言散也，引申为碎散之称）从晶从生声（桑经切 音xing）一曰象形从〇（从三〇故曰象形）故〇复注中，故与日同 古文（象形从〇） 或省（《春秋》说题辞云：星之为言精也，阳之荣也，阳精为日，日分为星，故其字日生为星）

朏

月未盛之明也（《尚书·召诰》"惟三月丙午朏"）从月出（会意，普乃切 音pai）《周书》曰："丙午朏"

朙

照也（凡明之至则曰明明，犹昭昭也，《大雅·大明》《常武》传皆云明明察也）从月囧（从月者，月以日之光为光也，从囧取窗牖丽廔闿明之意，武兵切 音ming） 古文从日

夗

转卧也（谓转身卧也，《诗》曰展转反侧，凡夗声宛声字皆取委曲意）从夕卪（会意）卧有卪也（卪节，古今字，於阮切 音wan）

外

远也，卜尚平旦，今若夕卜，于事外矣（此说从夕卜之意，五会切 音wai） 古文

会

多 緟也（緟，增益也。故为多。多者胜少者，故引申为胜之称）从緟夕（会意。得何切，音 de）。夕者相绎也，故为多（相绎者，相引于无穷也）。緟夕为多，緟日为叠。㚊 古文并夕（并与緟不别，棘枣则不然矣。并与緟别，已为二字）

[illegible] 厚唇皃，从多尚（陟加切，音 zha，今音多亦切，音 duei，会意）

栗 栗木也（假借为战栗）从卤木（会意。力质切，音 li）其实下垂，故从卤。[illegible] 古文㮚，从西从二卤。徐巡说：木至西方战栗也（《论语》：周人以栗，曰使民战栗。㮚字从西者，取西方肃杀战栗之意。盖㮚壁中文作[illegible]也）

粟 嘉谷实也（谓禾黍之实也。古者民实食莫重于禾黍，故谓之嘉谷。谷，百谷之总名。嘉者美也）从卤（自其采言之）从米（自其蘊言之。相玉切，音 shu）孔子曰：粟之言续也（以叠韵为训。嘉谷不绝，烝民乃粒）[illegible] 籀文粟

朿 羊枣也（一云枣木也。枣树随地有之）从重朿（枣亦棘也。析言则分枣棘，统言则曰棘。《周礼》外朝九棘三槐。棘正谓枣。会意。子皓切，音 zao）

棘 小枣丛生者，从并朿（小枣树丛生，今亦随在有之。未成则为棘而不实，已成则为枣。《诗·魏风》园有棘，其实之食。"毛传"棘，枣也。《邶风》吹彼棘薪，此则谓未成实者）。

片 判木也（谓一分为二之木。片判以叠韵为训。判者分也。郑注《周礼》云：判，半也）从半木（匹见切，音 pian）

会

采　禾成秀人所收者也(采与穗古互训,如《月令》注:黍秀舒散,即谓黍采也。人所收,故从爪)从爪禾。(会意。徐醉切,音suei)穗 俗采从禾惠声

秝　稀疏适秝也(《玉篇》:稀疏历历然。凡言历历可数皆当作秝。历行而秝废矣)从二禾(禾之疏密有章也)读若历(郎击切,音li)

兼　并也(相从也)从又持秝(会意。古甜切)兼持二禾,秉持一禾

香　芳也。(芳谓艸香,此则泛言之。《大雅》曰:其香始升)从黍从甘(会意,许良切,音xong)《春秋》传曰:黍稷馨香(《左传》僖五年文)

䊆　舂糗也。(米麦已孰,乃舂之。郑注所谓捣粉也,而后可以饵制)从米臼(其九切,音jou)

竊　盗自中出曰窃(所谓乱在内为宄也。按《春秋》盗窃宝玉大弓,盗自中出也。)从穴米(米自穴出,此盗自中出之象也,会意)禼、廿皆声也。(千结切,音gie)廿古文疾(本训廿并,古文假借以为疾也。)禼偰字也。(古文假借以禼为偰,犹见于《汉书》)

毇　粝米一斛舂为九斗也(毇与粺皆一斛舂为九斗,此云粝米者兼粗米粟米言也)从臼米从殳(从臼米谓舂也,从殳者,殳犹杵也。许委切,音Huei)

舂　捣粟也(言粟以晐米。《周礼》有舂人)从廾持杵以临臼(会意,书容切,音cheng)杵省(此与午合也,省益也,午进也,皆大书之假借)古者雍父初作舂(《太平御览》《世本》:雍父作舂杵。)𦦝 亦谓舂曰𦦝(匹各切,音bo)。

会

兇 扰恐也（杜注《左传》"兇，恐惧声"）从儿在凶下（会意，许拱切，音xiong）

㪔 分离也，从林从攴（会意，穌旰切，音San）

麻 枲也（麻与枲互训，皆兼苴麻、牡麻言之）从𣏟从广（会意，莫遐切，音Ma）𣏟，人所治也，在屋下（𣏟必于屋下绩之，故从广）

寍 安也（此安宁正字，今则宁行而寍废矣）从宀心在皿上（会意，奴丁切，音nieng）皿，人之食饮器，所以安人也（故既从皿而又从心在皿上）。

宂 散也，从宀儿（儿即人也，会意，而陇切，音yiong）人在屋下无田事也。《周书》曰"宫中之宂食"（《周礼》稾人掌共外内朝宂食者之食）。

寶 珍也（珍、宝也，二字互训）从宀玉贝（玉与贝在屋下，会意）缶声（博皓切，音pao）寚古文宝省贝（《广韵》古文作珤）。

宦 仕也（仕者，学也。《左传》"宦三年矣"，服虔云宦，学也。《曲礼》"宦学事师"，注云宦，仕也，宦谓学官事也，学谓习六艺，二者俱是事师。古事士仕通用，学宦通用）从宀臣（胡惯切，音Huan）。

宰 辠人在屋下执事者（此宰之本义，引申为宰制）从宀从辛，辛，辠也（辛即辠之省，作亥切，音zhai）。

守 守官也（《左传》"守道不如守官"，《孟子》"有官守者，不得其职则去"）从宀从寸从宀，寺府之事也（寺，廷也，府，文书藏也）从寸，法度也（守从二者会意，书九切，音Shou）。

宜 所安也（《周南》"宜其室家"，传：宜以有室家无逾时者）从宀之下一之上（一，犹地也，会意）多省声。𡧙古文宜，𡨕亦古文宜。

会

害 伤也。（伤创也。创伤也。《诗》以多假害为曷。今人以别害去曷入。古无去入之分）从宀口言从家起也。（会意。言为乱阶，而言每起于衽席）丰声（胡盖切音Hai）

宗 尊祖庙也。（宗尊双声。《诗·大雅》公尸来燕来宗，传曰：宗，尊也。凡尊者谓之宗，尊之则曰宗之）从宀示。（会意。作冬切音Zueng，按示谓神，宀谓屋也。

宋 居也。（此义未见经传。毕宪公名宋或是取其本义）从宀木，读若送（苏统切音Suong）

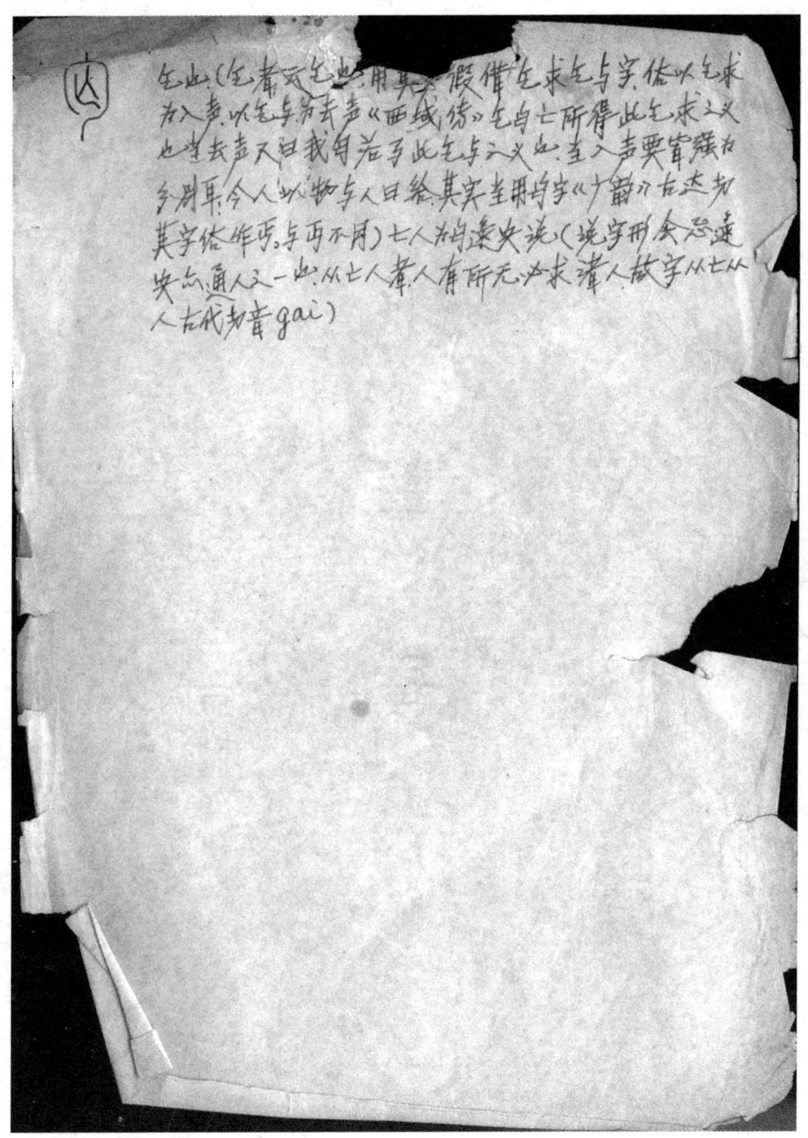

乞也。（乞者求乞也，用其[illegible]假借乞求乞与字，俗以乞求为入声，以乞与为去声。《西域传》乞匄亡所得，此乞求之义也，音去声。又曰我匄若马，此乞与之义也，音入声。要穿凿为分别耳。今人以物与人曰给，其实当用匄字。《广韵》古达切，其字俗作丐，与丏不同）亡人为匄，逯安说（逯字形余总逯安亦通人之一也）从亡人者，人有所无必求诸人，故字从亡从人。古代切，音gai）

形聲字

形声字

"形声" 以事为名（事兼指事之事，象形之物，言物亦事也。名即古曰名今曰字之名）取譬相成（譬，谕也；谕，告也）江（𣴎）河（𣴦）是也。段玉裁曰：以事为名，谓半义也；取譬相成，谓半声也。江河之字以水为名，譬其声如工、可，因取工、可成其名。其别于指事象形者，指事象形独体，形声合体。其别于会意者，会意合体主义，形声合体主声。声或在左，或在右，或在上，或在下，或在中，或在外。"

菜 艸之可食者。从艸采声。钱云此举形声包会意，古多以采为菜。

[艸耒] 耕多草。从艸耒（耒所以耕也。从耒艸，会意）耒亦声。

芥 菜也（借为艸芥、纖芥字）从艸介声。

吐 写也。从口土声。

唸 唸㕾呻也（今本无唸者，浅人以为複字而删之）

[走畢] 止行也（《梁孝王传》云：称警，入言[走畢]）一曰灶上祭名也，从走毕声。

越 踰也。从走戉声。

彶 急行也（急彶叠韵，凡用汲汲字乃彶彶之假借也）从彳及声

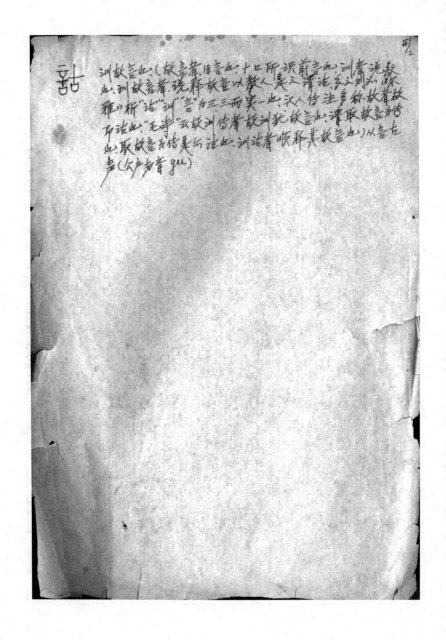

形/2

詁 训故言也。（故言者，旧言也，十口所识前言也。训者，说教也。训故言者，说释故言以教人，是之谓诂。分之则如《尔雅》，析"诂""训""言"为三；三而实一也。汉人传注多称故者，故即诂也。《毛诗》云故训传者，故训犹故言也，谓取故言为传也。取故言为传是亦诂也。训诂者，顺释其故言也。）从言古声（公户切，音gu）

指事字【缺】

轉注字

指事字

"指事" 视而可识（一看就明白）察而见意（细看就可以晓得它的涵义）二（上也，此古文上）丅（底也，丅篆文下）是也。段玉裁曰："指事者不泥其物，而言其事，天地为形，天在上，地在下，又二为丅，有物在一之下也。"凡指事之文绝少，故显白言之，一之形于六书为指事。

指事之别于"象形"者，形谓一物，事赅众物，专博斯分，故一举日月，一举二丅，二丅所赅之物多，日月只一物。

公 平分也，从八厶（八厶背厶也）八犹背也，韩非曰："背厶为公"（《五蠹篇》：仓颉之作书也，自环者谓之私，背私者谓之公，自环为厶，六书之指事也，八厶为公，六书之会意也）

丶 有所绝止，丶而识之也（此于六书为指事，凡物有分别，事有可不，意所存主，心识其处者皆是，非专谓读书止，辄乙其处也，知庾切，音 jù，也。）

朱 赤心木，松柏属（朱本木名，引申为纯赤之字）从木，一在其中（赤心不可象，故以一识之，若本末非不可象者，章俱切，音 ju）

旦 明也（《大雅·板》毛传：旦，明也）从日见一上，一，地也（得案切，音 dan）。

凶 恶也（吉之反）象地穿交陷其中也（此为指事，许容切，音 xiong）

转注字

"转注" 建类一首（谓分立其义之类而一其首，如《尔雅·释诂》第一条说"始"是也）同意相受（谓无虑诸字意旨略同，可互相灌注而归于一首，如初、哉、首、基、肇、祖、元、胎、俶、落、权舆，其于义或近或远，皆可互相训释而同谓之"始"是也）考、老是也。（独言考老者，其显明亲切者也）

老 考也。七十曰老（曲礼文）从人毛匕（变化）言须发变白也。戴震曰：老下云考也，考下云老也，此许氏之恉为异字同义举例也。一其义类所谓建类一首也，互其训诂所谓同意相受也。

灼 灸也。（与灸为转注，灸曰灼也，灼谓凡物以火附著之。《七谏》注曰：点污也，灼灸也，犹身有病人点灸之，医书以艾灸体谓之壮，壮者灼之语转也。《淮南》注曰：然也。《广雅》曰：爇也。《素问》注曰：烧也。其义皆相近。凡训为明者皆假灼为焯）

灾 裁或从宀火（火起于下焚其上也，宀音绵，弥延切）災籀文从巛。（会意兼形声）

媄 色好也。（凡美恶字可作此）从女美声（与"好，媄也"为转注）

竝 併也。（人部併下云竝也，二篆为转注。郑玄注《礼经》古文竝，今文多作併，是二字音义皆同。）从二立。

慶 行贺人也。（贺下云以礼相奉庆也，是二篆为转注也。贺从贝，故云以礼相奉庆；庆从夊，故云行贺人）从心夊（谓心所喜而行也）从鹿省。吉礼以鹿皮为挚，故从鹿省。（此说从鹿省之意）

仝 完也。(宀部曰完，全也。是为转注)从入从工。(从工者，知巧者之制造，必完好也。疾缘切 音quan) 全 篆文仝从王。纯玉曰全。(《考工记》玉人云：天子用全。大郑云全，纯色也。后郑云纯玉也) 𠓡 古文全。

㫗 厚也。(厚当作㫗。上文云㫗，㫗也。此曰㫗，厚也。是为转注。今字厚行而㫗废矣。凡经典㫗薄字皆作厚)从反亯。(倒亯者，不奉人而自奉，㫗之意也。)(胡口切 音Hou)。

束 缚也。(糸部曰缚，束也。是为转注。《礼记·杂记》曰：纳币一束，束五两，两五寻)从口木。音Shu)

凷 墣也。从土，凵，凵屈象形。(屈，无尾也。凷之形略方而体似无尾者，故从土而象其形。苦对切 音Kuai) 按此字与墣，墣，凷也，为转注。(匹角切 音pu。墣从土菐声)

勺 枓也。(枓下云：勺，枓也。是为转注，考老之例也。)所以挹取也。(挹者，抒也。勺是器名，挹取者其用也)象形，中有实，与包同意。(外象其哆口有柄之形，中一象有所盛也。与包同意，谓包象人裹子，勺象器盛酒浆，其意一也。之若切 音Shao)

辱 恥也。恥，辱也。此之谓转注(别见会意字中)

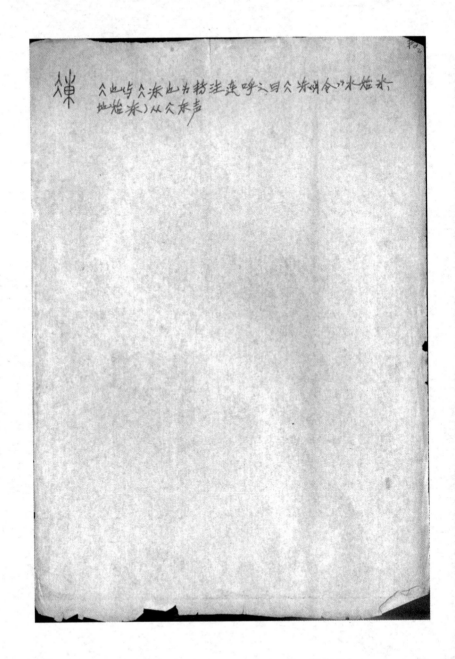

假借字

假借字

假借 依傍 本无其字，依声託事，令、長是也。（託，寄也。谓依傍同声而寄于此，则凡事物之无字者皆得有所寄）

汉人谓县令曰令長。县万户以上为令，减万户为長。令之本义发号也，長之本义久远也。县令、县長本无字，而由发号久远之义引申展转而为之，是谓假借。

周所受瑞麦来麰也。本为食粮之名，而以为行来之来。本无来往字之来字，取此为之，及其久也，遂以为正字。

孝鸟也，而以为乌呼字。

朋，古文凤，神鸟也，而以为朋党字。

十二月阳气动，万物滋也，而人以为偁。

鸟在巢上也，而以为东西之西。

相背也，而以为皮韦，可以束物枉戾相违背，故借以为皮韦（束物可以矫枉戾而背其故也）故韦。

林，君也。《尔雅·释诂》、《诗》毛传皆曰林，君也。假借之义也。平土有丛木曰林，从二木，为其本义。

游也（游本旗游字，假借为游游字）从㫃从放（五年第章 00）

4. **右文説**

右文：

字义起于字音。刘师培（申叔）曰："上古音职起于义。故字义述咸起于右旁之声。其字以右旁之声为纲，以左旁之形为目。盖有字音乃有字形也，且当世之民，未具分辨事物之能，故观察事物，以义象区别，不以实体区分，字音既原于字义，既为此声，即为此义。凡彼字右旁之声同于此字右旁之声者，则彼字之义象亦必同于此字之义象。义象既同，在古代亦只为一字，知凡字之从仑者皆隐含条理分析之义，上古之时，仅有仑字：

论·　就言语言而加言旁·

伦·　就人事言而加人旁

纶·　就丝缕而言则加糸旁

轮·　就车而言加车旁。

第　页

20×15=300　　西北大学公用稿纸

第　页

淪：就水而言加水旁

皆含文理成章之意。

从台之字皆有始义，从少之字皆有不多义，从亥之字皆有极尽义，从音之字皆有幽暗义，从寺之字皆有独义（《中国文学教科书：论字义之起源》）

古人援义象以立名，故数物义象相同，命名亦同，及语言制文字，即以名物之音为字音，故意象相同，所从之声亦同，所从之声既同，在偏旁未益以前，仅为一字，即假所同得声之字以为用（《文字声韵训诂笔记》黄侃）。

殷周古金所作诸字恒省偏旁，祖作且，作作乍，惟作隹，货作化是，盖代形声之字毕无本字，假所以得声之字以为用也（仝上，《字义起于字音说》）

20×15=300　　河北大学公用稿纸

造字之始，既以声寄义，故两字所从之声同则字义亦同，即不相同，亦可互用。（六书旧闻，周秦古籍，同声之字，互相通用，如：

以佑代祐，以维代惟，以

委佗犹之委蛇，横被犹之广被

皆其例也（仝上）

古人名物，凡义象相同，所从之声亦同。则以造字之初，重义略形，故数字同从一声者，即该于所从得声之字，不必物各一字也，及增益偏旁，物各一字，其义仍寄于字声，故所从之声同，则所取之义亦同。如：

从叚、从升、从劳、从戎、从京之字，皆有大义，

从叕、从屖之字皆有短义

从少、从令、从刀、从宛、从蔑，皆有小义。

（具见于《方言笺疏》钱大昕及《广雅疏证》王念孙）论发尤详。汇而观之，则知古人制字，字义即寓于所从之声，就声求义而隐义毕呈，例如《说文》：

"神，天神，引出万物者也，从示申声。"申引音义相同，从申得声，犹之从引也。

"祇，地祇，提出万物者也，从示氏声。"氏提音义相同，从氏得声，犹之从提省作是也。

"鬃，门内祭先祖，所以旁皇，从示彭声。"彭旁音义相同，从彭得声，犹之从旁也，故或体作祊。

中　缺

第　　页

右文：

字义主于右旁之声，自晋杨泉《物理论》述臤字已着其端（见《艺文类聚·人部》）。其说谓在金为坚，在草木曰紧，在人曰贤。至于宋代，王子韶创"右文"之说。沈括《梦溪笔谈》十四云："王圣美治字学，演其义为右文。古之字书皆从左文。凡字其类在左，其义在右。如木类其左皆从木。所谓右文者，如戋，小也，水之小者曰浅，金之小者曰钱，歹而小者曰残，贝之小者曰贱。如此之类，皆以戋为义也。"此说虽简，然后世以声音贯串训诂之理，其说诚有以启之。其后王观国《学林》五有字母之说，张世南《游宦纪闻》九，有字之旁多以类相从之说，清世黄生《字诂》亦阐申其义。钱塘则欲析《说文》而系以声。嗣焦氏

20×15=300

循《说文》，姚氏文田，朱氏骏声，治《说文》皆体其义例，黄承吉《梦陔堂集》诠发尤详。谓同声之字，仅举右旁之声，不必拘左旁之迹，皆可通用。至仪征刘申叔先生则大畅其流风，撰《字义起于字音说》等篇。黄氏之言曰：

古者事物未若后世之繁，且于各事各物未尝一一制字。要以凡字皆起于声，任举一字，闻其声而已知其义。是以古书凡同声之字但举其右旁之纲之声，不必拘于左旁之目之迹，而皆可通用。并有不必举其右旁为声之本字，而仅举其同声之字，即可用为同义者。盖凡字之同声者，皆为同义。声在是则义在是，以义起于声。后人见古人使字之殊形，辄意以为假借。其实古人原非假借，据字直书，必故为假借何为者？盖古原用其纲，而目则可别可不别，古人初不料后人之不喻乎纲也，至后世事物日繁，则必须逐目区分，以免混淆歧误，是以制字日多日别，而用字乃重目而不重纲，于是必拘于左方之目之迹，此乃后世不得不然之势，然之已久，遂不复知右旁之声之为纲，而其意转以纲领为系于左之偏旁矣，是溯流而昧其源，可以论今而不可以论古者也（同上）

今按章说，谓同音之字取义于彼，见形于此者往往而有，非可望形而论，其说诚然。推定其理，盖不外二途：或缘音近，用代本字；或本无字，只表音素。前者即通借之法，可依右文之义以求本字；（如《说文》以农声之字训厚大，盖出于此）后者则依声托事，而归本

20×15=300　　西北大学公用稿纸

第　　頁

于声音。要之形声之字，无不有义可言，其与会意别者，一则义征于形，一则义寓于声，斯则不容淆耳。

若夫论右文之说者，亦须先明二事，一，于音符字须先审明其音素，不应拘泥于字形。盖明音素者，语言之本质，音符者，字形之迹象，音素即本真，而音符有假借。沈兼士云："古人造字，有同一义象之语，而所用之声母，颇有歧异者"。盖文字孳乳，多由音衍，形体异同，未可执着，故音素同而音符虽异亦得相通，如与、余、予之右文均有宽缓义，今、禁之右文均有含蕴义。不徒同音者如此，声转者亦然。尼声字有止义，刃声字亦有止义，如：仞、讱、忍、纫、轫是也。虋声字有赤义（虋古音如门），滿声字亦有赤义，如璊、樠、遪是也。如此之类倘一忽

20×15=300　　　　西北大学公用稿纸

第　　页

枧，非离其宗，亦绝其脉，而语势流转之之经界慢矣。二，对于音素，应先分析其含义，不宜牵合于一说。

沈氏又云："有同声之字而所衍之义颇有岐异者，如非声字多有分背义，而菲、翡、痱等字又有赤义；吾声字多有明义，而龉、语、敔、圄、铻等字又有逆止义。其故盖由于单音之语一，音素含至之义非一，诸家于此辄谓凡从某声者皆有某义，不加分析，率尔牵合，执其一而忽其余矣。又有义本同源，衍为别派，如皮之右文有分析义，如诐、簸、破诸字是。又有加被义，如彼、鞁、髲、帔、被诸字是。又有倾衺义，如颇、坡、陂诸字是。求其引申之迹，则加被、分析应先由皮得义，再由分析而又得倾衺义矣。又如支之右文先由支得岐别义，如芰、跂、攲、翄、枝、岐诸字是；复由岐别义引

20×15＝300　　　　西北大学公用稿纸

中为倾衰义，如岐頍敧諸字是也。（同上）

《释名》语原：　研究其分化语之"通"与"变"

沈兼士曰："语言必有根，语根者，最初表示概念之音，为语言形式之基础，换言之，语根系构成语词之要素，语词系由语根渐次分化而成者"。语根既以音为基础，自不得不于其分化语之字音中归纳综合而求之。语词的分化，于音方面，或仍为单音节而有双声叠韵之变，或附加他音而成复音节；于形方面，或连书二字为一词，或就原字而增改其偏旁以为区别，其类例约有四：

①音不变者（字形亦就一声母而增改其偏旁）。

《释形体》："颈，径也，径挺而长也"。

又："胫，茎也，直而长似物茎也。

《释水》："泾，径也，言知道径也，水直波曰泾"。

《释典艺》："经，径也，常典也，如径路无所不通可常用也"。

《释道》："径，经也，人所经由也。"

颈、胫、茎、经、径等字皆从巠声而以形旁别其词性和义用，音同义近，并有"长短细直"的概念，是由一根而孳乳变化者。

②音不类者（字形以另一字表之）：

《释山》："冢，肿也，言肿起也"。

《释疾病》："肿，钟也，寒热气所钟聚也"。

又《释形体》："踵，钟也，体寒热气所钟聚也"。

《释床帐》："筵，衍也，舒而平之衍衍然也"。

《释言语》："演，延也，言蔓延而广也"。

《释姿容》："引，演也，言蔓延而广也"。

"肿、冢、筵、衍、演、引"的字形及词性虽完

第　頁

全不同，但语根则为一。

③音由双声叠韵转变者（字形以另一字表之）。

《释长幼》："兄，荒也；荒，大也（兄、荒一声之转）。

《释言语》"傳，立也，凡所立之为也。（按傳立犹植之为立。甲文事吏使三字形同，事即职帐谍等语之义），

《释宫室》："库，舍也，物所在之舍也。故齐鲁谓库曰舍也。"

《释天》："火，化也，消化物也，亦言毁也，物入中皆毁坏也。（《说文》：火、焜、燬三字互训，火毁一语之转），

《释言语》"祸，毁也，言毁灭也。（按祸毁犹火毁，一音之转）

《释天》："天，豫司兖冀以舌腹言之，天，

20×15＝300　　　　西北大学公用稿纸

後缺

5. **假借說**

前　缺

假借：

字之正假，只论声义，不论字形。凡假字必有正字以为之根，盖造字时之假借，全用同音同义之例（郑康成云："仓卒无其字，故以他字代之"，实则同声同义之故），非如后世写别字者可比。考《说文》中字，其训诂与声音无关者，仅十分之四、五而已（《文字声音训诂笔记》黄侃）

古人之论六书，辄以四体二用为言。四体者，象形、指事、会意、形声；二用者，转注、假借。体为造字之本，而用亦为之本者，假借者以声为主，与形声如一物；转注者，以意为主，与会意如一物，故谓之体可也，古人往往合体用为一（仝上）

中　缺

叚借：　　文字之有叚借，单音為章为之。以单音而为语言，由语言而制文字，非恐其文字之混乱，以其意义之相乱也，故不得不以形体表其意义也。

六书内叚借不明，则形声不明，造字之时已有叚借，转注、叚借为中国文字盈虚、消长之法，如鸟之两翼，车之两轮也。

凡言叚借者，必有其本，故叚借不得无根，盖必有其本音本形本义在其间也，引申者由此而出，叚借者则本无关系，盖古者因仓卒无其字，而以同音之字代之也。（形与义必相应，确不可易），夫形声义必相应，则断无有意义而无字者，故必推求其本字而后已也。

中 缺

段借：本无其字，依声托事，令长是也，令之本义为号令，发号令者谓之令，古之令尹，后之县令，皆称为令，盖其引申义也，同理，长本长短之长，引申而为长幼之长（成人较小孩为长），再引申而为官长之长（长者在幼者之上，亦犹官长在人民之上），所谓段借，引申之谓耳（同声通用，乃别字之异名，不得称为段借）。

重言、双声、叠韵之联语，亦得谓之段借，如：懋々、懱々，勉也，仳々、琐々小也，悠々、洋々思也，忞々、亹々作也，有此义无此字，即本无其字依声托事之段借，此重言之联语也，又参差（双声，参与不齐无关），辗转（双声兼叠韵，辗与知恋反之转，不相干），诪张（双声，情与幻义不相关），乃以双声为形容也。消摇（叠韵，消者消耗，摇者摇动，皆无自在义），须臾（须，颊毛也，臾，曳也，皆无顷刻义），皆以叠韵为形容也。要之，联词或一有义，或均无益义，皆本无其字，依声托事也。

假借之例有三：①引申，②符号，③形容，有此三者，文字可不必尽造，此文字之所以简而其用普也。《说文》只9353字，《仓颉篇》殆不过三千字，周秦间文化已启，何以三千字已足？盖虽字仅三千，其用则不止三千，一字亦多义，不啻增加三、四倍矣。

以故，转注、假借，就字关联而言；指事、象形、会意、形声，就字个体而言。虽一讲个体，一讲关联，要皆与造字有关。

造字之始于仓颉，一见于《世本》，再见

後　缺